OEUVRES

COMPLÈTES

DE MARIVAUX.

TOME III.

PARIS — IMPRIMERIE DE CASIMIR, RUE DE LA VIEILLE-MONNAIE, N° 12.

OEUVRES

COMPLÈTES

DE MARIVAUX,

DE L'ACADÉMIE FRANÇAISE ;

NOUVELLE ÉDITION,

AVEC UNE NOTICE HISTORIQUE SUR LA VIE ET LE CARACTÈRE DU TALENT
DE L'AUTEUR,

DES JUGEMENS LITTÉRAIRES ET DES NOTES,

PAR M. DUVIQUET.

TOME TROISIÈME.

PARIS,

P.-J. GAYET, LIBRAIRE-ÉDITEUR,

RUE DAUPHINE, N° 20.

MDCCCXXVII.

ARLEQUIN

POLI PAR L'AMOUR,

COMÉDIE EN UN ACTE ET EN PROSE,

Représentée pour la première fois par les comédiens italiens,
le 16 juillet 1720.

3.

JUGEMENT

SUR LA COMÉDIE

D'ARLEQUIN POLI PAR L'AMOUR.

———

Nous voici arrivés au théâtre *italien* de Marivaux. La pièce que l'on va lire est la seconde qu'il ait fait représenter en public; elle fut jouée le lendemain même du jour où l'on avait donné aux *Français* sa tragédie d'*Annibal*.

Le sujet est le même que celui d'*Anaximandre*, avec la différence que l'on doit s'attendre à trouver entre un philosophe grec et le personnage balourd de la comédie italienne. C'est également, comme dans l'agréable ouvrage de M. Andrieux, un individu d'un caractère maussade et grossier, à qui l'amour apprend subitement les belles manières, qui ont quelquefois plus de pouvoir que les plus tendres sentimens sur le cœur des dames.

La fée de Marivaux, plus intelligente et plus sûre de son fait que l'Aspasie de M. Andrieux, s'accommode fort bien d'Arlequin, tel que sa bonne fortune le lui présente. Elle ne se rebute point d'une écorce qu'un coup de sa baguette fera disparaître à son gré. Mais Arlequin, tout stupide qu'il paraît, n'est pas dupe des agaceries de la fée; il sait que l'attachement qu'elle lui témoigne est une infidélité, qu'elle s'est promise à l'enchanteur Merlin dont il aurait à redouter la vengeance. Plus il reçoit de provocations, plus il affecte d'y être sourd; il redouble ses niai-

series et ses enfantillages. C'est une jeune et simple bergère qui l'a captivé; c'est Silvia qui doit lui rendre l'esprit
et la parole : elle y réussit complétement, et le mariage
des deux amans se termine par les fureurs très-co-
miques et très-impuissantes de la fée, qu'un stratagème
ingénieux a dépouillée de sa baguette, et par le pardon
généreux d'Arlequin, qui veut qu'on danse, qu'on chante,
et qui sort pour aller chercher *quelque part* un trône qu'il
puisse partager avec Silvia.

Marivaux a tiré d'une action fort simple un acte parfaitement rempli, et digne du succès brillant qu'il obtint à sa naissance. Ce succès s'est soutenu aussi long-
temps que fut maintenue, à l'hôtel de Bourgogne, la forme
de comédie qui permettait d'introduire sur le théâtre ap-
pelé *Italien*, les personnages de convention dont les noms
avaient été empruntés à l'Italie. Effectivement, à l'époque
où Marivaux donna son *Arlequin poli par l'amour*, les
noms seuls des personnages étaient italiens. Les scènes,
comme on le verra par la suite, étaient écrites entièrement en français; il n'y avait plus de ces dialogues
improvisés qui, baragouinés dans un idiome étranger,
permettaient tous les genres de plaisanterie que la délicatesse du goût moderne et la décence au moins extérieure
des mœurs avaient proscrits sans retour. Il est à remarquer
que cette révolution eut lieu sous la régence : on commen-
çait à porter dans le langage la sévérité que l'on avait
bannie de la conduite privée.

Tous les amateurs ont dans leur bibliothèque les six
volumes des canevas entremêlés de scènes italiennes que
Gherardi a publiés. On a dit que c'était un *grenier à sel*.
L'expression eût été plus juste, si l'on eût dit que c'était
une mine de sel enfoncée bien avant dans un terrain fan-
geux. Ce n'est pas en effet l'esprit qui manque dans ces

ébauches faciles de Regnard, de Dorneval, de Lesage, dont les comédiens s'emparaient ensuite pour en charger les traits et pour en exagérer les couleurs. On regrette que ces trésors d'un comique fin et délicat aient été altérés par l'alliage des substances les plus impures; et j'ai toujours été surpris que tant d'auteurs qui, de nos jours, s'occupent à refaire, à recrépir, à habiller à la moderne d'anciennes comédies oubliées et très-dignes de l'être, ne songent pas de préférence à rajeunir, en les épurant, ces productions spirituelles et gaies, qu'une simple opération de creuset ferait revivre avec peu de gloire, il est vrai, mais avec un grand profit pour les travailleurs.

La licence fut portée si loin que Louis XIV, dont la vieillesse, comme on le sait, fut peut-être trop accessible aux inquiétudes et aux remords, au lieu de la réprimer, comme il était facile, par simple voie de police, crut devoir la couper dans sa racine, en faisant fermer le Théâtre-Italien, et en renvoyant les acteurs dans leur patrie. Ceci se passa en 1697. Il y a loin de la Comédie-Italienne à l'abbaye de Port-Royal; mais il n'est pas peut-être sans intérêt de remarquer que, dans l'espace de quelques années, les deux excès opposés, celui de la vertu et celui de la corruption, furent réprimés par des moyens semblables, c'est-à-dire par des violences dangereuses et au moins inutiles, auxquelles il eût été plus juste et plus facile de substituer cette action insensible du pouvoir et cette volonté ferme d'être obéi, qui, dans un prince tel que Louis XIV, n'avait jamais manqué d'efficacité.

Bannis de France, où, sous le nom de *i Gelosi, les zélés, les jaloux de plaire*, ils avaient été appelés successivement par Henri III, par Henri IV et par Louis XIII, les comédiens italiens n'avaient pas perdu l'espérance d'être un jour rétablis dans un pays qui avait adopté leurs talens

Après la mort de Louis XIV, ils sollicitèrent et ils obtinrent une permission de retour ; mais le régent, auquel ils s'adressèrent à cet effet, ne leur accorda leur demande qu'à condition qu'ils renonceraient au genre libre et barbare qui avait motivé leur exclusion. Lelio, chef de la nouvelle troupe, excellent comédien, et plus connu comme auteur sous le nom de Riccoboni, souscrivit avec d'autant plus de facilité à ce que l'on exigeait de lui, qu'avant sa rentrée en France, il avait essayé de nationaliser en Italie, par des traductions, le genre plus moral et plus sévère du théâtre français. Déjà il avait fait jouer à Venise *le Menteur* de Corneille, *la Princesse d'Élide* de Molière, *le Chevalier à la mode* de Dancourt, *l'Homme à bonnes fortunes* de Baron. C'était d'ailleurs un fort galant homme, très-versé dans la théorie de son art, sur lequel il a laissé des ouvrages utiles que les comédiens de nos jours feraient sagement de consulter, et auteur comique assez distingué pour que l'une de ses pièces (*les Caquets*) ait mérité de reparaître et de réussir, il y a quelques années, sur l'un des grands théâtres de la capitale.

Le premier soin de Riccoboni fut donc de s'associer quelques jeunes gens connus par leur goût pour la composition dramatique, et disposés à remplir les vues du gouvernement. Marivaux fut du nombre, et l'on verra par la quantité et le mérite des ouvrages qui vont se succéder, que ni le directeur du Théâtre-Italien n'eut à se repentir de son choix, ni l'auteur à se plaindre de la préférence qu'il donnait au théâtre de la rue Mauconseil sur celui des Fossés-Saint-Germain-des-Prés. Autreau, Fuzelier, Delisle et Riccoboni, furent avec Marivaux les soutiens et les fournisseurs les plus ordinaires et les plus heureux de la Comédie Italienne. Ce ne fut qu'après la mort de ces auteurs que ce théâtre, qui depuis 1716 s'était soutenu par ses propres forces, éprouva le besoin de recourir à un auxiliaire étranger. L'Opéra-comique de Monnet vint renforcer par ses accords et égayer de ses couplets joyeux un spectacle privé de ses plus solides appuis, et condamné à la répétition de pièces usées, ou, ce qui était pire, à des nouveautés insipides. Ce fut le berceau du théâtre lyrique qui porte aujourd'hui le nom de théâtre Feydeau. Grâce à la lyre de Duni, de Philidor, de Grétry, qui ne tarda pas à y remplacer les orgues portatives du pont Neuf, l'enfant adoptif resta maître de la maison; et, après la mort de Carlin, arrivée en 1783, il ne resta d'italien au théâtre de Lelio que l'inscription conservée par l'habitude, et qui a enfin passé plus justement au spectacle consacré à la musique de Cimarosa, de Paesiello, de Mozart, de Paër et de Rossini.

J'ai cru que cette esquisse historique ne serait pas déplacée à la tête des comédies *italiennes* de Marivaux. Elle servira à expliquer la contradiction qui paraît exister entre cette qualification étrangère et la langue ainsi que le genre dans lequel elles sont composées.

PERSONNAGES.

LA FÉE.

TRIVELIN, domestique de la fée.

ARLEQUIN, jeune homme enlevé par la fée.

SILVIA, bergère, amante d'Arlequin.

UN BERGER, amoureux de Silvia.

Autre BERGÈRE, cousine de Silvia.

Troupe de danseurs et chanteurs.

Troupe de lutins.

La scène est tour à tour dans le palais de la fée et dans une
campagne voisine de ce palais.

ARLEQUIN
POLI PAR L'AMOUR.

SCÈNE I.

LA FÉE, TRIVELIN[1].

TRIVELIN, à la fée qui soupire.

Vous soupirez, madame; et, malheureusement pour vous, vous risquez de soupirer long-temps, si votre raison n'y met ordre. Me permettrez-vous de vous dire ici mon sentiment ?

LA FÉE.

Parle.

TRIVELIN.

Le jeune homme que vous avez enlevé à ses parens est un beau brun, bien fait; c'est la figure la

---

[1] *Trivelin.* C'était le nom de théâtre de Dominique Locatelli, qui jouait les rôles de bouffons, de farceurs et d'intrigans, sur l'ancienne scène italienne. Ce nom, probablement dérivé du mot latin *trivium*, carrefour, d'où nous avons fait le mot *trivial*, exprimait le genre de rôles dont se chargeait avec beaucoup de succès Locatelli; et il est devenu depuis un nom générique, qui s'applique même, dans le langage commun, à tout homme qui affecte le triste honneur de faire rire les autres : *c'est un trivelin.*

Car en tout temps ces petits *trivelins.*
J.-B. ROUSSEAU.

plus charmante du monde. Il dormait dans un bois quand vous le vîtes, et c'était assurément voir l'Amour endormi. Je ne suis donc point surpris du penchant subit qui vous a prise pour lui.

LA FÉE.

Est-il rien plus naturel que d'aimer ce qui est aimable ?

TRIVELIN.

Oh! sans doute; cependant, avant cette aventure, vous aimiez assez le grand enchanteur Merlin ¹.

LA FÉE.

Eh bien! l'un me fait oublier l'autre; cela est encore fort naturel.

TRIVELIN.

C'est la pure nature; mais il reste une petite observation à faire; c'est que vous enlevez le jeune homme endormi, quand peu de jours après vous allez épouser le même Merlin qui en a votre parole. Oh! cela devient sérieux; et, entre nous, c'est prendre la nature un peu trop à la lettre. Cependant passe encore; le pis qu'il en pouvait arriver, c'était d'être infidèle; cela serait très-vilain dans un homme, mais

---

¹ *Le grand enchanteur Merlin.* Merlin est un écrivain célèbre dans l'histoire d'Angleterre du cinquième siècle, qui passa pour sorcier dans l'esprit de ses contemporains, parce qu'il avait des connaissances extraordinaires. On lui faisait l'honneur de lui donner le diable pour père. Les curieux recherchent encore le recueil de ses *Prophéties.*

dans une femme cela est plus supportable. Quand une femme est fidèle, on l'admire; mais il y a des femmes modestes qui n'ont pas la vanité de vouloir être admirées. Vous êtes de celles-là; moins de gloire, et plus de plaisir; à la bonne heure!

LA FÉE.

De la gloire à la place où je suis! Je serais une grande dupe de me gêner pour si peu de chose.

TRIVELIN.

C'est bien dit; poursuivons. Vous portez le jeune homme endormi dans votre palais, et vous voilà à guetter le moment de son réveil; vous êtes en habit de conquête et dans un attirail digne du mépris généreux que vous avez pour la gloire. Vous vous attendiez de la part du beau garçon à la surprise la plus amoureuse; il s'éveille, et vous salue du regard le plus imbécile que jamais nigaud ait porté. Vous vous approchez; il bâille deux ou trois fois de toutes ses forces, s'alonge, se retourne et se rendort. Voilà l'histoire curieuse d'un réveil qui promettait une scène si intéressante. Vous sortez en soupirant de dépit, et peut-être chassée par un ronflement de basse-taille, aussi nourri qu'il en soit. Une heure se passe; il se réveille encore, et, ne voyant personne auprès de lui, il crie : Hé! A ce cri galant, vous rentrez; l'Amour se frottait les yeux. Que voulez-vous, beau jeune homme? lui dites-vous. Je veux goûter, moi, répond-il. Mais n'êtes-vous point surpris de me voir? ajoutez-vous. Eh! mais, oui, repart-il. Depuis quinze

jours qu'il est ici, sa conversation a toujours été de
la même force. Cependant vous l'aimez; et, qui pis
est, vous laissez penser à Merlin que lui, Merlin, va
vous épouser; et votre dessein, m'avez-vous dit, est,
s'il est possible, d'épouser le jeune homme. Franchement, si vous les prenez tous deux, suivant toutes
les règles, le second mari doit gâter le premier.

LA FÉE.

Je vais te répondre en deux mots. La figure du
jeune homme en question m'enchante; j'ignorais qu'il
eût si peu d'esprit quand je l'ai enlevé. Pour moi, sa
bêtise ne me rebute point; j'aime, avec les grâces
qu'il a déjà, celles que lui prêtera l'esprit quand il en
aura. Quelle volupté de voir un homme aussi charmant me dire, à mes pieds : Je vous aime ! Il est déjà
le plus beau brun du monde; mais sa bouche, ses
yeux, tous ses traits seront adorables, quand un peu
d'amour les aura retouchés; mes soins réussiront
peut-être à lui en inspirer. Souvent il me regarde,
et tous les jours je crois être au moment où il peut me
sentir et se sentir lui-même. Si cela lui arrive, sur-
le-champ j'en fais mon mari. Cette qualité le mettra
alors à l'abri des fureurs de Merlin; mais, avant cela,
je n'ose mécontenter cet enchanteur, aussi puissant
que moi, et avec qui je différerai le plus long-temps
que je pourrai.

TRIVELIN.

Mais si le jeune homme n'est jamais ni plus amoureux ni plus spirituel, si l'éducation que vous tâchez

de lui donner ne réussit pas, vous épouserez donc Merlin ?

LA FÉE.

Non ; car, en l'épousant même, je ne pourrais me déterminer à perdre l'autre de vue ; et si jamais il venait à m'aimer, toute mariée que je serais, je veux bien te l'avouer, je ne me fierais pas à moi.

TRIVELIN.

Oh ! je m'en serais bien douté sans que vous me l'eussiez dit. Femme tentée et femme vaincue, c'est tout un [1]. Mais je vois notre bel imbécile qui vient avec son maître à danser.

SCÈNE II.

ARLEQUIN *entre la tête dans l'estomac, ou de toute autre façon niaise;* SON MAITRE A DANSER, LA FÉE, TRIVELIN.

LA FÉE.

Eh bien ! aimable enfant, vous me paraissez triste ; y a-t-il quelque chose ici qui vous déplaise ?

ARLEQUIN.

Moi, je n'en sais rien.

---

[1] *Femme tentée et femme vaincue, c'est tout un.* Ce sont là de ces impertinences dont leur exagération seule fait justice. C'est une *trivelinade*, et les femmes les plus honnêtes ne sont pas celles qui s'en amusent le moins.

LA FÉE, à Trivelin qui rit.

Oh ! je vous prie, ne riez pas ; cela me fait injure.
Je l'aime, cela suffit pour que vous deviez le respecter.
(Pendant ce temps Arlequin prend des mouches. La fée continue à parler à
Arlequin.) Voulez-vous bien prendre votre leçon, mon
cher enfant ?

ARLEQUIN, comme n'ayant pas entendu.

Hein ?

LA FÉE.

Voulez-vous prendre votre leçon, pour l'amour de
moi ?

ARLEQUIN.

Non.

LA FÉE.

Quoi ! vous me refusez si peu de chose, à moi qui
vous aime ?
(Alors Arlequin lui voit une grosse bague au doigt ; il lui va prendre la main,
regarde la bague, et lève la tête en se mettant à rire niaisement.)

LA FÉE.

Voulez-vous que je vous la donne ?

ARLEQUIN.

Oui-dà.

LA FÉE tire la bague de son doigt, et la lui présente. Comme il la prend
grossièrement, elle lui dit.

Mon cher Arlequin, un beau garçon comme vous,
quand une dame lui présente quelque chose, doit lui
baiser la main en le recevant.
(Arlequin alors prend goulument la main de la fée qu'il baise.)

LA FÉE, à Trivelin.

Il ne m'entend pas ; mais du moins sa méprise

m'a fait plaisir. (Elle ajoute :) Baisez la vôtre à présent.
(Arlequin baise le dessus de sa main; la fée soupire, et, lui donnant sa
bague, lui dit :) La voilà; en revanche recevez votre
leçon.
(Alors le maître à danser apprend à Arlequin à faire la révérence. Arlequin
égaie cette scène de tout ce que son génie peut lui fournir de propre au
sujet.)

ARLEQUIN.

Je m'ennuie.

LA FÉE.

En voilà donc assez; nous allons tâcher de vous
divertir.

ARLEQUIN, sautant de joie.

Divertir! divertir!

SCÈNE III.

LA FÉE, ARLEQUIN, TRIVELIN,

TROUPE DE CHANTEURS ET DANSEURS.

(La fée fait asseoir Arlequin auprès d'elle sur un banc de gazon. Pendant
qu'on danse, Arlequin siflle.)

UN CHANTEUR, à Arlequin.

BEAU brunet, l'Amour vous appelle.

ARLEQUIN, se levant niaisement.

Je ne l'entends pas; où est-il ? (Il appelle.) Hé! hé!

LE CHANTEUR continue.

Beau brunet, l'Amour vous appelle.

ARLEQUIN, en se rasseyant.

Qu'il crie donc plus haut.

LE CHANTEUR, en lui montrant la fée.

Voyez-vous cet objet charmant ?
Ses yeux, dont l'ardeur étincelle,
Vous répètent à tout moment :
Beau brunet, l'Amour vous appelle.

ARLEQUIN, regardant les yeux de la fée.

Dame! cela est drôle.

UNE CHANTEUSE, BERGÈRE, à Arlequin.

Aimez, aimez; rien n'est si doux.

ARLEQUIN.

Apprenez, apprenez-moi cela.

LA CHANTEUSE continue en le regardant.

Ah! que je plains votre ignorance !
Quel bonheur pour moi, quand j'y pense,

(Elle montre le chanteur.)

Qu'Atys en sache plus que vous!

LA FÉE.

Cher Arlequin, ces tendres chansons ne vous ins-
pirent-elles rien? Que sentez-vous ?

ARLEQUIN.

Je sens un grand appétit.

TRIVELIN.

C'est-à-dire qu'il soupire après sa collation. Mais
voici un paysan qui veut vous donner le plaisir d'une
danse de village ; après quoi nous irons manger.

(Un paysan danse.)

LA FÉE se rassied, et fait asseoir Arlequin qui s'endort. Quand la danse finit, la fée le tire par le bras, et lui dit en se levant :

Vous vous endormez? Que faut-il donc faire pour vous amuser?

ARLEQUIN, en se réveillant, pleure.

Hi! hi! hi! Mon père! Eh! je ne vois point ma mère.

LA FÉE, à Trivelin.

Emmenez-le; il se distraira peut-être, en mangeant, du chagrin qui le prend. Je sors d'ici pour quelques momens. Quand il aura fait collation, laissez-le se promener où il voudra.

SCÈNE IV.

(Silvia entre sur la scène en habit de bergère, une houlette à la main; un berger la suit.)

SILVIA, LE BERGER.

LE BERGER.

Vous me fuyez, belle Silvia !

SILVIA.

Que voulez-vous que je fasse? vous m'entretenez d'une chose qui m'ennuie; vous me parlez toujours d'amour.

LE BERGER.

Je vous parle de ce que je sens.

SILVIA.

Oui; mais je ne sens rien, moi.

3.

LE BERGER.

Voilà ce qui me désespère.

SILVIA.

Ce n'est pas ma faute. Je sais bien que toutes nos bergères ont chacune un berger qui ne les quitte point; elles me disent qu'elles aiment, qu'elles soupirent; elles y trouvent leur plaisir. Pour moi, je suis bien malheureuse : depuis que vous dites que vous soupirez pour moi, j'ai fait ce que j'ai pu pour soupirer aussi; car j'aimerais autant qu'une autre à être bien aise. S'il y avait quelque secret pour cela, tenez, je vous rendrais heureux tout d'un coup; car je suis naturellement bonne.

LE BERGER.

Hélas! pour de secret, je n'en sais point d'autre que celui de vous aimer moi-même.

SILVIA.

Apparemment que ce secret-là ne vaut rien; car je ne vous aime point encore, et j'en suis bien fâchée. Comment avez-vous fait pour m'aimer, vous?

LE BERGER.

Moi! je vous ai vue; voilà tout.

SILVIA.

Voyez quelle différence! et moi, plus je vous vois, et moins je vous aime. N'importe; allez, allez, cela viendra peut-être; mais ne me gênez point. Par exemple, à présent, je vous haïrais si vous restiez ici.

LE BERGER.

Je me retirerai donc, puisque c'est vous plaire ;
mais, pour me consoler, donnez-moi votre main,
que je la baise.

SILVIA.

Oh ! non ; on dit que c'est une faveur, et qu'il n'est
pas honnête d'en faire ; et cela est vrai, car je sais
bien que les bergères se cachent de cela.

LE BERGER.

Personne ne nous voit.

SILVIA.

Oui ; mais puisque c'est une faute, je ne veux point
la faire qu'elle ne me donne du plaisir comme aux
autres.

LE BERGER.

Adieu donc, belle Silvia [1] ; songez quelquefois à
moi.

SILVIA.

Oui, oui.

---

[1] *Adieu donc, belle Silvia.* Cette scène est, pour le fond des sentimens, fort semblable à celle de *l'École des femmes*, où Agnès
déclare naïvement à Arnolphe qu'elle est dans l'impuissance de
l'aimer. Mais Molière est plus naturel que Marivaux, en ce qu'Arnolphe est vieux, et qu'Agnès est amoureuse d'Horace ; tandis que
Silvia n'a jusqu'ici aucune raison de maltraiter de paroles un jeune
et beau berger qui n'a point encore de rival.

SCÈNE V.

SILVIA, ARLEQUIN.

SILVIA.

Que ce berger me déplaît avec son amour! Toutes les fois qu'il me parle, je suis toute de méchante humeur. (*Voyant Arlequin.*) Mais qui est-ce qui vient là? Ah! mon Dieu! le beau garçon [1]!

ARLEQUIN *entre en jouant au volant; il vient de cette façon jusqu'aux pieds de Silvia; là, en jouant, il laisse tomber le volant, et, en se baissant pour le ramasser, il voit Silvia. Il demeure étonné et courbé; petit à petit et par secousses il se redresse le corps. Quand il s'est entièrement redressé, il la regarde; elle, honteuse, feint de se retirer; dans son embarras, il l'arrête, et dit :*

Vous êtes bien pressée!

SILVIA.

Je me retire, car je ne vous connais pas.

ARLEQUIN.

Vous ne me connaissez pas! tant pis; faisons connaissance, voulez-vous?

---

[1] *Ah! mon Dieu! le beau garçon!* Rien de plus comique que les exclamations de toutes ces femmes sur la beauté d'Arlequin. C'est qu'au théâtre ce sont surtout les contrastes qui produisent le comique. Otez le masque hideux d'Arlequin; donnez-lui une tournure svelte et élégante, un bel habit, une perruque bien poudrée; il n'y aura rien de si fade que l'enthousiasme qu'il inspirera subitement aux femmes. Mais il est laid, balourd, ridiculement coiffé, et il produit les mêmes impressions que s'il était un Apollon ou un Adonis; voilà ce qui sera éternellement plaisant.

SILVIA, encore honteuse.

Je le veux bien.

ARLEQUIN, en riant.

Que vous êtes jolie!

SILVIA.

Vous êtes bien obligeant.

ARLEQUIN.

Oh! point; je dis la vérité.

SILVIA, en riant un peu à son tour.

Vous êtes bien joli aussi, vous.

ARLEQUIN.

Tant mieux! Où demeurez-vous? Je vous irai voir.

SILVIA.

Je demeure tout près; mais il ne faut pas venir; il vaut mieux nous voir toujours ici, parce qu'il y a un berger qui m'aime; il serait jaloux, il nous suivrait.

ARLEQUIN.

Ce berger-là vous aime!

SILVIA.

Oui.

ARLEQUIN.

Voyez donc cet impertinent! je ne le veux pas, moi. Est-ce que vous l'aimez, vous?

SILVIA.

Non, je n'en ai jamais pu venir à bout.

ARLEQUIN.

C'est bien fait ; il faut n'aimer personne que nous deux [1] ; voyez si vous le pouvez.

SILVIA.

Oh! de reste ; je ne trouve rien de si aisé.

ARLEQUIN.

Tout de bon ?

SILVIA.

Oh! je ne mens jamais. Mais où demeurez - vous aussi ?

ARLEQUIN.

Dans cette grande maison.

SILVIA.

Quoi! chez la fée?

ARLEQUIN.

Oui.

SILVIA, tristement.

J'ai toujours eu du malheur.

ARLEQUIN, tristement aussi.

Qu'est - ce que vous avez, ma chère amie?

SILVIA.

C'est que cette fée est plus belle que moi, et j'ai peur que notre amitié ne tienne pas.

---

[1] *Il faut n'aimer personne que nous deux.* Mot délicieux de naïveté et de sentiment.

ARLEQUIN, impatiemment

J'aimerais mieux mourir. (Tendrement.) Allez, ne vous affligez pas, mon petit cœur.

SILVIA.

Vous m'aimerez donc toujours?

ARLEQUIN.

Tant que je serai en vie.

SILVIA.

Ce serait bien dommage de me tromper; je suis si simple! Mais mes moutons s'écartent, on me gronderait s'il s'en perdait quelqu'un; il faut que je m'en aille. Quand reviendrez-vous?

ARLEQUIN, avec chagrin.

Oh! que ces moutons me fâchent!

SILVIA.

Et moi aussi; mais que faire? Serez-vous ici sur le soir?

ARLEQUIN.

Sans faute. (Il lui prend la main.) Oh! les jolis petits doigts! (Il lui baise la main.) Je n'ai jamais eu de bonbon si bon que cela.

SILVIA, en riant.

Adieu donc. (A part.) Voilà que je soupire, et je n'ai point eu de secret pour cela.

(Elle laisse tomber son mouchoir en s'en allant.)

ARLEQUIN, ramassant le mouchoir.

Mon amie!

SILVIA.

Que voulez-vous, mon ami ? Ah! c'est mon mouchoir; donnez.

ARLEQUIN le tend, et puis le retire; il hésite.

Non, je veux le garder; il me tiendra compagnie. Qu'est-ce que vous en faites ?

SILVIA.

Je me lave quelquefois le visage, et je m'essuie avec.

ARLEQUIN.

Et par où vous sert-il, afin que je le baise par là?

SILVIA.

Partout; mais j'ai hâte, je ne vois plus mes moutons. Adieu; jusqu'à tantôt.

(Arlequin la salue en faisant des lazzi, et se retire.)

SCÈNE VI.

LA FÉE, TRIVELIN.

LA FÉE.

En bien! notre jeune homme a-t-il goûté?

TRIVELIN.

Oui, goûté comme quatre; il excelle en fait d'appétit.

LA FÉE.

Où est-il à présent?

TRIVELIN.

Je crois qu'il joue au volant dans les prairies; mais j'ai une nouvelle à vous apprendre.

LA FÉE.

Quoi ? qu'est-ce que c'est ?

TRIVELIN.

Merlin est venu pour vous voir.

LA FÉE.

Je suis ravie de ne m'y être point rencontrée ; car c'est une grande peine que de feindre de l'amour pour qui l'on n'en sent plus.

TRIVELIN.

En vérité, madame, c'est bien dommage que ce petit innocent l'ait chassé de votre cœur. Merlin est au comble de la joie ; il croit vous épouser incessamment. Imagines-tu quelque chose d'aussi beau qu'elle ? me disait-il tantôt, en regardant votre portrait. Ah ! Trivelin, que de plaisirs m'attendent ! Mais je vois bien que, de ces plaisirs-là, il n'en tâtera qu'en idée ; et cela est d'une triste ressource, quand on s'en est promis la belle et bonne réalité. Il reviendra ; comment vous tirerez-vous d'affaire avec lui ?

LA FÉE.

Jusqu'ici je n'ai d'autre parti à prendre que de le tromper.

TRIVELIN.

Et n'en sentez-vous pas quelque remords de conscience ?

LA FÉE.

Oh ! j'ai bien d'autres choses en tête qu'à m'amuser à consulter ma conscience sur une bagatelle.

TRIVELIN, à part.

Voilà ce qui s'appelle un cœur de femme complet.

LA FÉE.

Je m'ennuie de ne point voir Arlequin; je vais le chercher; mais le voilà qui vient à nous. Qu'en dis-tu, Trivelin? il me semble qu'il se tient mieux qu'à l'ordinaire.

SCÈNE VII.

(Arlequin arrive tenant en main le mouchoir de Silvia qu'il regarde, et dont il se frotte tout doucement le visage.)

LA FÉE, TRIVELIN, ARLEQUIN.

LA FÉE, continuant de parler à Trivelin.

JE suis curieuse de voir ce qu'il fera tout seul. Mets-toi à côté de moi; je vais tourner mon anneau qui nous rendra invisibles [1].

(Arlequin arrive au bord du théâtre, et il saute en tenant le mouchoir de Silvia; il le met sur son sein, il se couche et se roule dessus; et tout cela gaîment.)

LA FÉE, à Trivelin.

Qu'est-ce que cela veut dire? Cela me paraît singulier. Où a-t-il pris ce mouchoir? Ne serait-ce pas un des miens qu'il aurait trouvé? Ah! si cela était, Trivelin, toutes ces postures-là seraient de bon augure.

---

[1] Ce jeu de théâtre a le même défaut que celui de l'agrandisse-ment et du rapetissement des personnages dans *l'Ile de la Raison.* Voyez ce qui en a été dit tome Ier, p. 203. Il est impossible que le spectateur, qui voit la fée, la suppose invisible aux yeux d'Arlequin.

TRIVELIN.

Je gagerais, moi, que c'est un linge qui sent le musc.

LA FÉE.

Oh! non. Je veux lui parler; mais éloignons-nous un peu, pour feindre que nous arrivons.

(Elle s'éloigne de quelques pas.)

ARLEQUIN, se promène en chantant.

Ter li ta ta li ta.

LA FÉE.

Bonjour, Arlequin.

ARLEQUIN, en tirant le pied, et mettant le mouchoir sous son bras.

Je suis votre très-humble serviteur.

LA FÉE, à part, à Trivelin.

Comment! voilà des manières! Il ne m'en a jamais tant dit depuis qu'il est ici.

ARLEQUIN, à la fée.

Madame, voulez-vous avoir la bonté de vouloir bien me dire comment on est quand on aime une personne?

LA FÉE, charmée, à Trivelin.

Trivelin, entends-tu? (A Arlequin.) Quand on aime, mon cher enfant, on souhaite toujours de voir les gens; on ne peut se séparer d'eux; on les perd de vue avec chagrin. Enfin on sent des transports, des impatiences et souvent des désirs [1].

---

[1] L'idée de ce dialogue est empruntée à la charmante fable de *Tircis et Amarante*. La Fontaine, liv. VIII, fable 13.

ARLEQUIN, en sautant d'aise et à part.

M'y voilà.

LA FÉE.

Est-ce que vous sentez tout ce que je dis là ?

ARLEQUIN, d'un air indifférent.

Non, c'est une curiosité que j'ai.

TRIVELIN.

Il jase, vraiment !

LA FÉE.

Il jase, il est vrai ; mais sa réponse ne me plaît pas. Mon cher Arlequin, ce n'est donc pas de moi que vous parlez ?

ARLEQUIN.

Oh ! je ne suis pas un niais ; je ne dis pas ce que je pense.

LA FÉE, avec feu et d'un ton brusque.

Qu'est-ce que cela signifie ? Où avez-vous pris ce mouchoir ?

ARLEQUIN, la regardant avec crainte.

Je l'ai pris à terre.

LA FÉE.

A qui est-il ?

ARLEQUIN.

Il est à..... (Puis s'arrêtant.) Je n'en sais rien.

LA FÉE.

Il y a quelque mystère désolant là-dessous. Donnez-moi ce mouchoir. (Elle le lui arrache, et après l'avoir regardé avec chagrin, et à part.) Il n'est pas à moi ; et il le baisait !

N'importe ; cachons-lui mes soupçons, et ne l'intimidons pas ; car il ne me découvrirait rien.

ARLEQUIN, humblement, et le chapeau bas.

Ayez la charité de me rendre le mouchoir.

LA FÉE, en soupirant en secret.

Tenez, Arlequin ; je ne veux pas vous l'ôter, puisqu'il vous fait plaisir.

(Arlequin en le recevant lui baise la main, la salue et s'en va.)

LA FÉE.

Vous me quittez ! Où allez-vous ?

ARLEQUIN.

Dormir sous un arbre.

LA FÉE, doucement.

Allez, allez.

SCÈNE VIII.

LA FÉE, TRIVELIN.

LA FÉE.

Ah ! Trivelin, je suis perdue.

TRIVELIN.

Je vous avoue, madame, que voici une aventure où je ne comprends rien. Que serait-il donc arrivé à ce petit peste-là ?

LA FÉE, au désespoir et avec feu.

Il a de l'esprit, Trivelin, il en a, et je n'en suis pas mieux ; je suis plus folle que jamais. Ah ! quel coup pour moi! Que ce petit ingrat vient de me paraître aimable ! As-tu vu comme il est changé ? As-tu remarqué de quel air il me parlait? combien sa physionomie était devenue fine ? Et ce n'est pas de moi qu'il tient toutes ces grâces-là! Il a déjà de la délicatesse de sentiment ; il s'est retenu, il n'ose me dire à qui appartient le mouchoir ; il devine que j'en serais jalouse. Ah! qu'il faut qu'il se soit pris d'amour pour avoir déjà tant d'esprit ! Que je suis malheureuse! Une autre lui entendra dire ce *je vous aime* que j'ai tant désiré, et je sens qu'il méritera d'être adoré ; je suis au désespoir. Sortons, Trivelin. Il s'agit ici de découvrir ma rivale ; je vais le suivre et parcourir tous les lieux où ils pourront se voir. Cherche de ton côté ; va vite. Je me meurs.

SCÈNE IX.

(La scène change, et représente une prairie où de loin paissent des moutons.)

SILVIA, UNE DE SES COUSINES.

SILVIA.

ARRÈTE-TOI un moment, ma cousine ; je t'aurai bientôt conté mon histoire, et tu me donneras quelque avis. Tiens, j'étais ici quand il [1] est venu ; dès qu'il s'est approché, le cœur m'a dit que je l'aimais ;

---

[1] Cet *il*, quand Arlequin n'a pas encore été nommé, est d'une vérité et d'un naturel charmans. Pour la femme qui aime, un seul être existe ; elle le voit lui seul, et, dans sa douce préoccupation, elle s'imagine que son illusion est partagée par tout ce qui l'entoure.

cela est admirable ! Il s'est approché aussi ; il m'a parlé. Sais-tu ce qu'il m'a dit ? Qu'il m'aimait aussi. J'étais plus contente que si on m'avait donné tous les moutons du hameau. Vraiment ! je ne m'étonne pas si toutes nos bergères sont si aises d'aimer ; je voudrais n'avoir fait que cela depuis que je suis au monde, tant je le trouve charmant. Mais ce n'est pas tout, il doit revenir ici bientôt ; il m'a déjà baisé la main, et je vois bien qu'il voudra me la baiser encore. Donne-moi conseil, toi qui as eu tant d'amans ; dois-je le laisser faire ?

LA COUSINE.

Garde-t'en bien, ma cousine ; sois bien sévère ; cela entretient la passion d'un amant.

SILVIA.

Quoi ! il n'y a point de moyen plus aisé que cela pour l'entretenir ?

LA COUSINE.

Non ; il ne faut point aussi lui dire tant que tu l'aimes.

SILVIA.

Et comment s'en empêcher ? Je suis encore trop jeune pour pouvoir me gêner.

LA COUSINE.

Fais comme tu pourras ; mais on m'attend, je ne puis rester plus long-temps. Adieu, ma cousine.

SCÈNE X.

SILVIA, *seule.*

QUE je suis inquiète! J'aimerais autant ne point aimer que d'être obligée d'être sévère ; cependant elle dit que cela entretient l'amour. Voilà qui est étrange : on devrait bien changer une manière si incommode ; ceux qui l'ont inventée n'aimaient pas autant que moi.

SCÈNE XI.

SILVIA, ARLEQUIN.

SILVIA.

Voici mon amant ; que j'aurai de peine à me retenir !

(Dès qu'Arlequin l'aperçoit, il vient à elle en sautant de joie ; il lui fait des caresses avec son chapeau, auquel il a attaché le mouchoir, il tourne autour de Silvia ; tantôt il baise le mouchoir, tantôt il caresse Silvia.)

ARLEQUIN.

Vous voilà donc, mon petit cœur ?

SILVIA, *en riant.*

Oui, mon amant.

ARLEQUIN.

Êtes-vous bien aise de me voir ?

SILVIA.

Assez.

ARLEQUIN.

Assez ! ce n'est pas assez [1].

SILVIA.

Oh ! si fait ; il n'en faut pas davantage.

(Arlequin lui prend la main. Silvia parait embarrassée.)

ARLEQUIN.

Et moi, je ne veux pas que vous disiez comme cela.

(Il veut lui baiser la main.)

SILVIA, retirant sa main.

Ne me baisez pas la main, au moins.

ARLEQUIN.

Ne voilà-t-il pas encore ! Allez, vous êtes une trompeuse. (Il pleure.)

SILVIA, tendrement, en lui prenant le menton.

Hélas ! mon petit amant, ne pleurez pas.

ARLEQUIN, continuant de gémir.

Vous m'aviez promis votre amitié.

SILVIA.

Eh ! je vous l'ai donnée.

ARLEQUIN.

Non ; quand on aime les gens, on ne les empêche pas de baiser sa main. (En lui offrant la sienne.) Tenez, voilà la mienne ; voyez si je ferai comme vous.

---

[1] Beaumarchais fait dire à Figaro : *En fait d'amour, trop n'est pas même assez.* C'est là de l'esprit, et rien de plus. *Assez ! ce n'est pas assez*, est plein de grâce et de sentiment.

SILVIA, se ressouvenant des conseils de sa cousine, et à part.

Oh ! ma cousine dira ce qu'elle voudra, mais je ne puis y tenir. (Haut.) Là, là, consolez-vous, mon ami, et baisez ma main puisque vous en avez envie; baisez. Mais écoutez, n'allez pas me demander combien je vous aime ; car je vous en dirais toujours la moitié moins qu'il n'y en a. Cela n'empêchera pas que, dans le fond, je ne vous aime de tout mon cœur ; mais vous ne devez pas le savoir, parce que cela vous ôterait votre amitié ; on me l'a dit.

ARLEQUIN, tristement.

Tous ceux qui vous ont dit cela ont fait un mensonge ; ce sont des causeurs qui n'entendent rien à notre affaire. Le cœur me bat quand je baise votre main et que vous dites que vous m'aimez, et c'est marque que ces choses-là sont bonnes à mon amitié.

SILVIA.

Cela se peut bien, car la mienne en va de mieux en mieux aussi, mais n'importe ; puisqu'on dit que cela ne vaut rien, faisons un marché, de peur d'accident. Toutes les fois que vous me demanderez si j'ai beaucoup d'amitié pour vous, je vous répondrai que je n'en ai guère, et cela ne sera pourtant pas vrai ; et quand vous voudrez me baiser la main, je ne le voudrai pas, et pourtant j'en aurai envie.

ARLEQUIN, riant.

Eh ! eh ! cela sera drôle ! je le veux bien ; mais,

avant ce marché-là, laissez-moi baiser votre main à mon aise ; cela ne sera pas du jeu.

SILVIA.

Baisez, cela est juste.

ARLEQUIN *lui baise et rebaise la main ; et après, faisant réflexion au plaisir qu'il vient d'avoir, il dit :*

Oh ! mais, mon amie, peut-être que le marché nous fâchera tous deux.

SILVIA.

Eh ! quand cela nous fâchera tout de bon, ne sommes-nous pas les maîtres ?

ARLEQUIN.

Il est vrai, mon amie. Cela est donc arrêté ?

SILVIA.

Oui.

ARLEQUIN.

Cela sera tout divertissant : voyons pour voir. (*Arlequin ici badine, et l'interroge pour rire.*) M'aimez-vous beaucoup ?

SILVIA.

Pas beaucoup.

ARLEQUIN, *sérieusement.*

Ce n'est que pour rire au moins ; autrement....

SILVIA, *riant.*

Eh ! sans doute.

ARLEQUIN, *poursuivant toujours la badinerie, et riant.*

Ah ! ah ! ah ! Donnez-moi votre main, ma mignonne.

SILVIA.

Je ne le veux pas.

ARLEQUIN, souriant.

Je sais pourtant que vous le voudriez bien.

SILVIA.

Plus que vous; mais je ne veux pas le dire.

ARLEQUIN, souriant encore ici; puis changeant de façon, et tristement.

Je veux la baiser, ou je serai fâché.

SILVIA.

Vous badinez, mon ami?

ARLEQUIN, toujours tristement.

Non.

SILVIA.

Quoi! c'est tout de bon?

ARLEQUIN.

Tout de bon.

SILVIA, en lui tendant la main.

Tenez donc.

SCÈNE XII.

LA FÉE, ARLEQUIN, SILVIA.

LA FÉE, en retournant son anneau, et à part.

Ah! je vois mon malheur.

ARLEQUIN, après avoir baisé la main de Silvia.

Dame! je badinais.

SILVIA.

Je vois bien que vous m'avez attrapée ; mais j'en profite aussi.

ARLEQUIN, qui lui tient toujours la main.

Voilà un petit mot qui me plaît comme tout.

LA FÉE, à part.

Ah! juste ciel! quel langage! Paraissons.

(Elle retourne son anneau.)

SILVIA, effrayée de la voir, fait un cri.

Ah!

ARLEQUIN.

Ouf!

LA FÉE, à Arlequin avec humeur.

Vous en savez déjà beaucoup.

ARLEQUIN, embarrassé.

Eh! eh! je ne savais pourtant pas que vous étiez là.

LA FÉE, en le regardant.

Ingrat! (Puis le touchant de sa baguette.) Suivez-moi.

(Après ce dernier mot, elle touche aussi Silvia sans lui rien dire.)

SILVIA, touchée.

Miséricorde!

(La fée part avec Arlequin qui marche devant en silence.)

SCÈNE XIII.

SILVIA, LUTINS.

SILVIA, seule, tremblante, et sans bouger.

Ah! la méchante femme! je tremble encore de peur. Hélas! peut-être qu'elle va tuer mon amant,

elle ne lui pardonnera jamais de m'aimer. Mais je
sais bien comment je ferai ; je m'en vais assembler
tous les bergers du hameau, et les mener chez elle :
allons. (Silvia là-dessus veut marcher, mais elle ne peut avancer un pas.)
Qu'est-ce que j'ai donc ? Je ne puis me remuer.
(Elle fait des efforts et ajoute :) Ah ! cette magicienne m'a jeté
un sortilége aux jambes. (A ces mots, deux ou trois lutins viennent
pour l'enlever.) Aïe ! aïe ! messieurs, ayez pitié de moi ; au
secours ! au secours !

UN DES LUTINS.

Suivez-nous, suivez-nous.

SILVIA.

Je ne veux pas, je veux retourner au logis.

UN AUTRE LUTIN.

Marchons.   (Il l'enlève.)

SCÈNE XIV.

(La scene change et représente le jardin de la fée.)

LA FÉE, ARLEQUIN.

LA FÉE, à Arlequin qui marche devant elle la tête baissée.

FOURBE que tu es ! je n'ai pu paraître aimable à
tes yeux, je n'ai pu t'inspirer le moindre sentiment,
malgré tous les soins et toute la tendresse que tu
m'as vus ; et ton changement est l'ouvrage d'une misérable bergère ! Réponds, ingrat ! que lui trouves-tu
de si charmant ? Parle.

ARLEQUIN, feignant d'être retombé dans sa bêtise.

Qu'est-ce que vous voulez?

LA FÉE.

Je ne te conseille pas d'affecter une stupidité que tu n'as plus. Si tu ne te montres tel que tu es, tu vas me voir poignarder l'indigne objet de ton choix.

ARLEQUIN, vite et avec crainte.

Eh! non, non; je vous promets que j'aurai de l'esprit autant que vous le voudrez.

LA FÉE.

Tu trembles pour elle!

ARLEQUIN.

C'est que je n'aime pas à voir mourir personne.

LA FÉE.

Tu me verras mourir, moi, si tu ne m'aimes.

ARLEQUIN.

Ne soyez donc pas en colère contre nous.

LA FÉE, s'attendrissant.

Ah! mon cher Arlequin, regarde-moi; repens-toi de m'avoir désespérée: j'oublierai de quelle part t'est venu ton esprit; mais puisque tu en as, qu'il te serve à connaître les avantages que je t'offre.

ARLEQUIN.

Tenez, dans le fond, je vois bien que j'ai tort; vous êtes belle et brave cent fois plus que l'autre. J'enrage.

LA FÉE.

Et de quoi ?

ARLEQUIN.

C'est que j'ai laissé prendre mon cœur par cette petite friponne qui est plus laide que vous.

LA FÉE, soupirant en secret.

Arlequin, voudrais-tu aimer une personne qui te trompe, qui a voulu badiner avec toi, et qui ne t'aime pas ?

ARLEQUIN.

Oh! pour cela, si fait; elle m'aime à la folie.

LA FÉE.

Elle t'abusait; je le sais bien, puisqu'elle doit épouser un berger du village qui est son amant. Si tu veux, je m'en vais l'envoyer chercher, et elle te le dira elle-même.

ARLEQUIN, en se mettant la main sur la poitrine et sur son cœur.

Tic, tac, tic, tac, ouf! voilà des paroles qui me rendent malade. (Puis vite.) Allons, allons, je veux savoir cela; car si elle me trompe, jarni! je vous caresserai, je vous épouserai devant ses deux yeux pour la punir.

LA FÉE.

Eh bien! je vais donc l'envoyer chercher.

ARLEQUIN, encore ému.

Oui; mais vous êtes bien fine. Si vous êtes là quand elle me parlera, vous lui ferez la grimace, elle vous craindra, et elle n'osera me dire rondement sa pensée.

LA FÉE.

Je me retirerai.

ARLEQUIN.

La peste ! Vous êtes une sorcière, vous nous jouerez un tour comme tantôt, et elle s'en doutera. Vous êtes au milieu du monde, et on ne voit rien. Oh ! je ne veux point que vous trichiez ; faites un serment que vous n'y serez pas en cachette.

LA FÉE.

Je te le jure, foi de fée.

ARLEQUIN.

Je ne sais point si ce juron-là est bon ; mais je me souviens à cette heure, quand on me lisait des histoires, d'avoir vu qu'on jurait par le Six, le Tix, oui, le Styx.

LA FÉE.

C'est la même chose.

ARLEQUIN.

N'importe, jurez toujours. Dame ! puisque vous craignez, c'est que c'est le meilleur.

LA FÉE, après avoir rêvé.

Eh bien ! je n'y serai point, je t'en jure par le Styx, et je vais donner ordre qu'on l'amène ici.

ARLEQUIN.

Et moi, en attendant, je m'en vais gémir en me promenant.

SCÈNE XV.

LA FÉE, *seule*.

Mon serment me lie; mais je n'en sais pas moins le moyen d'épouvanter la bergère sans être présente, et il me reste une ressource. Je donnerai mon anneau à Trivelin qui les écoutera invisible, et qui me rapportera ce qu'ils auront dit. Appelons-le. Trivelin! Trivelin!

SCÈNE XVI.

LA FÉE, TRIVELIN.

TRIVELIN.

Que voulez-vous, madame?

LA FÉE.

Faites venir ici cette bergère, je veux lui parler : et vous, prenez cette bague. Quand j'aurai quitté cette fille, vous avertirez Arlequin de lui venir parler, et vous le suivrez sans qu'il le sache, pour venir écouter leur entretien, avec la précaution de retourner la bague pour n'être point vu d'eux; après quoi, vous me redirez leurs discours. Entendez-vous? Soyez exact, je vous prie.

TRIVELIN.

Oui, madame.   (Il sort.)

SCÈNE XVII.

LA FÉE, SILVIA.

LA FÉE, un moment seule.

Est-il d'aventure plus triste que la mienne? Je n'ai lieu d'aimer plus que je n'aimais, que pour en souffrir davantage; cependant il me reste encore quelque espérance; mais voici ma rivale. (A Silvia.) Approchez, approchez.

SILVIA.

Madame, est-ce que vous voulez toujours me retenir de force ici? Si ce beau garçon m'aime, est-ce ma faute? Il dit que je suis belle; dame! je ne puis m'empêcher de l'être.

LA FÉE, avec fureur, à part.

Oh! si je ne craignais de tout perdre, je la déchirerais. (Haut.) Écoutez-moi, petite fille; mille tourmens vous sont préparés, si vous ne m'obéissez.

SILVIA.

Hélas! vous n'avez qu'à dire.

LA FÉE.

Arlequin va paraître ici; je vous ordonne de lui dire que vous n'avez voulu que vous divertir de lui, que vous ne l'aimez point, et qu'on va vous marier avec un berger du village. Je ne paraîtrai point dans votre conversation, mais je serai à vos côtés sans que vous me voyiez; et si vous n'observez mes ordres avec la dernière rigueur, s'il vous échappe le moindre mot

qui lui fasse deviner que je vous aie forcée à lui parler comme je le veux, tout est prêt pour votre supplice.

SILVIA.

Moi, lui dire que j'ai voulu me moquer de lui! Cela est-il raisonnable? Il se mettra à pleurer, et je me
mettrai à pleurer aussi. Vous savez bien que cela est
immanquable.

LA FÉE, en colère.

Vous osez me résister! Paraissez, esprits infernaux;
enchaînez-la, et n'oubliez rien pour la tourmenter.

(Des esprits entrent.)

SILVIA, pleurant.

N'avez-vous pas de conscience de me demander
une chose impossible?

LA FÉE, aux esprits.

Allez prendre l'ingrat qu'elle aime, et donnez-lui
la mort à ses yeux.

SILVIA.

La mort! Ah! madame la fée, vous n'avez qu'à le
faire venir; je m'en vais lui dire que je le hais, et je
vous promets de ne point pleurer du tout; je l'aime
trop pour cela.

LA FÉE.

Si vous versez une larme, si vous ne paraissez tranquille, il est perdu, et vous aussi. (Aux esprits.) Otez-
lui ses fers. (A Silvia.) Quand vous lui aurez parlé, je
vous ferai reconduire chez vous, si j'ai lieu d'être
contente; il va venir; attendez ici.

SCÈNE XVIII.

SILVIA, ARLEQUIN, TRIVELIN.

SILVIA, un moment seule.

Achevons vite de pleurer, afin que mon amant ne croie pas que je l'aime. Le pauvre enfant! ce serait le tuer moi-même. Ah! maudite fée! Mais essuyons mes yeux; le voilà qui vient.

(Arlequin entre triste et la tête penchée; il ne dit mot jusqu'auprès de Silvia. Il se présente à elle, la regarde un moment sans parler; et après, Trivelin, invisible, entre.)

ARLEQUIN.

Mon amie !

SILVIA, d'un air libre.

Eh bien ?

ARLEQUIN.

Regarde-moi.

SILVIA, embarrassée.

A quoi sert tout cela? On m'a fait venir ici pour vous parler; j'ai hâte. Qu'est-ce que vous voulez?

ARLEQUIN, tendrement.

Est-ce vrai que vous m'avez fourbé?

SILVIA.

Oui; tout ce que j'ai fait, ce n'était que pour me donner du plaisir.

ARLEQUIN, s'approchant d'elle tendrement.

Mon amie, dites franchement; cette coquine de fée n'est point ici, car elle en a juré. (En flattant Silvia.) Là, là, remettez-vous, mon petit cœur; dites, êtes-vous une perfide ? Allez-vous être la femme d'un vilain berger ?

SILVIA.

Oui, encore une fois ; tout cela est vrai.

ARLEQUIN, pleurant de toute sa force.

Hi! hi! hi!

SILVIA, à part.

Le courage me manque. (Arlequin cherche dans ses poches; il en tire un petit couteau qu'il aiguise sur sa manche.) Qu'allez-vous donc faire ? (Arlequin, sans répondre, alonge le bras comme pour prendre sa secousse, et ouvre un peu son estomac.) Ah! il se va tuer. Arrêtez-vous, mon amant; j'ai été obligée de vous dire des menteries. (En parlant à la fée qu'elle croit à côté d'elle.) Madame la fée, pardonnez-moi. En quelque endroit que vous soyez ici, vous voyez bien ce qu'il en est.

ARLEQUIN.

Ah! quel plaisir! Soutenez-moi, m'amour ; je m'évanouis d'aise.

(Silvia le soutient. Trivelin paraît tout d'un coup à leurs yeux.)

SILVIA, surprise.

Ah! voilà la fée.

TRIVELIN.

Non, mes enfans, ce n'est pas la fée ; mais elle m'a donné son anneau, afin que je vous écoutasse sans être vu. Ce serait bien dommage d'abandonner de si tendres amans à sa fureur; aussi bien ne mérite-t-elle pas qu'on la serve, puisqu'elle est infidèle au plus

généreux magicien du monde à qui je suis dévoué.
Soyez en repos ; je vais vous donner un moyen d'assurer votre bonheur. Il faut qu'Arlequin paraisse mécontent de vous, Silvia ; et que, de votre côté, vous
feigniez de le quitter en le raillant. Je vais chercher
la fée qui m'attend, à qui je dirai que vous vous êtes
parfaitement acquittée de ce qu'elle vous avait or-
donné ; elle sera témoin de votre retraite. Pour vous,
Arlequin, quand Silvia sera sortie, vous resterez avec
la fée ; et alors, en l'assurant que vous ne songez plus
à Silvia infidèle, vous jurerez de vous attacher à la
magicienne, et tâcherez par quelque tour d'adresse,
et comme en badinant, de lui prendre sa baguette. Je
vous avertis que dès qu'elle sera dans vos mains, la
fée n'aura plus aucun pouvoir sur vous deux ; et qu'en
la touchant elle-même d'un coup de baguette, vous
en serez absolument le maître. Pour lors vous pourrez sortir d'ici, et vous faire telle destinée qu'il vous
plaira.

SILVIA.

Je prie le ciel qu'il vous récompense.

ARLEQUIN.

Oh ! quel honnête homme ! Quand j'aurai la baguette, je vous donnerai votre plein chapeau de liards.

TRIVELIN.

Préparez-vous ; je vais amener ici la fée.

SCÈNE XIX.

ARLEQUIN, SILVIA.

ARLEQUIN.

Ma chère amie, la joie me court dans le corps ; il faut que je vous baise ; nous avons bien le temps de cela.

SILVIA.

Taisez - vous donc, mon ami ; ne nous caressons pas à cette heure, afin de pouvoir nous caresser toujours. On vient ; dites-moi bien des injures pour avoir la baguette.

SCÈNE XX.

LA FÉE, TRIVELIN, ARLEQUIN, SILVIA.

ARLEQUIN, comme en colère.

Allons, petite coquine.

TRIVELIN, à la fée.

Je crois, madame, que vous aurez lieu d'être contente.

ARLEQUIN, continuant à gronder Silvia.

Sortez d'ici, friponne. Voyez cette petite effrontée ! Sortez d'ici, mort de ma vie !

SILVIA, en riant.

Ah ! ah ! qu'il est drôle ! Adieu, adieu ; je m'en vais épouser mon amant ; une autre fois ne croyez pas tout ce qu'on vous dit, petit garçon. (A la fée.) Madame, voulez-vous que je m'en aille ?

LA FÉE, à Trivelin.

Faites-la sortir, Trivelin.

SCÈNE XXII.
LA FÉE, ARLEQUIN.

LA FÉE.

Je vous avais dit la vérité, comme vous voyez.

ARLEQUIN, avec une indifférence apparente.

Oh ! je me soucie bien de cela ; c'est une petite laide qui ne vous vaut pas. Allez, allez, à présent je vois bien que vous êtes une bonne personne. Fi ! que j'étais sot ! Laissez faire, nous l'attraperons bien, quand nous serons mari et femme.

LA FÉE.

Quoi ! mon cher Arlequin, vous m'aimerez donc ?

ARLEQUIN.

Eh ! qui donc ? J'avais assurément la vue trouble. Tenez, cela m'avait fâché d'abord ; mais à présent je donnerais toutes les bergères des champs pour une mauvaise épingle. (Doucement.) Mais vous n'avez peut-être plus envie de moi, à cause que j'ai été si bête ?

LA FÉE.

Mon cher Arlequin, je te fais mon maître, mon mari ; oui, je t'épouse ; je te donne mon cœur, mes richesses, ma puissance. Es-tu content ?

ARLEQUIN, la regardant tendrement.

Ah ! ma mie, que vous me plaisez ! (Lui prenant la main.)

3.   4

Moi, je vous donne ma personne, et puis cela en-
core (c'est son chapeau); et puis encore cela. (Il lui met son épée
au côté, et dit en lui prenant sa baguette :) Et je m'en vais mettre
ce bâton à mon côté.

LA FÉE, inquiète, le voyant tenir la baguette.

Donnez, donnez-moi cette baguette, mon fils.
vous la casserez.

ARLEQUIN.

Tout doucement, tout doucement !

LA FÉE.

Donnez donc vite; j'en ai besoin.

ARLEQUIN, la touchant adroitement avec la baguette.

Tout beau ! asseyez-vous là, et soyez sage.

LA FÉE, tombant sur un siége de gazon.

Ah ! je suis perdue, je suis trahie !

ARLEQUIN, en riant.

Et moi, je suis on ne peut pas mieux. Oh! oh!
vous me grondiez tantôt parce que je n'avais point
d'esprit; j'en ai pourtant plus que vous. (Arlequin alors
fait des sauts de joie; il rit, il danse, il siffle, et de temps en temps va autour
de la fée, et lui montrant la baguette.) Soyez bien sage, madame
la sorcière; car voyez-vous bien cela? (Alors il appelle
tout le monde.) Allons, qu'on m'apporte ici mon petit
cœur. Trivelin, où sont mes valets et tous les diables
aussi? Vite; j'ordonne, je commande, ou par la sambleu.... (Tout accourt à sa voix.)

SCÈNE XXII.

LA FÉE, ARLEQUIN, SILVIA, TRIVELIN, DANSEURS, CHANTEURS ET ESPRITS.

ARLEQUIN, courant au devant de Silvia, et lui montrant la baguette.

Ma chère amie, voilà la machine; je suis sorcier à cette heure; tenez, prenez; il faut que vous soyez sorcière aussi.   (Il lui donne la baguette.)

SILVIA prend la baguette en sautant d'aise.

Oh! mon amant, nous n'aurons plus d'envieux.
(A peine Silvia a-t-elle dit ces mots, que quelques esprits s'avancent.)

UN DES ESPRITS.

Vous êtes notre maîtresse; que voulez-vous de nous?

SILVIA, surprise de leur approche, se retire.

Voilà encore ces vilains hommes qui me font peur.

ARLEQUIN, fâché.

Jarni! je vous apprendrai à vivre. (A Silvia.) Donnez-moi ce bâton, afin que je les rosse.

(Il prend la baguette, et ensuite bat les esprits avec son épée; il bat après les danseurs, les chanteurs, et jusqu'à Trivelin même.)

SILVIA, en l'arrêtant.

En voilà assez, mon ami. (Arlequin menace tout le monde, va à la fée qui est sur le banc, et la menace aussi. Silvia alors s'approche à son tour de la fée, et lui dit en la saluant :) Bonjour, madame; comment vous portez-vous? Vous n'êtes donc plus si méchante? (La fée détourne la tête en jetant des regards de fureur sur eux. Oh! qu'elle est en colère!

ARLEQUIN, à la fée.

Tout doux ! je suis le maître. Allons, qu'on nous regarde tout à l'heure agréablement.

SILVIA.

Laissons-la, mon ami ; soyons généreux ; la compassion est une belle chose.

ARLEQUIN.

Je lui pardonne ; mais je veux qu'on chante, qu'on danse, et puis après nous irons nous faire roi quelque part.

FIN D'ARLEQUIN POLI PAR L'AMOUR.

LA SURPRISE

DE L'AMOUR,

COMÉDIE EN TROIS ACTES ET EN PROSE,

Représentée pour la première fois par les comédiens italiens,
le 3 mai 1722.

JUGEMENT

SUR LA COMÉDIE

DE LA SURPRISE DE L'AMOUR.

A l'occasion de la pièce jouée cinq ans plus tard sous le
même titre au Théâtre-Français, et qui est imprimée
dans le premier volume de cette édition de Marivaux, il
m'a paru nécessaire de donner, par anticipation, l'analyse
de la pièce *italienne*, et d'établir entre les deux ouvrages
une comparaison d'après laquelle celle qu'on va lire se
trouve à l'avance appréciée. Ce serait donc un double
emploi et une répétition fastidieuse que de revenir ici sur
des détails et sur un jugement que l'on peut lire page 337
du premier volume. Il me suffit d'avertir que les différentes
éditions précédentes, rapprochées du manuscrit original,
m'ont paru si fautives, que nulle part les corrections n'ont
été ni plus indispensables ni plus multipliées. La plus
grande partie de ces corrections résultent du texte même
de Marivaux, et les fautes qui ont disparu prouvent que
les reproches dont le style de cet ingénieux écrivain a été
l'objet, doivent moins lui être personnellement adressés,
qu'aux imprimeurs ignorans ou négligens auxquels il avait
donné sa confiance.

PERSONNAGES.

LA COMTESSE.

LÉLIO.

LE BARON, ami de Lélio.

COLOMBINE, suivante de la comtesse.

ARLEQUIN, valet de Lélio.

JACQUELINE, servante de Lélio

PIERRE, amant de Jacqueline.

La scène est dans une maison de campagne

LA SURPRISE
DE L'AMOUR.

ACTE I.

SCÈNE I.
PIERRE, JACQUELINE.

PIERRE.

Tiens, Jacquelaine, t'as une himeur qui me fâche.
Pargué! encore faut-il dire queuque parole d'amiquié
aux gens.

JACQUELINE.

Mais qu'est-ce qu'il te faut donc? Tu me veux
pour ta femme; eh bian! est-ce que je recule à
cela?

PIERRE.

Bon! qu'est-ce que ça dit? Est-ce que toutes les
filles n'aimont pas à devenir la femme d'un homme?

JACQUELINE.

Tredame! c'est donc un oisiau bien rare qu'un
homme, pour en être si envieuse?

PIERRE.

Eh! là, là, je parle en discourant; je savons bian
que l'oisiau n'est pas rare; mais quand une fille est

grande, alle a la fantaisie d'en avoir un, et il n'y a
pas de mal à ça, Jacqueline; car ça est vrai, et tu
n'iras pas là contre.

JACQUELINE.

Acoute; n'ons-je pas d'autres amoureux que toi?
Est-ce que Blaise et le gros Colas ne sont pas affolés
de moi tous deux? Est-ce qu'ils ne sont pas des
hommes aussi bian que toi?

PIERRE.

Eh mais! je pense qu'oui.

JACQUELINE.

Eh bian! butor, je te baille la parfarence. Qu'as-
tu à dire à ça?

PIERRE.

C'est que tu m'aimes mieux qu'eux tant seulement;
mais si je ne te prenais pas, moi, ça te fâcherait-il?

JACQUELINE.

Oh! dame, t'en veux trop savoir.

PIERRE.

Eh! morguienne! voilà le *tu autem;* je veux de
l'amiquié pour la parsonne de moi tout seul. Quand
tout le village vianrait te dire: Jacquelaine, épouse-
moi; je voudrais que tu fisses bravement la grimace
à tout le village, et que tu lui disis: Nennin-dà, je veux
être la femme de Piarre, et pis c'est tout. Pour ce qui est
d'en cas de moi, si j'allais être un parfide, je voudrais
que tu te fâchisses rudement, et que t'en pleurisses

tout ton soûl; et velà, margué! ce qu'en appelle
aimer le monde. Tians, moi qui te parle, si j'allais
me changer, il n'y aurait pus de carvelle cheux moi;
c'est de l'amiquié que ça. Tatigué! que je serais content si tu pouvais itou devenir folle! Ah! que ça serait touchant! Ma pauvre Jacquelaine, dis-moi queuque mot qui me fasse comprendre que tu pardrais un
petit brin l'esprit.

JACQUELINE.

Va, va, Piarre, je ne dis rien; mais je n'en pense
pas moins.

PIERRE.

Et penses-tu que tu m'aimes, par hasard? Dis-
moi oui ou non.

JACQUELINE.

Devine lequel.

PIERRE.

Regarde-moi entre deux yeux. Tu ris, tout comme
si tu disais oui. Eh! eh! eh! qu'en dis-tu?

JACQUELINE.

Eh! je dis franchement que je serais bian empêchée
de ne pas t'aimer; car t'es bien agriable.

PIERRE.

Eh! jarni! velà dire les mots et les paroles.

JACQUELINE.

Je t'ai toujours trouvé une bonne philosomie
d'homme. Tu m'as fait l'amour, et franchement ça
m'a fait plaisir; mais l'honneur des filles les empêche

de parler. Après ça, ma tante disait toujours qu'un
amant, c'est comme un homme qui a faim ; pus il a
faim, et pus il a envie de manger ; pus un homme a
de peine après une fille, et pus il l'aime.

PIERRE.

Parsanguenne ! il faut que ta tante ait dit vrai ; car
je meurs de faim, je t'en avertis, Jacquelaine.

JACQUELINE.

Tant mieux ! Je t'aime de cette himeur-là, pourvu
qu'alle dure ; mais j'ai bian peur que monsieur Lélio,
mon maître, ne consente pas à noute mariage, et
qu'il ne me boute hors de chez li, quand il saura que
je t'aime ; car il nous a dit qu'il ne voulait point d'a-
mourette parmi nous.

PIERRE.

Et pourquoi donc ça ? Est-ce qu'il y a du mal à
aimer son prochain ? Eh ! morgué ! je m'en vas lui gager, moi, que ça se pratique chez les Turcs ; et si, ils
sont bian méchans.

JACQUELINE.

Oh ! c'est pis qu'un Turc. A cause d'une dame de
Paris qui l'aimait beaucoup, et qui li a tourné casaque
pour un autre galant plus mal bâti que li, noute monsieur a fait tapage. Il li a dit qu'alle devait être honteuse ; alle lui a dit qu'alle ne voulait pas l'être. Eh !
voilà bian de quoi ! ç'a-t-elle fait. Et pis des injures :
Vous êtes une indeigne... Eh ! voyez donc cet impertinent !... Et je me vengerai.... Et moi, je m'en gausse

Tant y a qu'à la parfin alle li a farmé la porte sus le nez. Li, qui est glorieux, a pris ça en mal, et il est venu ici pour vivre en harmite, en phisolophe ; car velà comme il dit. Et depuis ce temps, quand il entend parler d'amour, il semble qu'en l'écorche comme une anguille. Son valet Arlequin fait itou le dégoûté. Quand il voit une fille à droite, ce drôle de corps se baille les airs d'aller à gauche, à cause de quenque mijaurée de chambrière qui li a, à ce qu'il dit, vendu du noir.

PIERRE.

Quien, véritablement, c'est une piquié que ça ; il n'y a pas de police ; en punit tous les jours de pauvres voleurs, et en laisse aller et venir les parfides. Mais velà ton maître, parle-li.

JACQUELINE.

Non ; il a la face triste, c'est peut-être qu'il rêve aux femmes ; je sis d'avis que j'attende que ça soit passé. Va, va, il y a bonne espérance, pisque ta maîtresse est arrivée, et qu'alle a dit qu'alle li en parlerait.

SCÈNE II.

LÉLIO, ARLEQUIN, *tous deux d'un air triste.*

LÉLIO.

Le temps est sombre aujourd'hui.

ARLEQUIN.

Ma foi, oui ; il est aussi mélancolique que nous.

LÉLIO.

Oh ! on n'est pas toujours dans la même disposition ; l'esprit, aussi bien que le temps, est sujet à des nuages.

ARLEQUIN.

Pour moi, quand mon esprit va bien, je ne m'embarrasse guère du brouillard.

LÉLIO.

Tout le monde est assez de même.

ARLEQUIN.

Mais je trouve toujours le temps vilain, quand je suis triste.

LÉLIO.

C'est que tu as quelque chose qui te chagrine.

ARLEQUIN.

Non.

LÉLIO.

Tu n'as donc point de tristesse.

ARLEQUIN.

Si fait.

LÉLIO.

Dis donc pourquoi ?

ARLEQUIN.

Pourquoi ? En vérité, je n'en sais rien ; c'est peut-être que je suis triste de ce que je ne suis pas gai.

LÉLIO.

Va, tu ne sais ce que tu dis.

ARLEQUIN.

Avec cela, il me semble que je ne me porte pas
bien.

LÉLIO.

Ah! si tu es malade, c'est une autre affaire.

ARLEQUIN.

Je ne suis pas malade non plus.

LÉLIO.

Es-tu fou? Si tu n'es pas malade, comment trouves-tu donc que tu ne te portes pas bien?

ARLEQUIN.

Tenez, monsieur, je bois à merveille, je mange
de même, je dors comme une marmotte; voilà ma
santé.

LÉLIO.

C'est une santé de crocheteur; un honnête homme
serait heureux de l'avoir.

ARLEQUIN.

Cependant je me sens pesant et lourd; j'ai une fai-
néantise dans les membres; je bâille sans sujet; je n'ai
du courage qu'à mes repas; tout me déplaît. Je ne vis
pas, je traîne; quand le jour est venu, je voudrais
qu'il fût nuit; quand il est nuit, je voudrais qu'il fût
jour; voilà ma maladie; voilà comment je me porte
bien et mal.

LÉLIO.

Je t'entends; c'est un peu d'ennui qui t'a pris; cela

se passera. As-tu sur toi ce livre qu'on m'a envoyé
de Paris?... Réponds donc.

ARLEQUIN.

Monsieur, avec votre permission, que je passe de
l'autre côté.

LÉLIO.

Que veux-tu donc? Qu'est-ce que cette cérémonie?

ARLEQUIN.

C'est pour ne pas voir sur cet arbre deux petits oi-
seaux qui sont amoureux; cela me tracasse. J'ai juré
de ne plus faire l'amour; mais quand je le vois faire,
j'ai presque envie de manquer de parole à mon serment, cela me raccommode avec ces pestes de femmes; et puis c'est le diable de me refâcher contre
elles.

LÉLIO.

Eh! mon cher Arlequin, me crois-tu plus exempt
que toi de ces petites inquiétudes-là? Je me ressouviens qu'il y a des femmes au monde, qu'elles sont
aimables, et ce ressouvenir ne va pas sans quelques
émotions de cœur; mais ce sont ces émotions-là qui
me rendent inébranlable dans la résolution de ne plus
voir de femmes.

ARLEQUIN.

Pardi! cela me fait tout le contraire, à moi; quand
ces émotions-là me prennent, c'est alors que ma résolution branle. Enseignez-moi donc à en faire mon
profit comme vous.

LÉLIO.

Oui-dà, mon ami, je t'aime; tu as du bon sens, quoiqu'un peu grossier. L'infidélité de ta maîtresse t'a rebuté de l'amour; la trahison de la mienne m'en a rebuté de même; tu m'as suivi avec courage dans ma retraite, et tu m'es devenu cher par la conformité de ton génie avec le mien et par la ressemblance de nos aventures.

ARLEQUIN.

Et moi, monsieur, je vous assure que je vous aime cent fois plus aussi que de coutume, à cause que vous avez la bonté de m'aimer tant. Je ne veux plus voir de femmes, non plus que vous; cela n'a point de conscience. J'ai pensé crever de l'infidélité de Margot. Les passe-temps de la campagne, votre conversation et la bonne nourriture, m'ont un peu remis. Je n'aime plus cette Margot; seulement quelquefois son petit nez me trotte encore dans la tête [1]; mais quand je ne songe point à elle, je n'y gagne rien; car je pense à toutes les femmes en gros, et alors les émotions de cœur que vous dites viennent me tourmenter. Je cours, je saute, je chante, je danse; je n'ai point d'autre secret pour me chasser cela, mais ce secret-là n'est que de l'onguent miton-mitaine. Je suis dans un

---

[1] *Son petit nez me trotte encore dans la tête.* On blâmerait ce *nez* qui *trotte dans la tête*, si c'était un autre qu'Arlequin qui parlât. Il faut excuser ces expressions dans la bouche d'un personnage qui ne veut que se faire entendre, et qui y réussit parfaitement en cette occasion.

grand danger; et, puisque vous m'aimez tant, ayez
la charité de me dire comment je ferai pour devenir
fort, quand je suis faible.

LÉLIO.

Ce pauvre garçon me fait pitié. Ah! sexe trompeur, tourmente ceux qui t'approchent, mais laisse
en repos ceux qui te fuient!

ARLEQUIN.

Cela est trop raisonnable; pourquoi faire du mal
à ceux qui ne te font rien?

LÉLIO.

Quand quelqu'un me vante une femme aimable et
l'amour qu'il a pour elle, je crois voir un frénétique
qui me fait l'éloge d'une vipère, qui me dit qu'elle
est charmante, et qu'il a le bonheur d'en être mordu.

ARLEQUIN.

Fi donc! cela fait mourir.

LÉLIO.

Eh! mon cher enfant, la vipère n'ôte que la vie.
Femmes, vous nous ravissez notre raison, notre liberté, notre repos; vous nous ravissez à nous-mêmes,
et vous nous laissez vivre! Ne voilà-t-il pas des hommes en bel état après? Des pauvres fous, des hommes
troublés, ivres de douleur ou de joie, toujours en
convulsion, des esclaves! Et à qui appartiennent ces
esclaves? à des femmes! Et qu'est-ce que c'est qu'une
femme? Pour la définir il faudrait la connaître; nous
pouvons aujourd'hui en commencer la définition,

mais je soutiens qu'on n'en verra le bout qu'à la fin
du monde [1].

ARLEQUIN.

En vérité, c'est pourtant un joli petit animal que
cette femme, un joli petit chat; c'est dommage qu'il
ait tant de griffes.

LÉLIO.

Tu as raison, c'est dommage; car enfin, est-il dans
l'univers de figure plus charmante? Que de grâces, et
que de variété dans ces grâces!

ARLEQUIN.

C'est une créature à manger.

LÉLIO.

Voyez ses ajustemens [2] : jupes étroites, jupes en
lanterne, coiffure en clocher, coiffure sur le nez, ca-
puchon sur la tête, et toutes les modes les plus ex-
travagantes, mettez-les sur une femme; dès qu'elles
auront touché sa personne enchanteresse, c'est l'a-
mour et les grâces qui l'ont habillée; c'est de l'esprit
qui lui vient jusques au bout des doigts. Cela n'est-
il pas bien singulier?

─────────

[1] *On n'en verra le bout qu'à la fin du monde.* Hyperbole par
laquelle Lélio trahit, sans s'en douter, la fausseté des sentimens de
haine qu'il affecte contre les femmes.

[2] *Voyez ses ajustemens.* Si on rejouait la pièce, il faudrait accommoder ce passage à celles de nos modes nouvelles qui prêtent le plus
au ridicule; on n'aurait que l'embarras du choix. On pardonnera
à l'éditeur d'avoir, dans le détail de ces ajustemens, substitué *personne* à *figure enchanteresse.* C'est une singulière inadvertance de
Marivaux d'avoir supposé que *les jupes* d'une femme étaient des-
tinées à toucher *sa figure.*

ARLEQUIN.

Oh! cela est vrai ; il n'y a , mardi! pas de livre qui
ait tant d'esprit qu'une femme, quand elle est en
corset et en petites pantoufles.

LÉLIO.

Quel aimable désordre d'idées dans la tête! que de
vivacité! quelles expressions! que de naïveté! L'homme a le bon sens en partage; mais, ma foi, l'esprit
n'appartient qu'à la femme. A l'égard de son cœur,
ah! si les plaisirs qu'il nous donne étaient durables,
ce serait un séjour délicieux que la terre. Nous autres
hommes, pour la plupart, nous sommes jolis en
amour ; nous nous répandons en petits sentimens dou-
cereux ; nous avons la marotte d'être délicats, parce
que cela donne un air plus tendre ; nous faisons l'a-
mour réglément, tout comme on fait une charge.
Nous nous faisons des méthodes de tendresse ; nous
allons chez une femme, pourquoi? Pour l'aimer,
parce que c'est le devoir de notre emploi. Quelle pi-
toyable façon de faire! Une femme ne veut être ni
tendre, ni délicate , ni fâchée, ni bien aise ; elle est
tout cela sans le savoir, et cela est charmant. Regar-
dez-la quand elle aime, et qu'elle ne veut pas le dire;
morbleu! nos tendresses les plus babillardes appro-
chent-elles de l'amour qui perce à travers son silence?

ARLEQUIN.

Ah! monsieur, je m'en souviens, Margot avait si
bonne grâce à faire comme cela la nigaude!

LÉLIO.

Sans l'aiguillon de l'amour et du plaisir, notre cœur, à nous autres, est un vrai paralytique ; nous restons là comme des eaux dormantes, qui attendent qu'on les remue pour se remuer. Le cœur d'une femme se donne sa secousse à lui-même ; il part sur un mot qu'on dit, sur un mot qu'on ne dit pas, sur une contenance. Elle a beau vous avoir dit qu'elle aime ; le répète-t-elle ? vous l'apprenez toujours, vous ne le saviez pas encore : ici par une impatience, par une froideur, par une imprudence, par une distraction, en baissant les yeux, en les relevant, en sortant de sa place, en y restant ; enfin c'est de la jalousie, du calme, de l'inquiétude, de la joie, du babil, et du silence de toutes couleurs [1]. Et le moyen de ne pas s'enivrer du plaisir que cela donne ! Le moyen de se voir adorer sans que la tête vous tourne ! Pour moi, j'étais tout aussi sot que les autres amans ; je me croyais un petit prodige, mon mérite m'étonnait ; ah ! qu'il est mortifiant d'en rabattre ! C'est aujourd'hui ma bêtise qui m'étonne ; l'homme prodigieux a disparu, et je n'ai trouvé qu'une dupe à sa place.

---

[1] *De toutes couleurs.* Ces mots se rapportent collectivement à tous les substantifs qui précèdent. Si l'on demandait quelle peut être la *couleur du silence*, La Bruyère (*du Mérite personnel*) répondrait : « Un sot n'entre, ni ne sort, ni ne s'assied, ni ne se lève, « *ni ne se tait* comme un homme d'esprit. » La différence qu'établit La Bruyère entre le silence de l'homme d'esprit et le silence du sot, Marivaux la remarque avec raison entre le silence d'un homme et celui d'une femme.

ARLEQUIN.

Eh bien ! monsieur, queussi, queumi ; voilà mon histoire ; j'étais tout aussi sot que vous. Vous faites pourtant un portrait qui fait venir l'envie de l'original.

LÉLIO.

Butor que tu es ! Ne t'ai-je pas dit que la femme était aimable, qu'elle avait le cœur tendre, et beaucoup d'esprit ?

ARLEQUIN.

Oui. Est-ce que tout cela n'est pas bien joli ?

LÉLIO.

Non ; tout cela est affreux.

ARLEQUIN.

Bon ! bon ! c'est que vous voulez m'attraper peut-être.

LÉLIO.

Non, ce sont là les instrumens de notre supplice. Dis-moi, mon pauvre garçon, si tu trouvais sur ton chemin de l'argent d'abord, un peu plus loin de l'or, un peu plus loin des perles, et que cela te conduisît à la caverne d'un monstre, d'un tigre, si tu veux, est-ce que tu ne haïrais pas cet argent, cet or et ces perles ?

ARLEQUIN.

Je ne suis pas si dégoûté, je trouverais cela fort bon ; il n'y aurait que le vilain tigre dont je ne voudrais pas ; mais je prendrais vitement quelques mil-

liers d'écus dans mes poches, je laisserais là le reste,
et je décamperais bravement après.

LÉLIO.

Oui ; mais tu ne saurais point qu'il y a un tigre au
bout, et tu n'auras pas plus tôt ramassé un écu que
tu ne pourras t'empêcher de vouloir le reste.

ARLEQUIN.

Fi ! par la morbleu ! c'est bien dommage ; voilà un
sot trésor, de se trouver sur ce chemin-là. Pardi !
qu'il aille au diable, et l'animal avec.

LÉLIO.

Mon enfant, cet argent que tu trouves d'abord sur
ton chemin, c'est la beauté, ce sont les agrémens
d'une femme qui t'arrêtent ; cet or que tu rencontres
encore, ce sont les espérances qu'elle te donne : enfin ces perles, c'est son cœur qu'elle t'abandonne
avec tous ses transports.

ARLEQUIN.

Aïe ! aïe ! gare l'animal !

LÉLIO.

Le tigre enfin paraît après les perles, et ce tigre,
c'est un caractère perfide retranché dans l'âme de ta
maîtresse ; il se montre, il t'arrache son cœur, il déchire le tien ; adieu tes plaisirs ; il te laisse aussi misérable que tu croyais être heureux.

ARLEQUIN.

Ah ! c'est justement là la bête que Margot a lâchée

sur moi, pour avoir aimé son argent, son or et ses perles.

LÉLIO.

Les aimeras-tu encore?

ARLEQUIN.

Hélas! monsieur, je ne songeais pas à ce diable qui m'attendait au bout. Quand on n'a pas étudié, on ne voit pas plus loin que son nez.

LÉLIO.

Quand tu seras tenté de revoir des femmes, souviens-toi toujours du tigre, et regarde tes émotions de cœur comme une envie fatale d'aller sur sa route et de te perdre.

ARLEQUIN.

Oh! voilà qui est fait; je renonce à toutes les femmes et à tous les trésors du monde, et je m'en vais boire un petit coup pour me fortifier dans cette bonne pensée.

SCÈNE III.

LÉLIO, JACQUELINE, PIERRE.

LÉLIO.

Que me veux-tu, Jacqueline?

JACQUELINE.

Monsieur, c'est que je voulions vous parler d'une petite affaire.

LÉLIO.

De quoi s'agit-il?

JACQUELINE.

C'est que, ne vous déplaise. . . . Mais vous vous
fâcherez.

LÉLIO.

Voyons.

JACQUELINE.

Monsieur, vous avez dit, il y a queuque temps,
que vous ne vouliez pas que j'eussions des galans.

LÉLIO.

Non; je ne veux point voir d'amour dans ma
maison.

JACQUELINE.

Je vians pourtant vous demander un petit parvi-
lége.

LÉLIO.

Quel est-il ?

JACQUELINE.

C'est que, révérence parler, j'avons le cœur tendre.

LÉLIO.

Tu as le cœur tendre? voilà un plaisant aveu! Et
qui est le nigaud qui est amoureux de toi?

PIERRE.

Eh! eh! eh! c'est moi, monsieur.

LÉLIO.

Ah! c'est toi, maître Pierre? je t'aurais cru plus
raisonnable. Eh bien! Jacqueline, c'est donc pour
lui que tu as le cœur tendre?

JACQUELINE.

Oui, monsieur, il y a bien deux ans en çà que cela m'est venu.... Mais, dis toi-même ; je ne sis pas assez effrontée de mon naturel.

PIERRE.

Monsieur, franchement, c'est qu'alle me trouve gentil ; et si ce n'était qu'alle fait la difficile, il y aurait long-temps que je serions ennocés.

LÉLIO.

Tu es fou, maître Pierre ; ta Jacqueline au premier jour te plantera là ; crois-moi, ne t'attache point à elle. Laisse-la ; tu cherches ton malheur.

JACQUELINE.

Bon! voilà de biaux contes qu'vous li faites là, monsieur ! Est-ce que vous croyez que je sommes comme vos girouettes de Paris, qui tournent à tout vent ? Allez, allez ! si queuqu'un de nous deux se plante là ¹, ce sera li qui me plantera, et non pas moi. A tout hasard, notre monsieur, donnez-moi tant seulement une petite parmission de mariage ; c'est pour ça que j'avons prins la liberté de vous attaquer.

PIERRE.

Oui ; voilà tout fin dret ce que c'est. Et Jacque-

---

¹ *Si queuqu'un de nous deux se plante là.* Il y a dans la suite de la phrase une équivoque grossière, qui se ressent de la licence primitive de l'ancien théâtre, et qu'on ne relève ici que parce que ce tort est rare dans Marivaux.

line a itou queuque doutance que vous vourez bian
de votre grâce, et pour l'amour de son sarvice, et de
sti-là de son père et de sa mère, qui vous ont tant
sarvi quand ils n'étiont pas encore défunts.... Tant y
a, monsieur... excusez l'importunance... c'est que je
sommes pauvres; et tout franchement, pour vous le
couper court...

LÉLIO.

Achève donc, il y a une heure que tu traînes.

JACQUELINE.

Parguienne! aussi tu t'embrouilles dans je ne sais
combien de paroles qui ne sarvont de rien, et monsieur pard la patience. C'est donc, ne vous en déplaise, que je voulons nous marier; et, comme ce
dit l'autre, ce n'est pas le tout qu'un pourpoint, s'il
n'y a des manches; c'est ce qui fait, si vous permettez
que je vous le disions en bref....

LÉLIO.

Eh! non, Jacqueline, dis-moi-le en long; tu auras
plus tôt fait.

JACQUELINE.

C'est que j'avons queuque espérance que vous nous
baillerez queuque chose en entrée de ménage.

LÉLIO.

Soit, je le veux. Nous verrons cela une autre fois;
et je ferai ce que je pourrai, pourvu que le parti te
convienne. Laissez-moi.

SCÈNE IV.

LÉLIO, ARLEQUIN, JACQUELINE, PIERRE.

PIERRE, prenant Arlequin à l'écart.

ARLEQUIN, par charité, recommandez-nous à monsieur. C'est que je nous aimons, Jacquelaine et moi; je n'avons pas de grands moyens, et....

ARLEQUIN.

Tout beau, maître Pierre; dis-moi, as-tu son cœur?

PIERRE.

Parguienne! oui; à la parfin alle m'a lâché son amiquié.

ARLEQUIN.

Ah! malheureux, que je te plains! voilà le caractère perfide qui va venir; je t'expliquerai cela plus au long une autre fois, mais tu le sentiras bien. Adieu, pauvre homme, je n'ai plus rien à te dire; ton mal est sans remède.

JACQUELINE.

Queu tripotage est-ce qu'il fait donc là, avec ce remède et ce caractère?

PIERRE.

Morguié! tous ces discours me chiffonnont malheur; je varrons ce qui en est par un petit tour d'adresse. Allons-nous-en, Jacquelaine. Madame la comtesse fera mieux que nous.

SCÈNE V.

LÉLIO, ARLEQUIN.

ARLEQUIN, revenant à son maître.

Monsieur, mon cher maître, il y a une mauvaise
nouvelle.

LÉLIO.

Qu'est-ce que c'est ?

ARLEQUIN.

Vous avez entendu parler de cette comtesse qui
a acheté depuis un an cette belle maison près de la
vôtre?

LÉLIO.

Oui.

ARLEQUIN.

Eh bien! on m'a dit que cette comtesse est ici, et
qu'elle veut vous parler; j'ai mauvaise opinion de
cela.

LÉLIO.

Eh! morbleu! toujours des femmes! Eh! que me
veut-elle ?

ARLEQUIN.

Je n'en sais rien; mais on dit qu'elle est belle et
veuve; je gage qu'elle est encline à faire du mal.

LÉLIO.

Et moi enclin à l'éviter. Je ne me soucie ni de sa
beauté ni de son veuvage.

ARLEQUIN.

Que le ciel vous maintienne dans cette bonne disposition! Ouf!

LÉLIO.

Qu'as-tu?

ARLEQUIN.

C'est qu'on dit qu'il y a aussi une fille de chambre avec elle, et voilà mes émotions de cœur qui me prennent.

LÉLIO.

Benêt! une femme te fait peur!

ARLEQUIN.

Hélas! monsieur, j'espère en vous et en votre assistance.

LÉLIO.

Je crois que les voilà qui se promènent; retirons-nous.

SCÈNE VI.

LA COMTESSE, COLOMBINE, ARLEQUIN.

LA COMTESSE, parlant de Lélio.

VOILA un jeune homme bien sauvage.

COLOMBINE, arrêtant Arlequin.

Un petit mot, s'il vous plaît. Oserait-on vous demander d'où vient cette férocité qui vous prend à vous et à votre maître?

ARLEQUIN.

A cause d'un proverbe qui dit que chat échaudé craint l'eau froide.

LA COMTESSE.

Parle plus clairement. Pourquoi nous fuit-il ?

ARLEQUIN.

C'est que nous savons ce qu'en vaut l'aune.

COLOMBINE.

Remarquez-vous qu'il n'ose nous regarder, madame ? Allons, allons, levez la tête, et rendez-nous compte de la sottise que vous venez de faire.

ARLEQUIN, la regardant doucement.

Par la jarni ! qu'elle est jolie !

LA COMTESSE.

Laisse-le là ; je crois qu'il est imbécile.

COLOMBINE.

Et moi, je crois que c'est malice. Parleras-tu ?

ARLEQUIN.

C'est que mon maître a fait vœu de fuir les femmes, parce qu'elles ne valent rien.

COLOMBINE.

Impertinent !

ARLEQUIN.

Ce n'est pas votre faute, c'est la nature qui vous a bâties comme cela ; et moi, j'ai fait vœu aussi. Nous avons souffert comme des misérables à cause de votre bel-esprit, de vos jolis charmes, et de votre tendre cœur.

COLOMBINE.

Hélas ! quelle lamentable histoire ! Et comment

te tireras-tu d'affaire avec moi ? Je suis une espiègle,
et j'ai envie de te rendre un peu misérable de ma façon.

ARLEQUIN.

Prrrr ! il n'y a pas pied.

LA COMTESSE.

Là, mon ami ; va dire à ton maître que je me soucie fort peu des hommes, mais que je souhaiterais
lui parler.

ARLEQUIN.

Je le vois là qui m'attend ; je m'en vais l'appeler.

SCÈNE VII.

LA COMTESSE, LÉLIO, ARLEQUIN, COLOMBINE.

ARLEQUIN.

Monsieur, madame dit qu'elle ne se soucie point
de vous ; vous n'avez qu'à venir, elle veut vous dire
un mot. (A part.) Ah ! comme cela m'accrocherait si je
me laissais faire !

LÉLIO.

Madame, puis-je vous rendre quelque service ?

LA COMTESSE.

Monsieur, je vous demande pardon de la liberté
que j'ai prise ; mais il y a le neveu de mon fermier
qui recherche en mariage une jeune paysanne de chez
vous. Ils ont peur que vous ne consentiez pas à ce
mariage ; ils m'ont priée de vous engager à les aider

de quelque libéralité, comme de mon côté j'ai dessein de le faire. Voilà, monsieur, tout ce que j'avais à vous dire quand vous vous êtes retiré.

LÉLIO.

Madame, j'aurai tous les égards que mérite votre recommandation, et je vous prie de m'excuser si j'ai fui ; mais je vous avoue que vous êtes d'un sexe avec qui j'ai cru devoir rompre pour toute ma vie. Cela paraîtra bien bizarre ; je ne chercherai point à me justifier ; car il me reste un peu de politesse, et je craindrais d'entamer une matière qui me met toujours de mauvaise humeur ; et si je parlais, il pourrait, malgré moi, m'échapper des traits d'une incivilité qui vous déplairait, et que mon respect vous épargne.

COLOMBINE.

Mort de ma vie ! madame, est-ce que ce discours-là ne vous remue pas la bile ? Allez, monsieur, tous les renégats font mauvaise fin ; vous viendrez quelque jour crier miséricorde et ramper aux pieds de vos maîtres, et ils vous écraseront comme un serpent. Il faut bien que justice se fasse.

LÉLIO.

Si madame n'était pas présente, je vous dirais franchement que je ne vous crains ni ne vous aime.

LA COMTESSE.

Ne vous gênez point, monsieur. Tout ce que nous disons ici ne s'adresse point à nous ; regardons-nous comme hors d'intérêt. Et sur ce pied-là, peut-on

3.   6

vous demander ce qui vous fâche si fort contre les femmes ?

LÉLIO.

Ah ! madame, dispensez-moi de vous le dire ; c'est un récit que j'accompagne ordinairement de réflexions où votre sexe ne trouve pas son compte.

LA COMTESSE.

Je vous devine ; c'est une infidélité qui vous a donné tant de colère.

LÉLIO.

Oui, madame, c'est une infidélité ; mais affreuse, mais détestable.

LA COMTESSE.

N'allons point si vite. Votre maîtresse cessa-t-elle de vous aimer pour en aimer un autre ?

LÉLIO.

En doutez-vous, madame ? La simple infidélité serait insipide et ne tenterait pas une femme sans l'assaisonnement de la perfidie.

LA COMTESSE.

Quoi ! vous eûtes un successeur ? Elle en aima un autre ?

LÉLIO.

Oui, madame. Comment ! cela vous étonne ? Voilà pourtant les femmes, et ces actions doivent vous mettre en pays de connaissance.

COLOMBINE.

Le petit blasphémateur !

LA COMTESSE.

Oui, votre maîtresse est une indigne, et l'on ne saurait trop la mépriser.

COLOMBINE.

D'accord, qu'il la méprise; il n'y a pas à tortiller, c'est une coquine celle-là.

LA COMTESSE.

J'ai cru d'abord, moi, qu'elle n'avait fait que se dégoûter de vous et de l'amour, et je lui pardonnais en faveur de cela la sottise qu'elle avait eue de vous aimer. Quand je dis vous, je parle des hommes en général.

LÉLIO.

Comment, madame! ce n'est donc rien, à votre compte, que de cesser sans raison d'avoir de la tendresse pour un homme?

LA COMTESSE.

C'est beaucoup, au contraire. Cesser d'avoir de l'amour pour un homme, c'est, à mon compte, connaître sa faute, s'en repentir, en avoir honte, sentir la misère de l'idole qu'on adorait, et rentrer dans le respect qu'une femme se doit à elle-même. J'ai bien vu que nous ne nous entendions point. Si votre maîtresse n'avait fait que renoncer à son attachement ridicule, eh! il n'y aurait rien de plus louable; mais ne faire que changer d'objet, ne guérir d'une folie que par une extravagance! eh fi! je suis de votre sentiment; cette femme-là est tout-à-fait méprisable.

Amant pour amant, il valait autant que vous désho-
norassiez sa raison qu'un autre.

LÉLIO.

Je vous avoue que je ne m'attendais pas à cette
chute-là.

COLOMBINE, riant.

Ah! ah! ah! il faudrait bien des conversations
comme celle-là pour en faire une raisonnable. Courage, monsieur! vous voilà tout déferré! Décochez-
lui moi quelque trait bien hétéroclite, qui sente
bien l'original [1]. Eh! vous avez fait des merveilles
d'abord.

LÉLIO.

C'est assurément mettre les hommes bien bas, que
de les juger indignes de la tendresse d'une femme;
l'idée est neuve.

COLOMBINE.

Elle ne fera pas fortune chez vous.

LÉLIO.

On voit bien que vous êtes fâchée, madame.

LA COMTESSE.

Moi, monsieur! je n'ai point à me plaindre des
hommes; je ne les hais point non plus. Hélas! la pauvre espèce! elle est, pour qui l'examine, encore plus
comique que haïssable.

---

[1] *Quelque trait bien hétéroclite, qui sente bien l'original.* Expressions fort *hétéroclites* elles-mêmes, et que repousse la simple ana-
logie des idées.

COLOMBINE.

Oui-dà ; je crois que nous trouverons plus de ressource à nous en divertir qu'à nous fâcher contre elle.

LÉLIO.

Mais, qu'a-t-elle donc de si comique ?

LA COMTESSE.

Ce qu'elle a de si comique ? Mais y songez-vous, monsieur ? Vous êtes bien curieux d'être humilié dans vos confrères [1]. Si je parlais, vous seriez tout étonné de vous trouver de cent piques au-dessous de nous. Vous demandez ce que votre espèce a de comique, qui, pour se mettre à son aise, a eu besoin de se réserver un privilége d'indiscrétion, d'impertinence et de fatuité ; qui suffoquerait si elle n'était babillarde, si sa misérable vanité n'avait pas ses coudées franches, s'il ne lui était pas permis de déshonorer un sexe qu'elle ose mépriser pour les mêmes choses dont l'indigne qu'elle est fait sa gloire. Oh ! l'admirable engeance qui a trouvé la raison et la vertu des fardeaux trop pesans pour elle, et qui nous a chargées du soin de les porter ! Ne voilà-t-il pas de beaux titres de supériorité sur nous, et de pareilles gens ne sont-ils pas risibles ? Fiez-vous à moi, monsieur ; vous ne con-

---

[1] *Dans vos confrères.* On ne dit ni d'un homme relativement aux autres hommes, ni de tous les hommes ensemble considérés dans leur sexe et par opposition aux femmes, qu'ils sont *confrères.* Il fallait dire : *Dans vos semblables, dans les personnes de votre sexe.*

naissez pas votre misère, j'oserai vous le dire. Vous
voilà bien irrité contre les femmes ; je suis peut-être,
moi, la moins aimable de toutes. Tout hérissé de
rancune que vous croyez être, moyennant deux ou
trois coups d'œil flatteurs qu'il m'en coûterait, grâce
à la tournure grotesque de l'esprit de l'homme, vous
m'allez donner la comédie [1].

LÉLIO.

Oh ! je vous défie de me faire payer ce tribut de
folie-là.

COLOMBINE.

Ma foi, madame, cette expérience-là vous porte-
rait malheur.

LÉLIO.

Ah ! ah ! cela est plaisant ! Madame, peu de femmes sont aussi aimables que vous ; vous l'êtes tout
autant que je suis sûr que vous croyez l'être ; mais
s'il n'y a que la comédie dont vous parlez qui puisse
vous réjouir, en ma conscience, vous ne rirez de
votre vie.

COLOMBINE.

En ma conscience, vous me la donnez tous les
deux, la comédie. Cependant, si j'étais à la place de

---

[1] *Vous m'allez donner la comédie.* Toute cette déclamation contre les hommes est la réponse à celle que Lélio s'est permise plus haut,
dans la seconde scène, contre les femmes. Seulement la comtesse
prend un plus long détour que Lélio pour faire pressentir sa pro-
chaine conversion. Cela devait être : Lélio s'est expliqué devant son
valet ; et la comtesse parle à l'homme qu'elle aime secrètement, et
auquel elle a déjà fait le sacrifice de sa prétendue indifférence.

madame, le défi me piquerait, et je ne voudrais pas
en avoir le démenti.

LA COMTESSE.

Non; la partie ne me pique point, je la tiens ga-
gnée. Mais comme à la campagne il faut voir quelqu'un, soyons amis pendant que nous y resterons ; je
vous promets sûreté. Nous nous divertirons, vous à
médire des femmes, et moi à mépriser les hommes.

LÉLIO.

Volontiers.

COLOMBINE.

Le joli commerce ! on n'a qu'à vous en croire ; les
hommes tireront à l'orient, les femmes à l'occident ;
cela fera de belles productions, et nos petits neveux
auront bon air. Eh ! morbleu ! pourquoi prêcher la
fin du monde ? Cela coupe la gorge à tout ; soyons
raisonnables. Condamnez les amans déloyaux, les
conteurs de sornettes, à être jetés dans la rivière une
pierre au cou ; à merveilles. Enfermez les coquettes
en quatre murailles, fort bien. Mais les amans fidèles,
dressez-leur de belles et bonnes statues pour encourager le public. Vous riez ! Adieu, pauvres brebis
égarées ; pour moi, je vais travailler à la conversion
d'Arlequin. A votre égard, que le ciel vous assiste !
Mais il serait curieux de vous voir chanter la palino-
die ; je vous y attends.   (Elle sort.)

LA COMTESSE.

La folle ! Je vous quitte, monsieur ; j'ai quelques

ordres à donner. N'oubliez pas, de grâce, ma recommandation pour ces paysans.

SCÈNE VIII.

LE BARON, LA COMTESSE, LÉLIO.

LE BARON.

Ne me trompé-je point ? Est-ce vous que je vois, madame la comtesse ?

LA COMTESSE.

Oui, monsieur, c'est moi-même.

LE BARON.

Quoi ! avec notre ami Lélio ! Cela se peut-il ?

LA COMTESSE.

Que trouvez-vous donc là de si étrange ?

LÉLIO.

Je n'ai l'honneur de connaître madame que depuis un instant. Et d'où vient ta surprise ?

LE BARON.

Comment, ma surprise ! voici peut-être le coup de hasard le plus bizarre qui soit arrivé.

LÉLIO.

En quoi ?

LE BARON.

En quoi ? morbleu ! Je n'en saurais revenir ; c'est le fait le plus curieux qu'on puisse imaginer. Dès que je serai à Paris, où je vais, je le ferai mettre dans la gazette.

LÉLIO.

Mais, que veux-tu dire?

LE BARON.

Songez-vous à tous les millions de femmes qu'il y a dans le monde, au couchant, au levant, au septentrion, au midi, Européennes, Asiatiques, Africaines, Américaines, blanches, noires, basanées, de toutes les couleurs? Nos propres expériences, et les relations de nos voyageurs, nous apprennent que partout la femme est amie de l'homme, que la nature l'a pourvue de bonne volonté pour lui; la nature n'a manqué que madame. Le soleil n'éclaire qu'elle chez qui notre espèce n'ait point rencontré grâce, et cette seule exception de la loi générale se rencontre avec un personnage unique; je te le dis en ami, avec un homme qui nous a donné l'exemple d'un fanatisme tout neuf; qui seul de tous les hommes n'a pu s'accoutumer aux coquettes qui fourmillent sur la terre, et qui sont aussi anciennes que le monde; enfin, qui s'est condamné à venir ici languir de chagrin de ne plus voir de femmes, en expiation du crime qu'il a fait quand il en a vu. Oh! je ne sache point d'aventure qui aille de pair avec la vôtre.

LÉLIO, riant.

Ah! ah! je te pardonne toutes tes injures en faveur de ces coquettes qui fourmillent sur la terre, et qui sont aussi anciennes que le monde.

LA COMTESSE, riant.

Pour moi, je me sais bon gré que la nature m'ait

manquée, et je me passerai bien de la façon qu'elle aurait pu me donner de plus; c'est autant de sauvé, c'est un ridicule de moins.

LE BARON, sérieusement.

Madame, n'appelez point cette faiblesse-là ridicule; ménageons les termes. Il peut venir un jour où vous serez bien aise de lui trouver une épithète plus honnête.

LA COMTESSE.

Oui, si l'esprit me tourne.

LE BARON.

Eh bien! il vous tournera; c'est si peu de chose que l'esprit! Après tout, il n'est pas encore sûr que la nature vous ait absolument manquée. Hélas! peut-être jouez-vous de votre reste aujourd'hui. Combien voyons-nous de choses qui sont d'abord merveilleuses, et qui finissent par faire rire! Je suis un homme à pronostic; voulez-vous que je vous dise? tenez, je crois que votre merveilleux est à fin de terme.

LÉLIO.

Cela se peut bien, madame, cela se peut bien; les fous sont quelquefois inspirés.

LA COMTESSE.

Vous vous trompez, monsieur, vous vous trompez.

LE BARON, à Lélio.

Mais toi, qui raisonnes, as-tu lu l'histoire romaine?

LÉLIO.

Oui ; qu'en veux-tu faire de ton histoire romaine ?

LE BARON.

Te souviens-tu qu'un ambassadeur romain enferma
Antiochus dans un cercle qu'il traça autour de lui, et
lui déclara la guerre, s'il en sortait avant qu'il eût
répondu à sa demande ?

LÉLIO.

Oui, je m'en ressouviens.

LE BARON.

Tiens, mon enfant, moi indigne, je te fais un cercle
à l'imitation de ce Romain ; et, sous peine des ven-
geances de l'Amour, qui vaut bien la république de
Rome, je t'ordonne de n'en sortir que soupirant
pour les beautés de madame ; voyons si tu oseras
broncher.

LÉLIO, passant le cercle.

Tiens, je suis hors du cercle ; voilà ma réponse :
va-t'en la porter à ton benêt d'Amour.

LA COMTESSE.

Monsieur le baron, je vous prie, badinez tant qu'il
vous plaira, mais ne me mettez point en jeu.

LE BARON.

Je ne badine point, madame ; je vous le cautionne
garrotté à votre char ; il vous aime de ce moment-ci,
il a obéi. La peste ! vous ne le verriez pas hors du
cercle ; il avait plus de peur qu'Antiochus.

LÉLIO, riant.

Madame, vous pouvez me donner des rivaux tant qu'il vous plaira; mon amour n'est point jaloux.

LA COMTESSE, embarrassée.

Messieurs, j'entends volontiers raillerie; mais cessons pourtant.

LE BARON.

Vous montrez là certaine impatience qui pourra venir à bien; faisons-la profiter par un petit tour de cercle.   (Il l'enferme aussi.)

LA COMTESSE, sortant du cercle.

Laissez - moi; qu'est - ce que cela signifie, baron ? Ne lisez jamais l'histoire, puisqu'elle ne vous apprend que des polissonneries [1].

LE BARON.

Je vous demande pardon; mais vous aimerez, s'il vous plaît, madame. Lélio est mon ami, et je ne veux point lui donner de maîtresse insensible.

LA COMTESSE, sérieusement.

Cherchez - lui donc une maîtresse ailleurs; car il trouverait fort mal son compte ici.

LÉLIO.

Madame, je sais le peu que je vaux; on peut se dis-

---

[1] *Puisqu'elle ne vous apprend que des polissonneries.* Le terme est dur et de mauvais ton. La comtesse voulait et devait dire : *De méchantes plaisanteries.*

penser de me l'apprendre. Après tout, votre antipathie ne me fait point trembler.

LE BARON.

Bon ; voilà de l'amour qui prélude par du dépit.

LA COMTESSE, à Lélio.

Vous seriez fort à plaindre, monsieur, si mes sentimens ne vous étaient indifférens.

LE BARON.

Ah ! le beau duo ! Vous ne savez pas encore combien il est tendre.

LA COMTESSE, s'en allant doucement.

En vérité, vos folies me poussent à bout, baron.

LE BARON.

Oh ! madame, nous aurons l'honneur, Lélio et moi, de vous reconduire jusque chez vous.

SCÈNE IX.

LE BARON, LA COMTESSE, LÉLIO, COLOMBINE.

COLOMBINE.

Bonjour, monsieur le baron. Comme vous voilà rouge, madame ! Monsieur Lélio est tout je ne sais comment aussi ; il a l'air d'un homme qui veut être fier, et qui ne peut pas l'être. Qu'avez-vous donc tous deux ?

LA COMTESSE, sortant.

L'étourdie !

LE BARON.

Laisse-les, Colombine. Ils sont de méchante hu
meur ; ils viennent de se faire une déclaration d'a-
mour l'un à l'autre, et le tout en se fâchant.

SCÈNE X.

COLOMBINE, ARLEQUIN,

avec un équipage de chasseur.

COLOMBINE.

Je vois bien qu'ils nous apprêteront à rire. Mais où
est Arlequin ? Je veux qu'il m'amuse ici. J'entends
quelqu'un ; ne serait-ce pas lui ?

ARLEQUIN.

Ouf ! ce gibier-là mène un chasseur trop loin, je me
perdrais ; tournons d'un autre côté... Allons donc...
Euh ! me voilà justement sur le chemin du tigre. Maudits soient l'argent, l'or et les perles !

COLOMBINE.

Quelle heure est-il, Arlequin ?

ARLEQUIN.

Ah ! la fine mouche ! je vois bien que tu cherches
midi à quatorze heures. Passez votre chemin, ma mie.

COLOMBINE.

Il ne me plaît pas, moi ; passe-le toi-même.

ARLEQUIN.

Oh ! pardi ! à bon chat bon rat ; je veux rester ici.

COLOMBINE.

Eh ! le fou, qui perd l'esprit en voyant une femme !

ARLEQUIN.

Va-t'en, va-t'en demander ton portrait à mon maître ; il te le donnera pour rien ; tu verras si tu n'es pas une vipère.

COLOMBINE.

Ton maître est un visionnaire, qui te fait faire pénitence de ses sottises. Dans le fond tu me fais pitié : c'est dommage qu'un jeune homme comme toi, assez bien fait et bon enfant, car tu es sans malice....

ARLEQUIN.

Je n'en ai non plus qu'un poulet.

COLOMBINE.

C'est dommage qu'il consume sa jeunesse dans la langueur et la souffrance ; car, dis la vérité, tu t'ennuies ici, tu pâtis ?

ARLEQUIN.

Oh ! cela n'est pas croyable.

COLOMBINE.

Et pourquoi, nigaud, mener une pareille vie ?

ARLEQUIN.

Pour ne point tomber dans vos pattes, race de chats que vous êtes. Si vous étiez de bonnes gens, nous ne serions pas venus nous rendre ermites. Il n'y a plus de bon temps pour moi, et c'est vous qui en êtes la cause. Malgré tout cela, il ne s'en faut de rien que je ne l'aime. La sotte chose que le cœur de l'homme !

COLOMBINE.

Cet original dispute contre son cœur, comme un honnête homme.

ARLEQUIN.

N'as-tu pas de honte d'être si jolie et si traîtresse ?

COLOMBINE.

Comme si on devait rougir de ses bonnes qualités! Au revoir, nigaud ; tu me fuis, mais cela ne durera pas [1].

---

[1] *Mais cela ne durera pas.* A quelques fautes de goût près, qu'on a dû signaler dans les notes, tout le premier acte est charmant. L'exposition est claire ; l'action se développe, et marche rapidement à son but. Le caractère de Lélio et celui de la comtesse sont annoncés avec art ; le dénouement est indiqué suffisamment ; la réconciliation des principaux personnages avec l'amour n'est qu'entrevue, mais on sent qu'elle est infaillible. Colombine et Arlequin, Jacqueline et maître Pierre, égaient par leurs naïvetés le fond du tableau, et tout cela est travaillé avec soin. Le spectateur se trouve, à la fin de l'acte, dans la disposition la plus favorable au but que chaque auteur doit se proposer, c'est-à-dire dans l'impatience de voir la fin d'une intrigue qui l'amuse et qui l'intéresse.

FIN DU PREMIER ACTE.

ACTE II.

SCÈNE I.

LA COMTESSE, COLOMBINE.

COLOMBINE, *regardant sa montre.*

Cela est singulier!

LA COMTESSE.

Quoi?

COLOMBINE.

Je trouve qu'il y a un quart d'heure que nous nous promenons sans rien dire; entre deux femmes, cela ne laisse pas d'être fort. Sommes-nous bien dans notre état naturel?

LA COMTESSE.

Je ne sache rien d'extraordinaire en moi.

COLOMBINE.

Vous voilà pourtant bien rêveuse.

LA COMTESSE.

C'est que je songe à une chose.

COLOMBINE.

Voyons ce que c'est. Suivant l'espèce de la chose, je ferai l'estime de votre silence.

3. 7

LA COMTESSE.

C'est que je songe qu'il n'est pas nécessaire que je voie si souvent Lélio.

COLOMBINE.

Hum ! il y a du Lélio ? votre taciturnité n'est pas si louable que je le pensais. La mienne, à dire vrai, n'est pas plus méritoire. Je me taisais à peu près dans le même goût ; je ne rêve pas à Lélio ; mais je suis autour de cela, je rêve au valet.

LA COMTESSE.

Mais que veux-tu dire ? Quel mal y a-t-il à penser à ce que je pense ?

COLOMBINE.

Oh ! pour du mal, il n'y en a pas ; mais je croyais que vous ne disiez mot par pure paresse de langue, et je trouvais cela beau dans une femme ; car on prétend que cela est rare. Mais pourquoi jugez-vous qu'il n'est pas nécessaire que vous voyiez si souvent Lélio ?

LA COMTESSE.

Je n'ai d'autres raisons pour lui parler que le mariage de ces jeunes gens. Il ne m'a point dit ce qu'il veut donner à la fille ; je suis bien aise que le neveu de mon fermier trouve quelque avantage ; mais, sans nous parler, Lélio peut me faire savoir ses intentions, et je puis le faire informer des miennes.

COLOMBINE.

L'imagination est tout-à-fait plaisante.

LA COMTESSE.

Ne vas-tu pas faire un commentaire là-dessus ?

COLOMBINE.

Comment ! il n'y a point de commentaire à cela. Malepeste ! c'est un joli trait d'esprit que cette invention. Le chemin de tout le monde, quand on a affaire aux gens, c'est d'aller leur parler ; mais cela n'est pas commode. Le plus court est de s'entretenir de loin ; vraiment on s'entend bien mieux. Lui parlerez-vous avec une sarbacane, ou par procureur ?

LA COMTESSE.

Mademoiselle Colombine, vos fades railleries ne me plaisent point du tout ; je vois bien les petites idées que vous avez dans l'esprit [1].

COLOMBINE.

Je me doute, moi, que vous ne vous doutez pas des vôtres ; mais cela viendra.

LA COMTESSE.

Taisez-vous.

COLOMBINE.

Mais aussi de quoi vous avisez-vous, de prendre un si grand tour pour parler à un homme ? Monsieur, soyons amis tant que nous resterons ici ; nous nous amuserons, vous à médire des femmes, moi à mépriser les hommes : voilà ce que vous lui avez dit tantôt.

---

[1] *Je vois bien les petites idées que vous avez dans l'esprit. Petites, à la bonne heure ; mais ces petites idées-là vont grandir en bien peu de temps, et elles finiront par aboutir au mariage*

Est-ce que l'amusement que vous avez choisi ne vous plaît plus ?

LA COMTESSE.

Il me plaira toujours ; mais j'ai songé que je mettrai Lélio plus à son aise en ne le voyant plus. D'ailleurs la conversation que nous avons eue tantôt ensemble, jointe aux plaisanteries que le baron a continué de faire chez moi, pourraient donner matière à de nouvelles scènes que je suis bien aise d'éviter. Tiens, prends ce billet.

COLOMBINE.

Pour qui ?

LA COMTESSE.

Pour Lélio. C'est de cette paysanne qu'il s'agit ; je lui demande réponse.

COLOMBINE.

Un billet à monsieur Lélio, exprès pour ne point donner matière à la plaisanterie ! Mais voilà des précautions d'un jugement !...

LA COMTESSE.

Fais ce que je te dis.

COLOMBINE.

Madame, c'est une maladie qui commence ; votre cœur en est à son premier accès de fièvre. Tenez, le billet n'est plus nécessaire ; je vois Lélio qui s'approche.

LA COMTESSE.

Je me retire ; faites votre commission.

SCÈNE II.

LÉLIO, ARLEQUIN, COLOMBINE.

LÉLIO.

Pourquoi donc madame la comtesse se retire-t-elle en me voyant?

COLOMBINE, présentant le billet.

Monsieur.... ma maîtresse a jugé à propos de réduire sa conversation dans ce billet. A la campagne on a l'esprit ingénieux [1].

LÉLIO.

Je ne vois pas la finesse qu'il peut y avoir à me laisser là, quand j'arrive, pour m'entretenir dans des papiers. J'allais prendre des mesures avec elle pour nos paysans. Mais voyons ses raisons.

ARLEQUIN.

Je vous conseille de lui répondre sur une carte; cela sera bien drôle.

LÉLIO lit.

« Monsieur, depuis que nous nous sommes quittés, j'ai
« fait réflexion qu'il était assez inutile de nous voir. »

Oh! très-inutile; je l'ai pensé de même.

« Je prévois que cela vous gênerait; et moi, à qui il

---

[1] L'esprit ingénieux. Pléonasme répréhensible : on a l'esprit adroit, subtil, inventif, et c'est ce que veut dire Colombine; l'esprit ingénieux est la même chose que l'esprit spirituel. Plus tard Marivaux ne fait plus de ces fautes là.

« n'ennuie pas d'être seule, je serais fâchée de vous con-
« traindre. »

Vous avez raison, madame; je vous remercie de
votre attention.

« Vous savez la prière que je vous ai faite tantôt au sujet
« du mariage de nos jeunes gens; je vous prie de vouloir
« bien me marquer là-dessus quelque chose de positif. »

Volontiers, madame; vous n'attendrez point. Voilà
la femme du caractère le plus passable que j'aie vue
de ma vie. Si j'étais capable d'en aimer quelqu'une,
ce serait elle.

ARLEQUIN.

Par la morbleu! j'ai peur que ce tour-là ne vous
joue un mauvais tour.

LÉLIO.

Oh! non; l'éloignement qu'elle a pour moi me donne, en vérité, beaucoup d'estime pour elle; cela est
dans mon goût. Je suis ravi que la proposition vienne
d'elle; elle m'épargne, à moi, la peine de la lui faire.

ARLEQUIN.

Pour cela, oui; notre dessein était de lui dire que
nous ne voulions plus d'elle.

COLOMBINE.

Quoi! ni de moi non plus?

ARLEQUIN.

Oh! je suis honnête; je ne veux point dire aux gens
des injures à leur nez.

COLOMBINE.

Eh bien! monsieur, faites-vous réponse?

LÉLIO.

Oui, ma chère enfant, j'y cours; vous pouvez lui dire, puisqu'elle choisit le papier pour le champ de bataille de nos conversations, que j'en ai près d'une rame chez moi, et que le terrain ne manquera de long-temps.

ARLEQUIN.

Eh! eh! eh! nous verrons à qui aura le dernier.

COLOMBINE.

Vous êtes distrait, monsieur; vous me dites que vous courez faire réponse, et vous voilà encore.

LÉLIO.

J'ai tort; j'oublie les choses d'un moment à l'autre. Attendez là un instant.

COLOMBINE, l'arrêtant.

C'est-à-dire, que vous êtes bien charmé du parti que prend ma maîtresse?

ARLEQUIN.

Pardi! cela est admirable!

LÉLIO.

Oui, assurément, cela me fera plaisir.

COLOMBINE.

Cela se passera. Allez.

LÉLIO.

Il faut bien que cela se passe.

ARLEQUIN.

Emmenez-moi avec vous ; car je ne me fie point à elle.

COLOMBINE.

Oh ! je ne consentirai point à demeurer seule ; je veux causer.

LÉLIO.

Fais-lui l'honnêteté de rester avec elle ; je vais revenir.

SCÈNE III.

ARLEQUIN, COLOMBINE.

ARLEQUIN.

J'ai bien affaire, moi, d'être honnête à mes dépens !

COLOMBINE.

Et qu'as-tu à craindre ? Tu ne m'aimes point, tu ne veux point m'aimer.

ARLEQUIN.

Non, je ne veux point t'aimer ; mais je n'ai que faire de prendre la peine de m'empêcher de le vouloir.

COLOMBINE.

Tu m'aimerais donc, si tu ne t'en empêchais ?

ARLEQUIN.

Laissez-moi en repos, mademoiselle Colombine. Promenez-vous d'un côté, et moi d'un autre ; sinon je m'enfuirai, car je réponds tout de travers.

COLOMBINE.

Puisqu'on ne peut avoir l'honneur de ta compagnie qu'à ce prix-là, je le veux bien; promenons-nous. (A part, et en se promenant, comme Arlequin fait de son côté.) Tout en badinant, cependant, me voilà dans la fantaisie d'être aimée de ce petit corps-là.

ARLEQUIN, déconcerté, et se promenant de son côté.

C'est une malédiction que cet amour; il m'a tourmenté quand j'en avais, et il me fait encore du mal à cette heure que je n'en veux point. Il faut prendre patience et faire bonne mine. (Il chante.)

COLOMBINE, l'arrêtant.

Mais, vraiment, tu as la voix belle. Sais-tu la musique ?

ARLEQUIN, s'arrêtant aussi.

Oui, je commence à lire les paroles.

(Il chante de nouveau.)

COLOMBINE, continuant de se promener.

Peste soit du petit coquin ! Sérieusement je crois qu'il me pique.

ARLEQUIN.

Elle me regarde ; elle voit bien que je fais semblant de ne pas songer à elle.

COLOMBINE.

Arlequin ?

ARLEQUIN.

Hum !

COLOMBINE.

Je commence à me lasser de la promenade.

ARLEQUIN.

Cela se peut bien.

COLOMBINE.

Comment te va le cœur?

ARLEQUIN.

Ah! je ne prends pas garde à cela.

COLOMBINE.

Gageons que tu m'aimes?

ARLEQUIN.

Je ne gage jamais; je suis trop malheureux, je perds toujours [1].

COLOMBINE, allant à lui.

Oh! tu m'ennuies; je veux que tu me dises franchement que tu m'aimes.

ARLEQUIN.

Encore un petit tour de promenade.

COLOMBINE.

Non; parle, ou je te hais.

ARLEQUIN.

Et que t'ai-je fait pour me haïr?

COLOMBINE.

Savez-vous bien, monsieur le butor, que je vous

---

[1] *Je suis trop malheureux, je perds toujours.* C'est un aveu d'autant plus agréable à Colombine, qu'il semble échapper à la naïveté convenue du personnage. Qu'un autre qu'Arlequin dise la même chose, ce sera un trait d'esprit, et rien de plus.

trouve à mon gré, et qu'il faut que vous soupiriez pour moi?

ARLEQUIN.

Je te plais donc?

COLOMBINE.

Oui; ta petite figure me revient assez.

ARLEQUIN.

Je suis perdu, j'étouffe; adieu, m'amie; sauve qui peut... Ah! monsieur, vous voilà?

SCÈNE IV.

LÉLIO, ARLEQUIN, COLOMBINE.

LÉLIO.

Qu'as-tu donc?

ARLEQUIN.

Hélas! c'est ce lutin-là qui me prend à la gorge. Elle veut que je l'aime.

LÉLIO.

Et ne saurais-tu lui dire que tu ne veux pas?

ARLEQUIN.

Vous en parlez bien à votre aise. Elle a la malice de me dire qu'elle me haïra.

COLOMBINE.

J'ai entrepris la guérison de sa folie; il faut que j'en vienne à bout. Va, va, c'est partie à remettre.

ARLEQUIN.

Voyez la belle guérison! Je suis de la moitié plus fou que je n'étais.

LÉLIO.

Bon courage, Arlequin ! Tenez, Colombine, voilà
la réponse au billet de votre maîtresse.

COLOMBINE.

Monsieur, ne l'avez-vous pas faite un peu trop
fière ?

LÉLIO.

Eh ! pourquoi la ferais-je fière ? Je la fais indifférente. Ai-je quelque intérêt de la faire autrement ?

COLOMBINE.

Écoutez, je vous parle en amie. Les plus courtes
folies sont les meilleures. L'homme est faible ; tous
les philosophes du temps passé nous l'ont dit, et je
m'en fie bien à eux. Vous vous croyez leste et gaillard, vous ne l'êtes point ; ce que vous êtes est
caché derrière tout cela. Si j'avais besoin d'indifférence et qu'on en vendît, je ne ferais pas emplette de
la vôtre. J'ai bien peur que ce ne soit une drogue de
charlatan ; car on dit que l'Amour en est un, et franchement vous m'avez tout l'air d'avoir pris de son
mithridate [1]. Vous vous agitez, vous allez et venez
vous riez du bout des dents, vous êtes sérieux tout

---

[1] *Son mithridate.* Ce mot, qui signifie toute espèce de drogue
vendue par des charlatans, tire son origine de Mithridate, roi de
Pont, qui s'était prémuni de longue main contre le danger des
poisons, par des antidotes de sa composition, dont on trouva la
recette dans ses coffres, après la défaite de ce prince par Pompée ; il
est toujours pris en mauvaise part, et est synonyme d'*antidote*.

de bon ; tout autant de symptômes d'une indifférence amoureuse.

LÉLIO.

Eh! laissez-moi, Colombine ; ce discours-là m'ennuie.

COLOMBINE.

Je pars ; mais mon avis est que vous avez la vue trouble ; attendez qu'elle s'éclaircisse, vous verrez mieux votre chemin. N'allez pas vous jeter dans quelque ornière ou vous hasarder dans quelque faux pas. Quand vous soupirerez, vous serez bien aise de trouver un écho qui vous réponde. N'en dites rien : ma maîtresse est étourdie du bateau [1] ; la bonne dame bataille, et c'est autant de battu. Motus, monsieur ; je suis votre servante.

SCÈNE V.

LÉLIO, ARLEQUIN.

LÉLIO.

Ah! ah! ah! cela ne te fait-il pas rire?

ARLEQUIN.

Non.

LÉLIO.

Cette folle, qui me vient dire qu'elle croit que sa

---

[1] *Ma maîtresse est étourdie du bateau.* Façon de parler proverbiale, empruntée à cette espèce de malaise qu'éprouvent les personnes peu accoutumées aux promenades sur l'eau. Lorsque, après une navigation fatigante, elles ont mis pied à terre, elles gardent encore quelque chose des vertiges qu'elles ont éprouvés sur l'eau.

maîtresse s'humanise, elle qui me fuit, et qui me
fuit, moi présent ! Oh ! parbleu, madame la comtesse, vos manières sont tout-à-fait de mon goût.
Je les trouve pourtant un peu sauvages ; car enfin,
l'on n'écrit pas à un homme de qui l'on n'a pas à se
plaindre : Je ne veux plus vous voir, vous me fati-
guez, vous m'êtes insupportable ; et voilà le sens du
billet, tout mitigé qu'il est. Oh ! la vérité est que je ne
croyais pas être si haïssable. Qu'en dis-tu, Arlequin ?

ARLEQUIN.

Eh ! monsieur, chacun a son goût.

LÉLIO.

Parbleu ! je suis content de la réponse que j'ai faite
au billet et de l'air dont je l'ai reçu, mais très-con-
tent.

ARLEQUIN.

Cela ne vaut pas la peine d'être si content, à moins
qu'on ne soit fâché. Tenez-vous ferme, mon cher
maître ; car si vous tombez, me voilà à bas.

LÉLIO.

Moi, tomber ! Je pars dès demain pour Paris ; voilà
comme je tombe.

ARLEQUIN.

Ce voyage-là pourrait bien être une culbute à gauche, au lieu d'une culbute à droite.

LÉLIO.

Point du tout ; cette femme croirait peut-être que
je serais sensible à son amour, et je veux la laisser
là pour lui prouver que non.

ARLEQUIN.

Que ferai-je donc, moi?

LÉLIO.

Tu me suivras.

ARLEQUIN.

Mais je n'ai rien à prouver à Colombine.

LÉLIO.

Bon, ta Colombine! il s'agit bien de Colombine!
Veux-tu encore aimer? Dis? Ne te souvient-il plus
de ce que c'est qu'une femme?

ARLEQUIN.

Je n'ai non plus de mémoire qu'un lièvre, quand
je vois cette fille-là.

LÉLIO, avec distraction.

Il faut avouer que les bizarreries de l'esprit d'une
femme sont des piéges bien finement dressés contre
nous.

ARLEQUIN.

Dites-moi, monsieur, j'ai fait un gros serment de
n'être plus amoureux; mais si Colombine m'ensor-
celle, je n'ai pas mis cet article dans mon marché :
mon serment ne vaudra rien, n'est-ce pas?

LÉLIO.

Nous verrons. Ce qui m'arrive avec la comtesse ne
suffirait-il pas pour jeter des étincelles de passion
dans le cœur d'un autre? Oh! sans l'inimitié que j'ai
vouée à l'amour, j'extravaguerais actuellement, peut-
être. Je sens bien qu'il ne m'en faudrait pas davan-

tage ; je serais piqué ; j'aimerais ; cela irait tout de suite.

ARLEQUIN.

J'ai toujours entendu dire : Il a du cœur comme un César ; mais si ce César était à ma place, il serait bien sot.

LÉLIO.

Le hasard me fait connaître une femme qui hait l'amour ; nous lions cependant commerce d'amitié, qui doit durer pendant notre séjour ici ; je la conduis chez elle ; nous nous quittons en bonne intelligence. Nous avons à nous revoir ; je viens la trouver indifféremment ; je ne songe non plus à l'amour qu'à m'aller noyer ; j'ai vu sans danger les charmes de sa personne ; voilà qui est fini, ce semble. Point du tout, cela n'est pas fini ; j'ai maintenant affaire à des caprices, à des fantaisies, équipage d'esprit [1] que toute femme apporte en naissant. Madame la comtesse se met à rêver, et l'idée qu'elle imagine, en se jouant, serait la ruine de mon repos, si j'étais capable d'y être sensible.

ARLEQUIN.

Mon cher maître, je crois qu'il faudra que je saute le bâton [2].

---

[1] *Équipage d'esprit.* Que veut dire *équipage d'esprit?* probablement, instinct, dispositions, goût, penchant ; pourquoi ne pas le dire tout simplement ?

[2] *Il faudra que je saute le bâton.* C'est-à-dire, il faudra que, malgré moi, je revienne à l'amour ; par allusion aux singes et aux chiens que l'on produit en public, et que leur maître oblige à coups de fouet de sauter par-dessus un bâton.

LÉLIO.

Un billet m'arrête en chemin ; billet diabolique,
empoisonné, où l'on écrit que l'on ne veut plus me
voir, que ce n'est pas la peine. M'écrire cela à moi,
qui suis en pleine sécurité, qui n'ai rien fait à cette
femme ! S'attend-on à cela ? Si je ne prends garde à
moi, si je raisonne à l'ordinaire, qu'en arrivera-t-il ?
Je serai étonné, déconcerté, premier degré de folie ;
car je vois cela tout comme si j'y étais. Après quoi,
l'amour-propre s'en mêle ; on se croit méprisé, parce
qu'on s'estime un peu ; je m'aviserai d'être choqué ;
me voilà fou complet. Deux jours après, c'est de l'a-
mour qui se déclare ; d'où vient-il ? pourquoi vient-
il ? D'une petite fantaisie magique qui prend à une
femme ; et qui plus est, ce n'est pas sa faute à elle.
La nature a mis du poison pour nous dans toutes ses
idées. Son esprit ne peut se retourner qu'à notre
dommage ; sa vocation est de nous mettre en dé-
mence. Elle fait sa charge involontairement. Ah ! que
je suis heureux, dans cette occasion, d'être à l'abri
de tous ces périls ! Le voilà, ce billet insultant, malhonnête ; mais cette réflexion-là me met de mauvaise
humeur. Les mauvais procédés m'ont toujours déplu, et le vôtre est un des plus déplaisans, madame
la comtesse ; je suis bien fâché de ne l'avoir pas rendu
à Colombine.

ARLEQUIN, entendant nommer sa maîtresse

Monsieur, ne me parlez plus d'elle ; car, voyez-

2. 8

vous? j'ai dans mon esprit qu'elle est amoureuse, et j'enrage.

LÉLIO.

Amoureuse! Elle amoureuse?

ARLEQUIN.

Oui, je la voyais tantôt qui badinait, qui ne savait que dire; elle tournait autour du pot; je crois même qu'elle a tapé du pied; tout cela est signe d'amour, tout cela mène un homme à mal.

LÉLIO.

Si je m'imaginais que ce que tu dis fût vrai, nous partirions tout à l'heure pour Constantinople.

ARLEQUIN.

Eh! mon maître, ce n'est pas la peine que vous fassiez ce chemin-là pour moi; je ne mérite pas cela, et il vaut mieux que j'aime que de vous coûter tant de dépense.

LÉLIO.

Plus j'y rêve, et plus je vois qu'il faut que tu sois fou pour me dire que je lui plais, après son billet et son procédé.

ARLEQUIN.

Son billet! De qui parlez-vous?

LÉLIO.

D'elle.

ARLEQUIN.

Eh bien! ce billet n'est pas d'elle.

LÉLIO.

Il ne vient pas d'elle?

ARLEQUIN.

Pardi! non ; c'est de la comtesse.

LÉLIO.

Eh! de qui diantre me parles-tu donc, butor?

ARLEQUIN.

Moi? de Colombine. Ce n'était donc pas à cause
d'elle que vous vouliez me mener à Constantinople?

LÉLIO.

Peste soit de l'animal avec son galimatias!

ARLEQUIN.

Je croyais que c'était pour moi que vous vouliez
voyager.

LÉLIO.

Oh! qu'il ne t'arrive plus de faire de ces méprises-
là ; car j'étais certain que tu n'avais rien remarqué
pour moi dans la comtesse.

ARLEQUIN.

Si fait; j'ai remarqué qu'elle vous aimera bientôt.

LÉLIO.

Tu rêves.

ARLEQUIN.

Et je remarque que vous l'aimerez aussi.

LÉLIO.

Moi, l'aimer! moi, l'aimer! Tiens, tu me feras
plaisir de savoir adroitement de Colombine les dispositions où elle se trouve, car je veux savoir à quoi
m'en tenir; et si, contre toute apparence, il se trou-
vait dans son cœur une ombre de penchant pour moi,
vite à cheval ; je pars.

ARLEQUIN.

Bon! et vous partez demain pour Paris.

LÉLIO.

Qui est-ce qui t'a dit cela?

ARLEQUIN.

Vous, il n'y a qu'un moment; mais c'est que la
mémoire vous manque, comme à moi. Voulez-vous
que je vous dise? Il est bien aisé de voir que le cœur
vous démange : vous parlez tout seul; vous faites des
discours qui ont dix lieues de long; vous voulez aller
en Turquie; vous mettez vos bottes, vous les ôtez;
vous partez, vous restez; et puis du noir, et puis du
blanc. Pardi! quand on ne sait ni ce qu'on dit ni ce
qu'on fait, ce n'est pas pour des prunes. Et moi, que
ferai-je après? Quand je vois mon maître qui perd
l'esprit, le mien s'en va de compagnie.

LÉLIO.

Je te dis qu'il ne me reste plus qu'une simple curiosité, c'est de savoir s'il ne se passerait pas quelque
chose dans le cœur de la comtesse, et je donnerais
tout à l'heure cent écus pour avoir soupçonné juste.
Tâchons de le savoir.

ARLEQUIN.

Mais, encore une fois, je vous dis que Colombine
m'attrapera; je le sens bien.

LÉLIO.

Écoute; après tout, mon pauvre Arlequin, si tu te

fais tant de violence pour ne pas aimer cette fille-là,
je ne t'ai jamais conseillé l'impossible.

ARLEQUIN.

Par la mardi! vous parlez d'or; vous m'ôtez plus
de cent pesant de dessus le corps, et vous prenez
bien la chose. Franchement, monsieur, la femme est
un peu vaurienne; mais elle a du bon. Entre nous,
je la crois plus ratière que malicieuse. Je m'en vais
tâcher de rencontrer Colombine, et je ferai votre affaire. Je ne veux pas l'aimer; mais si j'ai tant de
peine à me retenir, adieu paniers, je me laisserai
aller. Si vous m'en croyez, vous ferez de même. Être
amoureux et ne l'être pas, ma foi! je donnerais le
choix pour un liard. C'est misère; j'aime mieux la
misère gaillarde que la misère triste. Adieu; je vais
travailler pour vous.

LÉLIO.

Attends.... Tiens, ce n'est pas la peine que tu y
ailles.

ARLEQUIN.

Pourquoi?

LÉLIO.

C'est que ce que je pourrais apprendre ne me servirait de rien. Si elle m'aime, que m'importe? Si elle
ne m'aime pas, je n'ai pas besoin de le savoir. Ainsi
je ferai mieux de rester comme je suis.

ARLEQUIN.

Monsieur, si je deviens amoureux, je veux avoir
la consolation que vous le soyez aussi, afin qu'on dise
toujours, tel valet, tel maître. Je ne m'embarrasse

pas d'être un ridicule, pourvu que je vous ressemble.
Si la comtesse vous aime, je viendrai vitement vous
le dire, afin que cela vous achève; par bonheur vous
êtes déjà bien avancé, et cela me fait grand plaisir.
Je m'en vais voir l'air du bureau.

SCÈNE VI.

LÉLIO, JACQUELINE.

LÉLIO.

Je ne le querelle point; car il est déjà tout égaré.

JACQUELINE.

Monsieur?

LÉLIO, distrait

Je prierai pourtant la comtesse d'ordonner à Colombine de laisser ce malheureux en repos; mais
peut-être elle est bien aise elle-même que l'autre
travaille à lui détraquer la cervelle; car madame la
comtesse n'est pas dans le goût de m'obliger.

JACQUELINE.

Monsieur?

LÉLIO, d'un air fâché.

Eh bien! que veux-tu?

JACQUELINE.

Je vians vous demander mon congé.

LÉLIO, sans l'entendre.

Morbleu! je n'entends parler que d'amour. Eh! laissez-moi respirer, vous autres! Vous me lassez; faites
comme il vous plaira. J'ai la tête remplie de femmes
et de tendresse; ces maudites idées-là me suivent

partout, et elles m'assiégent. Arlequin d'un côté, les folies de la comtesse de l'autre ; et toi aussi ?

JACQUELINE.

Monsieur, c'est que je vians vous dire que je veux m'en aller.

LÉLIO.

Pourquoi ?

JACQUELINE.

C'est que Piarre ne m'aime plus ; ce misérable-là s'est amouraché de la fille à Thomas. Tenez, monsieur, ce que c'est que la cruauté des hommes ! Je l'ai vu qui batifolait avec elle ; moi, pour le faire venir, je lui ai fait comme ça avec le bras : Hé ! hi ! allons ; et le vilain qu'il est, m'a fait comme cela un geste du coude ; cela voulait dire : Va te promener. Oh ! que les hommes sont traîtres ! Voilà qui est fait, j'en suis si soûle que je n'en veux plus entendre parler ; et je vians pour cet effet vous demander mon congé.

LÉLIO.

De quoi s'avise ce coquin-là, d'être infidèle ?

JACQUELINE.

Je ne comprends pas cela ; il m'est avis que c'est un rêve.

LÉLIO.

Tu ne le comprends pas ? C'est pourtant un vice dont il a plu aux femmes d'enrichir l'humanité.

JACQUELINE.

Qui que ce soit, voilà de belles richesses qu'on a boutées là dans le monde.

LÉLIO.

Va, va, Jacqueline, il ne faut pas que tu t'en ailles.

JACQUELINE.

Oh! monsieur, je ne veux pas rester dans le village; car on est si faible! Si ce garçon-là me recherchait, je ne sis pas rancuneuse, il y aurait du rapatriage, et je prétends être brouillée.

LÉLIO.

Ne te presse pas; nous verrons ce que dira la comtesse.

JACQUELINE.

Hum! la voilà, cette comtesse. Je m'en vas. Piarre est son valet, et ça me fâche itou contre elle.

SCÈNE VII.

LÉLIO, LA COMTESSE,

qui a l'air de chercher quelque chose à terre.

LÉLIO.

ELLE m'a fui tantôt; si je me retire, elle croira que je prends ma revanche, et que j'ai remarqué son procédé. Comme il n'en est rien, il est bon de lui paraître tout aussi indifférent que je le suis. Continuons de rêver; je n'ai qu'à ne lui point parler pour remplir les conditions du billet.

LA COMTESSE, cherchant toujours.

Je ne trouve rien.

LÉLIO.

Ce voisinage-là me déplaît; je crois que je ferai

fort bien de m'en aller, dût-elle en penser ce qu'elle voudra. (*La voyant approcher.*) Oh! parbleu, c'en est trop, madame. Vous m'avez fait l'honneur de m'écrire qu'il était inutile de nous revoir, et j'ai trouvé que vous pensiez juste; mais je prendrai la liberté de vous représenter que vous me mettez hors d'état de vous obéir. Le moyen de ne vous point voir? Je me trouve près de vous, madame; vous venez jusqu'à moi; je me trouve irrégulier sans avoir tort.

LA COMTESSE.

Hélas! monsieur, je ne vous voyais pas. Après cela, quand je vous aurais vu, je ne me ferais pas un grand scrupule d'approcher de l'endroit où vous êtes, et je ne me détournerais pas de mon chemin à cause de vous. Je vous dirai cependant que vous outrez les termes de mon billet; il ne signifiait pas : Haïssons-nous, soyons-nous odieux. Si vos dispositions de haine ou pour toutes les femmes ou pour moi vous l'ont fait expliquer comme cela, et si vous le pratiquez comme vous l'entendez, ce n'est pas ma faute. Je vous plains beaucoup de m'avoir vue; vous souffrez apparemment, et j'en suis fâchée; mais vous avez le champ libre, voilà de la place pour fuir; dé-livrez-vous de ma vue. Quant à moi, monsieur, qui ne vous hais ni ne vous aime, qui n'ai ni chagrin ni plaisir à vous voir, vous trouverez bon que j'aille mon train, que vous me soyez un objet parfaitement indifférent, et que j'agisse tout comme si vous n'étiez pas là. Je cherche mon portrait; j'ai besoin de quel-

ques petits diamans qui en ornent la boîte ; je l'ai
prise pour les envoyer démonter à Paris ; et Colombine, à qui je l'ai donné pour le remettre à un de
mes gens qui part exprès, l'a perdu ; voilà ce qui
m'occupe. Et si je vous avais aperçu là, il ne m'en
aurait coûté que de vous prier très-froidement et
très-poliment de vous détourner. Peut-être même
m'aurait-il pris fantaisie de vous prier de chercher
avec moi, puisque vous vous trouvez là ; car je n'aurais pas deviné que ma présence vous affligeât ; à
présent que je le sais, je n'userai point d'une prière
incivile. Fuyez vite, monsieur ; car je continue.

LÉLIO.

Madame, je ne veux point être incivil non plus ;
et je reste, puisque je peux vous rendre service. Je
vais chercher avec vous.

LA COMTESSE.

Non, monsieur, ne vous contraignez pas ; allez-
vous-en. Je vous dis que vous me haïssez ; je vous
l'ai dit, vous n'en disconvenez point. Allez-vous-en
donc, ou je m'en vais.

LÉLIO.

Parbleu ! madame, c'est trop souffrir de rebuts en
un jour ; et billet et discours, tout se ressemble. Adieu
donc, madame ; je suis votre serviteur. (Il sort.)

LA COMTESSE.

Monsieur, je suis votre servante. Mais à propos,
cet étourdi qui s'en va, et qui n'a point marqué posi-

tivement dans son billet ce qu'il voulait donner à sa fermière ! Il me dit simplement qu'il verra ce qu'il doit faire. Ah ! je ne suis pas d'humeur à mettre toujours la main à la plume. Je me moque de sa haine, il faut qu'il me parle. (Dans l'instant elle part pour le rappeler, quand il revient lui-même.) Quoi ! vous revenez, monsieur ?

LÉLIO, d'un air agité.

Oui, madame, je reviens ; j'ai quelque chose à vous dire ; et puisque vous voilà, ce sera un billet épargné et pour vous et pour moi.

LA COMTESSE.

A la bonne heure ; de quoi s'agit-il ?

LÉLIO.

C'est que le neveu de votre fermier ne doit plus compter sur Jacqueline. Madame, cela doit vous faire plaisir ; car cela finit le peu de commerce forcé que nous avons ensemble.

LA COMTESSE.

Le commerce forcé ? Vous êtes bien difficile, monsieur, et vos expressions sont bien naïves ! Mais passons. Pourquoi donc, s'il vous plaît, Jacqueline ne veut-elle pas de ce jeune homme ? Que signifie ce caprice-là ?

LÉLIO.

Ce que signifie un caprice ? Je vous le demande, madame ; cela n'est point à mon usage, et vous le définirez mieux que moi.

LA COMTESSE.

Vous pourriez cependant me rendre un bon compte
de celui-là, si vous vouliez; il est votre ouvrage apparemment. Je me mêlais de leur mariage; cela vous
fatiguait; vous avez tout arrêté. Je vous suis obligée
de vos égards.

LÉLIO.

Moi, madame!

LA COMTESSE.

Oui, monsieur. Il n'était pas nécessaire de vous y
prendre de cette façon. Cependant je ne trouve point
mauvais que le peu d'intérêt que j'avais à vous voir
vous fût à charge; je ne condamne point dans les
autres ce qui est en moi; et, sans le hasard qui nous
rejoint ici, vous ne m'auriez vue de votre vie, si
j'avais pu.

LÉLIO.

Eh! je n'en doute pas, madame, je n'en doute pas.

LA COMTESSE.

Non, monsieur, de votre vie. Et pourquoi en dou-
teriez-vous? En vérité, je ne vous comprends pas.
Vous avez rompu avec les femmes, moi avec les
hommes; vous n'avez pas changé de sentiment, n'est-
il pas vrai? D'où vient donc que j'en changerais? Sur
quoi en changerais-je? Y songez-vous? Oh! mettez-
vous dans l'esprit que mon opiniâtreté vaut bien la
vôtre, et que je n'en démordrai point.

LÉLIO.

Eh! madame, vous m'avez accablé de preuves d'o-

piniâtreté ; ne m'en donnez plus ; voilà qui est fini. Je
ne songe à rien, je vous assure.

LA COMTESSE.

Qu'appelez-vous, monsieur, vous ne songez à rien
mais du ton dont vous le dites, il semble que vous
vous imaginez m'annoncer une mauvaise nouvelle.
Eh bien ! monsieur, vous ne m'aimerez jamais ; cela
est-il si triste ? Oh ! je le vois bien ; je vous ai écrit
qu'il ne fallait plus nous voir ; et je veux mourir si
vous n'avez pris cela pour quelque agitation de cœur.
Assurément vous me soupçonnez de penchant pour
vous. Vous m'assurez que vous n'en aurez jamais pour
moi ; vous croyez me mortifier ; vous le croyez, monsieur
Lélio, vous le croyez, vous dis-je ; ne vous en défendez
point. J'espérais que vous me divertiriez en m'aimant ;
vous avez pris un autre tour ; je ne perds point au
change, et je vous trouve très-divertissant comme
vous êtes.

LÉLIO, d'un air riant et piqué.

Ma foi ! madame, nous ne nous ennuierons donc
point ensemble. Si je vous réjouis, vous n'êtes point
ingrate. Vous espériez que je vous divertirais, mais
vous ne m'aviez pas dit que je serais diverti. Quoi
qu'il en soit, brisons là-dessus ; la comédie ne me
plaît pas long-temps, et je ne veux être ni acteur ni
spectateur.

LA COMTESSE, d'un ton badin.

Écoutez, monsieur ; vous m'avouerez qu'un homme
à votre place, qui se croit aimé, surtout quand il
n'aime pas, se met en prise.

LÉLIO.

Je ne pense point que vous m'aimiez, madame ; vous
me traitez mal, mais vous y trouvez du goût. N'usez
point de prétexte ; je vous ai déplu d'abord, moi
spécialement ; je l'ai remarqué ; et si je vous aimais,
de tous les hommes qui pourraient vous aimer, je
serais peut-être le plus humilié, le plus raillé et le
plus à plaindre.

LA COMTESSE.

D'où vous vient cette idée-là ? Vous vous trompez ;
je serais fâchée que vous m'aimassiez, parce que j'ai
résolu de ne point aimer ; mais quelque chose que
j'aie dit, je croirais du moins devoir vous estimer.

LÉLIO.

J'ai bien de la peine à le croire.

LA COMTESSE.

Vous êtes injuste ; je ne suis pas sans discernement.
Mais à quoi bon faire cette supposition, que, si vous
m'aimiez, je vous traiterais plus mal qu'un autre ? La
supposition est inutile ; puisque vous n'avez point
envie de faire l'essai de mes manières, que vous importe ce qui en arriverait ? Cela vous doit être indifférent. Vous ne m'aimez pas ; car enfin, si je le pensais....

LÉLIO.

Eh ! je vous prie, point de menaces, madame ;
vous m'avez tantôt offert votre amitié ; je ne vous
demande que cela, je n'ai besoin que de cela ; ainsi
vous n'avez rien à craindre.

LA COMTESSE, d'un air froid.

Puisque vous n'avez besoin que de cela, monsieur, j'en suis ravie; je vous l'accorde, j'en serai moins gênée avec vous.

LÉLIO.

Moins gênée? Ma foi! madame, il ne faut pas que vous le soyez du tout. Tout bien pesé, je crois que nous ferons mieux de suivre les termes de votre billet.

LA COMTESSE.

Oh! de tout mon cœur; allons, monsieur, ne nous voyons plus. Je fais présent de cent pistoles au neveu de mon fermier; vous me ferez savoir ce que vous voulez donner à la fille, et je verrai si je souscrirai à ce mariage, puisque cette rupture va lever l'obstacle que vous y avez mis. Soyons-nous inconnus l'un à l'autre; j'oublie que je vous ai vu; je ne vous reconnaîtrai pas demain.

LÉLIO.

Et moi, madame, je vous reconnaîtrai toute ma vie; je ne vous oublierai point; vos façons avec moi vous ont gravée pour jamais dans ma mémoire.

LA COMTESSE.

Vous m'y donnerez la place qu'il vous plaira, je n'ai rien à me reprocher; mes façons ont été celles d'une femme raisonnable.

LÉLIO.

Morbleu! madame, vous êtes une dame raisonnable, à la bonne heure. Mais accordez donc cette lettre avec vos offres d'amitié ; cela est inconcevable : aujourd'hui votre ami, demain rien ! Pour moi, madame, je ne vous ressemble pas, et j'ai le cœur aussi jaloux en amitié qu'en amour; ainsi nous ne nous convenons point.

LA COMTESSE.

Adieu, monsieur ; vous parlez d'un air bien dégagé et presque offensant. Si j'étais vaine cependant, et si j'en crois Colombine, je vaux quelque chose, à vos yeux même.

LÉLIO.

Un moment; vous êtes de toutes les dames que j'ai vues celle qui vaut le mieux; je sens même que j'ai du plaisir à vous rendre cette justice-là. Colombine vous en a dit davantage ; c'est une visionnaire, non-seulement sur mon chapitre, mais encore sur le vôtre, madame; je vous en avertis. Ainsi ne croyez jamais au rapport de vos domestiques.

LA COMTESSE.

Comment ! Que dites-vous, monsieur ? Colombine vous aurait fait entendre.... Ah ! l'impertinente ! je la vois qui passe. Colombine, venez ici [1].

---

[1] *Colombine, venez ici.* Cette scène est beaucoup trop longue; Lélio et la comtesse tournent perpétuellement dans le même cercle d'idées. D'ailleurs l'énigme est trop claire pour qu'une curiosité bien vive s'évertue à en chercher le mot. Pour être agréable à la représentation, elle aurait besoin d'être abrégée de moitié.

SCÈNE VIII.

LA COMTESSE, LÉLIO, COLOMBINE.

COLOMBINE.

Que me voulez-vous, madame?

LA COMTESSE.

Ce que je veux?

COLOMBINE.

Si vous ne voulez rien, je m'en retourne.

LA COMTESSE.

Parlez; quels discours avez-vous tenus à monsieur
sur mon compte?

COLOMBINE.

Des discours très-sensés, à mon ordinaire.

LA COMTESSE.

Je vous trouve bien hardie d'oser, suivant votre
petite cervelle, tirer de folles conjectures de mes sentimens; et je voudrais bien vous demander sur quoi
vous avez compris que j'aime monsieur, à qui vous
l'avez dit?

COLOMBINE.

N'est-ce que cela? Je vous jure que je l'ai cru
comme je l'ai dit, et je l'ai dit pour le bien de la
chose. C'était pour abréger votre chemin à l'un et à
l'autre; car vous y viendrez tous deux; cela ira là; et
si la chose arrive, je n'aurai fait aucun mal. A votre
égard, madame, je vais vous expliquer sur quoi j'ai
pensé que vous aimiez....

3.   9

LA COMTESSE, lui coupant la parole.

Je vous défends de parler.

LÉLIO, d'un air doux et modeste.

Je suis honteux d'être la cause de cette explication ; mais vous pouvez être persuadée que ce qu'elle a pu dire ne m'a fait aucune impression. Non, madame, vous ne m'aimez point, j'en suis convaincu ; et je vous avouerai même, dans l'état où je suis, que cette conviction m'est absolument nécessaire. Je vous laisse. Si nos paysans se raccommodent, je verrai ce que je puis faire pour eux. Puisque vous vous intéressez à leur mariage, je me ferai un plaisir de le hâter ; et j'aurai l'honneur de vous porter tantôt ma réponse, si vous me le permettez.

LA COMTESSE, pendant que Lélio sort.

Juste ciel ! que vient-il de me dire ? D'où vient que je suis émue de ce que je viens d'entendre ? *Cette conviction m'est abolument nécessaire.* Non, cela ne signifie rien, et je n'y veux rien comprendre.

COLOMBINE, à part.

Oh ! notre amour se fait grand ; il parlera bientôt bon français[1] .

---

[1] *Il parlera bientôt bon français.* Ce second acte, quoique semé de mots charmans et de détails agréables, est moins vif que le premier. Cependant le progrès de l'amour y est visible, et l'on sent que l'instant de la déclaration, qui doit tout terminer, ne peut être reculé plus loin que la fin de la journée.

ACTE III.

SCÈNE I.

ARLEQUIN, COLOMBINE.

COLOMBINE, à part.

Battons-lui toujours froid. Tous les diamans y sont, rien n'y manque, hors le portrait que monsieur Lélio a gardé. (A Arlequin.) C'est un grand bonheur que vous ayez trouvé cela; je vous rends la boîte; il est juste que vous la donniez vous-même à madame la comtesse. Adieu; je suis pressée.

ARLEQUIN, l'arrêtant.

Eh! là, là, là; ne vous en allez pas si vite; je suis de bonne humeur.

COLOMBINE.

Je vous ai dit ce que je pensais de ma maîtresse à l'égard de votre maître. Bonjour.

ARLEQUIN.

Eh bien! dites à cette heure ce que vous pensez de moi; eh! eh! eh!

COLOMBINE.

Je pense de vous que vous m'ennuieriez si je restais plus long-temps.

ARLEQUIN.

Fi! la mauvaise pensée! Causons pour chasser cela;
c'est une migraine.

COLOMBINE.

Je n'ai pas le temps, monsieur Arlequin.

ARLEQUIN.

Eh! allons donc, faut-il avoir des manières comme
cela avec moi? Vous me traitez de monsieur; cela est-
il honnête?

COLOMBINE.

Très-honnête : mais vous m'amusez; laissez-moi.
Que voulez-vous que je fasse ici?

ARLEQUIN.

Me dire comment je me porte, par exemple; me
faire de petites questions : Arlequin par ci, Arlequin
par là; me demander, comme tantôt, si je vous aime;
que sait-on? peut-être je vous répondrai qu'oui.

COLOMBINE.

Oh! je ne m'y fie plus.

ARLEQUIN.

Si fait, si fait; fiez-vous-y pour voir.

COLOMBINE.

Non; vous haïssez trop les femmes.

ARLEQUIN.

Cela m'a passé; je leur pardonne.

COLOMBINE.

Et moi, à compter d'aujourd'hui, je me brouille

avec les hommes. Dans un an ou deux, je me rac-
commoderai peut-être avec ces nigauds-là.

ARLEQUIN.

Il faudra donc que je me tienne pendant ce temps-
là les bras croisés à vous voir venir, moi?

COLOMBINE.

Voyez-moi venir dans la posture qu'il vous plaira;
que m'importe que vos bras soient croisés ou ne le
soient pas?

ARLEQUIN.

Par la sambille! j'enrage. Maudit esprit lunatique,
que je te donnerais de grand cœur un bon coup de
poing, si tu ne portais pas une cornette!

COLOMBINE, riant.

Ah! je vous entends. Vous m'aimez; j'en suis fâchée, mon ami; le ciel vous assiste!

ARLEQUIN.

Mardi! oui, je t'aime; mais, laisse-moi faire. Tiens,
mon chien d'amour s'en ira; je m'étranglerais plutôt. Je m'en vais être ivrogne; je jouerai à la boule
toute la journée; je prierai mon maître de m'apprendre le piquet; je jouerai avec lui ou avec moi; je
dormirai plutôt que de rester sans rien faire. Tu verras, va; je cours tirer bouteille pour commencer.

COLOMBINE.

Tu mériterais que je te fisse expirer par pur chagrin; mais je suis généreuse. Tu as méprisé toutes les
suivantes de France en ma personne; je les repré-

sente. Il faut une réparation à cette insulte. A mon égard, je t'en quitterais volontiers; mais je ne puis trahir les intérêts et l'honneur d'un corps aussi respectable pour toi. Fais-lui donc satisfaction; demande-lui à genoux pardon de toutes tes impertinences, et ta grâce t'est accordée.

ARLEQUIN.

M'aimeras-tu après cette autre impertinence-là?

COLOMBINE.

Humilie-toi, et tu seras instruit.

ARLEQUIN, se mettant à genoux.

Pardi! je le veux bien; je demande pardon à ce drôle de corps pour qui tu parles [1].

COLOMBINE.

En diras-tu du bien?

ARLEQUIN.

C'est une autre affaire; il est défendu de mentir.

COLOMBINE.

Point de grâce.

ARLEQUIN.

Accommodons-nous. Je n'en dirai ni bien ni mal. Est-ce fait?

COLOMBINE.

Eh! la réparation est un peu cavalière; mais le corps

---

[1] *Je demande pardon à ce drôle de corps.* C'est un calembour qui lui-même est assez *drôle*, et qui convient parfaitement à *un drôle de corps* tel qu'Arlequin.

n'est pas formaliste. Baise-moi la main en signe de paix, et lève-toi. Tu me parais vraiment repentant; cela me fait plaisir.

ARLEQUIN.

Tu m'aimeras, au moins!

COLOMBINE.

Je l'espère.

ARLEQUIN, sautant

Je me sens plus léger qu'une plume.

COLOMBINE.

Écoute, nous avons intérêt de hâter l'amour de nos maîtres [1]; il faut qu'ils se marient ensemble.

ARLEQUIN.

Oui, afin que je t'épouse par-dessus le marché.

COLOMBINE.

Tu l'as dit; n'oublions rien pour les conduire à s'avouer qu'ils s'aiment. Quand tu rendras la boîte à la comtesse, ne manque pas de lui dire pourquoi ton maître en garde le portrait. Je la vois qui rêve; retire-toi et reviens dans un moment, de peur qu'en nous voyant ensemble, elle ne nous soupçonne d'être d'intelligence. J'ai dessein de la faire parler; je veux qu'elle sache qu'elle aime; son amour en ira mieux, quand elle se l'avouera.   (Arlequin sort.)

---

[1] *Hâter l'amour de nos maîtres.* C'est-à-dire, hâter la déclaration d'amour; faire en sorte que cet amour, dont Colombine a le secret, s'explique promptement et aboutisse au mariage.

SCÈNE II.

LA COMTESSE, COLOMBINE.

LA COMTESSE, avec humeur.

Ah! vous voilà? A-t-on trouvé mon portrait?

COLOMBINE.

Je n'en sais rien, madame; je le fais chercher.

LA COMTESSE.

Je viens de rencontrer Arlequin; ne vous a-t-il point parlé? N'a-t-il rien à me dire de la part de son maître?

COLOMBINE.

Je ne l'ai pas vu.

LA COMTESSE.

Vous ne l'avez pas vu?

COLOMBINE.

Non, madame.

LA COMTESSE.

Vous êtes donc aveugle? Avez-vous dit au cocher de mettre les chevaux au carrosse?

COLOMBINE.

Moi! non, vraiment.

LA COMTESSE.

Et pourquoi, s'il vous plait?

COLOMBINE.

Faute de savoir deviner.

LA COMTESSE.

Comment, deviner! Faut-il tant de fois vous répéter les choses?

COLOMBINE.

Ce qui n'a jamais été dit n'a pas été répété, madame; cela est clair; demandez à tout le monde.

LA COMTESSE.

Vous êtes une grande raisonneuse.

COLOMBINE.

Qui diantre savait que vous voulussiez partir pour aller quelque part? Mais je m'en vais avertir le cocher.

LA COMTESSE.

Il n'est plus temps.

COLOMBINE.

Il ne faut qu'un instant.

LA COMTESSE.

Je vous dis qu'il est trop tard.

COLOMBINE.

Peut-on vous demander où vous vouliez aller, madame?

LA COMTESSE.

Chez ma sœur, qui est à sa terre; j'avais dessein d'y passer quelques jours.

COLOMBINE.

Et la raison de ce dessein-là?

LA COMTESSE.

Pour quitter Lélio, qui s'avise de m'aimer, je pense.

COLOMBINE.

Oh! rassurez-vous, madame; je crois maintenant qu'il n'en est rien.

LA COMTESSE.

Il n'en est rien! Je vous trouve bien plaisante, de me venir dire qu'il n'en est rien, vous de qui je sais la chose en partie.

COLOMBINE.

Cela est vrai, je l'avais cru; mais je vois que je me suis trompée.

LA COMTESSE.

Vous êtes faite aujourd'hui pour m'impatienter.

COLOMBINE.

Ce n'est pas mon intention.

LA COMTESSE.

Non, aujourd'hui vous ne m'avez répondu que des impertinences.

COLOMBINE.

Mais, madame, tout le monde peut se tromper.

LA COMTESSE.

Je vous dis encore une fois que cet homme-là m'aime, et que je vous trouve ridicule de me disputer cela. Prenez-y garde, vous me répondrez de cet amour-là, au moins!

COLOMBINE.

Moi, madame? m'a-t-il donné son cœur en garde?
Eh! que vous importe qu'il vous aime?

LA COMTESSE.

Ce n'est pas son amour qui m'importe, je ne m'en
soucie guère; mais il m'importe de ne point prendre
de fausses idées des gens, et de n'être pas la dupe
éternelle de vos étourderies.

COLOMBINE.

Voilà un sujet de querelle furieusement tiré par les
cheveux; cela est bien subtil.

LA COMTESSE.

En vérité, je vous admire dans vos récits! *Monsieur Lélio vous aime, madame; j'en suis certaine;
votre billet l'a piqué; il l'a reçu en colère, il l'a lu
de même; il a pâli, il a rougi.* Dites-moi, sur un
pareil rapport, qui est-ce qui ne croira pas qu'un
homme est amoureux? Cependant il n'en est rien; il
ne plaît plus à mademoiselle que cela soit; elle s'est
trompée! Moi, je compte là-dessus, je prends des
mesures pour me retirer; mesures perdues.

COLOMBINE.

Quelles si grandes mesures avez-vous donc prises,
madame? Si vos ballots sont faits, ce n'est encore
qu'en idée, et cela ne dérange rien. Au bout du
compte, tant mieux s'il ne vous aime point.

LA COMTESSE.

Oh! vous croyez que cela va comme votre tête.

avec votre *tant mieux !* Il serait à souhaiter qu'il
m'aimât, pour justifier le reproche que je lui en ai
fait. Je suis désolée d'avoir accusé un homme d'un
amour qu'il n'a pas. Mais si vous vous êtes trompée,
pourquoi Lélio m'a-t-il fait presque entendre qu'il
m'aimait? Parlez donc; me prenez-vous pour une
bête?

COLOMBINE.

Le ciel m'en préserve !

LA COMTESSE.

Que signifie le discours qu'il m'a tenu en me quittant? *Madame, vous ne m'aimez point; j'en suis*
convaincu, et je vous avouerai que cette convic-
tion m'est absolument nécessaire. N'est-ce pas tout
comme s'il m'avait dit : Je serais en danger de vous
aimer, si je croyais que vous pussiez m'aimer vous-
même ? Allez, allez, vous ne savez ce que vous dites ;
c'est de l'amour que ce sentiment-là.

COLOMBINE.

Cela est plaisant! Je donnerais à ces paroles-là,
moi, toute une autre interprétation, tant je les trouve
équivoques.

LA COMTESSE.

Oh ! je vous prie, gardez votre belle interprétation,
je n'en suis point curieuse ; je vois d'ici qu'elle ne vaut
rien.

COLOMBINE.

Je la crois pourtant aussi naturelle que la vôtre,
madame.

LA COMTESSE.

Pour la rareté du fait, voyons donc.

COLOMBINE.

Vous savez que monsieur Lélio fuit les femmes ; cela posé, examinons ce qu'il vous dit : *Vous ne m'aimez pas, madame ; j'en suis convaincu, et je vous avouerai que cette conviction m'est absolument nécessaire ;* c'est-à-dire : Pour rester où vous êtes, j'ai besoin d'être certain que vous ne m'aimez pas ; sans quoi je décamperais. C'est une pensée désobligeante, entortillée dans un tour honnête ; cela me paraît assez net.

LA COMTESSE.

Cette fille-là n'a jamais eu d'esprit que contre moi ; mais, Colombine, l'air affectueux et tendre qu'il a joint à cela ?....

COLOMBINE.

Cet air-là, madame, peut ne signifier encore qu'un homme honteux de dire une impertinence, qu'il adoucit le plus qu'il peut.

LA COMTESSE.

Non, Colombine, cela ne se peut pas ; tu n'y étais point ; tu ne lui as pas vu prononcer ces paroles-là ; je t'assure qu'il les a dites d'un ton de cœur attendri. Par quel esprit de contradiction veux-tu penser autrement ? J'y étais ; je m'y connais, ou bien Lélio est le plus fourbe de tous les hommes ; et, s'il ne m'aime pas, je fais vœu de détester son caractère. Oui, son honneur y est engagé ; il faut qu'il m'aime, ou qu'il

soit un malhonnête homme; il aurait donc voulu me
faire prendre le change?

COLOMBINE.

Il vous aimait peut-être, et je lui avais dit que
vous pourriez l'aimer; mais vous vous êtes fâchée, et
j'ai détruit mon ouvrage. J'ai dit tantôt à Arlequin
que vous ne songiez nullement à lui, que j'avais
voulu flatter son maître pour me divertir, et qu'enfin
monsieur Lélio était l'homme du monde que vous aimeriez le moins.

LA COMTESSE.

Et cela n'est pas vrai. De quoi vous mêlez-vous,
Colombine? Si monsieur Lélio a du penchant pour
moi, de quoi vous avisez-vous d'aller mortifier un
homme à qui je ne veux point de mal, que j'estime?
Il faut avoir le cœur bien dur pour donner du chagrin aux gens sans nécessité! En vérité, vous avez juré
de me désobliger.

COLOMBINE.

Tenez, madame, dussiez-vous me quereller, vous
aimez cet homme à qui vous ne voulez point de mal.
Oui, vous l'aimez.

LA COMTESSE.

Retirez-vous.

COLOMBINE.

Je vous demande pardon.

LA COMTESSE.

Retirez-vous, vous dis-je; j'aurai soin demain de
vous payer, et de vous renvoyer à Paris.

COLOMBINE.

Madame, il n'y a que l'intention de punissable, et je fais serment que je n'ai eu nul dessein de vous fâcher; je vous respecte et je vous aime, vous le savez.

LA COMTESSE.

Colombine, je vous passe encore cette sottise-là ; observez-vous bien dorénavant.

COLOMBINE, à part.

Voyons la fin de cela. (Haut.) Je vous l'avoue, une seule chose me chagrine; c'est de m'apercevoir que vous manquez de confiance en moi, qui ne veux savoir vos secrets que pour vous servir. De grâce, ma chère maîtresse, ne me donnez plus ce chagrin-là; récompensez mon zèle pour vous; ouvrez-moi votre cœur, vous n'en serez point fâchée.

(Elle approche de sa maîtresse, et la caresse.)

LA COMTESSE.

Ah !

COLOMBINE.

Eh bien ! voilà un soupir; c'est un commencement de franchise; achevez donc.

LA COMTESSE.

Colombine ?

COLOMBINE.

Madame ?

LA COMTESSE.

Après tout, aurais-tu raison? Est-ce que j'aimerais?

COLOMBINE.

Je crois qu'oui; mais, d'où vient vous faire un si

grand monstre de cela? Eh bien! vous aimez; voilà
qui est bien rare!

LA COMTESSE.

Non, je n'aime point encore.

COLOMBINE.

Vous avez l'équivalent de cela.

LA COMTESSE.

Quoi! je pourrais tomber dans ces malheureuses
situations, si pleines de troubles, d'inquiétudes, de
chagrins; moi, moi! Non, Colombine, cela n'est pas
fait encore; je serais au désespoir. Quand je suis venue ici triste, tu me demandais ce que j'avais : ah!
Colombine, c'était un pressentiment du malheur qui
devait m'arriver.

COLOMBINE.

Voici Arlequin qui vient à nous, renfermez vos
regrets.

SCÈNE III.

LA COMTESSE, ARLEQUIN, COLOMBINE.

ARLEQUIN.

Madame, mon maître m'a dit que vous aviez perdu
une boîte de portrait; je sais un homme qui l'a trouvée. De quelle couleur est-elle? Combien y a-t-il de
diamans? Sont-ils gros ou petits?

COLOMBINE.

Montre, nigaud; te méfies-tu de madame? Tu
fais là d'impertinentes questions.

ARLEQUIN.

Mais c'est la coutume d'interroger le monde pour plus grande sûreté ; je ne pense point à mal.

LA COMTESSE.

Où est-elle, cette boîte ?

ARLEQUIN, la montrant.

La voilà, madame. Une autre que vous ne la verrait pas ; mais vous êtes une femme de bien.

LA COMTESSE.

C'est la même. Tiens, prends cela en revanche.

ARLEQUIN.

Vivent les revanches ! le ciel vous soit en aide !

LA COMTESSE.

Le portrait n'y est pas !

ARLEQUIN.

Chut ! il n'est pas perdu ; c'est mon maître qui le garde.

LA COMTESSE.

Il me garde mon portrait ? Qu'en veut-il faire ?

ARLEQUIN.

C'est pour vous mirer, quand il ne vous voit plus. Il dit que ce portrait ressemble à une cousine qui est morte, et qu'il aimait beaucoup. Il m'a défendu d'en rien dire, et de vous faire accroire qu'il est perdu ; mais il faut bien vous donner de la marchandise pour votre argent. Motus ! le pauvre homme en tient.

3.   10

COLOMBINE.

Madame, la cousine dont il parle peut être morte ; mais la cousine qu'il ne dit pas se porte bien, et votre cousin n'est pas votre parent.

ARLEQUIN, riant.

Eh ! eh ! eh !

LA COMTESSE.

De quoi ris-tu ?

ARLEQUIN.

De ce drôle de cousin. Mon maître croit bonnement qu'il garde le portrait à cause de la cousine, et il ne sait pas que c'est à cause de vous ; cela est risible ; il fait des quiproquo d'apothicaire.

LA COMTESSE.

Eh ! que sais-tu si c'est à cause de moi ?

ARLEQUIN.

Je vous dis que la cousine est un conte à dormir debout. Est-ce qu'on dit des injures à la copie d'une cousine qui est morte ?

COLOMBINE.

Comment, des injures ?

ARLEQUIN.

Oui ; je l'ai laissé là-bas qui se fâche contre le visage de madame ; il le querelle tant qu'il peut de ce qu'il aime. Il y a à mourir de rire de le voir faire. Quelquefois il met de bons gros soupirs au bout des mots qu'il dit. Oh ! de ces soupirs-là, la cousine défunte n'en tâte que d'une dent.

LA COMTESSE.

Colombine, il faut absolument qu'il me rende mon portrait; cela est de conséquence pour moi; je vais le lui demander. Je ne souffrirai pas mon portrait entre les mains d'un homme. Où se promène-t-il?

ARLEQUIN.

De ce côté-là; vous le trouverez sans doute à droite ou à gauche.   (La comtesse sort.)

SCÈNE IV.

LÉLIO, COLOMBINE, ARLEQUIN.

ARLEQUIN.

Son cœur va-t-il bien?

COLOMBINE.

Oh! je te réponds qu'il va grand train. Mais voici ton maître; laisse-moi faire.

LÉLIO.

Colombine, où est madame la comtesse? Je souhaiterais lui parler.

COLOMBINE.

Madame la comtesse va, je pense, partir tout à l'heure pour Paris.

LÉLIO.

Quoi! sans me voir? sans me l'avoir dit?

COLOMBINE.

C'est bien à vous à voir cela! N'avez-vous pas dessein de vivre en sauvage? De quoi vous plaignez-vous?

LÉLIO.

De quoi je me plains? La question est singulière, mademoiselle Colombine! Voilà donc le penchant que vous lui connaissiez pour moi! Partir sans me dire adieu! Et vous voulez que je sois un homme de bon sens, et que je m'accommode de cela, moi! Non, les procédés bizarres me révolteront toujours.

COLOMBINE.

Si elle ne vous a pas dit adieu, c'est qu'entre amis on en agit sans façon.

LÉLIO.

Amis! Oh! doucement; je veux du vrai dans mes amis, des manières franches et stables, et je n'en trouve point là. Dorénavant je ferai mieux de n'être ami de personne : car je vois bien qu'il n'y a que du faux partout.

COLOMBINE.

Lui ferai-je vos complimens?

ARLEQUIN.

Cela sera honnête.

LÉLIO.

Et moi, je ne suis point aujourd'hui dans le goût d'être honnête; je suis las de la bagatelle.

COLOMBINE.

Je vois bien que je ne ferai rien par la feinte; il vaut mieux vous parler franchement. Monsieur, madame la comtesse ne part pas; elle attend, pour se déterminer, qu'elle sache si vous l'aimez ou non :

mais dites-moi naturellement vous-même ce qui en est ; c'est le plus court.

LÉLIO.

C'est le plus court, il est vrai ; mais j'y trouve pourtant de la difficulté ; car enfin, dirai-je que je ne l'aime pas ?

COLOMBINE.

Oui, si vous le pensez.

LÉLIO.

Mais madame la comtesse est aimable, et ce serait une grossièreté.

ARLEQUIN.

Tirez votre réponse à la courte paille.

COLOMBINE.

Eh bien ! dites que vous l'aimez.

LÉLIO.

Mais, en vérité, c'est une tyrannie que cette alternative-là. Si je vais dire que je l'aime, cela dérangera peut-être madame la comtesse ; cela la fera partir. Si je dis que je ne l'aime point....

COLOMBINE.

Peut-être aussi partira-t-elle.

LÉLIO.

Vous voyez donc bien que cela est embarrassant.

COLOMBINE.

Adieu, je vous entends ; je lui rendrai compte de votre indifférence, n'est-ce pas ?

LÉLIO.

Mon indifférence ! Voilà un beau rapport, et cela
me ferait un joli cavalier ! Vous décidez bien cela à la
légère. En savez-vous plus que moi ?

COLOMBINE.

Déterminez-vous donc.

LÉLIO.

Vous me mettez dans une désagréable situation.
Dites-lui que je suis plein d'estime, de considération
et de respect pour elle.

ARLEQUIN.

Discours de Normands que tout cela.

COLOMBINE.

Vous me faites pitié.

LÉLIO.

Qui ? moi ?

COLOMBINE.

Oui, et vous êtes un étrange homme de ne m'avoir
pas confié que vous l'aimiez.

LÉLIO.

Eh ! Colombine, le savais-je ?

ARLEQUIN.

Ce n'est pas ma faute, je vous en avais averti.

LÉLIO.

Je ne sais où je suis.

COLOMBINE.

Ah ! vous voilà dans le ton ; songez à dire toujours

de même ; entendez-vous, monsieur de l'ermitage ?

LÉLIO.

Que signifie cela ?

COLOMBINE.

Rien ; sinon que je vous ai donné la question, et que vous avez jasé dans vos souffrances. Tenez-vous gai, l'homme indifférent ; tout ira bien. Arlequin, je te le recommande ; instruis-le plus amplement ; je vais chercher l'autre.

SCÈNE V.

LÉLIO, ARLEQUIN.

ARLEQUIN.

Ah çà ! monsieur, voilà qui est donc fait ! C'est maintenant qu'il faut dire : Va comme je te pousse. Vive l'amour, mon cher maître, et faites chorus ! Car il n'y a pas deux chemins ; il faut passer par là ou par la fenêtre.

LÉLIO.

Ah ! je suis un homme sans jugement.

ARLEQUIN.

Je ne vous dispute point cela.

LÉLIO.

Arlequin, je ne devais jamais revoir de femmes.

ARLEQUIN.

Monsieur, il fallait donc devenir aveugle.

LÉLIO.

Il me prend envie de m'enfermer chez moi, et de n'en sortir de six mois. (*Arlequin siffle.*) De quoi t'avises-tu de siffler ?

ARLEQUIN.

Vous dites une chanson, et je l'accompagne. Ne vous fâchez pas ; j'ai de bonnes nouvelles à vous apprendre. Cette comtesse vous aime, et la voilà qui vient vous donner le dernier coup à vous.

LÉLIO, à part.

Cachons-lui ma faiblesse ; peut-être ne la sait-elle pas encore.

SCÈNE VI.

LA COMTESSE, LÉLIO, ARLEQUIN, COLOMBINE, PIERRE.

LA COMTESSE.

MONSIEUR, vous devez savoir ce qui m'amène ?

LÉLIO.

Madame, je m'en doute du moins, et je consens à tout. Nos paysans se sont raccommodés, et je donne à Jacqueline autant que vous donnez à son amant ; c'est de quoi j'allais prendre la liberté de vous informer.

LA COMTESSE.

Je vous suis obligée de finir cela, monsieur ; mais

j'avais quelque autre chose à vous dire, bagatelle pour vous, assez importante pour moi.

LÉLIO.

Que serait-ce donc ?

LA COMTESSE.

C'est mon portrait qu'on m'a dit que vous avez, et je viens vous prier de me le rendre ; rien ne vous est plus inutile.

LÉLIO.

Madame, il est vrai qu'Arlequin a trouvé une boîte de portrait que vous cherchiez ; je vous l'ai fait remettre sur-le-champ ; s'il vous a dit autre chose, c'est un étourdi ; et je voudrais bien lui demander où est le portrait dont il parle ?

ARLEQUIN, timidement.

Eh ! monsieur !

LÉLIO.

Quoi ?

ARLEQUIN.

Il est dans votre poche.

LÉLIO.

Vous ne savez ce que vous dites.

ARLEQUIN.

Si fait, monsieur. Vous vous souvenez bien que vous lui avez parlé tantôt ; je vous l'ai vu mettre après dans la poche du côté gauche.

LÉLIO.

Quelle impertinence !

LA COMTESSE.

Cherchez, monsieur; peut-être avez-vous oublié
que vous l'avez tenu?

LÉLIO.

Ah! madame, vous pouvez m'en croire.

ARLEQUIN.

Tenez, monsieur... tâtez, madame; le voilà.

LA COMTESSE, touchant à la poche de la veste.

Cela est vrai; il me paraît que c'est lui.

LÉLIO.

Voyons donc. Il a raison! Le voulez-vous, madame?

LA COMTESSE.

Il le faut bien, monsieur.

LÉLIO.

Comment donc cela s'est-il fait?

ARLEQUIN.

Eh! c'est que vous vouliez le garder, à cause, disiez-vous, qu'il ressemblait à une cousine qui est
morte; et moi, qui suis fin, je vous disais que c'était
à cause qu'il ressemblait à madame; et cela était vrai.

LA COMTESSE.

Je ne vois point d'apparence à cela.

LÉLIO.

En vérité, madame, je ne comprends pas ce coquin-là. (A part, à Arlequin.) Tu me le paieras.

ARLEQUIN.

Madame la comtesse, voilà monsieur qui me menace derrière vous.

LÉLIO.

Moi?

ARLEQUIN.

Oui, parce que je dis la vérité. Madame, vous me
feriez bien du plaisir de l'obliger à vous dire qu'il vous
aime; il n'aura pas plus tôt avoué cela, qu'il me pardonnera.

LA COMTESSE.

Va, mon ami, tu n'as pas besoin de mon intercession.

LÉLIO.

Eh! madame, je vous assure que je ne lui veux
aucun mal; il faut qu'il ait l'esprit troublé. Retire-toi,
et ne nous romps point la tête de tes sots discours.
(Arlequin se recule au fond du théâtre avec Colombine.) Je vous prie,
madame, de n'être point fâchée de ce que j'avais votre
portrait; j'étais dans l'ignorance.

LA COMTESSE.

Ce n'est rien que cela, monsieur.

LÉLIO.

C'est une aventure qui ne laisse pas que d'avoir un
air singulier.

LA COMTESSE.

Effectivement.

LÉLIO.

Il n'y a personne qui ne se persuade là-dessus que
je vous aime.

LA COMTESSE.

Je l'aurais cru moi-même, si je ne vous connaissais pas.

LÉLIO.

Quand vous le croiriez encore, je ne vous estimerais guère moins clairvoyante.

LA COMTESSE.

On n'est pas clairvoyante quand on se trompe, et je me tromperais.

LÉLIO.

Ce n'est presque pas une erreur que cela ; la chose est si naturelle à penser !

LA COMTESSE.

Mais, voudriez-vous que j'eusse cette erreur-là ?

LÉLIO.

Moi, madame ! vous êtes la maîtresse.

LA COMTESSE.

Et vous le maître, monsieur.

LÉLIO.

De quoi le suis-je ?

LA COMTESSE.

D'aimer ou de n'aimer pas.

LÉLIO.

Je vous reconnais ; l'alternative est bien de vous, madame.

LA COMTESSE.

Eh ! pas trop.

LÉLIO.

Pas trop ! si j'osais interpréter ce mot – là….

LA COMTESSE.

Et que trouvez – vous donc qu'il signifie ?

LÉLIO.

Ce qu'apparemment vous n'avez pas pensé.

LA COMTESSE.

Voyons.

LÉLIO.

Vous ne me le pardonneriez jamais.

LA COMTESSE.

Je ne suis pas vindicative.

LÉLIO, à part.

Ah ! je ne sais ce que je dois faire.

LA COMTESSE, d'un air impatient.

Monsieur Lélio, expliquez-vous, et ne vous attendez pas que je vous devine.

LÉLIO, à genoux.

Eh bien! madame, me voilà expliqué…. M'entendez-vous? Vous ne répondez rien…. Vous avez raison; mes extravagances ont combattu trop long-temps
contre vous, et j'ai mérité votre haine.

LA COMTESSE.

Levez – vous, monsieur.

LÉLIO.

Non, madame; condamnez-moi, ou faites-moi grâce.

LA COMTESSE, confuse.

Ne me demandez rien à présent ; reprenez le portrait de votre parente, et laissez-moi respirer.

ARLEQUIN.

Vivat ! Enfin, voilà la fin.

COLOMBINE.

Je suis contente de vous, monsieur Lélio.

PIERRE.

Parguienne ! ça boute la joie au cœur.

LÉLIO.

Ne vous mettez en peine de rien, mes enfans ; j'aurai soin de votre noce.

PIERRE.

Grand marci ; mais, morgué ! pisque je sommes en joie, j'allons faire venir les ménétriers que j'avons retenus.

ARLEQUIN.

Colombine, pour nous, allons nous marier sans cérémonie.

COLOMBINE.

Avant le mariage, il en faut un peu ; après le mariage, je t'en dispense [1].

---

[1] *Après le mariage, je t'en dispense.* Le dénouement, prévu depuis long-temps, est brusque et tourne un peu court. Ce qui est généralement un défaut est ici un artifice dont il faut savoir gré à Marivaux. Rien n'est plus fatigant qu'une situation prolongée, quand elle est connue d'avance. La vue distincte du but, surtout après un assez long voyage, redouble l'impatience que l'on éprouve de l'atteindre.

DIVERTISSEMENT [1].

LE CHANTEUR.

Je ne crains point que Mathurine
S'amuse à me manquer de foi ;
Car drès que je vois dans sa mine
Queuque indifférence envars moi ,
Sans li demander le pourquoi,
Je laisse aller la pélerine ;
Je ne dis mot, je me tiens coi :
Je batifole avec Claudine.
En voyant ça, la Mathurine
Prend du souci , rêve à part soi,
Et pis tout d'un coup la mutine
Me dit : J'enrage contre toi.

LA CHANTEUSE.

Colas me disait l'autre jour :
Margot, donne-moi ton amour.
Je répondis : Je te le donne,
Mais ne va le dire à personne.
Colas ne m'entendit pas bien ;
Car l'innocent ne reçut rien.

---

[1] *Divertissement.* Nous avons déjà vu que Marivaux n'était pas heureux en couplets ni en vaudevilles. Il avait vingt fois plus d'esprit qu'il n'en faut pour en faire de bons ; mais le genre n'était pas créé. Des écrivains en font aujourd'hui de bien supérieurs, qui seraient incapables de composer une des bonnes scènes de *la Surprise de l'amour.*

ARLEQUIN.

Femmes, nous étions de grands fous
D'être aux champs pour l'amour de vous.
Si de chaque femme volage
L'amant allait planter des choux,
Par la ventrebille ! je gage
Que nous serions condamnés tous
A travailler au jardinage.

FIN DE LA SURPRISE DE L'AMOUR.

LA DOUBLE

INCONSTANCE,

COMÉDIE EN TROIS ACTES ET EN PROSE,

Représentée pour la première fois par les comédiens italiens,
le 6 avril 1723.

JUGEMENT

DE LA DOUBLE INCONSTANCE.

———

Les âmes fortes sont les seules chez qui la passion de l'amour soit exclusive. On ne la retrouve pas au même degré d'héroïsme dans la comédie, qui n'est ou ne doit être que l'imitation des mœurs générales. On y voit bien l'amour constant, fidèle, désintéressé, parce que rarement l'objet principal du poëte est de le placer devant des obstacles, et de le mettre en opposition avec des passions différentes. Quand ces obstacles existent, ils viennent presque toujours du dehors, comme de l'autorité paternelle, de la jalousie d'un rival puissant, de la crainte de déplaire à un personnage dont on attend sa fortune, des préjugés de naissance, et de mille autres causes semblables. Aussi, les amans emploient plus d'adresse à éluder ces difficultés que de courage à les combattre, et ils sont admirablement servis en ce genre par les intrigues de leurs valets. Il n'est guère de comédie de Molière ou de Regnard dont l'astuce d'une part, et la duperie de l'autre, n'amènent le dénouement.

La comédie que l'on va lire a cela de particulier, que c'est du cœur même des deux amans qu'elle tire l'obstacle qui s'oppose à leur union, et qu'une passion vive et sincère y cède tout naturellement sa place à une autre passion non moins sincère, mais seulement plus active, et, relativement à chacun d'eux, plus puissante. Les personnages sont choisis dans une classe commune; les effets de la tentation n'en seront que plus comiques, et les résultats plus prompts.

Silvia, comme elle nous l'apprend elle-même dès la première scène, n'est qu'une petite bourgeoise de village, et Arlequin, qu'elle aime et dont elle est aimée, n'est pas plus gros monsieur qu'elle n'est grosse dame. Cependant un prince est tombé amoureux de Silvia; mais, quoique souverain, soumis aux lois de son pays non moins qu'à celles de l'honneur, il est obligé de l'élever jusqu'à lui, de l'associer à son trône, et toute espèce de violence lui est interdite. Il faut qu'il supplante son rival sans blesser les règles de la délicatesse et les droits de la justice; il faut, en un mot, qu'il épouse Silvia et de son propre consentement et de celui de son cher Arlequin.

Comme Marivaux a donné au prince toutes les qualités aimables qui prêtent un charme à la puissance, le cœur de Silvia ne résistera pas long-temps, et le pauvre Arlequin sera bien vite oublié. Cependant, pour affaiblir les torts de Silvia, Arlequin sera amené également à une inconstance qui devient indispensable pour justifier celle de sa maîtresse. Flaminia, confidente des desseins du prince, se dévoue pour le servir, mais sans répugnance, et avec un penchant de tendresse sans lequel son rôle eût été marqué d'un caractère de complaisance officieuse, qui aurait pu recevoir une dénomination avilissante.

Dès le commencement de l'action (et il y a de l'artifice dans cette combinaison), le changement de Silvia est préparé en faveur du prince, qu'elle ne connaît pas, et qui n'est venu la voir que sous le nom d'un de ses principaux officiers. Elle n'a point vu elle-même avec indifférence un homme de cour agréable, spirituel, bien fait de sa

personne, et le seul tort que Silvia ait l'air de lui reprocher, c'est la peine qu'il prend de parler pour un autre.
Amenée à la cour, Silvia ne regarde toujours le prince que
comme un trop fidèle interprète des propositions de son
maître. En attendant que l'identité des deux personnages
soit constatée, le cœur de Silvia est attaqué par toutes les
illusions qui peuvent faire effet sur le cœur d'une jeune
fille. On lui prodigue les bijoux, les habillemens magni-
fiques, les hommages, les fêtes; on lui ménage le plaisir
plus flatteur pour sa vanité d'humilier de prétendues rivales qui l'avaient insultée *par ordre*. Dès que le prince se
nommera, la défaite, déjà si avancée, de Silvia, sera
achevée.

Arlequin, malgré son goût naissant pour Flaminia, est
plus difficile à vaincre. Il se moque et des excuses qu'on
oblige un grand seigneur à lui faire, et des lettres de noblesse qu'on vient lui apporter, et de l'entourage des
nombreux domestiques qui rivalisent de zèle pour lui
faire agréer leurs services. Enfin, Trivelin a deviné le
côté faible de son maître : il lui fait valoir le bonheur
inestimable de trouver, en compensation de Silvia, une
table toujours bien garnie, un buffet chargé à sa volonté
des meilleurs vins. Ajoutez à une perspective aussi dé-
terminante, la certitude que Silvia ne sera pas désespérée
de la rupture; le macaroni et Flaminia ont bientôt décidé
la victoire.

La scène des lettres de noblesse est le seul hors-d'œuvre
où l'on puisse trouver à reprendre dans toute la pièce; le
reste est irréprochable, très-gai, très-amusant, et surtout très-bien écrit, sauf quelques négligences qu'il était
du devoir de l'éditeur de faire disparaître, et qui évi-
demment n'appartenaient point à Marivaux.

PERSONNAGES.

LE PRINCE.

UN SEIGNEUR.

FLAMINIA, fille d'un domestique du prince.

LISETTE, sœur de Flaminia.

SILVIA, aimée du prince et d'Arlequin.

ARLEQUIN.

TRIVELIN, officier du palais.

LAQUAIS.

FILLES DE CHAMBRE.

La scène est dans le palais du prince.

LA DOUBLE
INCONSTANCE.

ACTE I.

SCÈNE I.

SILVIA, TRIVELIN,
et quelques femmes à la suite de Silvia.

TRIVELIN.

Mais, madame, écoutez-moi.

SILVIA.

Vous m'ennuyez.

TRIVELIN.

Ne faut-il pas être raisonnable?

SILVIA.

Non, il ne faut pas l'être, et je ne le serai point.

TRIVELIN.

Cependant....

SILVIA.

Cependant, je ne veux point avoir de raison; et quand vous recommenceriez cinquante fois votre *cependant*, je n'en veux point avoir. Que ferez-vous là?

TRIVELIN.

Vous avez soupé hier si légèrement, que vous serez malade si vous ne prenez rien ce matin.

SILVIA.

Et moi, je hais la santé, et je suis bien aise d'être malade. Ainsi, vous n'avez qu'à renvoyer tout ce qu'on m'apporte ; car je ne veux aujourd'hui ni déjeûner, ni dîner, ni souper ; demain la même chose. Je ne veux qu'être fâchée, vous haïr tous tant que vous êtes, jusqu'à ce que j'aie vu Arlequin, dont on m'a séparée. Voilà mes petites résolutions, et si vous voulez que je devienne folle, vous n'avez qu'à me prêcher d'être plus raisonnable ; cela sera bientôt fait.

TRIVELIN.

Ma foi, je ne m'y jouerai pas ; je vois bien que vous me tiendriez parole. Si j'osais cependant....

SILVIA.

Eh bien ! ne voilà-t-il pas encore un *cependant ?*

TRIVELIN.

En vérité, je vous demande pardon ; celui-là m'est échappé ; mais je n'en dirai plus, je me corrigerai. Je vous prierai seulement de considérer....

SILVIA.

Oh ! vous ne vous corrigez pas ; voilà des considérations qui ne me conviennent point non plus.

TRIVELIN.

Que c'est votre souverain qui vous aime.

SILVIA.

Je ne l'en empêche pas, il est le maître ; mais faut-il que je l'aime, moi ? Non ; et il ne le faut pas, parce que je ne le puis pas. Cela va tout seul ; un enfant le verrait, et vous ne le voyez point.

TRIVELIN.

Songez que c'est sur vous qu'il fait tomber le choix qu'il doit faire d'une épouse entre ses sujettes.

SILVIA.

Qui est-ce qui lui a dit de me choisir ? M'a-t-il demandé mon avis ? S'il m'avait dit : Me voulez-vous, Silvia ? je lui aurais répondu : Non, seigneur ; il faut qu'une honnête femme aime son mari, et je ne pourrais pas vous aimer. Voilà la pure raison, cela ; mais point du tout, il m'aime ; crac, il m'enlève [1], sans me demander si je le trouverai bon.

TRIVELIN.

Il ne vous enlève que pour vous donner la main.

SILVIA.

Eh ! que veut-il que je fasse de cette main, si je n'ai pas envie d'avancer la mienne pour la prendre ? Force-t-on les gens à recevoir des présens malgré eux ?

TRIVELIN.

Voyez, depuis deux jours que vous êtes ici, com-

---

[1] *Il m'enlève.* Toute cette scène d'exposition est d'une clarté parfaite. Seulement on désirerait connaître le moyen dont le prince s'est servi pour enlever une femme qu'il aime, et qu'il respecte puisqu'il doit l'épouser. Il n'est pas possible qu'il ait employé la violence. A quel stratagème a-t-il eu recours ? Le spectateur l'ignore. La faute est légère, mais elle est réelle, et, dans l'intérêt de l'art, on a dû la remarquer.

ment il vous traite. N'êtes-vous pas déjà servie comme si vous étiez sa femme ? Voyez les honneurs qu'il vous fait rendre, le nombre de femmes qui sont à votre suite, les amusemens qu'on tâche de vous procurer par ses ordres. Qu'est-ce qu'Arlequin au prix d'un prince plein d'égards, qui ne veut pas même se montrer qu'on ne vous ait disposée à le voir ; d'un prince jeune, aimable et rempli d'amour ? Car vous le trouverez tel. Eh ! madame, ouvrez les yeux, voyez votre fortune, et profitez de ses faveurs.

SILVIA.

Dites-moi ; vous et toutes ces femmes qui me parlent, vous a-t-on mis avec moi, vous a-t-on payés pour m'impatienter, pour me tenir des discours qui n'ont pas le sens commun, qui me font pitié ?

TRIVELIN.

Oh ! parbleu ! je n'en sais pas davantage ; voilà tout l'esprit que j'ai.

SILVIA.

Sur ce pied-là, vous seriez tout aussi avancé de n'en point avoir du tout.

TRIVELIN.

Mais encore, daignez, s'il vous plaît, me dire en quoi je me trompe.

SILVIA.

Oui, je vais vous le dire, en quoi ; oui....

TRIVELIN.

Eh ! doucement, madame ; mon dessein n'est pas de vous fâcher.

SILVIA.

Vous êtes donc bien maladroit.

TRIVELIN.

Je suis votre serviteur.

SILVIA.

Eh bien! mon serviteur, qui me vantez tant les
honneurs que j'ai ici, qu'ai-je affaire de ces quatre
ou cinq fainéantes qui m'espionnent toujours? On
m'ôte mon amant, et on me rend des femmes à la
place; ne voilà-t-il pas un beau dédommagement?
Et on veut que je sois heureuse avec cela! Que m'importe toute cette musique, ces concerts et cette danse
dont on croit me régaler? Arlequin chantait mieux
que tout cela, et j'aime mieux danser moi-même que
de voir danser les autres; entendez-vous? Une bourgeoise contente dans un petit village, vaut mieux
qu'une princesse qui pleure dans un bel appartement.
Si le prince est si tendre, ce n'est pas ma faute; je
n'ai pas été le chercher; pourquoi m'a-t-il vue? S'il
est jeune et aimable, tant mieux pour lui; j'en suis
bien aise. Qu'il garde tout cela pour ses pareils, et
qu'il me laisse mon pauvre Arlequin, qui n'est pas
plus gros monsieur que je suis grosse dame, pas plus
riche que moi, pas plus glorieux que moi, pas mieux
logé; qui m'aime sans façon, que j'aime de même,
et que je mourrai de chagrin de ne pas voir. Hélas!
le pauvre enfant, qu'en aura-t-on fait? Qu'est-il
devenu? Il se désespère quelque part, j'en suis sûre;
car il a le cœur si bon! Peut-être aussi qu'on le mal-

traite.... Je suis outrée [1]. Tenez, voulez-vous me faire un plaisir ? Otez-vous de là, je ne puis vous souffrir ; laissez-moi m'affliger en repos.

TRIVELIN.

Le compliment est court, mais il est net. Tranquillisez-vous pourtant, madame.

SILVIA.

Sortez sans répondre ; cela vaudra mieux.

TRIVELIN.

Encore une fois, calmez-vous. Vous voulez Arlequin, il viendra incessamment ; on est allé le chercher.

SILVIA, avec un soupir.

Je le verrai donc ?

TRIVELIN.

Et vous lui parlerez aussi.

SILVIA.

Je vais l'attendre ; mais si vous me trompez, je ne veux plus ni voir ni entendre personne. (Pendant qu'elle sort, le prince et Flaminia entrent d'un autre côté, et la regardent sortir.)

---

[1] *Je suis outrée.* Ce tableau d'une tendresse si vive et si bien partagée, servira à faire ressortir le dénouement, où elle sera trahie de part et d'autre avec une bonne foi charmante.

SCÈNE II.

LE PRINCE, FLAMINIA, TRIVELIN.

LE PRINCE, à Trivelin.

Eh bien! as-tu quelque espérance à me donner?
Que dit-elle?

TRIVELIN.

Ce qu'elle dit, seigneur? Ma foi! ce n'est pas la
peine de le répéter; il n'y a rien encore qui mérite
votre curiosité.

LE PRINCE.

N'importe; dis toujours.

TRIVELIN.

Eh! non, seigneur; ce sont de petites bagatelles
dont le récit vous ennuierait; tendresse pour Arlequin, impatience de le rejoindre, nulle envie de vous
connaître, désir violent de ne vous point voir, et
force haine pour nous, voilà l'abrégé de ses dispositions. Vous voyez bien que cela n'est point réjouis-
sant; et franchement, si j'osais dire ma pensée, le
meilleur serait de la remettre où on l'a prise.

FLAMINIA.

J'ai déjà dit la même chose au prince; mais cela
est inutile. Ainsi continuons, et ne songeons qu'à
détruire l'amour de Silvia pour Arlequin.

TRIVELIN.

Mon sentiment à moi est qu'il y a quelque chose

d'extraordinaire dans cette fille-là. Refuser ce qu'elle
refuse, cela n'est point naturel. Ce n'est point là une
femme, voyez-vous; c'est quelque créature d'une
espèce à nous inconnue. Avec une femme, nous irions
notre train; celle-ci nous arrête; cela nous avertit
d'un prodige; n'allons pas plus loin.

LE PRINCE.

Et c'est ce prodige qui augmente encore l'amour
que j'ai conçu pour elle.

FLAMINIA, en riant.

Eh! seigneur, ne l'écoutez pas avec son prodige;
cela est bon dans un conte de fée. Je connais mon
sexe, il n'a rien de prodigieux que sa coquetterie. Du
côté de l'ambition, Silvia n'est point en prise; mais
elle a un cœur, et par conséquent de la vanité; avec
cela, je saurai bien la ranger à son devoir de femme.
Est-on allé chercher Arlequin?

TRIVELIN.

Oui; je l'attends.

LE PRINCE.

Je vous avoue, Flaminia, que nous risquons beaucoup à lui montrer son amant; sa tendresse pour lui
n'en deviendra que plus forte.

TRIVELIN.

Oui; mais si elle ne le voit, l'esprit lui tournera;
j'en ai sa parole.

FLAMINIA.

Seigneur, je vous ai déjà dit qu'Arlequin nous était
nécessaire.

LE PRINCE.

Oui, qu'on l'arrête autant qu'on pourra. Vous pouvez lui promettre que je le comblerai de biens et de faveurs, s'il veut en épouser une autre que sa maîtresse.

TRIVELIN.

Il n'y a qu'à réduire ce drôle-là, s'il ne veut pas.

LE PRINCE.

Non; la loi, qui veut que j'épouse une de mes sujettes, me défend d'user de violence contre qui que ce soit [1].

FLAMINIA.

Vous avez raison. Soyez tranquille; j'espère que tout se fera à l'amiable. Silvia vous connaît déjà, sans savoir que vous êtes le prince; n'est-il pas vrai?

LE PRINCE.

Je vous ai dit qu'un jour à la chasse, écarté de ma troupe, je la rencontrai près de sa maison; j'avais soif, elle alla me chercher à boire; je fus enchanté de sa beauté et de sa simplicité, et je lui en fis l'aveu. Je l'ai vue cinq ou six fois de la même manière, comme simple officier du palais; mais, quoiqu'elle m'ait traité avec beaucoup de douceur, je n'ai jamais

---

[1] *La loi.... me défend d'user de violence contre qui que ce soit.* Ce n'est pas là une loi particulière à la circonstance du mariage d'un prince, c'est une loi générale et applicable à tous les cas possibles. Marivaux le savait bien, et, pour ceux qui entendent à demi-mot, il n'est pas difficile de deviner ce qu'il a voulu dire.

pu la faire renoncer à Arlequin, qui m'a surpris deux fois avec elle.

FLAMINIA.

Il faut mettre à profit l'ignorance où elle est de votre rang. On l'a déjà prévenue que vous ne la verriez pas sitôt; je me charge du reste, pourvu que vous vouliez bien agir comme je voudrai.

LE PRINCE.

J'y consens. Si vous m'acquérez le cœur de Silvia, il n'est rien que vous ne deviez attendre de ma reconnaissance.　　　　　　　　　(Il sort.)

FLAMINIA.

Toi, Trivelin, va-t'en dire à ma sœur qu'elle tarde trop à venir.

TRIVELIN.

Il n'est pas besoin, la voilà qui entre; adieu, je vais au devant d'Arlequin.

SCÈNE III.

LISETTE, FLAMINIA.

LISETTE.

Je viens recevoir tes ordres; que me veux-tu?

FLAMINIA.

Approche un peu, que je te regarde.

LISETTE.

Tiens, vois à ton aise.

FLAMINIA.

Oui-dà, tu es jolie aujourd'hui.

LISETTE.

Je le sais bien ; mais qu'est-ce que cela te fait ?

FLAMINIA.

Ote cette mouche galante que tu as là [1].

LISETTE.

Je ne saurais ; mon miroir me l'a recommandée.

FLAMINIA.

Il le faut, te dis-je.

LISETTE.

Quel meurtre ! Pourquoi persécutes-tu ma mouche ?

FLAMINIA.

J'ai mes raisons pour cela. Or çà, Lisette, tu es grande et bien faite.

LISETTE.

C'est le sentiment de bien des gens.

FLAMINIA.

Tu aimes à plaire ?

LISETTE.

C'est mon faible.

---

[1] *Ote cette mouche galante que tu as là.* Il n'y a pas plus de cinquante ans que subsistait encore dans les provinces cet usage extravagant de se coller sur le visage des morceaux de taffetas noir, taillés en rond, qu'on appelait des *mouches.* Il n'est pas inutile de remarquer que ces *mouches,* qui avaient eu d'abord pour objet de cacher des boutons ou d'autres difformités, étaient devenues un attirail de toilette indispensable aux plus fraîches et aux plus jolies femmes.

FLAMINIA.

Saurais-tu, avec une adresse naïve et modeste,
inspirer un tendre penchant à quelqu'un, en lui té-
moignant d'en avoir pour lui ; et le tout pour une
bonne fin ?

LISETTE.

Mais j'en reviens à ma mouche ; elle me paraît nécessaire à l'expédition que tu me proposes.

FLAMINIA.

N'oublieras-tu jamais ta mouche ? Non, elle n'est
pas nécessaire. Il s'agit d'un homme simple, d'un vil-
lageois sans expérience, qui s'imagine que nous autres femmes d'ici sommes obligées d'être aussi modestes que les femmes de son village. Oh ! la modestie
de ces femmes-là n'est pas faite comme la nôtre ;
nous avons des dispenses qui le scandaliseraient.
Ainsi ne regrette plus ces mouches, et mets-en la valeur dans tes manières ; c'est de ces manières que je
te parle ; je te demande si tu sauras les avoir comme
il faut ? Voyons, que lui diras-tu ?

LISETTE.

Mais je lui dirai.... Que lui dirais-tu, toi ?

FLAMINIA.

Écoute-moi ; point d'air coquet d'abord. Par exemple, on voit dans ta petite contenance un dessein de
plaire ; oh ! il faut en effacer cela ; tu mets je ne sais
quoi d'étourdi et de vif dans ton geste ; quelquefois
c'est du nonchalant, du tendre, du mignard ; tes yeux

veulent être fripons, veulent attendrir, veulent frapper, font mille singeries ; ta tête est légère ; ton menton porte au vent ; tu cours après un air jeune, galant et dissipé. Parles-tu aux gens, leur réponds-tu ? Tu prends de certains tons, tu te sers d'un certain langage, et le tout finement relevé de saillies folles. Oh ! toutes ces petites impertinences-là sont très-jolies dans une fille du monde ; il est décidé que ce sont des grâces ; le cœur des hommes est tourné comme cela ; voilà qui est fini. Mais ici il faut, s'il te plaît, faire main basse sur tous ces agrémens-là. Le petit homme en question ne les approuverait point ; il n'a pas le goût si fort, lui. Tiens, c'est tout comme un homme qui n'aurait jamais bu que de belle eau bien claire ; le vin ou l'eau-de-vie ne lui plairait pas.

LISETTE.

Mais, à la façon dont tu arranges mes agrémens, je ne les trouve pas si jolis que tu dis.

FLAMINIA.

Bon ! c'est que je les examine, moi ; voilà pourquoi ils deviennent ridicules ; mais tu es en sûreté de la part des hommes.

LISETTE.

Que mettrai-je donc à la place de ces impertinences que j'ai ?

FLAMINIA.

Rien ; tu laisseras aller tes regards comme ils iraient, si ta coquetterie leur permettait de rester en repos ; ta tête comme elle se tiendrait, si tu ne songeais pas à lui donner des airs évaporés ; et la contenance tout comme elle est, quand personne ne te regarde. Pour essayer, donne-moi quelque échantillon de ton savoir-faire. Regarde-moi d'un air ingénu.

LISETTE.

Tiens, ce regard-là est-il bon ?

FLAMINIA.

Hum ! il a encore besoin de quelque correction.

LISETTE.

Oh ! dame, veux-tu que je te dise ? Tu n'es qu'une femme ; est-ce que cela anime ? Laissons cela ; car tu m'emporterais la fleur de mon rôle. C'est pour Arlequin, n'est-ce pas ?

FLAMINIA.

Pour lui-même.

LISETTE.

Mais, le pauvre garçon ! si je ne l'aime pas, je le tromperai ; je suis fille d'honneur, et je m'en fais un scrupule.

FLAMINIA.

S'il vient à t'aimer, tu l'épouseras, et cela fera ta fortune ; as-tu encore des scrupules ? Tu n'es, non plus que moi, que la fille d'un domestique du prince, et tu deviendras grande dame.

LISETTE.

Oh ! voilà ma conscience en repos ; et en ce cas-là, si je l'épouse, il n'est pas nécessaire que je l'aime.

Adieu ; tu n'as qu'à m'avertir quand il sera temps de commencer.

FLAMINIA.

Je me retire aussi ; car voilà Arlequin qu'on amène.

SCÈNE IV.

ARLEQUIN, TRIVELIN.

TRIVELIN.

Eh bien ! seigneur Arlequin, comment vous trouvez-vous ici ?.... N'est-il pas vrai que voilà une belle maison ?

ARLEQUIN.

Que diantre ! qu'est-ce que cette maison-là et moi avons affaire ensemble ? Qu'est-ce que c'est que vous ? Que me voulez-vous ? Où allons-nous ?

TRIVELIN.

Je suis un honnête homme, à présent votre domestique ; je ne veux que vous servir, et nous n'allons pas plus loin.

ARLEQUIN.

Honnête homme, ou fripon, je n'ai que faire de vous ; je vous donne votre congé, et je m'en retourne.

TRIVELIN.

Doucement !

ARLEQUIN.

Parlez donc, eh ! vous êtes bien impertinent d'arrêter votre maître !

TRIVELIN.

C'est un plus grand maître que vous qui vous a fait
le mien.

ARLEQUIN.

Qui est donc cet original-là, qui me donne des
valets malgré moi?

TRIVELIN.

Quand vous le connaîtrez, vous parlerez autrement.
Expliquons-nous à présent.

ARLEQUIN.

Est-ce que nous avons quelque chose à nous dire?

TRIVELIN.

Oui, sur Silvia.

ARLEQUIN.

Ah! Silvia! hélas! je vous demande pardon; voyez
ce que c'est! je ne savais pas que j'avais à vous parler.

TRIVELIN.

Vous l'avez perdue depuis deux jours?

ARLEQUIN.

Oui, des voleurs me l'ont dérobée.

TRIVELIN.

Ce ne sont pas des voleurs.

ARLEQUIN.

Enfin, si ce ne sont pas des voleurs, ce sont toujours des fripons.

TRIVELIN.

Je sais où elle est.

ARLEQUIN.

Vous savez où elle est, mon ami, mon valet, mon
maître, mon tout ce qu'il vous plaira? Que je suis
fâché de n'être pas riche! Je vous donnerais tous mes
revenus pour gages. Dites, l'honnête homme, de
quel côté faut-il tourner? Est-ce à droite, à gauche,
ou tout devant moi?

TRIVELIN.

Vous la verrez ici.

ARLEQUIN.

Mais quand j'y songe, il faut que vous soyez bien
bon, bien obligeant pour m'amener ici comme vous
faites? O Silvia! chère enfant de mon âme! m'amie!
je pleure de joie!

TRIVELIN, à part.

De la façon dont ce drôle-là prélude, il ne nous
promet rien de bon. (A Arlequin) Écoutez, j'ai bien autre chose à vous dire.

ARLEQUIN.

Allons d'abord voir Silvia; prenez pitié de mon
impatience.

TRIVELIN.

Je vous dis que vous la verrez; mais il faut que je
vous entretienne auparavant. Vous souvenez-vous
d'un certain cavalier, qui a rendu cinq ou six visites
à Silvia, et que vous avez vu avec elle?

ARLEQUIN.

Oui; il avait la mine d'un hypocrite.

TRIVELIN.

Cet homme-là a trouvé votre maîtresse fort aimable.

ARLEQUIN.

Pardi! il n'a rien trouvé de nouveau.

TRIVELIN.

Et il en a fait au prince un récit qui l'a enchanté.

ARLEQUIN.

Le babillard!

TRIVELIN.

Le prince a voulu la voir, et a donné ordre qu'on l'amenât ici.

ARLEQUIN.

Mais il me la rendra, comme cela est juste?

TRIVELIN.

Hum! il y a une petite difficulté; il en est devenu amoureux, et souhaiterait d'en être aimé à son tour.

ARLEQUIN.

Son tour ne peut pas venir; c'est moi qu'elle aime.

TRIVELIN.

Vous n'allez point au fait; écoutez jusqu'au bout.

ARLEQUIN.

Mais le voilà, le bout; est-ce que l'on veut me chicaner mon bon droit?

TRIVELIN.

Vous savez que le prince doit se choisir une femme dans ses états.

ARLEQUIN.

Je ne sais point cela; cela m'est inutile.

TRIVELIN.

Je vous l'apprends.

ARLEQUIN.

Je ne me soucie pas de nouvelles.

TRIVELIN.

Silvia plaît donc au prince, et il voudrait lui plaire avant que de l'épouser. L'amour qu'elle a pour vous fait obstacle à celui qu'il tâche de lui donner pour lui.

ARLEQUIN.

Qu'il fasse donc l'amour ailleurs : car il n'aurait que la femme; moi, j'aurais le cœur; il nous manquerait quelque chose à l'un et à l'autre, et nous serions tous trois mal à notre aise.

TRIVELIN.

Vous avez raison; mais ne voyez-vous pas que si vous épousiez Silvia, le prince resterait malheureux?

ARLEQUIN.

A la vérité, il serait d'abord un peu triste; mais il aura fait le devoir d'un brave homme, et cela console; au lieu que, s'il l'épouse, il fera pleurer cette pauvre enfant; je pleurerai aussi, moi; il n'y aura que lui qui rira, et il n'y a point de plaisir à rire tout seul.

TRIVELIN.

Seigneur Arlequin, croyez-moi; faites quelque

chose pour votre maître. Il ne peut se résoudre à
quitter Silvia. Je vous dirai même qu'on lui a prédit
l'aventure qui la lui a fait connaître, et qu'elle doit
être sa femme ; il faut que cela arrive ; cela est écrit
là-haut.

ARLEQUIN.

Là-haut on n'écrit pas de telles impertinences ; pour
marque de cela, si on avait prédit que je dois vous
assommer, vous tuer par derrière, trouveriez-vous
bon que j'accomplisse la prédiction ?

TRIVELIN.

Non, vraiment ! il ne faut jamais faire de mal à
personne.

ARLEQUIN.

Eh bien ! c'est ma mort qu'on a prédite [1]. Ainsi c'est
prédire rien qui vaille ; et dans tout cela, il n'y a que
l'astrologue à pendre.

TRIVELIN.

Eh ! morbleu, on ne prétend pas vous faire du mal ;
nous avons ici d'aimables filles ; épousez-en une, vous
y trouverez votre avantage.

ARLEQUIN.

Oui-dà ! que je me marie à une autre, afin de mettre
Silvia en colère, et qu'elle porte son amitié ailleurs !
Oh ! oh ! mon mignon, combien vous a-t-on donné

---

[1] *Eh bien ! c'est ma mort qu'on a prédite.* Pauvre cœur humain !
Dans quelques heures, Arlequin, plein de vie, sera oublié de Silvia, et l'oubliera à son tour pour épouser Flaminia.

pour m'attraper? Allez, mon fils, vous n'êtes qu'un
butor. Gardez vos filles; nous ne nous accommoderons pas; vous êtes trop cher.

TRIVELIN.

Savez-vous bien que le mariage que je vous propose vous acquerra l'amitié du prince?

ARLEQUIN.

Bon! mon ami ne serait pas seulement mon cama-
rade.

TRIVELIN.

Mais les richesses que vous promet cette amitié...

ARLEQUIN.

On n'a que faire de toutes ces babioles-là, quand
on se porte bien, qu'on a bon appétit et de quoi
vivre.

TRIVELIN.

Vous ignorez le prix de ce que vous refusez.

ARLEQUIN.

C'est à cause de cela que je n'y perds rien.

TRIVELIN.

Maison à la ville, maison à la campagne.

ARLEQUIN.

Ah! que cela est beau! il n'y a qu'une chose qui
m'embarrasse; qu'est-ce qui habitera ma maison de
ville, quand je serai à ma maison de campagne?

TRIVELIN.

Parbleu! vos valets.

ARLEQUIN.

Mes valets ? Qu'ai-je besoin de faire fortune pour ces canailles-là ? Je ne pourrai donc pas les habiter toutes à la fois?

TRIVELIN.

Non, que je pense ; vous ne serez pas en deux endroits en même temps.

ARLEQUIN.

Eh bien ! innocent que vous êtes, si je n'ai pas ce secret-là, il est inutile d'avoir deux maisons.

TRIVELIN.

Quand il vous plaira, vous irez de l'une à l'autre.

ARLEQUIN.

A ce compte, je donnerai donc ma maîtresse pour avoir le plaisir de déménager souvent?

TRIVELIN.

Mais rien ne vous touche ; vous êtes bien étrange ! Cependant tout le monde est charmé d'avoir de grands appartemens, nombre de domestiques...

ARLEQUIN.

Il ne me faut qu'une chambre ; je n'aime point à nourrir des fainéans, et je ne trouverai point de valet plus fidèle, plus affectionné à mon service que moi.

TRIVELIN.

Je conviens que vous ne serez point en danger de mettre ce domestique-là dehors ; mais ne seriez-vous pas sensible au plaisir d'avoir un bon équipage, un bon carrosse, sans parler de l'agrément d'être meublé superbement?

ARLEQUIN.

Vous êtes un grand nigaud, mon ami, de faire entrer Silvia en comparaison avec des meubles, un carrosse et des chevaux qui le traînent! Dites-moi, fait-on autre chose dans sa maison que s'asseoir, prendre ses repas, et se coucher? Eh bien! avec un bon lit, une bonne table, une douzaine de chaises de paille, ne suis-je pas bien meublé? N'ai-je pas toutes mes commodités? Oh! mais je n'ai point de carrosse! Eh bien! je ne verserai point. (En montrant ses jambes.) Ne voilà-t-il pas un équipage que ma mère m'a donné? Ne sont-ce pas de bonnes jambes? Eh! morbleu, il n'y a pas de raison à vous d'avoir une autre voiture que la mienne. Alerte, alerte, paresseux; laissez vos chevaux à tant d'honnêtes laboureurs qui n'en ont point [1]; cela nous fera du pain; vous marcherez, et vous n'aurez pas les gouttes.

TRIVELIN.

Têtubleu, vous êtes vif! Si l'on vous en croyait, on ne pourrait fournir les hommes de souliers.

---

[1] *Laissez vos chevaux à tant d'honnêtes laboureurs qui n'en ont point.* Idée fausse et exagération ridicule. Les terres ne sont jamais restées en friche faute d'animaux propres aux laboureurs. Des chevaux de luxe ne sont pas des chevaux de labour : l'emploi que l'on fait des premiers donne des moyens d'existence à des milliers de professions différentes qui concourent, comme l'agriculture, à la richesse et à la prospérité de l'état. *Est modus in rebus.*

ARLEQUIN.

Ils porteraient des sabots. Mais je commence à m'ennuyer de tous vos contes ; vous m'avez promis de me montrer Silvia ; un honnête homme n'a que sa parole.

TRIVELIN.

Un moment ; vous ne vous souciez ni d'honneurs, ni de richesses, ni de belles maisons, ni de magnificence, ni de crédit, ni d'équipages....

ARLEQUIN.

Il n'y a pas là pour un sou de bonne marchandise.

TRIVELIN.

La bonne chère vous tenterait-elle ? Une cave remplie de vin exquis vous plairait-elle ? Seriez-vous bien aise d'avoir un cuisinier qui vous apprêtât délicatement à manger, et en abondance ? Imaginez-vous ce qu'il y a de meilleur, de plus friand en viande et en poisson ; vous l'aurez, et pour toute votre vie.... Vous ne répondez rien ?

ARLEQUIN.

Ce que vous dites là serait plus de mon goût que tout le reste ; car je suis gourmand, je l'avoue [1] ; mais j'ai encore plus d'amour que de gourmandise.

---

[1] *Je suis gourmand, je l'avoue.* C'est une chose convenue ; dans toutes les pièces italiennes, la gourmandise est le péché favori d'Arlequin. Aussi, par une gradation très-comique, c'est le moyen de tentation que Trivelin a mis en réserve pour séduire son nouveau maître.

TRIVELIN.

Allons, seigneur Arlequin, faites-vous un sort heureux ; il ne s'agira seulement que de quitter une fille pour en prendre une autre.

ARLEQUIN.

Non, non ; je m'en tiens au bœuf et au vin de mon crû.

TRIVELIN.

Que vous auriez bu de bon vin ! Que vous auriez mangé de bons morceaux !

ARLEQUIN.

J'en suis fâché ; mais il n'y a rien à faire. Le cœur de Silvia est un morceau encore plus friand que tout cela. Voulez-vous me la montrer, ou ne le voulez-vous pas ?

TRIVELIN.

Vous l'entretiendrez, soyez-en sûr ; mais il est encore un peu matin.

SCÈNE V.

ARLEQUIN, LISETTE, TRIVELIN.

LISETTE.

Je vous cherche partout, monsieur Trivelin ; le prince vous demande.

TRIVELIN.

Le prince me demande ? j'y cours ; mais tenez donc

compagnie au seigneur Arlequin pendant mon absence.

ARLEQUIN.

Oh ! ce n'est pas la peine ; quand je suis seul, moi, je me fais compagnie.

TRIVELIN.

Non, non ; vous pourriez vous ennuyer. Adieu ; je vous rejoindrai bientôt.

SCÈNE VI.

ARLEQUIN, LISETTE.

ARLEQUIN, à part.

Je gage que voilà une éveillée qui vient pour m'affriander d'elle. Néant.

LISETTE.

C'est donc vous, monsieur, qui êtes l'amant de mademoiselle Silvia ?

ARLEQUIN.

Oui.

LISETTE.

C'est une très-jolie fille.

ARLEQUIN.

Oui.

LISETTE.

Tout le monde l'aime.

ARLEQUIN.

Tout le monde a tort.

LISETTE.

Pourquoi cela, puisqu'elle le mérite?

ARLEQUIN.

C'est qu'elle n'aimera personne que moi.

LISETTE.

Je n'en doute pas, et je lui pardonne son attachement pour vous.

ARLEQUIN.

A quoi cela sert-il, ce pardon-là?

LISETTE.

Je veux dire que je ne suis plus si surprise que je
l'étais de son obstination à vous aimer.

ARLEQUIN.

Et en vertu de quoi étiez-vous surprise?

LISETTE.

C'est qu'elle refuse un prince aimable.

ARLEQUIN.

Et quand il serait aimable, cela empêche-t-il que
je ne le sois aussi, moi?

LISETTE.

Non, mais enfin c'est un prince.

ARLEQUIN.

Qu'importe? en fait de fille, ce prince n'est pas
plus avancé que moi.

LISETTE.

A la bonne heure. J'entends seulement qu'il a des

3.   13

sujets et des états, et que, tout aimable que vous êtes, vous n'en avez point.

ARLEQUIN.

Vous me la baillez belle avec vos sujets et vos états ! Si je n'ai point de sujets, je n'ai charge de personne ; et si tout va bien, je m'en réjouis ; si tout va mal, ce n'est pas ma faute. Pour des états, qu'on en ait ou qu'on n'en ait point, on n'en tient pas plus de place, et cela ne rend ni plus beau ni plus laid. Ainsi, de toutes façons, vous étiez surprise à propos de rien.

LISETTE, à part.

Voilà un vilain petit homme ; je lui fais des complimens, et il me querelle !

ARLEQUIN.

Hein ?

LISETTE.

J'ai du malheur de ce que je vous dis [1] ; et j'avoue qu'à vous voir seulement, je me serais promis une conversation plus douce.

ARLEQUIN.

Dame ! mademoiselle, il n'y a rien de si trompeur que la mine des gens.

LISETTE.

Il est vrai que la vôtre m'a trompée ; et voilà comme

---

[1] *J'ai du malheur de ce que je vous dis.* Phrase un peu obscure ; Lisette entend : Ce que je vous dis ne me réussit pas.

on a souvent tort de se prévenir en faveur de quelqu'un.

ARLEQUIN.

Oh ! très-fort ; mais, que voulez-vous ? je n'ai pas
choisi ma physionomie.

LISETTE.

Non, je n'en saurais revenir, quand je vous regarde.

ARLEQUIN.

Me voilà pourtant ; et il n'y a point de remède, je
serai toujours comme cela.

LISETTE.

Oh ! j'en suis persuadée.

ARLEQUIN.

Par bonheur, vous ne vous en souciez guère ?

LISETTE.

Pourquoi me demandez-vous cela ?

ARLEQUIN.

Eh ! pour le savoir.

LISETTE.

Je serais bien sotte de vous dire la vérité là-dessus, et une fille doit se taire.

ARLEQUIN.

Comme elle y va ! Tenez, dans le fond, c'est dommage que vous soyez une si grande coquette.

LISETTE.

Moi ?

ARLEQUIN.

Vous-même.

LISETTE.

Savez-vous bien qu'on n'a jamais dit pareille chose à une femme, et que vous m'insultez ?

ARLEQUIN.

Point du tout; il n'y a point de mal à voir ce que les gens nous montrent. Ce n'est point moi qui ai tort de vous trouver coquette; c'est vous qui avez tort de l'être, mademoiselle.

LISETTE.

Mais par où voyez-vous donc que je le suis?

ARLEQUIN.

Parce qu'il y a une heure que vous me dites des douceurs, et que vous prenez le tour pour me dire que vous m'aimez. Écoutez, si vous m'aimez tout de bon, retirez-vous vite, afin que cela s'en aille; car je suis pris, et naturellement je ne veux pas qu'une fille me fasse l'amour la première; c'est moi qui veux commencer à le faire à la fille, cela est bien meilleur. Et si vous ne m'aimez pas.... eh! fi! mademoiselle, fi! fi !

LISETTE.

Allez, allez, vous n'êtes qu'un visionnaire.

ARLEQUIN.

Comment est-ce que les garçons, à la cour, peuvent souffrir ces manières-là dans leurs maîtresses? Par la morbleu! qu'une femme est laide, quand elle est coquette !

LISETTE.

Mais, mon pauvre garçon, vous extravaguez.

ARLEQUIN.

Vous parlez de Silvia; c'est cela qui est aimable !
Si je vous contais notre amour, vous tomberiez dans
l'admiration de sa modestie. Les premiers jours il fallait voir comme elle se reculait d'auprès de moi; et
puis elle reculait plus doucement; puis, petit à petit,
elle ne reculait plus; ensuite elle me regardait en
cachette; et puis elle avait honte quand je l'avais vue
faire, et puis moi j'avais un plaisir de roi à voir sa
honte; ensuite j'attrapais sa main, qu'elle me laissait
prendre; et puis elle était encore toute confuse; et
puis je lui parlais; ensuite elle ne me répondait rien,
mais n'en pensait pas moins; ensuite elle me donnait
des regards pour des paroles, et puis des paroles
qu'elle laissait aller sans y songer, parce que son
cœur allait plus vite qu'elle; enfin c'était un charme;
aussi j'étais comme un fou [1]. Et voilà ce qui s'appelle
une fille; mais vous ne ressemblez point à Silvia.

LISETTE.

En vérité, vous me divertissez, vous me faites rire.

---

[1] *Aussi j'étais comme un fou.* Tout ce détail est d'une naïveté
délicieuse. Nulle part, que je sache, Marivaux n'a peint avec autant
de vérité les premiers mouvemens d'une passion naissante dans le
cœur d'une jeune fille; et cette timidité qui y ajoute tant de charmes, et ces aveux involontaires, interrompus par un silence mille
fois plus expressif que les aveux eux-mêmes.

ARLEQUIN.

Oh ! pour moi, je m'ennuie de vous faire rire à vos dépens. Adieu; si tout le monde était comme moi, vous trouveriez plutôt un merle blanc qu'un amoureux.

SCÈNE VII.

ARLEQUIN, LISETTE, TRIVELIN.

TRIVELIN, à Arlequin.

Vous sortez ?

ARLEQUIN.

Oui ; cette demoiselle veut que je l'aime, mais il n'y a pas moyen.

TRIVELIN.

Allons, allons faire un tour, en attendant le dîner ; cela vous désennuiera.

SCÈNE VIII.

LE PRINCE, FLAMINIA, LISETTE.

FLAMINIA, à Lisette.

En bien, nos affaires avancent-elles? Comment va le cœur d'Arlequin ?

LISETTE.

Il va très-brutalement pour moi.

FLAMINIA.

Il t'a donc mal reçue ?

LISETTE.

Eh ! fi ! mademoiselle, vous êtes une coquette ;
voilà de son style.

LE PRINCE.

J'en suis fâché, Lisette ; mais il ne faut pas que
cela vous chagrine ; vous n'en valez pas moins.

LISETTE.

Je vous avoue, seigneur, que, si j'étais vaine, je
n'aurais pas mon compte. J'ai eu la preuve que je puis
déplaire ; et nous autres femmes, nous nous passons
bien de ces preuves - là.

FLAMINIA.

Allons, allons, c'est maintenant à moi à tenter
l'aventure.

LE PRINCE.

Puisqu'on ne peut gagner Arlequin, Silvia ne m'aimera jamais.

FLAMINIA.

Et moi, je vous dis, seigneur, que j'ai vu Arlequin,
qu'il me plaît, à moi ; que je me suis mis dans la
tête de vous rendre content ; que je vous ai promis
que vous le seriez ; que je vous tiendrai parole, et
que de tout ce que je vous dis là je ne rabattrais pas
la valeur d'un mot. Oh ! vous ne me connaissez pas
Quoi ! seigneur, Arlequin et Silvia me résisteraient !
Je ne gouvernerais pas deux cœurs de cette espèce - là !
moi qui l'ai entrepris, moi qui suis opiniâtre, moi qui
suis femme ! c'est tout dire. Et moi, j'irais me cacher !

Mon sexe me renoncerait. Seigneur, vous pouvez en
toute sûreté ordonner les apprêts de votre mariage,
vous arranger pour cela ; je vous garantis aimé, je vous
garantis marié ; Silvia va vous donner son cœur, ensuite sa main ; je l'entends d'ici vous dire : Je vous
aime ; je vois vos noces, elles se font ; Arlequin m'é-
pouse, vous nous honorez de vos bienfaits ¹ ; et voilà
qui est fini.

LISETTE.

Tout est fini ? Rien n'est commencé.

FLAMINIA.

Tais-toi, esprit court.

LE PRINCE.

Vous m'encouragez à espérer ; mais je vous avoue
que je ne vois d'apparence à rien.

FLAMINIA.

Je les ferai bien venir, ces apparences ; j'ai de bons
moyens pour cela. Je vais commencer par aller chercher Silvia ; il est temps qu'elle voie Arlequin.

LISETTE.

Quand ils se seront vus, j'ai bien peur que tes moyens
n'aillent mal.

---

¹ *Vous nous honorez de vos bienfaits.* Trait de mœurs et d'observation. Sur ce mot-là, on devinerait que la scène est à la cour.
Les bienfaits du prince sont si honorables, qu'on manquerait aux
convenances en lui rendant service *gratuitement*. C'est par égard
pour lui que l'on reçoit et que l'on stipule un salaire. Voyez
l'histoire de Henri IV.

LE PRINCE.

Je pense de même.

FLAMINIA.

Eh ! nous ne différons que du oui et du non ; ce n'est qu'une bagatelle. Pour moi, j'ai résolu qu'ils se voient librement. Sur la liste des mauvais tours que je veux jouer à leur amour, c'est ce tour-là que j'ai mis à la tête.

LE PRINCE.

Faites donc à votre fantaisie.

FLAMINIA.

Retirons-nous ; voici Arlequin qui vient.

SCÈNE IX.

ARLEQUIN, TRIVELIN,

SUITE DE VALETS.

ARLEQUIN.

Par parenthèse, dites-moi une chose ; il y a une heure que je rêve à quoi servent ces grands drôles bariolés qui nous accompagnent partout. Ces gens-là sont bien curieux !

TRIVELIN.

Le prince, qui vous aime, commence par là à vous donner des témoignages de sa bienveillance ; il veut que ces gens-là vous suivent pour vous faire honneur.

ARLEQUIN.

Oh ! oh ! c'est donc une marque d'honneur ?

TRIVELIN.

Oui, sans doute.

ARLEQUIN.

Et, dites-moi ; ces gens-là qui me suivent, qui est-ce qui les suit, eux ?

TRIVELIN.

Personne.

ARLEQUIN.

Et vous, n'avez-vous personne aussi ?

TRIVELIN.

Non.

ARLEQUIN.

On ne vous honore donc pas, vous autres ?

TRIVELIN.

Nous ne méritons pas cela.

ARLEQUIN.

Allons, cela étant, hors d'ici ! Tournez-moi les talons avec toutes ces canailles-là.

TRIVELIN.

D'où vient donc cela ?

ARLEQUIN.

Détalez ; je n'aime point les gens sans honneur, et qui ne méritent pas qu'on les honore.

TRIVELIN.

Vous ne m'entendez pas.

ARLEQUIN.

Je m'en vais donc vous parler plus clairement.

TRIVELIN, en s'enfuyant.

Arrêtez, arrêtez ; que faites-vous ? (Arlequin court aussi
après les autres valets qu'il chasse, et Trivelin se réfugie dans une coulisse.)

SCÈNE X.

ARLEQUIN, TRIVELIN.

ARLEQUIN.

Ces marauds-là ! j'ai eu toutes les peines du monde
à les congédier. Voilà une drôle de façon d'honorer
un honnête homme, que de mettre une troupe de
coquins après lui ; c'est se moquer du monde. (Il se retourne, et voit Trivelin qui revient.) Mon ami, est-ce que je ne
me suis pas bien expliqué?

TRIVELIN, de loin.

Écoutez, vous m'avez battu ; mais je vous le pardonne. Je vous crois un garçon raisonnable.

ARLEQUIN.

Vous le voyez bien.

TRIVELIN, de loin.

Quand je vous dis que nous ne méritons pas d'a-
voir des gens à notre suite, ce n'est pas que nous
manquions d'honneur ; c'est qu'il n'y a que les personnes considérables, les seigneurs, les gens riches,
qu'on honore de cette manière-là. S'il suffisait d'être
honnête homme, moi qui vous parle, j'aurais après
moi une armée de valets.

ARLEQUIN.

Oh ! à présent je vous comprends. Que diantre ! que ne dites-vous la chose comme il faut ? Je n'aurais pas les bras démis, et vos épaules s'en porteraient mieux.

TRIVELIN.

Vous m'avez fait mal.

ARLEQUIN.

Je le crois bien, c'était mon intention. Par bonheur ce n'est qu'un malentendu, et vous devez être bien aise d'avoir reçu innocemment les coups de bâton que je vous ai donnés [1]. Je vois bien à présent que c'est qu'on fait ici tout l'honneur aux gens considérables, riches ; et à celui qui n'est qu'honnête homme, rien.

TRIVELIN.

C'est cela même.

ARLEQUIN.

Sur ce pied-là, ce n'est pas grand'chose que d'être honoré, puisque cela ne signifie pas qu'on soit honorable.

TRIVELIN.

Mais on peut être honorable avec cela.

ARLEQUIN.

Ma foi ! tout bien compté, vous me ferez plaisir

---

[1] *D'avoir reçu innocemment les coups de bâton que je vous ai donnés. Innocemment* veut dire ici *sans les avoir mérités.* Ce mot ne s'emploie que dans une signification active. On fait une chose *innocemment*, c'est-à-dire sans mauvaise intention.

de me laisser là sans compagnie. Ceux qui me ver-
ront tout seul, me prendront tout d'un coup pour un
honnête homme ; j'aime autant cela que d'être pris
pour un grand seigneur.

TRIVELIN.

Nous avons ordre de rester auprès de vous.

ARLEQUIN.

Menez-moi donc voir Silvia.

TRIVELIN.

Vous serez satisfait, elle va venir... Parbleu! je ne
me trompe pas, car la voilà qui entre. Adieu ; je me
retire.

SCÈNE XI.

SILVIA, FLAMINIA, ARLEQUIN.

SILVIA, accourant avec joie.

An! le voici. Eh! mon cher Arlequin, c'est donc
vous! Je vous revois donc! Le pauvre enfant! que je
suis aise!

ARLEQUIN.

Et moi aussi. Oh! oh! je me meurs de joie.

SILVIA.

Là, là, mon fils, doucement. Il m'aime ; quel plaisir d'être aimée comme cela!

FLAMINIA.

Vous me ravissez tous deux, mes chers enfans,
et vous êtes bien aimables de vous être si fidèles.

(Bas.) Si quelqu'un m'entendait dire cela, je serais perdue... mais, dans le fond du cœur, je vous estime et je
vous plains.

SILVIA.

Hélas ! c'est que vous êtes un bon cœur. J'ai bien
soupiré, mon cher Arlequin.

ARLEQUIN, tendrement.

M'aimez-vous toujours ?

SILVIA.

Si je vous aime ! Cela se demande-t-il ? est-ce une
question à faire ?

FLAMINIA.

Oh ! pour cela, je puis vous certifier sa tendresse.
Je l'ai vue au désespoir, je l'ai vue pleurer de votre
absence ; elle m'a touchée moi-même. Je mourais
d'envie de vous voir ensemble ; vous voilà. Adieu,
mes amis ; je m'en vais, car vous m'attendrissez. Vous
me faites tristement ressouvenir d'un amant que j'a-
vais, et qui est mort. Il avait de l'air d'Arlequin, et
je ne l'oublierai jamais. Adieu, Silvia ; on m'a mise
auprès de vous, mais je ne vous desservirai point.
Aimez toujours Arlequin, il le mérite ; et vous,
Arlequin, quelque chose qui arrive, regardez-moi
comme une amie, comme une personne qui voudrait
pouvoir vous obliger ; je ne négligerai rien pour cela.

ARLEQUIN.

Allez, mademoiselle, vous êtes une fille de bien.
Je suis votre ami aussi, moi. Je suis fâché de la mort

de votre amant ; c'est bien dommage que vous soyez affligée, et nous aussi.   (Flaminia sort.)

SCÈNE XII.

ARLEQUIN, SILVIA.

SILVIA.

Eh bien ! mon cher Arlequin ?

ARLEQUIN.

Eh bien ! mon âme ?

SILVIA.

Nous sommes bien malheureux !

ARLEQUIN.

Aimons - nous toujours ; cela nous aidera à prendre patience.

SILVIA.

Oui ; mais notre amitié , que deviendra-t-elle ? Cela m'inquiète.

ARLEQUIN.

Hélas ! m'amour, je vous dis de prendre patience, mais je n'ai pas plus de courage que vous. (Il lui prend la main.) Pauvre petit trésor ! à moi, m'amie. Il y a trois jours que je n'ai vu ces beaux yeux - là ; regardez-moi toujours pour me récompenser.

SILVIA.

Ah ! j'ai bien des choses à vous dire. J'ai peur de vous perdre ; j'ai peur qu'on ne vous fasse quelque mal par méchanceté de jalousie ; j'ai peur que vous

ne soyez trop long-temps sans me voir, et que vous
ne vous y accoutumiez.

ARLEQUIN.

Petit cœur, est-ce que je m'accoutumerais à être
malheureux ?

SILVIA.

Je ne veux point être oubliée par vous; je ne veux
point non plus que vous enduriez rien à cause de moi;
je ne sais point dire ce que je veux, je vous aime trop.
C'est une pitié que mon embarras ; tout me chagrine.

ARLEQUIN, pleurant.

Hi! hi! hi! hi!

SILVIA.

Oh bien ! Arlequin, je m'en vais donc pleurer aussi,
moi.

ARLEQUIN.

Comment voulez-vous que je m'empêche de pleurer, puisque vous voulez être si triste ? Si vous aviez
un peu de compassion, est-ce que vous seriez si affligée ?

SILVIA.

Demeurez donc en repos; je ne vous dirai plus que
je suis chagrine.

ARLEQUIN.

Oui ; mais je devinerai que vous l'êtes. Il faut me
promettre que vous ne le serez plus.

SILVIA.

Oui, mon fils ; mais promettez-moi aussi que vous
m'aimerez toujours.

ARLEQUIN.

Silvia, je suis votre amant; vous êtes ma maîtresse;
retenez-le bien, car cela est vrai; et tant que je serai
en vie, cela ira toujours le même train, cela ne bran-
lera pas; je mourrai de compagnie avec cela. Ah çà!
dites-moi le serment que vous voulez que je vous
fasse?

SILVIA.

Voilà qui va bien; je ne sais point de sermens; vous
êtes un garçon d'honneur; j'ai votre amitié, vous avez
la mienne; je ne la reprendrai pas. A qui est-ce que
je la porterais? N'êtes-vous pas le plus joli garçon
qu'il y ait? Y a-t-il quelque fille qui puisse vous aimer autant que moi? Eh bien! n'est-ce pas assez?
Nous en faut-il davantage? Il n'y a qu'à rester comme
nous sommes, il n'y aura pas besoin de sermens.

ARLEQUIN.

Dans cent ans d'ici, nous serons tout de même [1].

SILVIA.

Sans doute.

ARLEQUIN.

Il n'y a donc rien à craindre, m'amie; tenons-nous
donc joyeux.

SILVIA.

Nous souffrirons peut-être un peu; voilà tout.

---

[1] *Dans cent ans d'ici, nous serons tout de même. Dans cent
minutes, tout sera changé. Voilà le comique.*

ARLEQUIN.

C'est une bagatelle. Quand on a un peu pâti, le plaisir en semble meilleur.

SILVIA.

Oh! pourtant, je n'aurais que faire de pâtir pour être bien aise, moi.

ARLEQUIN.

Il n'y aura qu'à ne pas songer que nous souffrons.

SILVIA, le regardant tendrement.

Ce cher petit homme, comme il m'encourage!

ARLEQUIN.

Je ne m'embarrasse que de vous.

SILVIA.

Où est-ce qu'il prend tout ce qu'il me dit? Il n'y a que lui au monde comme cela; mais aussi il n'y a que moi pour vous aimer, Arlequin.

ARLEQUIN.

C'est comme du miel, ces paroles-là.

SCÈNE XIII.

ARLEQUIN, SILVIA, FLAMINIA, TRIVELIN.

TRIVELIN, à Silvia.

Je suis au désespoir de vous interrompre; mais votre mère vient d'arriver, mademoiselle Silvia, et elle demande instamment à vous parler.

SILVIA, à Arlequin.

Arlequin, ne me quittez pas ; je n'ai rien de secret pour vous.

ARLEQUIN, la prenant sous le bras.

Marchons, ma petite.

FLAMINIA.

Ne craignez rien, mes enfans. Allez toute seule trouver votre mère, ma chère Silvia ; cela sera plus séant. Vous êtes libres de vous voir autant qu'il vous plaira ; c'est moi qui vous en assure. Vous savez bien que je ne voudrais pas vous tromper.

ARLEQUIN.

Oh ! non ; vous êtes de notre parti, vous.

SILVIA.

Adieu donc, mon fils ; je vous rejoindrai bientôt.

(Elle sort.)

ARLEQUIN, à Flaminia.

Notre amie, pendant qu'elle sera là, restez avec moi, pour empêcher que je ne m'ennuie. Il n'y a ici que votre compagnie que je puisse endurer.

FLAMINIA.

Mon cher Arlequin, la vôtre me fait bien du plaisir aussi ; mais j'ai peur qu'on ne s'aperçoive de l'amitié que j'ai pour vous.

TRIVELIN.

Seigneur Arlequin, le dîner est prêt.

ARLEQUIN.

Je n'ai point de faim.

FLAMINIA.

Je veux que vous mangiez ; vous en avez besoin.

ARLEQUIN.

Croyez - vous ?

FLAMINIA.

Oui.

ARLEQUIN.

Je ne saurais. (A Trivelin.) La soupe est-elle bonne ¹ ?

TRIVELIN.

Exquise.

ARLEQUIN.

Hum ! il faut attendre Silvia ; elle aime le potage.

FLAMINIA.

Je crois qu'elle dînera avec sa mère. Vous êtes le
maître pourtant ; mais je vous conseille de les laisser
ensemble ; n'est-il pas vrai ? Après dîner vous la verrez.

ARLEQUIN.

Je le veux bien ; mais mon appétit n'est pas encore
ouvert.

TRIVELIN.

Le vin est au frais , et le rôt tout prêt.

ARLEQUIN.

Je suis si triste !.... Ce rôt est donc friand ?

---

¹ *Je ne saurais. — La soupe est-elle bonne? C'est presque du*
Molière. Il semble entendre Sganarelle du Médecin malgré lui
— Ce n'est pas l'argent qui me fait agir. — Cela est-il de poids ? »

TRIVELIN.

C'est du gibier qui a une mine !....

ARLEQUIN.

Que de chagrin ! Allons donc ; quand la viande est froide, elle ne vaut rien.

FLAMINIA.

N'oubliez pas de boire à ma santé.

ARLEQUIN.

Venez boire à la mienne, à cause de la connaissance.

FLAMINIA.

Oui - dà, de tout mon cœur ; j'ai une demi - heure à vous donner.

ARLEQUIN.

Bon ! je suis content de vous [1].

---

[1] *Bon ! je suis content de vous.* Ce premier acte est excellent. Point de jargon métaphysique ; un dialogue vif et franc, une action bien préparée, la double inconstance d'Arlequin et de Silvia suffisamment annoncée, c'est à ces traits que l'on reconnaît l'étude de l'art, et les progrès sensibles qu'y a déjà faits Marivaux.

FIN DU PREMIER ACTE.

~~~~~~

ACTE II.

SCÈNE I.

SILVIA, FLAMINIA.

SILVIA.

Oui, je vous crois. Vous paraissez me vouloir du bien.
Aussi vous voyez que je ne souffre que vous ; je regarde tous les autres comme mes ennemis. Mais où
est Arlequin?

FLAMINIA.

Il va venir ; il dîne encore.

SILVIA.

C'est quelque chose d'épouvantable que ce pays-
ci ! Je n'ai jamais vu de femmes aussi prévenantes,
d'hommes aussi honnêtes. Ce sont des manières si
douces, tant de révérences, tant de complimens, tant
de signes d'amitié ! Vous diriez que ce sont les meilleures gens du monde, qu'ils sont pleins de cœur et
de conscience. Quelle erreur ! De tous ces gens-là, il
n'y en a pas un qui ne vienne me dire d'un air prudent : Mademoiselle, croyez-moi, je vous conseille
d'abandonner Arlequin et d'épouser le prince ; mais
ils me conseillent cela tout naturellement, sans avoir

honte, non plus que s'ils m'exhortaient à quelque
bonne action. Mais, leur dis-je, j'ai promis à Arlequin ; où est la fidélité, la probité, la bonne foi? Ils
ne m'entendent pas ; ils ne savent ce que c'est que
tout cela ; c'est tout comme si je leur parlais grec.
Ils me rient au nez, me disent que je fais l'enfant,
qu'une grande fille doit avoir de la raison; eh! cela
n'est-il pas joli? Ne valoir rien, tromper son prochain, lui manquer de parole, être fourbe et menteur,
voilà le devoir des grandes personnes de ce maudit
endroit-ci. Qu'est-ce que c'est que ces gens-là? D'où
sortent-ils ? De quelle pâte sont-ils?

FLAMINIA.

De la pâte des autres hommes, ma chère Silvia.
Que cela ne vous étonne pas; ils s'imaginent que le
mariage du prince ferait votre bonheur.

SILVIA.

Mais ne suis-je pas obligée d'être fidèle? N'est-ce
pas mon devoir d'honnête fille? et quand on ne fait
pas son devoir, est-on heureuse? Par-dessus le marché, cette fidélité n'est-elle pas mon charme? Et on
a le courage de me dire : Là, fais un mauvais tour,
qui ne te rapportera que du mal ; perds ton plaisir et
ta bonne foi ; et parce que je ne veux pas, moi, on
me trouve dégoûtée [1] !

---

[1] *On me trouve dégoûtée. C'est-à-dire, difficile, délicate, scrupuleuse. Dans ce sens, le mot dégoûté a vieilli.*

FLAMINIA.

Que voulez-vous ? ces gens-là pensent à leur façon, et souhaiteraient que le prince fût content.

SILVIA.

Mais ce prince, que ne prend-il une fille qui se rende à lui de bonne volonté ? Quelle fantaisie d'en vouloir une qui ne veut pas de lui ! Quel goût trouve-t-il à cela ? Car c'est un abus que tout ce qu'il fait ; tous ces concerts, ces comédies, ces grands repas qui ressemblent à des noces, ces bijoux qu'il m'envoie, tout cela lui coûte un argent infini ; c'est un abîme, il se ruine ; demandez-moi ce qu'il y gagne. Quand il me donnerait toute la boutique d'un mercier, cela ne me ferait pas tant de plaisir qu'un petit peloton qu'Arlequin m'a donné.

FLAMINIA.

Je n'en doute pas ; voilà ce que c'est que l'amour ; j'ai aimé de même, et je me reconnais au peloton.

SILVIA.

Tenez, si j'avais eu à changer Arlequin contre un autre, c'aurait été contre un officier du palais, qui m'a vue cinq ou six fois, et qui est d'aussi bonne façon qu'on puisse être. Il y a bien à tirer, si le prince le vaut [1] ; c'est dommage que je n'aie pu l'aimer dans le fond, et je le plains plus que le prince.

---

[1] *Il y a bien à tirer, si le prince le vaut.* Il serait bien difficile que le prince le valût. C'est une métaphore populaire, empruntée de la

FLAMINIA, souriant.

Oh! Silvia, je vous assure que vous plaindrez le prince autant que lui, quand vous le connaîtrez.

SILVIA.

Eh bien! qu'il tâche de m'oublier, qu'il me renvoie, qu'il voie d'autres filles. Il y en a ici qui ont leur amant tout comme moi; mais cela ne les empêche pas d'aimer tout le monde. J'ai bien vu que cela ne leur coûte rien; mais pour moi, cela m'est impossible.

FLAMINIA.

Eh! ma chère enfant, avons-nous rien ici qui vous vaille, rien qui approche de vous?

SILVIA.

Oh! que si; il y en a de plus jolies que moi; et quand elles seraient la moitié moins jolies, cela leur fait plus de profit qu'à moi d'être tout-à-fait belle. J'en vois ici de laides qui font si bien aller leur visage, qu'on y est trompé.

FLAMINIA.

Oui; mais le vôtre va tout seul, et cela est charmant.

SILVIA.

Bon! moi! je ne parais rien, je suis toute d'une pièce auprès d'elles; je demeure là, je ne vais ni ne viens; au lieu qu'elles, je les vois d'une humeur

---

viande qui, lorsqu'elle est dure, se mange difficilement, et donne beaucoup *à tirer* aux convives. Il faut avouer que Silvia aurait pu rendre sa pensée avec plus de noblesse et surtout plus de clarté.

joyeuse: elles ont des yeux qui caressent tout le
monde; elles ont une mine hardie, une beauté libre
qui ne se gêne point, qui est sans façon; cela plaît
davantage que non pas une honteuse comme moi, qui
n'ose regarder les gens, et qui est confuse qu'on la
trouve belle.

FLAMINIA.

Eh! voilà justement ce qui touche le prince, voilà
ce qu'il estime; c'est cette ingénuité, cette beauté
simple, ce sont ces grâces naturelles. Eh! croyez-moi,
ne louez pas tant les femmes d'ici; car elles ne vous
louent guère.

SILVIA.

Qu'est-ce donc qu'elles disent?

FLAMINIA.

Des impertinences; elles se moquent de vous, rail-
lent le prince, lui demandent comment se porte la
beauté rustique. Y a-t-il de visage plus commun? di-
saient l'autre jour ces jalouses entre elles; de taille
plus gauche? Là-dessus l'une vous prenait par les
yeux, l'autre par la bouche; il n'y avait pas jusqu'aux
hommes qui ne vous trouvaient pas trop jolie. J'étais
dans une colère!

SILVIA.

Pardi! voilà de vilains hommes, de trahir comme
cela leur pensée, pour plaire à ces sottes-là.

FLAMINIA.

Sans difficulté.

SILVIA.

Que je hais ces femmes-là! Mais puisque je suis si
peu agréable à leur compte, pourquoi donc est-ce
que le prince m'aime, et qu'il les laisse là?

FLAMINIA.

Oh! elles sont persuadées qu'il ne vous aimera pas
long-temps, que c'est un caprice qui lui passera, et
qu'il en rira tout le premier.

SILVIA.

Hum! elles sont bien heureuses que j'aime Arlequin; sans cela j'aurais grand plaisir à les faire mentir,
ces babillardes-là.

FLAMINIA.

Ah! qu'elles mériteraient bien d'être punies! Je
leur ai dit: Vous faites ce que vous pouvez pour faire
renvoyer Silvia, et pour plaire au prince; et si elle
voulait, il ne daignerait pas vous regarder.

SILVIA.

Pardi! vous voyez bien ce qui en est; il ne tient
qu'à moi de les confondre [1].

---

[1] *Il ne tient qu'à moi de les confondre.* Cette scène est d'un artifice merveilleux. Piquer la vanité d'une femme, lui présenter en
perspective un triomphe assuré sur des rivales qui l'insultent et qui
la déprécient, c'est donner à ses autres passions le plus terrible
contre-poids. L'amour lui-même ne doit pas tenir contre l'espoir de
venger l'orgueil blessé, contre le plaisir d'humilier de superbes
concurrentes.

FLAMINIA.

Voilà de la compagnie qui vous vient.

SILVIA.

Eh! je crois que c'est cet officier dont je vous ai parlé; c'est lui-même. Voyez la belle physionomie d'homme!

SCÈNE II.

LE PRINCE, *sous le nom d'officier du palais;* LISETTE, *sous le nom de dame de la cour;* SILVIA, FLAMINIA.

(Le prince, en voyant Silvia, salue avec beaucoup de soumission.)

SILVIA.

COMMENT! vous voilà, monsieur? Vous saviez donc bien que j'étais ici?

LE PRINCE.

Oui, mademoiselle, je le savais; mais vous m'aviez dit de ne plus vous voir, et je n'aurais osé paraître sans madame, qui a souhaité que je l'accompagnasse, et qui a obtenu du prince l'honneur de vous faire la révérence. (Lisette ne dit mot, et regarde seulement Silvia avec attention; Flaminia et Lisette se font des signes d'intelligence.)

SILVIA.

Je ne suis pas fâchée de vous revoir, et vous me trouvez bien triste. A l'égard de cette dame, je la remercie de la volonté qu'elle a de me faire une révérence; je ne mérite pas cela, mais qu'elle me la fasse, puisque c'est son désir; je lui en rendrai une comme je pourrai; elle excusera si je la fais mal.

LISETTE.

Oui, m'amie, je vous excuserai de bon cœur; je ne vous demande pas l'impossible.

SILVIA, faisant une révérence.

Je ne vous demande pas l'impossible ! Quelle manière de parler !

LISETTE.

Quel âge avez-vous, ma fille?

SILVIA.

Je l'ai oublié, ma mère.

FLAMINIA, à Silvia.

Bon.

LISETTE.

Elle se fâche, je pense?

LE PRINCE.

Mais, madame, que signifient ces discours-là? Sous prétexte de venir saluer Silvia, vous lui faites une insulte!

LISETTE.

Ce n'est pas mon dessein. J'avais la curiosité de voir cette petite fille qu'on aime tant, qui fait naître une si forte passion; et je cherche ce qu'elle a de si aimable. On dit qu'elle est naïve, c'est un agrément campagnard qui doit la rendre amusante; priez-la de nous donner quelques traits de naïveté; voyons son esprit.

SILVIA.

Eh! non, madame, ce n'est pas la peine; il n'est pas si plaisant que le vôtre.

LISETTE, en riant.

Ah ! ah ! vous demandiez du naïf ; en voilà.

LE PRINCE, à Lisette

Allez-vous-en, madame.

SILVIA.

Cela m'impatiente à la fin ; et si elle ne s'en va, je me fâcherai tout de bon.

LE PRINCE, à Lisette.

Vous vous repentirez de votre procédé.

LISETTE.

Adieu ; un pareil objet me venge assez de celui qui en a fait choix.

SCÈNE III.

LE PRINCE, SILVIA, FLAMINIA.

FLAMINIA.

Voilà une créature bien effrontée !

SILVIA.

Je suis outrée. J'ai bien affaire qu'on m'enlève pour se moquer de moi ; chacun a son prix. Ne semble-t-il pas que je ne vaille pas bien ces femmes-là ? Je ne voudrais pas être changée contre elles.

FLAMINIA.

Bon ! ce sont des complimens que les injures de cette jalouse-là.

LE PRINCE.

Belle Silvia, cette femme-là nous a trompés, le prince et moi; vous m'en voyez au désespoir, n'en doutez pas. Vous savez que je suis pénétré de respect pour vous; vous connaissez mon cœur. Je venais ici pour me donner la satisfaction de vous voir, pour jeter encore une fois les yeux sur une personne si chère, et reconnaître notre souveraine.... Mais je ne prends pas garde que je me découvre, que Flaminia m'écoute, et que je vous importune encore.

FLAMINIA.

Quel mal faites-vous? Ne sais-je pas bien qu'on ne peut la voir sans l'aimer?

SILVIA.

Et moi, je voudrais qu'il ne m'aimât pas; car j'ai du chagrin de ne pouvoir lui rendre le change. Encore si c'était un homme comme tant d'autres, à qui on dit ce qu'on veut; mais il est trop agréable pour qu'on le maltraite, lui; il a toujours été comme vous le voyez.

LE PRINCE.

Ah! que vous êtes obligeante, Silvia! Que puis-je faire pour mériter ce que vous venez de me dire, si ce n'est de vous aimer toujours?

SILVIA.

Eh bien! aimez-moi, à la bonne heure; j'y aurai du plaisir, pourvu que vous promettiez de prendre votre mal en patience; car je ne saurais mieux faire,

en vérité. Arlequin est venu le premier ; voilà tout ce
qui vous nuit. Si j'avais deviné que vous viendriez
après lui, en bonne foi je vous aurais attendu ; mais
vous avez du malheur, et moi je ne suis pas heureuse.

LE PRINCE.

Flaminia, je vous en fais juge, pourrait-on cesser
d'aimer Silvia ? Connaissez-vous de cœur plus com-
patissant, plus généreux que le sien ? Non ; la tendresse d'une autre me toucherait moins que la seule
bonté qu'elle a de me plaindre.

SILVIA, à Flaminia.

Et moi, je vous en fais juge aussi ; là, vous l'entendez ; comment se comporter avec un homme qui
me remercie toujours, qui prend tout ce qu'on lui dit
en bien ?

FLAMINIA.

Franchement, il a raison, Silvia ; vous êtes charmante, et à sa place je serais tout comme il est.

SILVIA.

Ah çà ! n'allez pas l'attendrir encore. Il n'a pas besoin qu'on lui dise tant que je suis jolie ; il le croit
assez. (Au prince.) Croyez-moi, tâchez de m'aimer tranquillement, et vengez-moi de cette femme qui m'a
injuriée.

LE PRINCE.

Oui, ma chère Silvia, j'y cours. A mon égard, de
quelque façon que vous me traitiez, mon parti est
pris ; j'aurai du moins le plaisir de vous aimer toute
ma vie.

SILVIA.

Oh ! je m'en doutais bien ; je vous connais.

FLAMINIA.

Allez, monsieur ; hâtez-vous d'informer le prince du mauvais procédé de la dame en question ; il faut que tout le monde sache ici le respect qui est dû à Silvia.

LE PRINCE.

Vous aurez bientôt de mes nouvelles.

SCÈNE IV.

SILVIA, FLAMINIA.

FLAMINIA.

Vous, ma chère, pendant que je vais chercher Arlequin, qu'on retient peut-être un peu trop long-temps à table, allez essayer l'habit qu'on vous a fait ; il me tarde de vous le voir, Silvia.

SILVIA.

Tenez, l'étoffe est belle ; elle m'ira bien ; mais je ne veux point de tous ces habits-là ; car le prince me veut en troc, et jamais nous ne finirons ce marché-là.

FLAMINIA.

Vous vous trompez ; quand il vous quitterait, vous emporteriez tout ; vraiment, vous ne le connaissez pas.

SILVIA.

Je m'en vais donc l'essayer sur votre parole ; pour-

3. 15

vu qu'il ne me dise pas après : Pourquoi as-tu pris
mes présens ?

FLAMINIA.

Il vous dira : Pourquoi n'en avoir pas pris davantage ?

SILVIA.

En ce cas-là, j'en prendrai tant qu'il voudra, afin
qu'il n'ait rien à me dire.

FLAMINIA.

Allez, je réponds de tout.   (Silvia sort.)

SCÈNE V.

FLAMINIA, ARLEQUIN, *éclatant de rire,* TRIVELIN.

FLAMINIA.

Il me semble que les choses commencent à prendre
forme. Voici Arlequin. En vérité, je ne sais; mais si
ce petit homme venait à m'aimer, j'en profiterais de
bon cœur.

ARLEQUIN, riant.

Ah ! ah ! ah ! Bonjour, mon amie.

FLAMINIA.

Bonjour, Arlequin. Dites-moi donc de quoi vous
riez, afin que j'en rie aussi.

ARLEQUIN.

C'est que mon valet Trivelin, que je ne paie point,
m'a mené par toutes les chambres de la maison, où

l'on trotte comme dans les rues, où l'on jase comme dans notre halle, sans que le maître de la maison s'embarrasse de tous ces visages-là, qui ne daignent pas même lui donner le bonjour, qui vont le voir manger, sans qu'il leur dise : Voulez-vous boire un coup ? Je me divertissais de ces originaux-là en revenant, quand j'ai vu un grand coquin qui a levé l'habit d'une dame par-derrière. Moi, j'ai cru qu'il lui faisait quelque niche, et je lui ai dit bonnement : Arrêtez-vous, polisson ; vous badinez malhonnêtement. Elle, qui m'a entendu, s'est retournée, et m'a dit : Ne voyez-vous pas bien qu'il me porte la queue ? Et pourquoi vous la laissez-vous porter, cette queue ? ai-je repris. Sur cela le polisson s'est mis à rire ; la dame riait, Trivelin riait, tout le monde riait ; par compagnie je me suis mis à rire aussi. A cette heure je vous demande pourquoi nous avons ri tous ?

FLAMINIA.

D'une bagatelle. C'est que vous ne savez pas que ce que vous avez vu faire à ce laquais est un usage parmi les dames.

ARLEQUIN.

C'est donc encore un honneur ?

FLAMINIA.

Oui, vraiment !

ARLEQUIN.

Pardi ! j'ai donc bien fait d'en rire ; car cet honneur-là est bouffon et à bon marché.

FLAMINIA.

Vous êtes gai ; j'aime à vous voir comme cela.
Avez-vous bien mangé depuis que je vous ai quitté ?

ARLEQUIN.

Ah ! morbleu ! qu'on a apporté de friandes drogues !
Que le cuisinier d'ici fait de bonnes fricassées ! Il n'y
a pas moyen de tenir contre sa cuisine. J'ai tant bu à
la santé de Silvia et de vous, que, si vous êtes malade, ce ne sera pas ma faute.

FLAMINIA.

Quoi ! vous vous êtes encore ressouvenu de moi ?

ARLEQUIN.

Quand j'ai donné mon amitié à quelqu'un, jamais
je ne l'oublie, surtout à table. Mais, à propos de Silvia, est-elle encore avec sa mère ?

TRIVELIN.

Mais, seigneur Arlequin, songerez-vous toujours
à Silvia ?

ARLEQUIN.

Taisez-vous, quand je parle.

FLAMINIA.

Vous avez tort, Trivelin.

TRIVELIN.

Comment ! j'ai tort !

FLAMINIA.

Oui ; pourquoi l'empêchez-vous de parler de ce
qu'il aime ?

TRIVELIN.

A ce que je vois, Flaminia, vous vous souciez beaucoup des intérêts du prince !

FLAMINIA.

Arlequin, cet homme-là me fera des affaires à cause de vous.

ARLEQUIN, en colère.

Non, ma bonne. (A Trivelin.) Écoute ; je suis ton maître, car tu me l'as dit ; je n'en savais rien, fainéant que tu es ! S'il t'arrive de faire le rapporteur, et qu'à cause de toi on fasse seulement la moue à cette honnête fille-là, c'est deux oreilles que tu auras de moins ; je te les garantis dans ma poche.

TRIVELIN.

Je ne suis pas à cela près, et je veux faire mon devoir.

ARLEQUIN.

Deux oreilles ; entends-tu bien à présent ? Va-t'en.

TRIVELIN.

Je vous pardonne tout à vous, car enfin il le faut ; mais vous me le paierez, Flaminia.   (Il sort.)

SCÈNE VI.

ARLEQUIN, FLAMINIA.

ARLEQUIN.

CELA est terrible ! Je n'ai trouvé ici qu'une personne qui entende la raison, et l'on vient chicaner ma conversation avec elle. Ma chère Flaminia, à présent parlons de Silvia à notre aise; quand je ne la vois point, il n'y a qu'avec vous que je m'en passe.

FLAMINIA, d'un air simple.

Je ne suis point ingrate; il n'y a rien que je ne fisse pour vous rendre contens tous deux; et d'ailleurs vous êtes si estimable, Arlequin, que, quand je vois qu'on vous chagrine, je souffre autant que vous.

ARLEQUIN.

La bonne sorte de fille! Toutes les fois que vous me plaignez, cela m'apaise; je suis la moitié moins fâché d'être triste.

FLAMINIA.

Pardi! qui est-ce qui ne vous plaindrait pas? Qui est-ce qui ne s'intéresserait pas à vous? Vous ne connaissez pas ce que vous valez, Arlequin.

ARLEQUIN.

Cela se peut bien; je n'y ai jamais regardé de si près.

FLAMINIA.

Si vous saviez combien il m'est cruel de n'avoir point de pouvoir! si vous lisiez dans mon cœur!

ARLEQUIN.

Eh! je ne sais point lire; mais vous me l'expliquerez. Par la mardi! je voudrais n'être plus affligé, quand ce ne serait que pour le souci que cela vous donne; mais cela viendra.

FLAMINIA.

Non, je ne serai jamais témoin de votre contentement ; voilà qui est fini ; Trivelin causera, l'on me
séparera d'avec vous ; et que sais-je, moi, où l'on
m'emmènera ? Arlequin, je vous parle peut-être
pour la dernière fois, et il n'y a plus de plaisir pour
moi dans le monde.

ARLEQUIN, triste.

Pour la dernière fois ! J'ai donc bien du guignon !
Je n'ai qu'une pauvre maîtresse, ils me l'ont empor-
tée ; vous emporteraient-ils encore ? et où est-ce que
je prendrai du courage pour endurer tout cela ? Ces
gens-là croient-ils que j'aie un cœur de fer ? Ont-ils
entrepris mon trépas ? Seront-ils aussi barbares ?

FLAMINIA.

En tout cas, j'espère que vous n'oublierez jamais
Flaminia, qui n'a rien tant souhaité que votre bonheur.

ARLEQUIN.

M'amie, vous me gagnez le cœur. Conseillez-moi
dans ma peine ; avisons-nous ; quelle est votre pensée ? Car je n'ai point d'esprit, moi, quand je suis
fâché. Il faut que j'aime Silvia ; il faut que je vous
garde ; il ne faut pas que mon amour pâtisse de notre
amitié, ni notre amitié de mon amour ; et me voilà
bien embarrassé.

FLAMINIA.

Et moi bien malheureuse ! Depuis que j'ai perdu
mon amant, je n'ai eu de repos qu'en votre compa-

gnie, je respire avec vous ; vous lui ressemblez tant ,
que je crois quelquefois lui parler ; je n'ai vu dans
le monde que vous et lui de véritablement aimables.

ARLEQUIN.

Pauvre fille ! il est fâcheux que j'aime Silvia ; sans
cela je vous donnerais de bon cœur la ressemblance
de votre amant. C'était donc un joli garçon ?

FLAMINIA.

Ne vous ai - je pas dit qu'il était fait comme vous,
que vous êtes son portrait ?

ARLEQUIN.

Et vous l'aimiez donc beaucoup ?

FLAMINIA.

Regardez - vous, Arlequin ; voyez combien vous
méritez d'être aimé, et vous verrez combien je l'aimais.

ARLEQUIN.

Je n'ai vu personne répondre si doucement que
vous. Votre amitié se met partout. Je n'aurais jamais
cru être si joli que vous le dites ; mais puisque vous
aimiez tant ma copie, il faut bien croire que l'original mérite quelque chose.

FLAMINIA.

Je crois que vous m'auriez encore plu davantage ;
mais je n'aurais pas été assez belle pour vous.

ARLEQUIN, avec feu.

Par la sambille ! je vous trouve charmante avec
cette pensée - là.

FLAMINIA.

Vous me troublez, il faut que je vous quitte; je n'ai que trop de peine à m'arracher d'auprès de vous; mais où cela nous conduirait-il? Adieu, Arlequin; je vous verrai toujours, si on me le permet; je ne sais où j'en suis.

ARLEQUIN.

Je suis tout de même.

FLAMINIA.

J'ai trop de plaisir à vous voir.

ARLEQUIN.

Je ne vous refuse pas ce plaisir-là, moi; regardez-moi à votre aise, je vous rendrai la pareille.

FLAMINIA.

Je n'oserais; adieu.   (Elle sort.)

ARLEQUIN.

Ce pays-ci n'est pas digne d'avoir cette fille-là. Si par quelque malheur Silvia venait à manquer, dans mon désespoir je crois que je me retirerais avec elle.

SCÈNE VII.

TRIVELIN, UN SEIGNEUR, *qui vient derrière lui,* ARLEQUIN.

TRIVELIN.

Seigneur Arlequin, n'y a-t-il point de risque à reparaître? N'est-ce point compromettre mes épaules?

Car vous jouez merveilleusement de votre épée de bois.

ARLEQUIN.

Je serai bon, quand vous serez sage.

TRIVELIN.

Voilà un seigneur qui demande à vous parler.

(Le seigneur approche et fait des révérences, qu'Arlequin lui rend.)

ARLEQUIN, à part.

J'ai vu cet homme - là quelque part.

LE SEIGNEUR.

Je viens vous demander une grâce; mais ne vous incommoderais - je point, monsieur Arlequin?

ARLEQUIN.

Non, monsieur; vous ne me faites ni bien ni mal, en vérité. (Voyant le seigneur qui se couvre.) Vous n'avez seulement qu'à me dire si je dois aussi mettre mon chapeau.

LE SEIGNEUR.

De quelque façon que vous soyez , vous me ferez honneur.

ARLEQUIN, se couvrant.

Je vous crois, puisque vous le dites. Que souhaite de moi votre seigneurie? Mais ne me faites point de complimens; ce serait autant de perdu, car je n'en sais point rendre.

LE SEIGNEUR.

Ce ne sont point des complimens, mais des témoignages d'estime.

ARLEQUIN.

Galbanum que tout cela [1] ! Votre visage ne m'est point nouveau, monsieur ; je vous ai vu quelque part à la chasse, où vous jouiez de la trompette ; je vous ai ôté mon chapeau en passant, et vous me devez ce coup de chapeau-là.

LE SEIGNEUR.

Quoi ! je ne vous saluai point ?

ARLEQUIN.

Pas un brin.

LE SEIGNEUR.

Je ne m'aperçus donc pas de votre honnêteté ?

ARLEQUIN.

Oh ! que si ; mais vous n'aviez point de grâce à me demander ; voilà pourquoi je perdis mon étalage.

LE SEIGNEUR.

Je ne me reconnais point à cela.

ARLEQUIN.

Ma foi, vous n'y perdez rien. Mais que vous plaît-il ?

LE SEIGNEUR.

Je compte sur votre bon cœur ; voici ce que c'est :

---

[1] *Galbanum que tout cela !* Piége, ruse, artifice. L'origine de cette expression proverbiale, c'est que pour attraper des renards, on place près du piége qui leur est tendu un appât frotté de *galbanum*, dont l'odeur leur plaît beaucoup. Le *galbanum* est un suc tiré d'une plante férulacée, que l'on emploie en pharmacie comme émollient et résolutif.

j'ai eu le malheur de parler cavalièrement de vous devant le prince....

ARLEQUIN.

Vous n'avez encore qu'à ne vous pas reconnaître à cela.

LE SEIGNEUR.

Oui ; mais le prince s'est fâché contre moi.

ARLEQUIN.

Il n'aime donc pas les médisans ?

LE SEIGNEUR.

Vous le voyez bien.

ARLEQUIN.

Oh ! oh ! voilà qui me plaît ; c'est un honnête homme ; s'il ne me retenait pas ma maîtresse, je serais fort content de lui. Et que vous a-t-il dit ? Que vous étiez un mal appris ?

LE SEIGNEUR.

Oui.

ARLEQUIN.

Cela est très-raisonnable. De quoi vous plaignez-vous ?

LE SEIGNEUR.

Ce n'est pas là tout : Arlequin, m'a-t-il répondu, est un garçon d'honneur. Je veux qu'on l'honore, puisque je l'estime ; la franchise et la simplicité de son caractère sont des qualités que je voudrais que vous eussiez tous. Je nuis à son amour, et je suis au désespoir que le mien m'y force.

ARLEQUIN, attendri.

Par la morbleu ! Je suis son serviteur ; franchement,
je fais cas de lui, et je croyais être plus en colère
contre lui que je ne le suis.

LE SEIGNEUR.

Ensuite il m'a dit de me retirer ; mes amis là-
dessus ont tâché de le fléchir pour moi.

ARLEQUIN.

Quand ces amis-là s'en iraient aussi avec vous, il
n'y aurait pas grand mal ; car, dis-moi qui tu hantes,
et je te dirai qui tu es.

LE SEIGNEUR.

Il s'est aussi fâché contre eux.

ARLEQUIN.

Que le ciel bénisse cet homme de bien ! Il a vidé
là sa maison d'une mauvaise graine de gens.

LE SEIGNEUR.

Et nous ne pouvons reparaître tous qu'à condition
que vous demandiez notre grâce.

ARLEQUIN.

Par ma foi ! messieurs, allez où il vous plaira ; je
vous souhaite un bon voyage.

LE SEIGNEUR.

Quoi ! vous refuserez de prier pour moi ? Si vous
n'y consentiez pas, ma fortune serait ruinée ; à présent qu'il ne m'est plus permis de voir le prince, que

serais-je à la cour? Il faudra que je m'en aille dans mes terres ; car je suis comme exilé.

ARLEQUIN.

Comment, être exilé ! Mais ce n'est point vous faire d'autre mal que de vous envoyer manger votre bien chez vous.

LE SEIGNEUR.

Vraiment non ; voilà ce que c'est.

ARLEQUIN.

Et vous vivrez là paix et aise ; vous ferez vos quatre repas comme à l'ordinaire ?

LE SEIGNEUR.

Sans doute ; qu'y a-t-il d'étrange à cela ?

ARLEQUIN.

Ne me trompez-vous pas ? Est-il sûr qu'on est exilé quand on médit ?

LE SEIGNEUR.

Cela arrive assez souvent.

ARLEQUIN.

Allons, voilà qui est fait, je m'en vais médire du premier venu, et j'avertirai Silvia et Flaminia d'en faire autant.

LE SEIGNEUR.

Et la raison de cela ?

ARLEQUIN.

Parce que je veux aller en exil, moi. De la manière dont on punit les gens ici, je vais gager qu'il y a plus de gain à être puni qu'à être récompensé.

LE SEIGNEUR.

Quoi qu'il en soit, épargnez-moi cette punition-
là, je vous prie. D'ailleurs, ce que j'ai dit de vous
n'est pas grand'chose.

ARLEQUIN.

Qu'est-ce que c'est ?

LE SEIGNEUR.

Une bagatelle, vous dis-je.

ARLEQUIN.

Mais voyons.

LE SEIGNEUR.

J'ai dit que vous aviez l'air d'un homme ingénu,
sans malice; là, d'un garçon de bonne foi.

ARLEQUIN, riant de tout son cœur.

L'air d'un innocent, pour parler à la franquette;
mais qu'est-ce que cela fait? Moi, j'ai l'air d'un innocent; vous, vous avez l'air d'un homme d'esprit;
eh bien! à cause de cela, faut-il s'en fier à notre air?
N'avez-vous rien dit que cela ?

LE SEIGNEUR.

Non; j'ai ajouté seulement que vous donniez la
comédie à ceux qui vous parlaient.

ARLEQUIN.

Pardi! il faut bien vous donner votre revanche, à
vous autres. Voilà donc tout?

LE SEIGNEUR.

Oui.

ARLEQUIN.

C'est se moquer ; vous ne méritez pas d'être exilé, vous avez cette bonne fortune-là pour rien.

LE SEIGNEUR.

N'importe ; empêchez que je ne le sois. Un homme comme moi ne peut demeurer qu'à la cour. Il n'est en considération, il n'est en état de pouvoir se venger de ses envieux qu'autant qu'il se rend agréable au prince, et qu'il cultive l'amitié de ceux qui gouvernent les affaires.

ARLEQUIN.

J'aimerais mieux cultiver un bon champ, cela rapporte toujours peu ou prou, et je me doute que l'amitié de ces gens-là n'est pas aisée à avoir ni à garder.

LE SEIGNEUR.

Vous avez raison dans le fond : ils ont quelquefois des caprices fâcheux ; mais on n'oserait s'en ressentir ; on les ménage, on est souple avec eux, parce que c'est par leur moyen que l'on se venge des autres.

ARLEQUIN.

Quel trafic ! C'est justement recevoir des coups de bâton d'un côté, pour avoir le privilége d'en donner d'un autre ; voilà une drôle de vanité ! A vous voir si humbles, vous autres, on ne croirait jamais que vous êtes si glorieux.

LE SEIGNEUR.

Nous sommes élevés là-dedans. Mais écoutez ; vous

n'aurez point de peine à me remettre en faveur ; car
vous connaissez bien Flaminia.

ARLEQUIN.

Oui, c'est mon intime.

LE SEIGNEUR.

Le prince a beaucoup de bienveillance pour elle ;
elle est la fille d'un de ses officiers ; et je me suis
imaginé de lui faire sa fortune, en la mariant à un
petit-cousin que j'ai à la campagne, que je gouverne
et qui est riche. Dites-le au prince ; mon dessein me
conciliera ses bonnes grâces.

ARLEQUIN.

Oui ; mais ce n'est pas là le chemin des miennes ;
car je n'aime point qu'on épouse mes amies, moi,
et vous n'imaginez rien qui vaille avec votre petit-
cousin.

LE SEIGNEUR.

Je croyais....

ARLEQUIN.

Ne croyez plus.

LE SEIGNEUR.

Je renonce à mon projet.

ARLEQUIN.

N'y manquez pas ; je vous promets mon intercession, sans que le petit-cousin s'en mêle.

LE SEIGNEUR.

Je vous aurai beaucoup d'obligation ; j'attends
l'effet de vos promesses. Adieu, monsieur Arlequin.

3.   16

ARLEQUIN.

Je suis votre serviteur. Diantre! je suis en crédit, car on fait ce que je veux. Il ne faut rien dire à Flaminia du cousin.

SCÈNE VIII.
ARLEQUIN, FLAMINIA.

FLAMINIA.

Mon cher, je vous amène Silvia; elle me suit.

ARLEQUIN.

Mon amie, vous deviez bien venir m'avertir plus tôt; nous l'aurions attendue en causant ensemble.

SCÈNE IX.
SILVIA, ARLEQUIN, FLAMINIA.

SILVIA.

Bonjour, Arlequin. Ah! que je viens d'essayer un bel habit! Si vous me voyiez, en vérité, vous me trouveriez jolie; demandez à Flaminia. Ah! ah! si je portais ces habits-là, les femmes d'ici seraient bien attrapées; elles ne diraient pas que j'ai l'air gauche. Oh! que les ouvrières d'ici sont habiles!

ARLEQUIN.

Ah! m'amour, elles ne sont pas si habiles que vous êtes bien faite.

SILVIA.

Si je suis bien faite. Arlequin, vous n'êtes pas moins honnête.

FLAMINIA.

Du moins ai-je le plaisir de vous voir un peu plus
contens à présent.

SILVIA.

Eh! dame, puisqu'on ne nous gêne plus, j'aime
autant être ici qu'ailleurs; qu'est-ce que cela fait
d'être là ou là? On s'aime partout.

ARLEQUIN.

Comment, nous gêner! On envoie les gens me
demander pardon pour la moindre impertinence
qu'ils disent de moi.

SILVIA.

J'attends une dame aussi, moi, qui viendra devant
moi se repentir de ne m'avoir pas trouvée belle.

FLAMINIA.

Si quelqu'un vous fâche dorénavant, vous n'avez
qu'à m'en avertir.

ARLEQUIN.

Pour cela, Flaminia nous aime comme si nous
étions frère et sœurs. (A Flaminia.) Aussi, de notre part,
c'est quenci-queumi.

SILVIA.

Devinez, Arlequin, qui j'ai encore rencontré ici?
Mon amoureux qui venait me voir chez nous, ce grand
monsieur si bien tourné. Je veux que vous soyez amis
ensemble, car il a bon cœur aussi.

ARLEQUIN.

A la bonne heure; je suis de bon accord.

SILVIA.

Après tout, quel mal y a-t-il qu'il me trouve à son
gré? Prix pour prix, les gens qui nous aiment sont
de meilleure compagnie que ceux qui ne se soucient
pas de nous; n'est-il pas vrai?

FLAMINIA.

Sans doute.

ARLEQUIN, gaiment.

Mettons encore Flaminia; elle se soucie de nous,
et nous serons partie carrée.

FLAMINIA.

Arlequin, vous me donnez là une marque d'amitié
que je n'oublierai point.

ARLEQUIN.

Ah çà! puisque nous voilà ensemble, allons faire
collation; cela amuse.

SILVIA.

Allez, allez, Arlequin. A cette heure que nous
nous voyons quand nous voulons, ce n'est pas la
peine de nous ôter notre liberté à nous-mêmes; ne
vous gênez point.

FLAMINIA, à Arlequin.

Je m'en vais avec vous; aussi bien voilà quelqu'un
qui entre et qui tiendra compagnie à Silvia.

SCÈNE X.

LISETTE, *suivie de quelques femmes*; **SILVIA**.

(Lisette fait de grandes révérences.)

SILVIA.

Ne faites point tant de révérences, madame; cela m'exemptera de vous en faire; je m'y prends de si mauvaise grâce, à votre fantaisie!

LISETTE.

On ne vous trouve que trop de mérite.

SILVIA.

Cela se passera. Ce n'est pas moi qui ai envie de plaire, telle que vous me voyez; il me fâche assez d'être si jolie, et que vous ne soyez pas assez belle.

LISETTE.

Ah! quelle situation!

SILVIA.

Vous soupirez à cause d'une petite villageoise, vous êtes bien de loisir; et où avez-vous mis votre langue de tantôt, madame? Est-ce que vous n'avez plus de caquet, quand il faut bien dire?

LISETTE.

Je ne puis me résoudre à parler.

SILVIA.

Gardez donc le silence; car lorsque vous vous lamenteriez jusqu'à demain, mon visage n'empirera pas;

beau ou laid, il restera comme il est. Qu'est-ce que
vous me voulez? Est-ce que vous ne m'avez pas assez
querellée? Eh bien! achevez, prenez-en votre suffi-
sance.

LISETTE.

Épargnez-moi, mademoiselle; l'emportement que
j'ai eu contre vous a mis toute ma famille dans l'embarras; le prince m'oblige à venir vous faire une réparation, et je vous prie de la recevoir sans me railler.

SILVIA.

Voilà qui est fini, je ne me moquerai plus de vous;
je sais bien que l'humilité n'accommode pas les glorieux, mais la rancune donne de la malice. Cependant je plains votre peine, et je vous pardonne. De
quoi aussi vous avisiez-vous de me mépriser?

LISETTE.

J'avais cru m'apercevoir que le prince avait quelque inclination pour moi, et je ne croyais pas en
être indigne; mais je vois bien que ce n'est pas toujours aux agrémens qu'on se rend.

SILVIA.

Vous verrez que c'est à la laideur et à la mauvaise
façon, à cause qu'on se rend à moi. Comme ces jalouses ont l'esprit tourné!

LISETTE.

Eh bien! oui, je suis jalouse, il est vrai; mais
puisque vous n'aimez pas le prince, aidez-moi à le
remettre dans les dispositions où j'ai cru qu'il était

pour moi. Il est sûr que je ne lui déplaisais pas, et je le guérirai de l'inclination qu'il a pour vous, si vous me laissez faire.

SILVIA.

Croyez-moi, vous ne le guérirez de rien ; mon avis est que cela vous passe.

LISETTE.

Cependant cela me paraît possible ; car enfin je ne suis ni si maladroite ni si désagréable.

SILVIA.

Tenez, tenez, parlons d'autre chose ; vos bonnes qualités m'ennuient.

LISETTE.

Vous me répondez d'une étrange manière ! Quoi qu'il en soit, avant quelques jours, nous verrons si j'ai si peu de pouvoir.

SILVIA.

Oui, nous verrons des balivernes. Pardi ! je parlerai au prince ; il n'a pas encore osé me parler, lui, à cause que je suis trop fâchée ; mais je lui ferai dire qu'il s'enhardisse, seulement pour voir.

LISETTE.

Adieu, mademoiselle ; chacune de nous fera ce qu'elle pourra. J'ai satisfait à ce qu'on exigeait de moi à votre égard, et je vous prie d'oublier tout ce qui s'est passé entre nous.

SILVIA.

Marchez, marchez; je ne sais pas seulement si vous êtes au monde.

SCÈNE XI.

SILVIA, FLAMINIA.

FLAMINIA.

Qu'avez-vous, Silvia? Vous êtes bien émue!

SILVIA.

J'ai.... que je suis en colère. Cette impertinente femme de tantôt est venue pour me demander pardon; et, sans faire semblant de rien, voyez la méchanceté, elle m'a encore fâchée, m'a dit que c'était à ma laideur qu'on se rendait; qu'elle était plus agréable, plus adroite que moi; qu'elle ferait bien passer l'amour du prince; qu'elle allait travailler pour cela; que je verrai.... pati, pata; que sais-je, moi, tout ce qu'elle a mis en avant contre mon visage? Est-ce que je n'ai pas raison d'être piquée?

FLAMINIA.

Écoutez; si vous ne faites taire tous ces gens-là, il faut vous cacher pour toute votre vie.

SILVIA.

Je ne manque pas de bonne volonté; mais c'est Arlequin qui m'embarrasse.

FLAMINIA.

Eh! je vous entends; voilà un amour bien mal

placé, qui se rencontre là aussi mal à propos qu'il
se puisse.

SILVIA.

Oh ! j'ai toujours eu du guignon dans les rencontres.

FLAMINIA.

Mais, si Arlequin vous voit sortir de la cour et
méprisée, pensez-vous que cela le réjouisse ?

SILVIA.

Il ne m'aimera pas tant, voulez-vous dire ?

FLAMINIA.

Il y a tout à craindre.

SILVIA.

Vous me faites rêver à une chose. Ne trouvez-vous
pas qu'il est un peu négligent depuis que nous sommes ici ? Il m'a quittée tantôt pour aller goûter ; voilà
une belle excuse !

FLAMINIA.

Je l'ai remarqué comme vous ; mais ne me trahissez pas au moins ; nous nous parlons de fille à fille.
Dites-moi, après tout, l'aimez-vous tant, ce garçon ?

SILVIA.

Mais, vraiment, oui, je l'aime ; il le faut bien.

FLAMINIA.

Voulez-vous que je vous dise? Vous me paraissez
mal assortis ensemble. Vous avez du goût, de l'esprit, l'air fin et distingué ; il a l'air pesant, les ma-

nières grossières ; cela ne cadre point, et je ne comprends pas comment vous l'avez aimé ; je vous dirai même que cela vous fait tort.

SILVIA.

Mettez-vous à ma place. C'était le garçon le plus passable de nos cantons ; il demeurait dans mon village, il était mon voisin ; il est assez facétieux, je suis de bonne humeur ; il me faisait quelquefois rire ; il me suivait partout ; il m'aimait ; j'avais coutume de le voir, et de coutume en coutume je l'ai aimé aussi, faute de mieux ; mais j'ai toujours bien vu qu'il était enclin au vin et à la gourmandise.

FLAMINIA.

Voilà de jolies vertus, surtout dans l'amant de l'aimable et tendre Silvia ! Mais à quoi vous déterminez-vous donc ?

SILVIA.

Je l'ignore ; il me passe tant de oui et de non par la tête, que je ne sais auquel entendre. D'un côté, Arlequin est un petit négligent qui ne songe ici qu'à manger ; d'un autre côté, si l'on me renvoie, ces glorieuses de femmes feront accroire partout qu'on m'aura dit : Va-t'en, tu n'es pas assez jolie. D'un autre côté encore, ce monsieur que j'ai retrouvé ici....

FLAMINIA.

Quoi ?

SILVIA.

Je vous le dis en secret ; je ne sais ce qu'il m'a fait depuis que je l'ai revu ; mais il m'a toujours paru si doux, il m'a dit des choses si tendres, il m'a conté son amour d'un air si poli, si humble, que j'en ai une véritable pitié, et cette pitié-là m'empêche encore d'être maîtresse de moi.

FLAMINIA.

L'aimez-vous?

SILVIA.

Je ne crois pas; car je dois aimer Arlequin.

FLAMINIA.

Ce monsieur est un homme aimable.

SILVIA.

Je le sens bien.

FLAMINIA.

Si vous négligiez de vous venger pour l'épouser, je vous le pardonnerais; voilà la vérité.

SILVIA.

Si Arlequin se mariait à une autre fille que moi, à la bonne heure. Je serais en droit de lui dire : Tu m'as quittée, je te quitte, je prends ma revanche; mais il n'y a rien à faire. Qui est-ce qui voudrait d'Arlequin ici, rude et bourru comme il est?

FLAMINIA.

Il n'y a pas presse entre nous. Pour moi, j'ai toujours eu dessein de passer ma vie aux champs. Arlequin est grossier; je ne l'aime point, mais je ne le hais pas; et, dans les sentimens où je suis, s'il voulait, je vous en débarrasserais volontiers, pour vous faire plaisir.

SILVIA.

Mais mon plaisir, où est-il ? Il n'est ni là, ni là ; je le cherche.

FLAMINIA.

Vous verrez le prince aujourd'hui. Voici ce cavalier qui vous plaît ; tâchez de prendre votre parti. Adieu ; nous nous retrouverons tantôt.

SCÈNE XII.

SILVIA, LE PRINCE.

SILVIA.

Vous venez ; vous allez encore me dire que vous m'aimez, pour me mettre davantage en peine.

LE PRINCE.

Je venais voir si la dame qui vous a fait insulte s'était bien acquittée de son devoir. Quant à moi, belle Silvia, quand mon amour vous fatiguera, quand je vous déplairai moi-même, vous n'avez qu'à m'ordonner de me taire et de me retirer ; je me tairai, j'irai où vous voudrez, et je souffrirai sans me plaindre, résolu de vous obéir en tout.

SILVIA.

Ne voilà-t-il pas ? Ne l'ai-je pas bien dit ? Comment voulez-vous que je vous renvoie ? Vous vous tairez, s'il me plaît ; vous vous en irez, s'il me plaît ; vous n'oserez pas vous plaindre, vous m'obéirez en tout. C'est bien là le moyen de faire que je vous commande quelque chose !

LE PRINCE.

Mais que puis-je mieux que de vous rendre maîtresse de mon sort ?

SILVIA.

Qu'est-ce que cela avance ? Vous rendrai-je malheureux ? en aurai-je le courage ? Si je vous dis : Allez-
vous-en , vous croirez que je vous hais ; si je vous dis
de vous taire , vous croirez que je ne me soucie pas
de vous ; et toutes ces croyances-là ne seront pas
vraies ; elles vous affligeront ; en serai-je plus à mon
aise après ?

LE PRINCE.

Que voulez-vous donc que je devienne, belle
Silvia ?

SILVIA.

Oh ! ce que je veux ! J'attends qu'on me le dise ;
j'en suis encore plus ignorante que vous. Voilà Arlequin qui m'aime ; voilà le prince qui demande mon
cœur ; voilà vous qui mériteriez de l'avoir ; voilà
ces femmes qui m'injurient, et que je voudrais punir ;
voilà que j'aurai un affront, si je n'épouse pas le
prince. Arlequin m'inquiète ; vous me donnez du
souci, vous m'aimez trop ; je voudrais ne vous avoir
jamais connu, et je suis bien malheureuse d'avoir
tout ce tracas-là dans la tête.

LE PRINCE.

Vos discours me pénètrent, Silvia. Vous êtes trop
touchée de ma douleur ; ma tendresse, toute grande

qu'elle est, ne vaut pas le chagrin que vous avez de
ne pouvoir m'aimer.

SILVIA.

Je pourrais bien vous aimer; cela ne serait pas
difficile, si je voulais.

LE PRINCE.

Souffrez donc que je m'afflige, et ne m'empêchez
pas de vous regretter toujours.

SILVIA.

Je vous en avertis, je ne saurais supporter de vous
voir si tendre; il semble que vous le fassiez exprès.
Y a-t-il de la raison à cela? Pardi! j'aurai moins de
mal à vous aimer tout-à-fait, qu'à être comme je le
suis. Pour moi, je laisserai tout là; voilà ce que vous
gagnerez.

LE PRINCE.

Je ne veux donc plus vous être à charge; vous souhaitez que je vous quitte; je ne dois pas résister aux
volontés d'une personne si chère. Adieu, Silvia.

SILVIA.

Adieu, Silvia! Je vous querellerais volontiers; où
allez-vous? Restez là, c'est ma volonté; je la sais
mieux que vous, peut-être.

LE PRINCE.

J'ai cru vous obliger.

SILVIA.

Quel train que tout cela! Que faire d'Arlequin?
Encore si c'était vous qui fussiez le prince!

LE PRINCE.

Et quand je le serais ?

SILVIA.

Cela serait différent, parce que je dirais à Arlequin
que vous prétendriez être le maître ; ce serait mon
excuse ; mais il n'y a que pour vous que je voudrais
prendre cette excuse-là.

LE PRINCE, à part.

Qu'elle est aimable ! il est temps de dire qui je suis.

SILVIA.

Qu'avez-vous ? est-ce que je vous fâche ? Ce n'est
pas à cause de la principauté que je voudrais que vous
fussiez prince, c'est seulement à cause de vous tout
seul ; et si vous l'étiez, Arlequin ne saurait pas que
je vous prendrais par amour ; voilà m raison. Mais
non, après tout, il vaut mieux que vous ne soyez pas
le maître ; cela me tenterait trop. Et quand vous le
seriez, tenez, je ne pourrais me résoudre à être une
infidèle ; voilà qui est fini.

LE PRINCE, à part.

Différons encore de l'instruire. (Haut.) Silvia, conser-
vez-moi seulement les bontés que vous avez pour moi.
Le prince vous a fait préparer un spectacle ; permettez
que je vous y accompagne, et que je profite de toutes
les occasions d'être avec vous. Après la fête, vous
verrez le prince ; et je suis chargé de vous dire que
vous serez libre de vous retirer, si votre cœur ne vous
dit rien pour lui.

SILVIA.

Oh! il ne me dira pas un mot; c'est tout comme si
j'étais partie; mais quand je serai chez nous, vous y
viendrez; eh! que sait-on ce qui peut arriver? peut-
être que vous m'aurez. Allons-nous-en toujours, de
peur qu'Arlequin ne vienne [1].

---

[1] *Allons-nous-en, de peur qu'Arlequin ne vienne.* La double infidélité qui fait le sujet de cette jolie comédie, est en bon train. Le
progrès de l'amour de Silvia pour le prince, d'Arlequin pour Flaminia, est parfaitement tracé; le portrait des mœurs de la cour réu-
nit la force à la délicatesse. L'action marche au but, et, quoiqu'elle
n'ait plus qu'un pas à faire pour y atteindre, il reste encore assez de
difficultés pour soutenir la curiosité et inspirer le désir de connaître
les moyens qu'emploiera l'auteur pour les aplanir.

FIN DU SECOND ACTE.

ACTE III.

SCÈNE I.

LE PRINCE, FLAMINIA.

FLAMINIA.

Oui, seigneur, vous avez fort bien fait de ne pas vous découvrir tantôt, malgré tout ce que Silvia vous a dit de tendre. Ce retardement ne gâte rien, et lui laisse le temps de se confirmer dans le penchant qu'elle a pour vous. Grâces au ciel, vous voilà presque arrivé où vous souhaitiez.

LE PRINCE.

Ah! Flaminia, qu'elle est aimable!

FLAMINIA.

Elle l'est infiniment.

LE PRINCE.

Je ne connais rien comme elle parmi les gens du monde. Quand une maîtresse, à force d'amour, nous dit clairement: Je vous aime, cela fait assurément un grand plaisir. Eh bien, Flaminia, ce plaisir-là, imaginez-vous qu'il n'est que fadeur, qu'il n'est qu'ennui, en comparaison du plaisir que m'ont donné les

3. 17

discours de Silvia, qui ne m'a pourtant point dit : Je vous aime.

FLAMINIA.

Mais, seigneur, oserais-je vous prier de m'en répéter quelque chose ?

LE PRINCE.

Cela est impossible ; je suis ravi, je suis enchanté ; je ne peux pas vous répéter cela autrement.

FLAMINIA.

Je présume beaucoup du rapport singulier que vous m'en faites.

LE PRINCE.

Si vous saviez combien, dit-elle, elle est affligée de ne pouvoir m'aimer, parce que cela me rend malheureux, et qu'elle doit être fidèle à Arlequin !... J'ai vu le moment où elle allait me dire : Ne m'aimez plus, je vous prie, parce que vous seriez cause que je vous aimerais aussi.

FLAMINIA.

Bon ! cela vaut mieux qu'un aveu.

LE PRINCE.

Non, je le dis encore, il n'y a que l'amour de Silvia qui soit véritablement de l'amour. Les autres femmes qui aiment ont l'esprit cultivé ; elles ont une certaine éducation, un certain usage ; et tout cela chez elles falsifie la nature. Ici c'est le cœur tout pur qui me parle ; comme ses sentimens viennent, il me les montre ; sa naïveté en fait tout l'art, et sa pudeur toute la décence [1]. Vous m'avouerez que cela est charmant. Tout ce qui la retient à présent, c'est qu'elle se fait un scrupule de m'aimer sans l'aveu d'Arlequin. Ainsi, Flaminia, hâtez-vous. Sera-t-il bientôt gagné, Arlequin ? Vous savez que je ne dois ni ne veux le traiter avec violence. Que dit-il ?

FLAMINIA.

A vous dire le vrai, seigneur, je le crois tout-à-fait amoureux de moi ; mais il n'en sait rien. Comme il ne m'appelle encore que sa chère amie, il vit sur la bonne foi de ce nom qu'il me donne, et prend toujours de l'amour à bon compte.

LE PRINCE.

Fort bien.

FLAMINIA.

Oh ! dans la première conversation, je l'instruirai de l'état de ses petites affaires avec moi : et ce penchant qui est *incognito* chez lui, et que je lui ferai sentir par un autre stratagème ; la douceur avec laquelle vous lui parlerez, comme nous en sommes convenus ; tout cela, je pense, va vous tirer d'inquiétude, et terminer des travaux dont je sortirai, seigneur, victorieuse et vaincue.

---

[1] *Et sa pudeur toute la décence.* Il n'y a point là d'opposition, comme dans *sa naïveté en fait tout l'art.* C'est même une véritable tautologie. Il semble que l'auteur a voulu dire : *Sa pudeur en fait la franchise :* l'innocence ne craint pas d'exprimer ses sentimens ; la dissimulation seule peut la faire rougir.

LE PRINCE.

Comment donc?

FLAMINIA.

C'est une petite bagatelle qui ne mérite pas de vous être dite ; c'est que j'ai pris du goût pour Arlequin, seulement pour me désennuyer dans le cours de notre intrigue. Mais retirons - nous, et rejoignez Silvia; il ne faut pas qu'Arlequin vous voie encore, et je le vois qui vient.

SCÈNE II.

TRIVELIN, ARLEQUIN.

TRIVELIN, après quelque temps.

En bien! que voulez-vous que je fasse de l'écritoire et du papier que vous m'avez fait prendre?

ARLEQUIN.

Donnez-vous patience, mon domestique.

TRIVELIN.

Tant qu'il vous plaira.

ARLEQUIN.

Dites-moi, qui est-ce qui me nourrit ici?

TRIVELIN.

C'est le prince.

ARLEQUIN.

Par la sambille! la bonne chère que je fais me donne des scrupules.

TRIVELIN.

D'où vient donc ?

ARLEQUIN.

Mardi ! j'ai peur d'être en pension sans le savoir.

TRIVELIN.

Ah ! ah ! ah ! ah !

ARLEQUIN.

De quoi riez-vous, grand benêt ?

TRIVELIN.

Je ris de votre idée, qui est plaisante. Allez, allez, seigneur Arlequin, mangez en toute sûreté de conscience, et buvez de même.

ARLEQUIN.

Dame ! je prends mes repas dans la bonne foi ; il me serait bien rude de me voir apporter le mémoire de ma dépense ; mais je vous crois. Dites-moi à présent, comment s'appelle celui qui rend compte au prince de ses affaires ?

TRIVELIN.

Son secrétaire d'état, voulez-vous dire ?

ARLEQUIN.

Oui ; j'ai dessein de lui faire un écrit, pour le prier d'avertir le prince que je m'ennuie, et lui demander quand il veut en finir avec nous ; car mon père est tout seul.

TRIVELIN.

Eh bien ?

ARLEQUIN.

Si on veut me garder, il faut lui envoyer une carriole, afin qu'il vienne.

TRIVELIN.

Vous n'avez qu'à parler, la carriole partira sur-le-
champ.

ARLEQUIN.

Il faut, après cela, qu'on nous marie Silvia et
moi, et qu'on m'ouvre la porte de la maison ; car j'ai
coutume de trotter partout et d'avoir la clef des
champs, moi. Ensuite nous tiendrons ici ménage avec
l'amie Flaminia, qui ne veut pas nous quitter à cause
de son affection pour nous ; et si le prince a toujours
bonne envie de nous régaler, ce que je mangerai me
profitera davantage.

TRIVELIN.

Mais, seigneur Arlequin, il n'est pas besoin de
mêler Flaminia là-dedans.

ARLEQUIN.

Cela me plaît, à moi.

TRIVELIN, d'un air mécontent.

Hum !

ARLEQUIN.

Hum ! Le mauvais valet ! Allons vite, tirez votre
plume, et griffonnez-moi mon écriture.

TRIVELIN.

Dictez.

ARLEQUIN.

« Monsieur. »

TRIVELIN.

Halte-là ! dites : *Monseigneur*.

ARLEQUIN.

Mettez les deux, afin qu'il choisisse.

TRIVELIN.

Fort bien.

ARLEQUIN.

« Vous saurez que je m'appelle Arlequin. »

TRIVELIN.

Doucement ! vous devez dire : *Votre grandeur saura*.

ARLEQUIN.

Votre grandeur saura ! C'est donc un géant, ce secrétaire d'état [1] ?

TRIVELIN.

Non ; mais n'importe.

ARLEQUIN.

Quel diantre de galimatias ! Qui a jamais entendu dire qu'on s'adresse à la taille d'un homme, quand on a affaire à lui ?

TRIVELIN.

Je mettrai comme il vous plaira. *Vous saurez que je m'appelle Arlequin*. Après ?

---

[1] *C'est donc un géant, ce secrétaire d'état?* Trait de satire contre la manie des titres, mais trait fort inoffensif. Les grands et les hommes en place savent très-bien eux-mêmes à quoi s'en tenir sur la puérilité de ces formules honorifiques ; ils les acceptent comme une des charges du bénéfice.

ARLEQUIN.

« Que j'ai une maîtresse qui s'appelle Silvia, bourgeoise
« de mon village, et fille d'honneur. »

TRIVELIN.

Courage !

ARLEQUIN.

« Avec une bonne amie que j'ai faite depuis peu, qui
« ne saurait se passer de nous, ni nous d'elle ; ainsi, aus-
« sitôt la présente reçue.... »

TRIVELIN.

Flaminia ne saurait se passer de vous ? Aïe ! la
plume me tombe des mains.

ARLEQUIN.

Oh ! oh ! que signifie donc cette impertinente pâ-
moison - là ?

TRIVELIN.

Il y a deux ans, seigneur Arlequin, il y a deux ans
que je soupire en secret pour elle.

ARLEQUIN, tirant sa latte.

Cela est fâcheux, mon mignon ; mais, en attendant
qu'elle en soit informée, je vais toujours vous en
faire quelques remercîmens pour elle.

TRIVELIN.

Des remercîmens à coups de bâton ! je ne suis pas
friand de ces complimens - là. Eh ! que vous importe
que je l'aime ? Vous n'avez que de l'amitié pour elle,
te l'amitié ne rend point jaloux.

ARLEQUIN.

Vous vous trompez; mon amitié fait tout comme
l'amour; en voilà des preuves.   (Il le bat.)

TRIVELIN.

Oh ! diable soit de l'amitié !   (Il sort.)

SCÈNE III.

FLAMINIA, ARLEQUIN.

FLAMINIA.

Qu'est-ce que c'est ? Qu'avez-vous, Arlequin ?

ARLEQUIN.

Bonjour, m'amie ; c'est ce faquin qui dit qu'il vous
aime depuis deux ans.

FLAMINIA.

Cela se peut bien.

ARLEQUIN.

Et vous, m'amie, que dites-vous de cela ?

FLAMINIA.

Que c'est tant pis pour lui.

ARLEQUIN.

Tout de bon ?

FLAMINIA.

Sans doute ; mais est-ce que vous seriez fâché que
l'on m'aimât ?

ARLEQUIN.

Hélas ! vous êtes votre maîtresse ; mais si vous aviez

un amant, vous l'aimeriez peut-être; cela gâterait la
bonne amitié que vous me portez, et vous m'en feriez
ma part plus petite. Oh ! de cette part-là, je n'en voudrais rien perdre.

FLAMINIA.

Arlequin, savez-vous bien que vous ne ménagez
pas mon cœur ?

ARLEQUIN.

Moi ! et quel mal lui fais-je donc ?

FLAMINIA.

Si vous continuez de me parler toujours de même,
je ne saurai plus bientôt de quelle espèce seront mes
sentimens pour vous. En vérité, je n'ose m'examiner
là-dessus; j'ai peur de trouver plus que je ne veux.

ARLEQUIN.

C'est bien fait, n'examinez jamais, Flaminia; cela
sera ce que cela pourra. Au reste, croyez-moi, ne
prenez point d'amant; j'ai une maîtresse, je la garde :
si je n'en avais point, je n'en chercherais pas ; qu'en
ferais-je avec vous ? elle m'ennuierait.

FLAMINIA.

Elle vous ennuierait ! Le moyen, après tout ce que
vous dites, de rester votre amie ?

ARLEQUIN.

Eh ! que serez-vous donc ?

FLAMINIA.

Ne me le demandez pas, je n'en veux rien savoir.

ce qui est de sûr, c'est que dans le monde je n'aime rien plus que vous. Vous n'en pouvez pas dire autant ; Silvia va devant moi, comme de raison.

ARLEQUIN.

Chut ! vous allez de compagnie ensemble.

FLAMINIA.

Je vais vous l'envoyer si je la trouve, Silvia ; en serez-vous bien aise ?

ARLEQUIN.

Comme vous voudrez ; mais il ne faut pas l'envoyer ; il faut venir toutes deux.

FLAMINIA.

Je ne pourrai pas ; car le prince m'a mandée, et je vais voir ce qu'il me veut. Adieu, Arlequin ; je serai bientôt de retour.

SCÈNE IV.

LE SEIGNEUR, ARLEQUIN.

ARLEQUIN.

VOILA mon homme de tantôt. Ma foi ! monsieur le médisant (car je ne sais point votre autre nom), je n'ai rien dit de vous au prince, par la raison que je ne l'ai point vu.

LE SEIGNEUR.

Je vous suis obligé de votre bonne volonté, seigneur Arlequin ; mais je suis sorti d'embarras et rentré dans les bonnes grâces du prince, sur l'assurance

que je lui ai donnée que vous lui parleriez pour moi ;
j'espère qu'à votre tour vous me tiendrez parole.

ARLEQUIN.

Oh ! quoique je paraisse un innocent, je suis homme d'honneur.

LE SEIGNEUR.

De grâce, ne vous ressouvenez plus de rien, et ré-
conciliez-vous avec moi en faveur du présent que je
vous apporte de la part du prince ; c'est de tous les
présens le plus grand qu'on puisse vous faire.

ARLEQUIN.

Est-ce Silvia que vous m'apportez ?

LE SEIGNEUR.

Non. Le présent dont il s'agit est dans ma poche.
Ce sont des lettres de noblesse dont le prince vous
gratifie comme parent de Silvia ; car on dit que vous
l'êtes un peu.

ARLEQUIN.

Pas un brin ; remportez cela ; car, si je le prenais,
ce serait friponner la gratification.

LE SEIGNEUR.

Acceptez toujours ; qu'importe ? Vous ferez plaisir
au prince. Refuseriez-vous ce qui fait l'ambition de
tous les gens de cœur ?

ARLEQUIN.

J'ai pourtant bon cœur aussi. Pour de l'ambition,
j'en ai bien entendu parler ; mais je ne l'ai jamais vue,
et j'en ai peut-être sans le savoir.

LE SEIGNEUR.

Si vous n'en avez pas, cela vous en donnera.

ARLEQUIN.

Qu'est-ce que c'est donc?

LE SEIGNEUR.

En voilà bien d'un autre! L'ambition, c'est un noble orgueil de s'élever.

ARLEQUIN.

Un orgueil qui est noble! Donnez-vous comme cela de jolis noms à toutes les sottises, vous autres?

LE SEIGNEUR.

Vous ne me comprenez pas; cet orgueil ne signifie là qu'un désir de gloire.

ARLEQUIN.

Par ma foi! sa signification ne vaut pas mieux que lui; c'est bonnet blanc, et blanc bonnet.

LE SEIGNEUR.

Prenez, vous dis-je; ne serez-vous pas bien aise d'être gentilhomme?

ARLEQUIN.

Eh! je n'en serais ni bien aise ni fâché; c'est suivant la fantaisie qu'on a.

LE SEIGNEUR.

Vous y trouverez de l'avantage; vous en serez plus respecté et plus craint de vos voisins.

ARLEQUIN.

J'ai opinion que cela les empêcherait de m'aimer
de bon cœur; car quand je respecte les gens, moi, et
que je les crains, je ne les aime pas de si bon courage; je ne saurais faire tant de choses à la fois.

LE SEIGNEUR.

Vous m'étonnez!

ARLEQUIN.

Voilà comme je suis bâti. D'ailleurs, voyez-vous, je
suis le meilleur enfant du monde, je ne fais de mal
à personne; mais quand je voudrais nuire, je n'en
ai pas le pouvoir. Eh bien! si j'avais ce pouvoir, si
j'étais noble, diable emporte si je voudrais gager d'ê-
tre toujours brave homme : je ferais parfois comme
le gentilhomme de chez nous, qui n'épargne pas les
coups de bâton, à cause qu'on n'oserait les lui rendre.

LE SEIGNEUR.

Et si on vous donnait ces coups de bâton, ne sou-
haiteriez-vous pas être en état de les rendre?

ARLEQUIN.

Pour cela, je voudrais payer cette dette-là sur-le-
champ.

LE SEIGNEUR.

Oh! comme les hommes sont quelquefois méchans,
mettez-vous en état de faire du mal, seulement afin
qu'on n'ose pas vous en faire; et pour cet effet prenez
vos lettres de noblesse.

ARLEQUIN.

Têtubleu! vous avez raison, je ne suis qu'une bête.

Allons, me voilà noble ; je garde le parchemin ; je ne crains plus que les rats qui pourraient bien gruger ma noblesse, mais j'y mettrai bon ordre. Je vous remercie, et le prince aussi ; car il est bien obligeant dans le fond.

LE SEIGNEUR.

Je suis charmé de vous voir content ; adieu.

ARLEQUIN.

Je suis votre serviteur.... Monsieur! monsieur!

LE SEIGNEUR.

Que me voulez-vous ?

ARLEQUIN.

Ma noblesse ne m'oblige-t-elle à rien? Car il faut faire son devoir dans une charge.

LE SEIGNEUR.

Elle oblige à être honnête homme.

ARLEQUIN.

Vous aviez donc des exemptions, vous, quand vous avez dit du mal de moi?

LE SEIGNEUR.

N'y songez plus ; un gentilhomme doit être généreux.

ARLEQUIN.

Généreux et honnête homme! Vertuchoux! ces devoirs-là sont bons ; je les trouve encore plus nobles que mes lettres de noblesse. Et quand on ne s'en acquitte pas, est-on encore gentilhomme?

LE SEIGNEUR.

Nullement.

ARLEQUIN.

Diantre! il y a donc bien des nobles qui paient la taille?

LE SEIGNEUR.

Je n'en sais point le nombre.

ARLEQUIN.

Est-ce là tout? N'y a-t-il plus d'autres devoirs?

LE SEIGNEUR.

Non; cependant vous qui, suivant toute apparence, serez favori du prince, vous aurez un devoir de plus; ce sera de mériter cette faveur par toute la soumission, tout le respect et toute la complaisance possibles. A l'égard du reste, comme je vous ai dit, ayez de la vertu, aimez l'honneur plus que la vie, et vous serez dans l'ordre.

ARLEQUIN.

Tout doucement; ces dernières obligations-là ne me plaisent pas tant que les autres. Premièrement, il est bon d'expliquer ce que c'est que cet honneur qu'on doit aimer plus que la vie. Malepeste, quel honneur!

LE SEIGNEUR.

Vous approuverez ce que cela veut dire; c'est qu'il faut se venger d'une injure, ou périr plutôt que de la souffrir.

ARLEQUIN.

Tout ce que vous m'avez dit n'est donc qu'un coqà-l'âne ; car si je suis obligé d'être généreux, il faut que je pardonne aux gens ; si je suis obligé d'être méchant, il faut que je les assomme. Comment donc faire pour tuer ces hommes-là et les laisser vivre ?

LE SEIGNEUR.

Vous serez généreux et bon, quand on ne vous insultera pas.

ARLEQUIN.

Je vous entends : il m'est défendu d'être meilleur que les autres ; et si je rends le bien pour le mal, je serai donc un homme sans honneur ? Par la mardi ! la méchanceté n'est pas rare ; ce n'était pas la peine de la recommander tant. Voilà une vilaine invention ! Tenez, accommodons-nous plutôt ; quand on me dira une grosse injure, j'en répondrai une autre, si je suis le plus fort. Voulez-vous me laisser votre marchandise à ce prix-là ? Dites-moi votre dernier mot.

LE SEIGNEUR.

Une injure répondue à une injure ne suffit point. Cela ne peut se laver, s'effacer que par le sang de votre ennemi, ou le vôtre.

ARLEQUIN.

Que la tache y reste ! Vous parlez du sang, comme si c'était de l'eau de la rivière. Je vous rends votre paquet de noblesse ; mon honneur n'est pas fait pour être noble ; il est trop raisonnable pour cela. Bonjour.

LE SEIGNEUR.

Vous n'y songez pas.

3.   18

ARLEQUIN.

Sans compliment, reprenez votre affaire.

LE SEIGNEUR.

Gardez-le toujours; vous vous ajusterez avec le prince; on n'y regardera pas de si près avec vous.

ARLEQUIN.

Il faudra donc qu'il me signe un contrat comme quoi je serai exempt de me faire tuer par mon prochain, pour le faire repentir de son impertinence avec moi.

LE SEIGNEUR.

A la bonne heure; vous ferez vos conventions. Adieu, je suis votre serviteur.

ARLEQUIN.

Et moi le vôtre [1].

SCÈNE V.

LE PRINCE, ARLEQUIN.

ARLEQUIN, à part.

Qui diantre vient encore me rendre visite? Ah! c'est celui-là qui est cause qu'on m'a pris Silvia. (Haut.) Vous voilà donc, monsieur le babillard, qui allez dire

---

[1] *Et moi le vôtre.* Cette scène tout épisodique, et parfaitement étrangère à l'action, n'est qu'un commentaire des satires de Juvénal et de Boileau sur la noblesse. Marivaux n'y ménage point une classe à laquelle cependant il appartenait. Il est très douteux qu'il fût permis aujourd'hui de la réciter sur le théâtre.

partout que la maîtresse des gens est belle ; ce qui
fait qu'on m'a escamoté la mienne !

LE PRINCE.

Point d'injures, Arlequin.

ARLEQUIN.

Êtes-vous gentilhomme, vous?

LE PRINCE.

Assurément.

ARLEQUIN.

Mardi ! vous êtes bien heureux ; sans cela je vous
dirais de bon cœur ce que vous méritez ; mais votre
honneur voudrait peut-être faire son devoir, et, après
cela, il faudrait vous tuer pour vous venger de moi.

LE PRINCE.

Calmez-vous, je vous prie, Arlequin. Le prince
m'a donné ordre de vous entretenir.

ARLEQUIN.

Parlez, il vous est libre ; mais je n'ai pas ordre de
vous écouter, moi.

LE PRINCE.

Eh bien ! prends un esprit plus doux ; connais-moi,
puisqu'il le faut. C'est ton prince lui-même qui te
parle, et non pas un officier du palais, comme tu l'as
cru jusqu'ici, aussi bien que Silvia.

ARLEQUIN.

Votre foi?

LE PRINCE.

Tu dois m'en croire.

ARLEQUIN.

Excusez, monseigneur ; c'est donc moi qui suis un sot d'avoir été un impertinent avec vous.

LE PRINCE.

Je te pardonne volontiers.

ARLEQUIN.

Puisque vous n'avez pas de rancune contre moi, ne permettez pas que j'en aie contre vous. Je ne suis pas digne d'être fâché contre un prince, je suis trop petit pour cela. Si vous m'affligez, je pleurerai de toute ma force, et puis c'est tout ; cela doit faire compassion à votre puissance ; vous ne voudriez pas avoir une principauté pour le contentement de vous tout seul.

LE PRINCE.

Tu te plains donc bien de moi, Arlequin ?

ARLEQUIN.

Que voulez-vous, monseigneur ? il y a une fille qui m'aime ; vous, vous en avez plein votre maison, et cependant vous m'ôtez la mienne. Prenez que je suis pauvre, et que tout mon bien est un liard ; vous qui êtes riche de plus de mille écus, vous vous jetez sur ma pauvreté et vous m'arrachez mon liard ; cela n'est-il pas bien triste ?

LE PRINCE, à part.

Il a raison, et ses plaintes me touchent.

ARLEQUIN.

Je sais que vous êtes un bon prince, tout le monde

le dit dans le pays; il n'y aura que moi qui n'aurai pas le plaisir de le dire comme les autres.

LE PRINCE.

Je te prive de Silvia, il est vrai; mais demande-moi ce que tu voudras; je t'offre tous les biens que tu pourras souhaiter, et laisse-moi cette seule personne que j'aime.

ARLEQUIN.

Qu'il ne soit pas question de ce marché-là, vous gagneriez trop sur moi. Parlons en conscience; si un autre que vous me l'avait prise, est-ce que vous ne me la feriez pas remettre? Eh bien! personne ne me l'a prise que vous; voyez la belle occasion de montrer que la justice est pour tout le monde!

LE PRINCE, à part.

Que lui répondre?

ARLEQUIN.

Allons, monseigneur, dites-vous comme cela : Faut-il que je retienne le bonheur de ce petit homme, parce que j'ai le pouvoir de le garder? N'est-ce pas à moi à être son protecteur, puisque je suis son maître? S'en ira-t-il sans avoir justice? N'en aurais-je pas du regret? Qui est-ce qui fera mon office de prince, si je ne le fais pas? J'ordonne donc que je lui rendrai Silvia.

LE PRINCE.

Ne changeras-tu jamais de langage? Regarde comme j'en agis avec toi. Je pourrais te renvoyer, et garder Silvia sans t'écouter; cependant, malgré l'inclination que j'ai pour elle, malgré ton obstination et le peu de respect que tu me montres, je m'intéresse à ta douleur; je cherche à la calmer par mes faveurs; je descends jusqu'à te prier de me céder Silvia de bonne volonté; tout le monde t'y exhorte, tout le monde te blâme, et te donne un exemple de l'ardeur qu'on a de me plaire; tu es le seul qui résiste; tu reconnais que je suis ton prince; marque-le-moi donc par un peu de docilité.

ARLEQUIN.

Eh! monseigneur, ne vous fiez pas à ces gens qui vous disent que vous avez raison avec moi, car ils vous trompent. Vous prenez cela pour argent comptant; et puis vous avez beau être bon, vous avez beau être brave homme, c'est autant de perdu, cela ne vous fait point de profit. Sans ces gens-là, vous ne me chercheriez point chicane; vous ne diriez pas que je vous manque de respect, parce que je réclame mon bon droit. Allez, vous êtes mon prince, et je vous aime bien; mais je suis votre sujet, et cela mérite quelque chose.

LE PRINCE.

Tu me désespères.

ARLEQUIN.

Que je suis à plaindre!

LE PRINCE.

Faudra-t-il donc que je renonce à Silvia? Le moyen d'en être jamais aimé, si tu ne veux pas m'aider? Arlequin, je t'ai causé du chagrin ; mais celui que tu me fais est plus cruel que le tien.

ARLEQUIN.

Prenez quelque consolation, monseigneur ; promenez-vous, voyagez quelque part ; votre douleur se passera dans les chemins.

LE PRINCE.

Non, mon enfant ; j'espérais quelque chose de ton cœur pour moi, je t'aurais eu plus d'obligation que je n'en aurai jamais à personne ; mais tu me fais tout le mal qu'on peut me faire. N'importe, mes bienfaits t'étaient réservés, et ta dureté n'empêche pas que tu n'en jouisses.

ARLEQUIN.

Aïe ! qu'on a de mal dans la vie !

LE PRINCE.

Il est vrai que j'ai tort à ton égard ; je me reproche l'action que j'ai faite, c'est une injustice ; mais tu n'en es que trop vengé.

ARLEQUIN.

Il faut que je m'en aille ; vous êtes trop fâché d'avoir tort ; j'aurais peur de vous donner raison.

LE PRINCE.

Non, il est juste que tu sois content ; tu souhaites que je te rende justice ; sois heureux aux dépens de tout mon repos.

ARLEQUIN.

Vous avez tant de charité pour moi : n'en aurais-je donc pas quelque peu pour vous ?

LE PRINCE.

Ne t'embarrasse pas de moi.

ARLEQUIN.

Que j'ai de souci! le voilà désolé.

LE PRINCE, caressant Arlequin.

Je te sais bon gré de la sensibilité que je te vois.
Adieu, Arlequin ; je t'estime, malgré tes refus.

ARLEQUIN.

Monseigneur!

LE PRINCE.

Que me veux-tu ? me demandes-tu quelque grâce?

ARLEQUIN.

Non ; je ne suis qu'en peine de savoir si je vous
accorderai celle que vous voulez.

LE PRINCE.

Il faut avouer que tu as le cœur excellent!

ARLEQUIN.

Et vous aussi ; voilà ce qui m'ôte le courage. Hélas!
que les bonnes gens sont faibles!

LE PRINCE.

J'admire tes sentimens.

ARLEQUIN.

Je le crois bien ; je ne vous promets pourtant rien ;
il y a trop d'embarras dans ma volonté ; mais, à tout
hasard, si je vous donnais Silvia, avez-vous dessein
que je sois votre favori ?

LE PRINCE.

Eh ! qui le serait donc ?

ARLEQUIN.

C'est qu'on m'a dit que vous aviez coutume d'être flatté ; moi, j'ai coutume de dire vrai, et une bonne coutume comme celle-là ne s'accorde pas avec une mauvaise ; jamais votre amitié ne sera assez forte pour endurer la mienne.

LE PRINCE.

Nous nous brouillerons ensemble, si tu ne me réponds toujours ce que tu penses. Il ne me reste qu'une chose à te dire, Arlequin : souviens-toi que je t'aime ; c'est tout ce que je te recommande.

ARLEQUIN.

Flaminia sera-t-elle sa maîtresse ?

LE PRINCE.

Ah ! ne me parle point de Flaminia ; tu n'étais pas capable de me donner tant de chagrin sans elle.

ARLEQUIN.

Point du tout ; c'est la meilleure fille du monde ; vous ne devez point lui vouloir de mal [1].

---

[1] *Vous ne devez point lui vouloir de mal* Excellente scène où les devoirs du prince envers ses sujets sont établis sans morgue, où une résistance légitime est conciliée avec les formes du respect dont il n'est jamais permis de s'écarter envers le pouvoir, et d'autant mieux placée ici, qu'elle fait partie de l'action, qu'elle accroît le trouble, et semble reculer le dénouement.

SCÈNE VI.

ARLEQUIN, *seul.*

Apparemment que mon coquin de valet aura médit de ma bonne amie. Par la mardi! il faut que j'aille voir où elle est. Mais moi, que ferai-je à cette heure? Est-ce que je quitterai Silvia? Cela se pourra-t-il? Y aura-t-il moyen? Ma foi, non, non assurément. J'ai un peu fait le nigaud avec le prince, parce que je suis tendre à la peine d'autrui; mais le prince est tendre aussi, et il ne dira mot.

SCÈNE VII.

FLAMINIA, ARLEQUIN.

ARLEQUIN.

Bonjour, Flaminia; j'allais vous chercher.

FLAMINIA, en soupirant.

Adieu, Arlequin.

ARLEQUIN.

Qu'est-ce que cela veut dire, adieu?

FLAMINIA.

Trivelin nous a trahis; le prince a su l'intelligence qui est entre nous; il vient de m'ordonner de sortir d'ici, et m'a défendu de vous voir jamais. Malgré cela, je n'ai pu m'empêcher de venir vous parler encore une fois; ensuite j'irai où je pourrai pour éviter sa colère.

ARLEQUIN.

Ah! me voilà un joli garçon à présent!

FLAMINIA.

Je suis au désespoir, moi! Me voir séparée pour
jamais d'avec vous, de tout ce que j'avais de plus cher
au monde! Le temps me presse, je suis forcée de vous
quitter; mais, avant de partir, il faut que je vous
ouvre mon cœur.

ARLEQUIN.

Aïe! Qu'est-ce, m'amie? qu'a-t-il, ce cher cœur?

FLAMINIA.

Ce n'est point de l'amitié que j'avais pour vous,
Arlequin; je m'étais trompée.

ARLEQUIN.

C'est donc de l'amour?

FLAMINIA.

Et du plus tendre. Adieu.

ARLEQUIN.

Attendez.... Je me suis peut-être trompé moi aussi
sur mon compte.

FLAMINIA.

Comment! vous vous seriez mépris! Vous m'aimeriez, et nous ne nous verrons plus! Arlequin, ne m'en
dites pas davantage; je m'enfuis.

ARLEQUIN.

Restez.

FLAMINIA.

Laissez - moi aller; que ferons-nous?

ARLEQUIN.

Parlons raison.

FLAMINIA.

Que vous dirai-je?

ARLEQUIN.

C'est que mon amitié est aussi loin que la vôtre; elle est partie; voilà que je vous aime, cela est décidé, et je n'y comprends rien. Ouf!

FLAMINIA.

Quelle aventure!

ARLEQUIN.

Je ne suis point marié, par bonheur.

FLAMINIA.

Il est vrai.

ARLEQUIN.

Silvia se mariera avec le prince, et il sera content.

FLAMINIA.

Je n'en doute point.

ARLEQUIN.

Ensuite, puisque notre cœur s'est mécompté et que nous nous aimons par mégarde, nous prendrons patience, et nous nous accommoderons à l'avenant.

FLAMINIA.

J'entends bien: vous voulez dire que nous nous marierons ensemble?

ARLEQUIN.

Vraiment oui: est-ce ma faute, à moi? Pourquoi

ne m'avertissiez-vous pas que vous m'attraperiez et
que vous seriez ma maîtresse?

FLAMINIA.

M'avez-vous avertie que vous deviendriez mon
amant?

ARLEQUIN.

Morbleu! le devinais-je?

FLAMINIA.

Vous étiez assez aimable pour le deviner.

ARLEQUIN.

Ne nous reprochons rien; s'il ne tient qu'à être aimable, vous avez plus de tort que moi.

FLAMINIA.

Épousez-moi, j'y consens; mais il n'y a point de
temps à perdre, et je crains qu'on ne vienne m'ordonner de sortir.

ARLEQUIN.

Ah! je pars pour parler au prince. Ne dites pas à
Silvia que je vous aime; elle croirait que je suis dans
mon tort, et vous savez que je suis innocent. Je ne
ferai semblant de rien avec elle; je lui dirai que c'est
pour sa fortune que je la laisse là [1].

FLAMINIA.

Fort bien; j'allais vous le conseiller.

---

[1] *C'est pour sa fortune que je la laisse là.* Il y a là une équivoque
qu'il était facile de prévenir, en mettant: *Je ne la quitte que pour
qu'elle soit plus heureuse.*

ARLEQUIN.

Attendez, et donnez-moi votre main que je la baise.... Qui est-ce qui aurait cru que j'y prendrais tant de plaisir? Cela me confond. (Il sort.)

SCÈNE VIII.

FLAMINIA, SILVIA.

FLAMINIA, d'abord seule.

En vérité, le prince a raison ; ces petites personnes-là font l'amour d'une manière qui ne permet pas de leur résister. Voici l'autre. A quoi rêvez-vous, belle Silvia?

SILVIA.

Je rêve à moi, et je n'y entends rien.

FLAMINIA.

Que trouvez-vous donc en vous de si incompréhensible?

SILVIA.

Je voulais me venger de ces femmes, vous savez bien? Cela s'est passé.

FLAMINIA.

Vous n'êtes guère vindicative.

SILVIA.

J'aimais Arlequin ; n'est-ce pas?

FLAMINIA.

Il me le semblait.

SILVIA.

Eh bien! je crois que je ne l'aime plus.

FLAMINIA.

Ce n'est pas un si grand malheur.

SILVIA.

Quand ce serait un malheur, qu'y ferais-je? Lorsque je l'ai aimé, c'était un amour qui m'était venu; à
cette heure je ne l'aime plus, c'est un amour qui s'en
est allé; il est venu sans mon avis, il s'en retourne de
même; je ne crois pas être blâmable.

FLAMINIA, à part.

Rions un moment. (Haut.) Je le pense à peu près de
même.

SILVIA.

Qu'appelez-vous *à peu près?* Il faut le penser tout-
à-fait comme moi, parce que cela est. Voilà de mes
gens qui disent tantôt oui, tantôt non.

FLAMINIA.

Sur quoi vous emportez-vous donc?

SILVIA.

Je m'emporte à propos; je vous consulte bonnement, et vous allez me répondre des *à peu près* qui
me chicanent!

FLAMINIA.

Ne voyez-vous pas bien que je badine, et que vous
n'êtes que louable? Mais n'est-ce pas cet officier que
vous aimez?

SILVIA.

Et qui donc? Pourtant je n'y consens pas encore, à l'aimer: mais à la fin il faudra bien y venir : car dire toujours non à un homme qui demande toujours oui; le voir triste, toujours se lamentant ; toujours le consoler de la peine qu'on lui fait ; dame! cela lasse; il vaut mieux ne lui en plus faire.

FLAMINIA.

Oh! vous allez le charmer; il mourra de joie.

SILVIA.

Il mourrait de tristesse, et c'est encore pis.

FLAMINIA.

Il n'y a pas de comparaison.

SILVIA.

Je l'attends; nous avons été plus de deux heures ensemble, et il va revenir pour être avec moi quand le prince me parlera. Cependant, quelquefois j'ai peur qu'Arlequin ne s'afflige trop; qu'en dites-vous? Mais ne me rendez pas scrupuleuse.

FLAMINIA.

Ne vous inquiétez pas ; on trouvera aisément moyen de l'apaiser.

SILVIA.

De l'apaiser! Diantre! il est donc bien facile de m'oublier, à ce compte? Est-ce qu'il a fait quelque maîtresse ici?

FLAMINIA.

Lui, vous oublier ! J'aurais perdu l'esprit si je vous

le disais. Vous serez trop heureuse s'il ne se désespère
pas.

SILVIA.

Vous avez bien affaire de me dire cela ! Vous êtes
cause que je redeviens incertaine, avec votre désespoir.

FLAMINIA.

Et s'il ne vous aime plus, que diriez - vous ?

SILVIA.

S'il ne m'aime plus?... vous n'avez qu'à garder
votre nouvelle.

FLAMINIA.

Eh bien ! il vous aime encore , et vous en êtes fâchée. Que vous faut - il donc ?

SILVIA.

Hum ! vous riez ! Je voudrais bien vous voir à ma
place.

FLAMINIA.

Votre amant vous cherche ; croyez - moi, finissez
avec lui sans vous inquiéter du reste.   (Elle sort.)

SCÈNE IX.

SILVIA, LE PRINCE.

LE PRINCE.

En quoi! Silvia, vous ne me regardez pas ? Vous
devenez triste toutes les fois que je vous aborde ; j'ai
toujours le chagrin de penser que je vous suis importun.

3.   19

SILVIA.

Bon, importun! je parlais de lui tout à l'heure.

LE PRINCE.

Vous parliez de moi? et qu'en disiez-vous, belle
Silvia?

SILVIA.

Oh! je disais bien des choses; je disais que vous
ne saviez pas encore ce que je pensais.

LE PRINCE.

Je sais que vous êtes résolue à me refuser votre
cœur, et c'est là savoir ce que vous pensez.

SILVIA.

Vous n'êtes pas si savant que vous le croyez; ne
vous vantez pas tant. Mais dites-moi; vous êtes un
honnête homme, et je suis sûre que vous me direz
la vérité : vous savez comme je suis avec Arlequin; à
présent, prenez que j'aie envie de vous aimer, si je
contentais mon envie, ferais-je bien? ferais-je mal?
Là, conseillez-moi dans la bonne foi.

LE PRINCE.

Comme on n'est pas le maître de son cœur, si vous
aviez envie de m'aimer, vous seriez en droit de vous
satisfaire; voilà mon sentiment.

SILVIA.

Me parlez-vous en ami?

LE PRINCE.

Oui Silvia, en homme sincère.

SILVIA.

C'est mon avis aussi ; j'ai décidé de même, et je crois que nous avons raison tous deux ; ainsi je vous aimerai, s'il me plaît, sans qu'il ait le petit mot à dire.

LE PRINCE.

Je n'y gagne rien ; car il ne vous plaît point.

SILVIA.

Ne vous mêlez point de deviner ; je n'ai point de foi à vous. Mais enfin ce prince, puisqu'il faut que je le voie, quand viendra-t-il ? S'il veut, je l'en quitte.

LE PRINCE.

Il ne viendra que trop tôt pour moi ; lorsque vous le connaîtrez, vous ne voudrez peut-être plus de moi.

SILVIA.

Courage ! vous voilà dans la crainte à cette heure ; je crois qu'il a juré de n'avoir jamais un moment de bon temps.

LE PRINCE.

Je vous avoue que j'ai peur.

SILVIA.

Quel homme ! il faut bien que je lui remette l'esprit. Ne tremblez plus ; je n'aimerai jamais le prince, je vous en fais un serment par....

LE PRINCE.

Arrêtez, Silvia ; n'achevez pas votre serment, je vous en conjure.

SILVIA.

Vous m'empêcherez de jurer ? cela est joli ; j'en suis bien aise.

LE PRINCE.

Voulez - vous que je vous laisse jurer contre moi ?

SILVIA.

Contre vous ! est-ce que vous êtes le prince ?

LE PRINCE.

Oui, Silvia ; je vous ai jusqu'ici caché mon rang, pour essayer de ne devoir votre tendresse qu'à la mienne ; je ne voulais rien perdre du plaisir qu'elle pouvait me faire. A présent que vous me connaissez, vous êtes libre d'accepter ma main et mon cœur, ou de refuser l'un et l'autre. Parlez, Silvia.

SILVIA.

Ah ! mon cher prince, j'allais faire un beau serment ! Si vous avez cherché le plaisir d'être aimé de moi, vous avez bien trouvé ce que vous cherchiez ; vous savez que je dis la vérité, voilà ce qui m'en plaît.

LE PRINCE.

Notre union est donc assurée.

SCÈNE X.

LE PRINCE, SILVIA, ARLEQUIN, FLAMINIA.

ARLEQUIN.

J'AI tout entendu, Silvia.

SILVIA.

Eh bien! Arlequin, je n'aurai donc pas la peine de vous rien dire; consolez-vous comme vous pourrez de vous-même. Le prince vous parlera, j'ai le cœur tout entrepris; voyez, accommodez-vous; il n'y a plus de raison à moi, c'est la vérité. Qu'est-ce que vous me diriez? que je vous quitte. Qu'est-ce que je vous répondrais? que je le sais bien. Prenez que vous l'avez dit, prenez que j'ai répondu; laissez-moi après, et voilà qui sera fini.

LE PRINCE.

Flaminia, c'est à vous que je remets Arlequin; je l'estime, et je vais le combler de biens. Toi, Arlequin, accepte de ma main Flaminia pour épouse, et sois pour jamais assuré de la bienveillance de ton prince. Belle Silvia, souffrez que des fêtes qui vous sont préparées, annoncent ma joie à des sujets dont vous allez être la souveraine.

ARLEQUIN.

A présent je me moque du tour que notre amitié

nóus a joué. Patience; tantôt nous lui en jouerons d'un autre [1].

---

[1] *Tantôt nous lui en jouerons d'un autre.* La pensée d'Arlequin n'est pas bien claire. Il veut dire que le mariage va lui donner des droits dont la simple amitié lui aurait interdit l'usage, et, comme de raison, il s'en applaudit. Cette obscurité n'est qu'un voile étendu par la décence sur une image qui, au fond, n'a rien de répréhensible ni de choquant. Molière, Regnard, et Destouches lui-même, se sont plus d'une fois montrés moins scrupuleux.

FIN DE LA DOUBLE INCONSTANCE.

LE PRINCE

TRAVESTI,

OU

L'ILLUSTRE AVENTURIER,

COMÉDIE EN TROIS ACTES ET EN PROSE,

Représentée pour la première fois par les comédiens italiens,
le 5 février 1724.

JUGEMENT

SUR LA COMÉDIE

DU PRINCE TRAVESTI.

Cette comédie est d'un genre entièrement nouveau, ou qui, du moins, devait le paraître au moment où elle a été représentée. A l'exception de l'*Ésope à la cour* de Boursault, il n'en avait peut-être pas paru une seule dans laquelle les personnages fussent des souverains, des ministres, des ambassadeurs. Encore est-il juste de remarquer qu'*Ésope à la cour* fut joué au Théâtre-Français, rendez-vous ordinaire de toutes les puissances, de toutes les grandeurs de la terre, tandis que, dans la pièce de Marivaux, deux monarques et une princesse souveraine disputent des intérêts de leur cœur et même de leurs états à côté d'Arlequin mis plaisamment en opposition avec un vieux courtisan, homme ambitieux et hypocrite, qui aspire à devenir premier ministre, et qui, pour atteindre le but unique de ses vœux, ne rougit pas de descendre aux dernières bassesses, et de se compromettre avec le valet du rival qu'il espère supplanter.

Dans ce tourbillon politique l'amour trouve néanmoins

sa place ; c'est même cette passion qui sert à mettre en jeu
toutes les autres ; elle figure dans la pièce avec son cortége
ordinaire, la dissimulation, la jalousie, la soif de la vengeance. Tout cela est bien sévère pour un sujet de comédie :
aussi il ne faut pas s'attendre à rire beaucoup à la lecture
du *Prince travesti ;* et si, comme l'atteste l'*Histoire du
Théâtre-Italien ,* cette pièce fit beaucoup de plaisir dans
la nouveauté, si elle obtint dix-huit représentations con-
sécutives, et toutes extrêmement suivies, ce succès fut dû sans
doute beaucoup moins à la gaîté de l'ouvrage qu'à cette
espèce d'intérêt qu'est toujours sûre d'exciter la peinture
des passions violentes, ainsi qu'au plaisir secret que l'on
éprouve à voir reproduire avec fidélité le caractère des
personnes placées dans les hauts rangs de la société. Au
point d'élévation d'où les grands se laissent apercevoir au
vulgaire, leurs travers, quand ils ne dégénèrent pas en
scandale, échappent à la simple vue. Le théâtre est un
instrument d'optique qui les rapproche de nous, qui nous
montre à découvert le mécanisme des ressorts inaperçus à
l'action desquels ils ont coutume d'obéir, qui nous dévoile
tout ce qu'il y a trop souvent de méprisable dans des actions que l'éloignement nous empêchait de juger ; à ce prix
notre malignité est satisfaite, et nous pardonnons quelques inconvenances dramatiques rachetées par la vérité
des mœurs dont l'auteur vient nous révéler le secret.

On retrouvera dans *le Prince travesti* les élémens du
double mérite qui distingue spécialement Marivaux, le
talent de l'observateur, et un goût de prédilection pour
les aventures romanesques. Si, sur ce dernier point, il

laisse à désirer plus de vraisemblance, plus d'habileté dans la combinaison de ses moyens, d'un autre côté, on est forcé de convenir que, depuis, et dans aucun de ses ouvrages, il n'a porté plus loin l'analyse du cœur de la femme, et qu'il n'a peut-être jamais tracé de portrait d'une ressemblance plus effrayante que celui de cet indigne Frédéric, s'humiliant jusqu'à la prière devant un valet dont il a tenté la fidélité, et obtenant, moins à prix d'or qu'à force de basses supplications, son silence et son ignominieuse pitié.

D'après le titre de la pièce, on croirait que l'on y trouve un seul prince travesti; dans la réalité, il y en a deux : le prince de Léon sous le nom de Lélio, et le roi de Castille sous celui de son propre ambassadeur. On se rappelle à cette occasion que ce second travestissement a été emprunté à Marivaux par Le Franc de Pompignan, dans sa tragédie de *Didon*. Mais ce qui était tolérable dans une comédie italienne, devait paraître bien extraordinaire dans une pièce héroïque; et ce que l'on passe aux habitudes chevaleresques de la galanterie espagnole, ne convient pas de même aux mœurs farouches d'un roi de Numidie. Dans un déguisement où un roi se condamne à un rôle inférieur, il y a toujours quelque chose qui semble tenir de la parodie : la métamorphose du prince de Léon peut faire sourire Thalie; celle d'Iarbe dut être mal accueillie à la cour de Melpomène.

Cependant notre jeune prince aurait pu être amené à la cour de Barcelone par des moyens plus naturels que ceux qu'a inventés Marivaux. C'est véritablement une fa—

ble tout espagnole. Le prince, en courant les aventures,
a délivré une princesse d'un danger imminent; un si grand
service mérite bien quelque retour. Cette princesse est parente de la souveraine de Barcelone. Le cœur d'Hortense
est pris; celui de son libérateur n'est pas en meilleur état.
Néanmoins on se sépare sans savoir où l'on se retrouvera.
Quelque temps après, le héros aventurier se trouve dans
une bataille livrée par les troupes de Catalogne contre celles
d'un état voisin. Son courage et son génie décident la victoire. Tous ses gens ont été tués. C'est alors qu'il arrête
Arlequin à son service. Son nouveau valet ne le connaît
pas; il sera discret malgré lui. Le prince, sous le nom de
Lélio, revient à la cour; il y est reçu comme un sauveur,
et bientôt traité comme un favori qui peut aspirer à tout,
même à partager le lit et le trône de la souveraine. Mais
un invincible obstacle s'oppose à son élévation : il a retrouvé auprès de la princesse sa chère Hortense. De là les
scènes de rivalité, de demi-refus tempérés par la crainte,
des expressions équivoques de tendresse, qui sont pronon-
cées dans un sens et entendues dans un autre. Enfin, quand
le roi de Castille a dépouillé son titre d'ambassadeur pour
reprendre le titre plus noble qui lui appartient, la politique l'emporte sur un amour qui d'ailleurs n'est pas partagé. Le roi de Castille épouse la princesse, et Hortense est
unie au prince de Léon.

D'après cette courte analyse, il est évident que *le Prince
travesti* est moins une comédie qu'un ouvrage philosophi-
que en dialogue. Quelques plaisanteries, quelques naïvetés d'Arlequin, et le rôle de Frédéric, voilà les seuls côtés

par où cet ouvrage appartienne à l'art dramatique. Nous ne croyons donc pas qu'aujourd'hui il résistât à l'épreuve de la représentation. On a vu plus haut les raisons pour lesquelles la lecture en est à la fois instructive et intéressante.

Trompé par le succès, Marivaux avait donné de plus grands développemens à ses caractères, et étendu ses trois actes jusqu'à cinq. Il paraît que la nouvelle dimension de l'ouvrage ne lui fut pas favorable; il est même douteux que la pièce ait été imprimée en cinq actes. On ne la retrouve en cet état dans aucune des nombreuses éditions de Marivaux que nous avons consultées.

PERSONNAGES.

LA PRINCESSE, souveraine de Barcelone.

HORTENSE, princesse du sang.

LE PRINCE DE LÉON, sous le nom de Lélio.

LE ROI DE CASTILLE, sous le nom de son ambassadeur.

FRÉDÉRIC, ministre de la princesse.

ARLEQUIN, valet de Lélio.

LISETTE, maîtresse d'Arlequin.

UN GARDE.

FEMMES DE LA PRINCESSE.

La scène est à Barcelone.

LE
PRINCE TRAVESTI.

ACTE I.

SCÈNE I.

(La scène représente une salle où la princesse entre rêveuse, accompagnée de quelques femmes qui s'arrêtent au milieu du théâtre.)

LA PRINCESSE, HORTENSE,

SUITE DE LA PRINCESSE.

LA PRINCESSE, se tournant vers ses femmes.

Hortense ne vient point ; qu'on aille lui dire encore que je l'attends avec impatience.... Je vous demandais, Hortense.

HORTENSE.

Vous me paraissez bien agitée, madame.

LA PRINCESSE, à ses femmes.

Laissez - nous.

SCÈNE II.

LA PRINCESSE, HORTENSE.

LA PRINCESSE.

Ma chère Hortense, depuis un an que vous êtes absente, il m'est arrivé une grande aventure.

HORTENSE.

Hier au soir en arrivant, quand j'eus l'honneur de
vous revoir, vous me parûtes aussi tranquille que vous
l'étiez avant mon départ.

LA PRINCESSE.

Je vous parus hier ce que je n'étais pas ; mais nous
avions des témoins, et d'ailleurs vous aviez besoin de
repos.

HORTENSE.

Que vous est-il donc arrivé, madame ? Car je
compte que mon absence n'aura rien diminué de vos
bontés et de la confiance que vous aviez en moi.

LA PRINCESSE.

Non, sans doute. Le sang nous unit ; je sais votre
attachement pour moi, et vous me serez toujours chère ;
mais j'ai peur que vous ne condamniez mes faiblesses.

HORTENSE.

Moi, madame, les condamner ! Eh ! n'est-ce pas
un défaut que de n'avoir point de faiblesses ? Que fe-
rions-nous d'une personne parfaite ? A quoi nous se-
rait-elle bonne ? Entendrait-elle quelque chose à nous
et à notre cœur ? Quel service pourrait-elle nous rendre avec sa raison ferme et sans quartier, qui ferait
main-basse sur tous nos mouvemens ¹ ? Croyez-moi,

---

¹ *Une raison sans quartier qui fait main-basse sur des mouvemens !* Il n'y a point de critique assez sévère pour de pareilles expressions.

madame; il faut vivre avec les autres, et avoir du
moins moitié raison et moitié folie, pour lier commerce. Avec cela vous nous ressemblerez un peu; car
pour nous ressembler tout-à-fait, il ne faudrait presque
que de la folie ; mais je ne vous en demande pas tant.
Venons au fait : quel est le sujet de votre inquiétude ?

LA PRINCESSE.

J'aime; voilà ma peine.

HORTENSE.

Que ne dites-vous : J'aime, voilà mon plaisir? car elle
est faite comme un plaisir, cette peine que vous dites.

LA PRINCESSE.

Non, je vous assure; elle m'embarrasse beaucoup.

HORTENSE.

Mais vous êtes aimée, sans doute?

LA PRINCESSE.

Je crois voir qu'on n'est pas ingrat.

HORTENSE.

Comment, vous croyez voir! Celui qui vous aime
met-il son amour en énigme? Oh! madame, il faut
que l'amour parle bien clairement et qu'il répète toujours; encore avec cela ne parle-t-il pas assez.

LA PRINCESSE.

Je règne. Celui dont il s'agit ne pense pas sans doute
qu'il lui soit permis de s'expliquer autrement que par
ses respects.

3.   20

HORTENSE.

Eh bien! madame, que ne lui donnez-vous un pouvoir plus ample? Qu'est-ce que c'est que du respect? L'amour est bien enveloppé là-dedans. Sans lui dire précisément : Expliquez-vous mieux, ne pouvez-vous lui glisser la valeur de cela dans quelques regards? Avec deux yeux ne dit-on pas ce que l'on veut [1]?

LA PRINCESSE.

Je n'ose, Hortense ; un reste de fierté me retient.

HORTENSE.

Il faudra pourtant bien que ce reste-là s'en aille avec le reste, si vous voulez vous éclaircir. Mais quelle est la personne en question ?

LA PRINCESSE.

Vous avez entendu parler de Lélio ?

HORTENSE.

Oui, comme d'un illustre étranger, qui, ayant rencontré notre armée, y servit volontaire il y a six ou sept mois, et à qui nous dûmes le gain de la dernière bataille.

LA PRINCESSE.

Celui qui commandait l'armée, l'engagea par mon

---

[1] *Avec deux yeux ne dit-on pas ce que l'on veut?* Avec quelle noble élégance Racine exprime la même pensée!

L'amour est-il muet, ou n'a-t-il qu'un langage?
De quel trouble un regard pouvait me préserver!
Britannicus, acte III, scène 7.

ordre à venir ici ; et depuis qu'il y est, ses sages conseils dans mes affaires ne m'ont pas été moins avantageux que sa valeur ; c'est d'ailleurs l'âme la plus
généreuse....

HORTENSE.

Est-il jeune ?

LA PRINCESSE.

Il est dans la fleur de son âge.

HORTENSE.

De bonne mine ?

LA PRINCESSE.

Il me le paraît.

HORTENSE.

Jeune, aimable, vaillant, généreux et sage, cet
homme-là vous a donné son cœur ; vous lui avez rendu
le vôtre en revanche ; c'est cœur pour cœur. Le troc
est sans reproche, et je trouve que vous avez fait là
un fort bon marché. Comptons ; dans cet homme-là
vous avez d'abord un amant, ensuite un ministre,
ensuite un général d'armée, ensuite un mari, s'il le
faut, et le tout pour vous ¹ ; voilà donc quatre hommes pour un, et le tout en un seul. Madame, ce cal-
cul-là mérite attention.

LA PRINCESSE.

Vous êtes toujours badine. Mais cet homme qui en

---

¹ *Et le tout pour vous.* Voilà un *tout pour vous* qui est un peu
leste ; mais nous apprendrons tout à l'heure qu'Hortense est une
jeune veuve, et l'expérience lui a probablement appris qu'un mari
est ou doit être *tout* pour sa femme.

vaut quatre, et que vous voulez que j'épouse, savez-
vous qu'il n'est, à ce qu'il dit, qu'un simple gentilhomme, et qu'il me faut un prince? Il est vrai que
dans nos états le privilége des princesses qui règnent
est d'épouser qui elles veulent; mais il ne sied pas
toujours de se servir de ses priviléges.

HORTENSE.

Madame, il vous faut un prince ou un homme qui
mérite de l'être, c'est la même chose; un peu d'attention, s'il vous plaît. Jeune, aimable, vaillant, généreux et sage; madame, avec cela, fût-il né dans
une chaumière, sa naissance est royale, et voilà mon
prince; je vous défie d'en trouver un meilleur.
Croyez-moi, je parle quelquefois sérieusement; vous
et moi nous restons seules de la famille de nos maîtres; donnez à vos sujets un souverain vertueux; ils
se consoleront avec sa vertu du défaut de sa naissance.

LA PRINCESSE.

Vous avez raison, et vous m'encouragez; mais, ma
chère Hortense, il vient d'arriver ici un ambassadeur
de Castille, dont je sais que la commission est de demander ma main pour son maître. Aurais-je bonne
grâce de refuser un prince pour n'épouser qu'un particulier?

HORTENSE.

Si vous aurez bonne grâce? Eh! qui en empêchera?
Quand on refuse les gens bien poliment, ne les refuse-
t-on pas de bonne grâce?

LA PRINCESSE.

Eh bien! Hortense, je vous en croirai ; mais j'attends un service de vous. Je ne saurais me résoudre
à montrer clairement à Lélio mes dispositions ; souffrez que je vous charge de ce soin, et acquittez-vous-
en adroitement dès que vous le verrez.

HORTENSE.

Avec plaisir, madame ; car j'aime   faire de bonnes
actions. A la charge que, quand vous aurez épousé
cet honnête homme-là, il y aura dans votre histoire
un petit article que je dresserai moi-même, et qui
dira précisément : « Ce fut la sage Hortense qui pro-
« cura cette bonne fortune au peuple ; la princesse
« craignait de n'avoir pas bonne grâce en épousant
« Lélio ; Hortense lui leva ce vain scrupule, qui eût
« peut-être privé la république ¹ de cette longue suite
« de bons princes qui ressemblèrent à leur père. »
Voilà ce qu'il faudra mettre pour la gloire de mes
descendans, qui, par ce moyen, auront en moi une
aïeule d'heureuse mémoire.

LA PRINCESSE.

Quel fond de gaîté !.... Mais, ma chère Hortense,
vous parlez de vos descendans ; vous n'avez été qu'un
an avec votre mari, et il ne vous a point laissé d'enfans ; toute jeune que vous êtes, vous ne voulez pas

---

¹ *La république.* C'est-à-dire la chose publique ; cette expression
se retrouve fréquemment dans les anciennes ordonnances de nos
rois.

vous remarier ; où prendrez-vous votre postérité?

Cela est vrai, je n'y songeais pas ; et voilà tout d'un coup ma postérité anéantie.... Mais trouvez-moi quelqu'un qui ait à peu près le mérite de Lélio, et le goût du mariage me reviendra peut-être ; car je l'ai tout-à-fait perdu, et je n'ai point tort. Avant que le comte Rodrigue m'épousât, il n'y avait amour ancien ni moderne qui pût figurer auprès du sien. Les autres amans auprès de lui rampaient comme de mauvaises copies d'un excellent original ; c'était une chose admirable ; c'était une passion formée de tout ce qu'on peut imaginer en sentimens, langueurs, soupirs, transports, délicatesses, douce impatience, et le tout ensemble ; pleurs de joie au moindre regard favorable, torrent de larmes au moindre coup d'œil un peu froid ; m'adorant aujourd'hui, m'idolâtrant demain ; plus qu'idolâtre ensuite, se livrant à des hommages toujours nouveaux ; enfin, si l'on avait partagé sa passion entre un million de cœurs, la part de chacun d'eux aurait été fort raisonnable. J'étais enchantée. Deux siècles, si nous les passions ensemble, n'épuiseraient pas cette tendresse-là, disais-je en moi-même ; en voilà pour plus que je n'en userai. Je ne craignais qu'une chose, c'est qu'il ne mourût de tant d'amour avant que d'arriver au jour de notre union. Quand nous fûmes mariés, j'eus peur qu'il n'expirât de joie. Hélas ! madame, il ne mourut ni avant ni après, il soutint fort bien la joie. Le premier

mois elle fut violente; le second elle devint plus
calme, grâce à une de mes femmes qu'il trouva jolie;
le troisième elle baissa à vue d'œil, et le quatrième
il n'y en avait plus. Ah! c'était un triste personnage
après cela que le mien.

LA PRINCESSE.

J'avoue que cela est affligeant.

HORTENSE.

Affligeant, madame, affligeant! Imaginez-vous ce
que c'est que d'être humiliée, rebutée, abandonnée;
et vous aurez quelque légère idée de ce qui compose
alors la douleur d'une jeune femme. Être aimée d'un
homme autant que je l'étais, c'est faire son bonheur
et ses délices; c'est être l'objet de toutes ses complai-
sances, c'est régner sur lui, disposer de son âme;
c'est voir sa vie consacrée à vos désirs, à vos caprices;
c'est passer la vôtre dans la flatteuse conviction de
vos charmes; c'est voir sans cesse qu'on est aimable:
ah! que cela est doux à voir! le charmant point de
vue pour une femme! En vérité, tout est perdu quand
vous perdez cela. Eh bien! madame, cet homme dont
vous étiez l'idole, concevez qu'il ne vous aime plus,
et mettez-vous vis-à-vis de lui; la jolie figure que
vous y ferez! Quel opprobre! Lui parlez-vous, toutes ses réponses sont des monosyllabes, oui, non; car
le dégoût est laconique. L'approchez-vous, il fuit;
vous plaignez-vous, il querelle; quelle vie! quelle
chute! quelle fin tragique! Cela fait frémir l'amour-
propre. Voilà pourtant mes aventures; et si je me

rembarquais, j'ai du malheur, je ferais encore nau-
frage, à moins de trouver un autre Lélio.

Vous ne garderez pas votre colère, et je chercherai
de quoi vous réconcilier avec les hommes.

Cela est inutile; je ne sache qu'un homme dans le
monde qui pût me convertir là-dessus, homme que
je ne connais point, que je n'ai jamais vu que deux
jours. Je revenais de mon château pour retourner
dans la province dont mon mari était gouverneur,
quand ma chaise fut attaquée par des voleurs qui
avaient déjà fait plier le peu de gens que j'avais avec
moi. L'homme dont je vous parle, accompagné de
trois autres, vint à mes cris, et fondit sur mes voleurs, qu'il contraignit à prendre la fuite. J'étais
presque évanouie; il vint à moi, s'empressa de me
faire revenir, et me parut le plus aimable et le plus
galant homme que j'aie encore vu. Si je n'avais pas
été mariée, je ne sais ce que mon cœur serait devenu;
je ne sais trop même ce qu'il devint alors; mais il ne
s'agissait plus de cela. Je priai mon libérateur de se
retirer; il insiste à me suivre près de deux jours; à
la fin je lui marquai que cela m'embarrassait; j'ajou-
tai que j'allais joindre mon mari, et je tirai un diamant de mon doigt que je le pressai de prendre; mais,
sans le regarder, il s'éloigna très-vite, et avec quelque sorte de douleur. Mon mari mourut deux mois
après, et je ne sais par quelle fatalité l'homme que

j'ai vu m'est toujours resté dans l'esprit. Mais il y a
apparence que nous ne nous reverrons jamais; ainsi
mon cœur est en sûreté. Mais qui est-ce qui vient à
nous?

LA PRINCESSE.

C'est un homme à Lélio.

HORTENSE.

Il me vient une idée pour vous; ne saurait-il pas
qui est son maître?

LA PRINCESSE.

Il n'y a point d'apparence; car Lélio perdit ses gens
à la dernière bataille, et il n'a que de nouveaux domestiques.

HORTENSE.

N'importe; faisons-lui toujours quelques questions.

SCÈNE III.

LA PRINCESSE, HORTENSE, ARLEQUIN.

LA PRINCESSE.

Que cherches-tu, Arlequin? ton maître est-il dans
le palais?

ARLEQUIN.

Madame, je supplie votre principauté de pardonner l'impertinence de mon étourderie; si j'avais su
que votre présence eût été ici [1], je n'aurais pas été
assez nigaud pour y venir apporter ma personne.

---

[1] Si j'avais su que votre présence eût été ici. Je supplie votre prin-

LA PRINCESSE.

Tu n'as point fait de mal. Mais, dis-moi, cherches-tu ton maître ?

ARLEQUIN.

Tout juste ; vous l'avez deviné, madame. Depuis
qu'il vous a parlé tantôt, je l'ai perdu de vue dans
cette peste de maison ; et, ne vous déplaise, je me
suis aussi perdu, moi. Si vous vouliez m'enseigner
mon chemin, vous me feriez plaisir ; il y a ici un si
grand nombre de chambres, que j'y voyage depuis
une heure sans en trouver le bout. Par la mardi ! si
vous louez tout cela, cela vous doit rapporter bien de
l'argent, pourtant. Que de fatras de meubles, de drô-
leries, de colifichets ! Tout un village vivrait un an de
ce que cela vaut. Depuis six mois que nous sommes
ici, je n'avais point encore vu cela. Cela est si beau,
si beau, qu'on n'ose pas le regarder ; cela fait peur à
un pauvre homme comme moi. Que vous êtes riches,
vous autres princes ! et moi, qu'est-ce que je suis en
comparaison de cela ? Mais n'est-ce pas encore une
autre impertinence que je fais, de raisonner avec vous
comme avec ma pareille ? (Hortense rit.) Voilà votre ca-
marade qui rit ; j'aurai dit quelque sottise. Adieu,
madame ; je salue votre grandeur.

_____

cipauté, était bon ; Arlequin prend un titre honorifique qui n'est
pas en usage pour celui qui est consacré par l'étiquette : c'est de l'i-
gnorance et de la balourdise ; mais _votre présence qui est ici_ n'est
qu'une faute contre la langue, et Arlequin, parlant français dans
tout le reste de son rôle, ne devait pas se la permettre.

LA PRINCESSE.

Arrête, arrête....

HORTENSE.

Tu n'as point dit de sottise; au contraire, tu me parais de bonne humeur.

ARLEQUIN.

Pardi! je ris toujours; que voulez-vous? je n'ai rien à perdre. Vous vous amusez à être riches, vous autres, et moi je m'amuse à être gaillard. Il faut bien que chacun ait son amusette en ce monde.

HORTENSE.

Ta condition est-elle bonne? Es-tu bien avec Lélio?

ARLEQUIN.

Fort bien : nous vivons ensemble de bonne amitié; je n'aime pas le bruit, ni lui non plus; je suis drôle, et cela l'amuse. Il me paie bien, me nourrit bien, m'habille bien honnêtement et de belle étoffe, comme vous voyez; me donne par ci par là quelques petits profits, sans ceux qu'il veut bien que je prenne, et qu'il ne sait pas; et, comme cela, je passe tout bellement ma vie.

LA PRINCESSE, à part.

Il est aussi babillard que joyeux.

ARLEQUIN.

Est-ce que vous savez une meilleure condition pour moi, madame?

HORTENSE.

Non, je n'en sache point de meilleure que celle

de ton maître; car on dit qu'il est grand seigneur.

ARLEQUIN.

Il a l'air d'un garçon de famille.

HORTENSE.

Tu me réponds comme si tu ne savais qui il est.

ARLEQUIN.

Non, je n'en sais rien, de bonne vérité. Je l'ai
rencontré comme il sortait d'une bataille; je lui fis un
petit plaisir; il me dit, grand merci. Il disait que son
monde avait été tué; je lui répondis, tant pis. Il me
dit : Tu me plais; veux-tu venir avec moi? Je lui dis :
Tope, je le veux bien. Ce qui fut dit, fut fait; il prit
encore d'autre monde; et puis le voilà qui part pour
venir ici, et puis moi je pars de même, et puis nous
voilà en voyage, courant la poste, qui est le train
du diable; car, parlant par respect, j'ai été près d'un
mois sans pouvoir m'asseoir. Ah! les mauvaises ma-
zettes!

LA PRINCESSE, riant.

Tu es un historien bien exact.

ARLEQUIN.

Oh! quand je compte quelque chose, je n'oublie
rien; bref, tant il y a que nous arrivâmes ici, mon
maître et moi. La grandeur de madame l'a trouvé
brave homme, elle l'a favorisé de sa faveur; car on
l'appelle favori; il n'en est pas plus impertinent, ni
moi non plus. Il est courtisé, et moi aussi; car tout le
monde me respecte; tout le monde est ici en peine de

ma santé, et me demande mon amitié. Moi, je la donne
à tout hasard, cela ne me coûte rien ; ils en feront ce
qu'ils pourront, ils n'en feront pas grand'chose. C'est
un drôle de métier que d'avoir un maître ici qui a fait
fortune ; tous les courtisans veulent être les serviteurs
de son valet.

LA PRINCESSE, à part à Hortense.

Nous n'en apprendrons rien ; allons-nous-en. (Haut.)
Adieu, Arlequin.

ARLEQUIN.

Ah ! madame, sans compliment, je ne suis pas digne
d'avoir cet adieu-là.... Cette princesse est une bonne
femme ; elle n'a pas voulu me tourner le dos sans me
faire une civilité. Bon ! voilà mon maître.

SCÈNE IV.

LÉLIO, ARLEQUIN.

LÉLIO.

Qu'est-ce que tu fais ici ?

ARLEQUIN.

J'y fais connaissance avec la princesse, et j'y reçois ses complimens.

LÉLIO.

Que veux-tu dire avec ta connaissance et les complimens ? Est-ce que tu l'as vue, la princesse ? Où est-
elle ?

ARLEQUIN.

Nous venons de nous quitter.

LÉLIO.

Explique-toi donc ; que t'a-t-elle dit ?

ARLEQUIN.

Bien des choses. Elle me demandait si nous nous trouvions bien ensemble, comment s'appelaient votre père et votre mère, de quel métier ils étaient, s'ils vivaient de leurs rentes ou de celles d'autrui. Moi, je lui ai dit : Que le diable emporte celui qui les connaît ! je ne sais pas quelle mine ils ont, s'ils sont nobles ou vilains, gentilshommes ou laboureurs ; mais j'ai ajouté que vous aviez l'air d'un enfant d'honnêtes gens. Après cela elle m'a dit : Je vous salue ; et moi je lui ai dit : Vous me faites trop de grâce. Et puis c'est tout.

LÉLIO, à part.

Quel galimatias ! Tout ce que j'en puis comprendre, c'est que la princesse s'est informée de lui, s'il me connaissait. (Haut.) Enfin tu lui as donc dit que tu ne savais pas qui je suis ?

ARLEQUIN.

Oui ; cependant je voudrais bien le savoir ; car quelquefois cela me chicane. Dans la ville il y a tant de fripons, tant de vauriens qui courent par le monde pour fourber l'un, pour attraper l'autre, et qui ont bonne mine comme vous !... Je vous crois un honnête garçon, moi.

LÉLIO.

Va, va, ne t'embarrasse pas, Arlequin ; tu as bon maître, je t'en assure.

ARLEQUIN.

Vous me payez, je n'ai pas besoin d'autre caution ;
et, au cas que vous soyez quelque bohémien, pardi !
au moins vous êtes un bohémien de bon compte.

LÉLIO.

En voilà assez ; ne sors point du respect que tu me
dois.

ARLEQUIN.

Tenez, d'un autre côté, je m'imagine quelquefois
que vous êtes un grand seigneur; car j'ai entendu
dire qu'il y a eu des princes qui ont couru la préten-
taine pour s'ébaudir, et peut-être que c'est un ver-
tigo qui vous a pris aussi.

LÉLIO, à part.

Ce benêt-là se serait-il aperçu de ce que je suis ?...
(Haut.) Et par où juges-tu que je pourrais être un prince ?
Voilà une plaisante idée ! Est-ce par le nombre des
équipages que j'avais quand je t'ai pris, par ma magnificence ?

ARLEQUIN.

Bon! belles bagatelles! tout le monde a de cela ;
mais, par la mardi! personne n'a si bon cœur que
vous, et il m'est avis que c'est là la marque d'un
prince.

LÉLIO.

On peut avoir le cœur bon sans être prince, et, pour
l'avoir tel, un prince a plus à travailler qu'un autre ;
mais comme tu es attaché à moi, je veux bien te

confier que je suis un homme de condition qui me
divertis à voyager inconnu pour étudier les hommes, et voir ce qu'ils sont dans tous les états. Je suis
jeune, c'est une étude qui me sera nécessaire un jour ;
voilà mon secret, mon enfant.

ARLEQUIN.

Ma foi ! cette étude-là ne vous apprendra que misère ; ce n'était pas la peine de courir la poste pour
aller étudier toute cette racaille. Qu'est-ce que vous
ferez de cette connaissance des hommes ? Vous n'ap-
prendrez rien que des pauvretés.

LÉLIO.

C'est qu'ils ne me tromperont plus.

ARLEQUIN.

Cela vous gâtera.

LÉLIO.

D'où vient ?

ARLEQUIN.

Vous ne serez plus si bon enfant, quand vous serez bien savant sur cette race-là. En voyant tant de
canailles, par dépit canaille vous deviendrez [1].

---

[1] *Par dépit canaille vous deviendrez.* Observation très-morose,
mais très-juste. Indépendamment de la contagion naturelle de
l'exemple, la multitude des gens vicieux, assurant l'impunité au
vice, le justifie aussi dans l'opinion ; l'homme vertueux, qui voit le
train du monde, finit par se croire dupe de la sévérité de ses prin-
cipes, et c'est bien *par dépit* qu'il se range aux mœurs générales. De
quoi lui servirait d'être meilleur que les autres ?

LÉLIO.

Il ne raisonne pas mal. Adieu; te voilà instruit,
garde-moi le secret; je vais retrouver la princesse.

ARLEQUIN.

De quel côté tournerai-je pour retrouver notre
cuisine?

LÉLIO.

Ne sais-tu pas ton chemin? Tu n'as qu'à traverser
cette galerie.

SCÈNE V.

LÉLIO, *seul.*

La princesse cherche à me connaître, et cela me
confirme dans mes soupçons. Les services que je lui
ai rendus ont disposé son cœur à me vouloir du bien,
et mes respects empressés l'ont persuadée que je l'aimais sans oser le lui dire. Depuis que j'ai quitté les
états de mon père, et que je voyage sous ce déguisement pour hâter l'expérience dont j'aurai besoin si je
règne un jour, je n'ai fait nulle part un séjour si
long qu'ici; à quoi donc aboutira-t-il? Mon père
souhaite que je me marie, et me laisse le choix d'une
épouse. Ne dois-je pas m'en tenir à cette princesse?
Elle est aimable; et, si je lui plais, rien n'est plus
flatteur pour moi que son inclination; elle ne me
connaît pas. N'en cherchons donc point d'autre
qu'elle; déclarons-lui qui je suis; enlevons-la au
prince de Castille, qui envoie la demander. Elle ne
m'est pas indifférente; mais que je l'aimerais sans le

3.   21

souvenir inutile que je garde encore de cette belle
personne que je sauvai des mains des voleurs !

SCÈNE VI.

LÉLIO, HORTENSE, un garde.

LE GARDE, montrant Lélio

Le voilà, madame.

LÉLIO.

Je connais cette dame-là.

HORTENSE.

Que vois-je?

LÉLIO.

Me reconnaissez-vous, madame?

HORTENSE.

Je crois que oui, monsieur.

LÉLIO.

Me fuirez-vous encore?

HORTENSE.

Il le faudra peut-être bien.

LÉLIO.

Et pourquoi donc le faudra-t-il? Vous déplais-je
tant, que vous ne puissiez au moins supporter ma vue?

HORTENSE.

Monsieur, la conversation commence d'une manière qui m'embarrasse; je ne sais que vous répondre;
je ne saurais vous dire que vous me plaisez.

LÉLIO.

Non, madame; je ne l'exige point non plus; ce bonheur-là n'est pas fait pour moi, et je ne mérite sans doute que votre indifférence.

HORTENSE.

Je ne serais pas assez modeste si je vous disais que vous l'êtes trop; mais de quoi s'agit-il? Je vous estime, je vous ai une grande obligation; nous nous retrouvons ici; nous nous reconnaissons; vous n'avez pas besoin de moi, vous avez la princesse : que pourriez-vous me vouloir encore?

LÉLIO.

Vous demander la seule consolation de vous ouvrir mon cœur.

HORTENSE.

Oh! je vous consolerais mal; je n'ai point de talent pour être confidente.

LÉLIO.

Vous, confidente, madame! Ah! vous ne voulez pas m'entendre.

HORTENSE.

Non, je suis naturelle; et pour preuve de cela, vous pouvez vous expliquer mieux; je ne vous en empêche point; cela est sans conséquence.

LÉLIO.

Eh quoi! madame, le chagrin que j'eus en vous quittant, il y a sept ou huit mois, ne vous a point appris mes sentimens?

HORTENSE.

Le chagrin que vous eûtes en me quittant? et à propos de quoi? Qu'est-ce que c'était que votre tristesse? Rappelez-m'en le sujet; voyons, je ne m'en souviens plus.

LÉLIO.

Que ne m'en coûta-t-il pas pour vous quitter, vous que j'aurais voulu ne quitter jamais, et dont il faudra pourtant que je me sépare?

HORTENSE.

Quoi! c'est là ce que vous entendiez? En vérité, je suis confuse de vous avoir demandé cette explication; je vous prie de croire que j'étais dans la meilleure foi du monde.

LÉLIO.

Je vois bien que vous ne voudrez jamais en apprendre davantage.

HORTENSE.

Vous ne m'avez donc point oubliée?

LÉLIO.

Non, madame, je ne l'ai jamais pu; et puisque je vous revois, je ne le pourrai jamais.... Mais quelle était mon erreur quand je vous quittai! Je crus recevoir de vous un regard dont la douceur me pénétra; mais je vois bien que je me suis trompé.

HORTENSE.

Je me souviens de ce regard-là, par exemple.

LÉLIO.

Et que pensiez-vous, madame, en me regardant
ainsi ?

HORTENSE.

Je pensais apparemment que je vous devais la vie.

LÉLIO.

C'était donc pure reconnaissance?

HORTENSE.

J'aurais de la peine à vous rendre compte de cela ;
j'étais pénétrée du service que vous m'aviez rendu,
de votre générosité; vous alliez me quitter, je vous
voyais triste; je l'étais peut-être moi-même; je vous
regardai comme je pus, sans savoir comment, sans me
gêner. Il y a des momens où les regards signifient ce
qu'ils peuvent; on ne répond de rien, on ne sait point
trop ce qu'on y met; il y entre trop de choses, et peut-
être de tout. Tout ce que je sais, c'est que je me serais bien passée de le savoir, votre secret.

LÉLIO.

Eh! que vous importe de le savoir, puisque j'en
souffrirai tout seul?

HORTENSE.

Tout seul! ôtez-moi donc mon cœur, ôtez-moi
ma reconnaissance, ôtez-vous vous-même.... Que
vous dirai-je? je me méfie de tout.

LÉLIO.

Il est vrai que votre pitié m'est bien due ; j'ai plus

d'un chagrin; vous ne m'aimerez jamais, et vous m'a-
vez dit que vous étiez mariée.

HORTENSE.

Eh bien! je suis veuve; perdez du moins la moitié
de vos chagrins. A l'égard de celui de n'être point
aimé....

LÉLIO.

Achevez, madame; à l'égard de celui-là?....

HORTENSE.

Faites comme vous pourrez, je ne suis pas mal in-
tentionnée.... Mais supposons que je vous aime; n'y
a-t-il pas une princesse qui croit que vous l'aimez,
qui vous aime peut-être elle-même, qui est la maîtresse ici, qui est vive, qui peut disposer de vous et
de moi? A quoi donc mon amour aboutirait-il?

LÉLIO.

Il n'aboutira à rien, dès-lors qu'il n'est qu'une supposition.

HORTENSE.

J'avais oublié que je le supposais.

LÉLIO.

Ne deviendra-t-il jamais réel?

HORTENSE.

Je ne vous dirai plus rien; vous m'avez demandé la
consolation de m'ouvrir votre cœur, et vous me trompez; au lieu de cela, vous prenez la consolation de
voir dans le mien. Je sais votre secret, en voilà assez;
laissez-moi garder le mien, si je l'ai encore. (Elle sort.)

SCÈNE VII.

LÉLIO, *seul.*

VOICI un coup du hasard qui change mes desseins. Il ne s'agit plus maintenant d'épouser la princesse ; tâchons de m'assurer parfaitement du cœur de la personne que j'aime, et s'il est vrai qu'il soit sensible pour moi.

SCÈNE VIII.

LÉLIO, HORTENSE.

HORTENSE.

J'AVAIS oublié de vous apprendre une chose : la princesse vous aime ; vous pouvez aspirer à tout ; je vous l'apprends de sa part ; il en arrivera ce qu'il pourra. Adieu.

LÉLIO.

Eh ! de grâce, madame, arrêtez-vous un instant. Quoi ! la princesse elle-même vous aurait chargée de me dire....

HORTENSE.

Voilà de grands transports ; mais je n'ai pas charge d'en rendre compte. J'ai dit ce que j'avais à vous dire ; vous m'avez entendue ; je n'ai pas le temps de le répéter, et je n'ai rien à savoir de vous.

LÉLIO.

Et moi, madame, ma réponse à cela est que je vous adore, et je vais de ce pas la porter à la princesse.

HORTENSE.

Y songez-vous ? Si elle sait que vous m'aimez, vous ne pourrez plus me le dire, je vous en avertis.

LÉLIO.

Cette réflexion m'arrête; mais il est cruel de se voir soupçonné d'être joyeux, quand on n'est que troublé.

HORTENSE.

O sort cruel ! Vous avez raison de vous fâcher ! La vivacité qui vient de me prendre, vous fait beaucoup de tort ! Il doit vous rester de violens chagrins !

LÉLIO.

Il ne me reste que des sentimens de tendresse qui ne finiront qu'avec ma vie.

HORTENSE.

Que voulez-vous que je fasse de ces sentimens-là?

LÉLIO.

Que vous les honoriez d'un peu de retour.

HORTENSE.

Je ne veux point, car je n'oserais.

LÉLIO.

Je réponds de tout ; nous prendrons nos mesures, et je suis d'un rang....

HORTENSE.

Votre rang est d'être un homme aimable et ver-
tueux, et c'est là le plus beau rang du monde; mais je vous dis encore une fois que cela est résolu; je ne

vous aimerai point, je n'en conviendrai jamais. Qui?
moi, vous aimer!... vous accorder mon amour pour
vous empêcher de régner, pour causer la perte de
votre liberté, peut-être plus! Mon cœur vous ferait
de beaux présens! Non, Lélio, n'en parlons plus;
donnez-vous tout entier à la princesse, je vous le
pardonne. Cachez votre tendresse pour moi; ne me
demandez plus la mienne, vous vous exposeriez à
l'obtenir; je ne veux point vous l'accorder; je vous
aime trop pour vous perdre; je ne peux pas mieux
dire. Adieu; je crois que quelqu'un vient.

LÉLIO.

J'obéirai; je me conduirai comme vous voudrez; je
ne vous demande plus qu'une grâce; c'est de vouloir
bien permettre, quand l'occasion s'en présentera, que
j'aie encore une conversation avec vous.

HORTENSE.

Prenez-y garde; une conversation en amènera une
autre, et cela ne finira point; je le sens bien.

LÉLIO.

Ne me refusez pas.

HORTENSE.

N'abusez point de l'envie que j'ai d'y consentir.

LÉLIO.

Je vous en conjure.

HORTENSE.

Soit; perdez-vous donc, puisque vous le voulez.

(Elle sort.)

SCÈNE IX.

LÉLIO, *seul.*

JE suis au comble de la joie; j'ai retrouvé ce que j'aimais; j'ai touché le seul cœur qui pouvait rendre le mien heureux; il ne s'agit plus que de convenir avec cette aimable personne de la manière dont je m'y prendrai pour m'assurer sa main.

SCÈNE X.

FRÉDÉRIC, LÉLIO.

FRÉDÉRIC.

PUIS-JE avoir l'honneur de vous dire un mot?

LÉLIO.

Volontiers, monsieur.

FRÉDÉRIC.

Je me flatte d'être de vos amis.

LÉLIO.

Vous me faites honneur.

FRÉDÉRIC.

Sur ce pied-là, je prendrai la liberté de vous prier d'une chose. Vous savez que le premier secrétaire d'état de la princesse vient de mourir, et je vous avoue que j'aspire à sa place. Dans le rang où je suis, je n'ai plus qu'un pas à faire pour la remplir; naturellement elle me parait due. Il y a vingt-cinq ans que je sers l'état en qualité de conseiller de la princesse ; je sais combien elle vous estime et défère à vos avis ; je vous prie de faire en sorte qu'elle pense à moi. Vous ne pouvez obliger personne qui soit plus votre serviteur que je le suis. On sait à la cour en quels termes je parle de vous.

LÉLIO.

Vous y dites donc beaucoup de bien de moi?

FRÉDÉRIC.

Assurément.

LÉLIO.

Ayez la bonté de me regarder un peu fixement en me disant cela.

FRÉDÉRIC.

Je vous le répète encore. D'où vient que vous me tenez ce discours?

LÉLIO.

Oui, vous soutenez cela à merveille ; l'admirable homme de cour que vous êtes !

FRÉDÉRIC.

Je ne vous comprends pas.

LÉLIO.

Je vais m'expliquer mieux. C'est que le service que vous me demandez ne veut pas qu'un honnête homme, pour l'obtenir, s'abaisse jusqu'à trahir ses sentimens.

FRÉDÉRIC.

Jusqu'à trahir mes sentimens! Et par où jugez-vous que l'amitié dont je vous parle ne soit pas vraie?

LÉLIO.

Vous me haïssez, vous dis-je ; je le sais, et ne vous
en veux aucun mal ; il n'y a que l'artifice dont vous
vous servez que je condamne.

FRÉDÉRIC.

Je vois bien que quelqu'un de mes ennemis vous
aura indisposé contre moi.

LÉLIO.

C'est de la princesse elle-même que je tiens ce que
je vous dis ; et quoiqu'elle ne m'en ait fait aucun
mystère, vous ne le sauriez pas sans vos complimens.
J'ignore si vous avez craint la confiance dont elle
m'honore ; mais depuis que je suis ici, vous n'avez
rien oublié pour lui donner de moi des idées désa-
vantageuses ; vous trembliez tous les jours, dites-vous,
que je ne sois un espion gagé de quelque puissance,
ou quelque aventurier qui s'enfuira au premier jour
avec de grandes sommes, si on le met en état d'en
prendre. Oh ! si vous appelez cela de l'amitié, vous
en avez beaucoup pour moi ; mais vous aurez de la
peine à faire passer votre définition.

FRÉDÉRIC.

Puisque vous êtes si bien instruit, je vous avouerai
franchement que mon zèle pour l'état m'a fait tenir
ces discours-là, et que je craignais qu'on ne se repen-
tît de vous avancer trop. Je vous ai cru suspect et
dangereux : voilà la vérité.

LÉLIO.

Parbleu ! vous me charmez de me parler ainsi. Vous
ne vouliez me perdre que parce que vous me soup-
conniez d'être dangereux pour l'état. Vous êtes louable, monsieur, et votre zèle est digne de récompense.
Il me servira d'exemple. Oui, je le trouve si beau que
je veux l'imiter, moi qui dois tant à la princesse. Vous
avez craint qu'on ne m'avançât, parce que vous me
croyez un espion ; et moi je craindrais qu'on ne vous
fît ministre, parce que je ne crois pas que l'état y
gagnât ; ainsi je ne parlerai point pour vous.... ne
m'en louez-vous pas aussi ?

FRÉDÉRIC.

Vous êtes fâché.

LÉLIO.

Non, foi d'homme d'honneur ; je ne suis pas fait
pour me venger de vous.

FRÉDÉRIC.

Rapprochons-nous. Vous êtes jeune, la princesse
vous estime, et j'ai une fille aimable, qui est un assez bon parti. Unissons nos intérêts, et devenez mon
gendre.

LÉLIO.

Vous n'y pensez pas, mon cher monsieur. Ce mariage-là serait une conspiration contre l'état ; il faudrait travailler à vous faire ministre.

FRÉDÉRIC.

Vous refusez l'offre que je vous fais !

LÉLIO.

Un espion devenir votre gendre! Votre fille devenir la femme d'un aventurier! Ah! je vous demande
grâce pour elle; j'ai pitié de la victime que vous
voulez sacrifier à votre ambition; c'est trop aimer la
fortune.

FRÉDÉRIC.

Je crois offrir ma fille à un homme d'honneur; et
d'ailleurs vous m'accusez d'un plaisant crime, d'aimer la fortune! Qui est-ce qui n'aimerait pas à gouverner?

LÉLIO.

Celui qui en serait digne [1].

FRÉDÉRIC.

Celui qui en serait digne?

LÉLIO.

Oui; c'est l'homme qui aurait plus de vertu que
d'ambition et d'avarice. Oh! cet homme-là n'y verrait que de la peine.

FRÉDÉRIC.

Vous avez bien de la fierté.

LÉLIO.

Point du tout: ce n'est que du zèle.

FRÉDÉRIC.

Ne vous flattez pas tant; on peut tomber de plus

---

[1] *Celui qui en serait digne.* Le sentiment est sublime, et il le
paraît davantage par le laconisme de l'expression.

haut que vous n'êtes ; la princesse verra clair un jour.

LÉLIO.

Ah ! vous voilà dans votre figure naturelle ; je vous vois le visage à présent [1]. Il n'est pas joli ; mais cela vaut toujours mieux que le masque que vous portiez tout à l'heure.

SCÈNE XI.

LÉLIO, FRÉDÉRIC, LA PRINCESSE.

LA PRINCESSE.

Je vous cherchais, Lélio. Vous êtes de ces personnes que les souverains doivent s'attacher ; il ne tiendra pas à moi que vous ne vous fixiez ici, et j'espère que vous accepterez l'emploi de mon premier secrétaire d'état, que je vous offre.

LÉLIO.

Vos bontés sont infinies, madame ; mais mon métier est la guerre.

LA PRINCESSE.

Vous faites mieux qu'un autre tout ce que vous voulez faire ; et quand votre présence sera nécessaire à l'armée, vous choisirez, pour exercer vos fonctions ici, ceux que vous en jugerez les plus capables.

---

[1] *Je vous vois le visage à présent.* Cette scène est un tableau parfait de la bassesse où l'ambition fait descendre l'orgueil. Elle serait bien meilleure si elle tenait davantage à l'action.

Ce que vous ferez n'est pas sans exemple dans cet
état.

LÉLIO.

Madame, vous avez d'habiles gens ici, d'anciens
serviteurs, à qui cet emploi convient mieux qu'à moi.

LA PRINCESSE.

La supériorité de mérite doit l'emporter en pareil
cas sur l'ancienneté des services; et d'ailleurs Frédéric est le seul que cette fonction pouvait regarder,
si vous n'y étiez pas; mais il est affectionné, et je
suis sûre qu'il se soumet de bon cœur au choix qui
m'a paru le meilleur. Frédéric, soyez ami de Lélio;
je vous le recommande. (Frédéric fait une profonde révérence.)
C'est aujourd'hui le jour de ma naissance; et ma cour,
suivant l'usage, me donne une fête que je vais voir.
Lélio, donnez-moi la main pour m'y conduire. Vous
y verra-t-on, Frédéric?

FRÉDÉRIC.

Madame, les fêtes ne me conviennent plus.

SCÈNE XII.

FRÉDÉRIC, seul.

Si je ne viens à bout de perdre cet homme-là, ma
chute est sûre.... Un homme sans nom, sans parens,
sans patrie (car on ne sait d'où il vient), m'arrache
le ministère, le fruit de trente années de travail!...
Quel coup de malheur! je ne puis digérer une aussi
bizarre aventure... Eh! je n'en saurais douter; c'est

l'amour qui a nommé ce ministre-là : oui, la princesse
a du penchant pour lui… Ne pourrait-on savoir l'histoire de sa vie errante, et prendre ensuite quelques
mesures avec l'ambassadeur du roi de Castille, dont
j'ai la confiance? Voici le valet de cet aventurier; tâchons, à quelque prix que ce soit, de le mettre dans
mes intérêts ; il pourra m'être utile.

SCÈNE XIII.

FRÉDÉRIC, ARLEQUIN,

comptant de l'argent dans son chapeau.

FRÉDÉRIC.

Bonjour, Arlequin. Es-tu bien riche?

ARLEQUIN.

Chut! Vingt-quatre, vingt-cinq, vingt-six et vingt-
sept sous. J'en avais trente. Comptez vous-même,
monseigneur le conseiller; ne sont-ce pas trois sous
que je perds?

FRÉDÉRIC.

Cela est juste.

ARLEQUIN.

Eh bien! que le diable emporte le jeu et les fripons
avec !

FRÉDÉRIC.

Quoi ! tu jures pour trois sous de perte ! Oh! je veux
te rendre la joie. Tiens, voilà une pistole.

ARLEQUIN.

Le brave conseiller que vous êtes ! Hi! hi ! Vous
méritez bien une cabriole.

3.   22

FRÉDÉRIC.

Te voilà de meilleure humeur.

ARLEQUIN.

Quand j'ai dit que le diable emporte les fripons, je ne vous comptais pas, au moins.

FRÉDÉRIC.

J'en suis persuadé.

ARLEQUIN, recomptant son argent.

Mais il me manque toujours trois sous.

FRÉDÉRIC.

Non ; car il y a bien des trois sous dans une pistole.

ARLEQUIN.

Il y a bien des trois sous dans une pistole ! mais cela ne fait rien aux trois sous qui manquent dans mon chapeau.

FRÉDÉRIC.

Je vois bien qu'il t'en faut encore une autre.

ARLEQUIN.

Oh ! oh ! deux cabrioles.

FRÉDÉRIC.

Aimes-tu l'argent ?

ARLEQUIN.

Beaucoup.

FRÉDÉRIC.

Tu serais donc bien aise de faire une petite fortune ?

ARLEQUIN.

Quand elle serait grosse, je la prendrais en patience.

FRÉDÉRIC.

Écoute ; j'ai bien peur que la faveur de ton maître
ne soit pas longue ; elle est un grand coup de hasard.

ARLEQUIN.

C'est comme s'il avait gagné aux cartes

FRÉDÉRIC.

Le connais-tu ?

ARLEQUIN.

Non ; je crois que c'est quelque enfant trouvé.

FRÉDÉRIC.

Je te conseillerais de t'attacher à quelqu'un de
stable ; à moi, par exemple.

ARLEQUIN.

Ah ! vous avez l'air d'un bon homme ; mais vous
êtes trop vieux.

FRÉDÉRIC.

Comment, trop vieux !

ARLEQUIN.

Oui, vous mourrez bientôt, et vous me laisseriez
orphelin de votre amitié.

FRÉDÉRIC.

J'espère que tu ne seras pas bon prophète ; mais je
puis te faire beaucoup de bien en très-peu de temps.

ARLEQUIN.

Tenez, vous avez raison ; mais on sait bien ce qu'on
quitte, et l'on ne sait pas ce que l'on prend. Je n'ai
point d'esprit ; mais de la prudence, j'en ai que c'est

une merveille; et voilà comme je dis : Un homme
qui se trouve bien assis, qu'a-t-il besoin de se mettre
debout? J'ai bon pain, bon vin, bonne fricassée et
bon visage, cent écus par an, et les étrennes au bout;
cela n'est-il pas magnifique?

FRÉDÉRIC

Tu me cites là de beaux avantages! Je ne prétends
pas que tu t'attaches à moi pour être mon domestique; je veux te donner des emplois qui t'enrichi-
ront, et, par-dessus le marché, te marier avec une
jolie fille qui a du bien.

ARLEQUIN.

Oh! dame! ma prudence dit que vous avez raison;
je suis debout, et vous me faites asseoir; cela vaut
mieux.

FRÉDÉRIC.

Il n'y a point de comparaison.

ARLEQUIN.

Pardi! vous me traitez comme votre enfant; il n'y
a pas à tortiller à cela. Du bien, des emplois et une
jolie fille! voilà une pleine boutique de vivres, d'argent et de friandises. Par la sanguenne, vous m'aimez
beaucoup pourtant!

FRÉDÉRIC.

Oui, ta physionomie me plaît; je te trouve un bon
garçon.

ARLEQUIN.

Oh! pour cela, je suis drôle comme un coffre¹; laissez faire, nous rirons ensemble comme des fous. Mais allons faire venir ce bien, ces emplois, et cette jolie fille; car j'ai hâte d'être riche et bien aise.

FRÉDÉRIC.

Ils te sont assurés, te dis-je; mais il faut que tu me rendes un petit service. Puisque tu te donnes à moi, tu n'en dois point faire de difficulté.

ARLEQUIN.

Je vous regarde comme mon père.

FRÉDÉRIC.

Je ne veux de toi qu'une bagatelle. Tu es chez le seigneur Lélio; je serais curieux de savoir qui il est. Je souhaiterais donc que tu y restasses encore trois semaines ou un mois, pour me rapporter tout ce que tu lui entendras dire en particulier, et tout ce que tu lui verras faire. Il peut arriver que dans certains momens un homme chez lui dise de certaines choses et en fasse d'autres qui le décèlent, et dont on peut tirer des conjectures. Observe tout soigneusement; et, en attendant que je te récompense entièrement, voilà par avance de l'argent que je te donne encore.

ARLEQUIN.

Avancez-moi encore la fille; nous la rabattrons sur le reste.

---

¹ *Je suis drôle comme un coffre.* On dit proverbialement, *rire comme un coffre,* c'est-à-dire, en ouvrant une bouche aussi grande qu'un coffre. Arlequin transporte à la *drôlerie,* qui fait rire, ce qui a été dit du rire lui-même. Il faut lui pardonner de faire usage, sans qu'il s'en doute, d'une aussi savante synecdoche.

FRÉDÉRIC.

On ne paie un service qu'après qu'il est rendu, mon enfant ; c'est la coutume.

ARLEQUIN.

Coutume de vilain que cela !

FRÉDÉRIC.

Tu n'attendras que trois semaines.

ARLEQUIN.

J'aime mieux vous faire mon billet comme quoi j'aurai reçu cette fille à compte ; je ne plaiderai point contre mon écrit.

FRÉDÉRIC.

Tu me serviras de meilleur courage en l'attendant. Acquitte-toi d'abord de ce que je dis ; pourquoi hésites-tu ?

ARLEQUIN.

Tout franc, c'est que la commission me chiffonne.

FRÉDÉRIC.

Quoi ! tu mets mon argent dans ta poche, et tu refuses de me servir !

ARLEQUIN.

Ne parlons point de votre argent ; il est fort bon, je n'ai rien à lui dire ; mais, tenez, j'ai opinion que vous voulez me donner un office de fripon ; car qu'est-ce que vous voulez faire des paroles du seigneur Lélio, mon maître, là ?

FRÉDÉRIC.

C'est une simple curiosité qui me prend.

ARLEQUIN.

Hum!... il y a de la malice là-dessous. Vous avez
l'air d'un sournois; je m'en vais gager dix sous contre
vous, que vous ne valez rien.

FRÉDÉRIC.

Que te mets-tu donc dans l'esprit? Tu n'y songes
pas, Arlequin.

ARLEQUIN.

Allez, vous ne devriez pas tenter un pauvre garçon,
qui n'a pas plus d'honneur qu'il ne lui en faut, et qui
aime les filles. J'ai bien de la peine à m'empêcher
d'être un coquin; faut-il que l'honneur me ruine,
qu'il m'ôte mon bien, mes emplois et une jolie fille?
Par la mardi! vous êtes bien méchant, d'avoir été
trouver l'invention de cette fille.

FRÉDÉRIC, à part.

Ce butor m'inquiète avec ses réflexions. (Haut.) Encore une fois, es-tu fou d'être si long-temps à prendre
ton parti? D'où vient ton scrupule? De quoi s'agit-il?
De me donner quelques instructions innocentes sur le
chapitre d'un homme inconnu, qui demain tombera
peut-être, et qui te laissera sur le pavé. Songes-tu
bien que je t'offre ta fortune, et que tu la perds?

ARLEQUIN.

Je songe que cette commission-là sent le tricot
tout pur; et, par bonheur, ce tricot fortifie mon
pauvre honneur, qui a pensé barguigner. Tenez, votre jolie fille, ce n'est qu'une guenon; vos emplois,

de la marchandise de chien ; voilà mon dernier mot,
et je m'en vais tout droit trouver la princesse et mon
maître ; peut-être récompenseront-ils le dommage
que je souffre pour l'amour de ma bonne conscience.

FRÉDÉRIC.

Comment! tu vas trouver la princesse et ton maître! D'où vient?

ARLEQUIN.

Pour leur conter mon désastre, et toute votre marchandise.

FRÉDÉRIC.

Misérable! as-tu donc résolu de me perdre, de me
déshonorer?

ARLEQUIN.

Bon! quand on n'a point d'honneur, est-ce qu'il
faut avoir de la réputation?

FRÉDÉRIC.

Si tu parles, malheureux que tu es, je prendrai de
toi une vengeance terrible. Ta vie me répondra de
ce que tu feras; m'entends-tu bien?

ARLEQUIN.

Prrrr! ma vie n'a jamais servi de caution. Je boirai
encore bouteille trente ans après votre trépassement.
Vous êtes vieux comme le père à tretous, et moi je
m'appelle le cadet Arlequin. Adieu.

FRÉDÉRIC.

Arrête, Arlequin; tu me mets au désespoir. Tu
ne sais pas la conséquence de ce que tu vas faire, mon

enfant; tu me fais trembler. C'est toi-même que je te
conjure d'épargner, en te priant de sauver mon honneur. Encore une fois, arrête; la situation d'esprit où
tu me mets, ne me punit que trop de mon imprudence.

ARLEQUIN.

Comment! cela est épouvantable. Je passe mon
chemin sans penser à mal; et puis vous venez à l'encontre de moi pour m'offrir des filles; et puis vous me
donnez une pistole pour trois sous; est-ce que cela se
fait? Moi, je prends cela, parce que je suis honnête:
et puis vous me fourbez encore avec je ne sais combien d'autres pistoles que j'ai dans ma poche, et que
je ferai venir en témoignage contre vous, comme
quoi vous avez mitonné le cœur d'un innocent, qui
a eu sa conscience et la crainte du bâton devant les
yeux, et qui sans cela aurait trahi son bon maître,
qui est le plus brave et le plus gentil garçon, le meilleur corps qu'on puisse trouver dans tous les corps
du monde, et le factotum de la princesse; cela se
peut-il souffrir?

FRÉDÉRIC.

Doucement, Arlequin; quelqu'un peut venir; j'ai
tort; mais finissons. J'achèterai ton silence tout ce
que tu voudras; parle, que me demandes-tu?

ARLEQUIN.

Je ne vous ferai pas bon marché; prenez-y garde.

FRÉDÉRIC.

Dis ce que tu veux; tes longueurs me tuent.

ARLEQUIN.

Pourtant, ce que c'est que d'être honnête homme!
Je n'ai que cela pour tout potage, moi. Voyez comme
je me carre avec vous! Allons, présentez-moi votre
requête; appelez-moi un peu *monseigneur*, pour voir
comment cela fait. Je suis Frédéric à cette heure, et
vous, vous êtes Arlequin.

FRÉDÉRIC, à part.

Je ne sais où j'en suis. Quand je nierais le fait,
c'est un homme simple qu'on n'en croira que trop sur
une infinité d'autres présomptions, et la quantité
d'argent que je lui ai donnée prouve contre moi.
(Haut.) Finissons, mon enfant; que te faut-il?

ARLEQUIN.

Oh! tout bellement; pendant que je suis Frédéric,
je veux profiter un petit brin de ma seigneurie. Quand
j'étais Arlequin, vous faisiez le gros dos avec moi; à
cette heure que c'est vous qui l'êtes, je veux prendre
ma revanche.

FRÉDÉRIC.

Ah! je suis perdu!

ARLEQUIN, à part.

Il me fait pitié. (Haut.) Allons, consolez-vous; je
suis las de faire le glorieux, cela est trop sot. Il n'y
a que vous autres qui puissiez vous accoutumer à cela.
Ajustons-nous.

FRÉDÉRIC.

Tu n'as qu'à dire.

ARLEQUIN.

Avez-vous encore de cet argent jaune? J'aime cette couleur-là; elle dure plus long-temps qu'une autre.

FRÉDÉRIC.

Voilà tout ce qui me reste.

ARLEQUIN.

Bon; ces pistoles-là, c'est pour votre pénitence de m'avoir donné les autres pistoles. Venons au reste de la boutique; parlons des emplois.

FRÉDÉRIC.

Mais, ces emplois, tu ne peux les exercer qu'en quittant ton maître.

ARLEQUIN.

J'aurai un commis; et pour l'argent qu'il m'en coûtera, vous me donnerez une bonne pension de cent écus par an.

FRÉDÉRIC.

Soit, tu seras content; mais me promets-tu de te taire?

ARLEQUIN.

Touchez là; c'est marché fait.

FRÉDÉRIC.

Tu ne te repentiras pas de m'avoir tenu parole. Adieu, Arlequin: je m'en vais tranquille.

ARLEQUIN, le rappelant.

St! st! st! st!

FRÉDÉRIC, revenant.

Que me veux-tu?

ARLEQUIN.

Et, à propos, nous oublions cette jolie fille.

FRÉDÉRIC.

Tu dis que c'est une guenon.

ARLEQUIN.

Oh ! j'aime assez les guenons.

FRÉDÉRIC.

Eh bien ! je tâcherai de te la faire avoir.

ARLEQUIN.

Et moi, je tâcherai de me taire.

FRÉDÉRIC.

Puisqu'il te la faut absolument, reviens me trouver tantôt ; tu la verras. (A part.) Peut-être me le débauchera-t-elle mieux que je n'ai pu faire.

ARLEQUIN.

Je veux avoir son cœur sans tricherie.

FRÉDÉRIC.

Sans doute ; sortons d'ici.

ARLEQUIN.

Dans un quart d'heure je suis à vous. Tenez-moi la fille prête.

FIN DU PREMIER ACTE.

ACTE II.

SCÈNE I.

LISETTE, ARLEQUIN.

ARLEQUIN.

Mon bijou, j'ai fait une offense envers vos grâces, et je suis d'avis de vous demander pardon, pendant que j'en ai la repentance.

LISETTE.

Quoi! un aussi joli garçon que vous est-il capable d'offenser quelqu'un?

ARLEQUIN.

Un aussi joli garçon que moi! Oh! cela me confond; je ne mérite pas le pain que je mange.

LISETTE.

Pourquoi donc? Qu'avez-vous fait?

ARLEQUIN.

J'ai fait une insolence; donnez-moi conseil. Voulez-vous que je m'en accuse à genoux, ou bien sans façon? Faites-moi bien de la honte, ne m'épargnez pas.

LISETTE.

Je ne veux ni vous battre ni vous voir à genoux;

je me contenterai de savoir ce que vous avez dit.

ARLEQUIN, s'agenouillant.

M'amie, vous n'êtes point assez rude; mais je sais mon devoir.

LISETTE.

Levez-vous donc, mon cher; je vous ai déjà pardonné.

ARLEQUIN.

Écoutez-moi; j'ai dit, en parlant de votre inimitable personne, j'ai dit... le reste est si gros qu'il m'étrangle.

LISETTE.

Vous avez dit?....

ARLEQUIN.

J'ai dit que vous n'étiez qu'une guenon.

LISETTE.

Pourquoi donc m'aimez-vous, si vous me trouvez telle?

ARLEQUIN.

Je confesse que j'en ai menti.

LISETTE.

Je me croyais plus supportable; voilà la vérité.

ARLEQUIN.

Ne vous ai-je pas dit que j'étais un misérable? Mais, m'amour, je n'avais pas encore vu votre gentil minois.... ois.... ois.... ois....

LISETTE.

Comment! vous ne me connaissiez pas dans ce temps-là ? Vous ne m'aviez jamais vue ?

ARLEQUIN.

Pas seulement le bout de votre nez.

LISETTE.

Eh ! mon cher Arlequin, je ne suis plus fâchée. Ne me trouvez - vous pas de votre goût à présent ?

ARLEQUIN.

Vous êtes délicieuse.

LISETTE.

Eh bien ! vous ne m'avez pas insultée ; et, quand cela serait, y a-t-il de meilleure réparation que l'amour que vous avez pour moi ? Allez, mon ami, ne songez plus à cela.

ARLEQUIN.

Quand je vous regarde, je me trouve si sot !

LISETTE.

Tant mieux, je suis bien aise que vous m'aimiez ; car vous me plaisez beaucoup, vous.

ARLEQUIN.

Oh! oh! oh ! vous me faites mourir d'aise.

LISETTE.

Mais, est-il bien vrai que vous m'aimiez ?

ARLEQUIN.

Tenez, je vous aime.... Mais qui diantre peut dire

cela, combien je vous aime?... Cela est si gros, que je n'en sais pas le compte.

LISETTE.

Vous voulez m'épouser?

ARLEQUIN.

Oh! je ne badine point; je vous recherche honnêtement, par-devant notaire.

LISETTE.

Vous êtes tout à moi?

ARLEQUIN.

Comme un quarteron d'épingles que vous auriez acheté chez le marchand.

LISETTE.

Vous avez envie que je sois heureuse?

ARLEQUIN.

Je voudrais pouvoir vous entretenir toute votre vie à ne rien faire; manger, boire et dormir, voilà l'ouvrage que je vous souhaite.

LISETTE.

Eh bien! mon ami, il faut que je vous avoue une chose; j'ai fait tirer mon horoscope il n'y a pas plus de huit jours.

ARLEQUIN.

Oh! oh!

LISETTE.

Vous passâtes dans ce moment-là, et on me dit: Voyez-vous ce joli brunet qui passe? il s'appelle Arlequin.

ARLEQUIN.

Tout juste.

LISETTE.

Il vous aimera.

ARLEQUIN.

Ah! l'habile homme!

LISETTE.

Le seigneur Frédéric lui proposera de le servir contre un inconnu; il refusera d'abord de le faire, parce qu'il s'imaginera que cela ne serait pas bien : mais vous obtiendrez de lui ce qu'il aura refusé au seigneur Frédéric; et de là s'ensuivra pour vous deux une grosse fortune, dont vous jouirez mariés ensemble. Voilà ce qu'on m'a prédit. Vous m'aimez déjà, vous voulez m'épouser; la prédiction est bien avancée. A l'égard de la proposition du seigneur Frédéric, je ne sais ce que c'est; mais vous savez bien ce qu'il vous a dit. Quant à moi, il m'a seulement recommandé de vous aimer; et je suis en bon train, comme vous voyez.

ARLEQUIN.

Cela est admirable! je vous aime, cela est vrai; je veux vous épouser, cela est encore vrai; et véritablement le seigneur Frédéric m'a proposé d'être un fripon. Je n'ai pas voulu l'être, et pourtant vous verrez qu'il faudra que j'en passe par là; car lorsqu'une chose est prédite, elle ne manque pas d'arriver.

LISETTE.

Prenez garde : on ne m'a pas prédit que le seigneur

3.   23

Frédéric vous proposerait une friponnerie ; on m'a seulement prédit que vous croiriez que c'en serait une.

ARLEQUIN.

Je l'ai cru aussi, et apparemment je me suis trompé.

LISETTE.

Cela va tout seul.

ARLEQUIN.

Je suis un grand nigaud ; mais, au bout du compte, cela avait la mine d'une friponnerie, comme j'ai la mine d'Arlequin. Je suis fâché d'avoir vilipendé ce bon seigneur Frédéric ; je lui ai fait donner tout son argent. Par bonheur je ne suis pas obligé à restitution ; je ne devinais pas qu'il y avait une prédiction qui me donnait tort.

LISETTE.

Sans doute.

ARLEQUIN.

Avec cela, cette prédiction doit avoir prédit que je lui viderais sa bourse.

LISETTE.

Oh ! gardez ce que vous avez reçu.

ARLEQUIN.

Cet argent-là m'était dû comme si c'eût été l'acquit d'une lettre de change. Si j'allais le rendre, cela gâterait l'horoscope, et il ne faut pas cela à l'encontre d'un astrologue.

LISETTE.

Vous avez raison. Il ne s'agit plus à présent que

d'obéir à ce qui est prédit, en faisant ce que souhaite le seigneur Frédéric, afin de gagner pour nous cette grosse fortune qui nous est promise.

ARLEQUIN.

Gagnons, m'amie, gagnons; cela est juste. Arlequin est à vous; tournez-le, virez-le à votre fantaisie; je ne m'embarrasse plus de lui. La prédiction m'a transporté à vous; elle sait bien ce qu'elle dit; il ne m'appartient pas de contredire son ordonnance. Je vous aime, je vous épouserai, je tromperai monsieur Lélio, et je m'en gausse. Le vent me pousse, il faut que j'aille; il me pousse à baiser votre menotte, il faut que je la baise.

LISETTE.

L'astrologue n'a pas parlé de cet article-là.

ARLEQUIN.

Il l'aura peut-être oublié.

LISETTE.

Apparemment; mais allons trouver le seigneur Frédéric, pour vous réconcilier avec lui.

ARLEQUIN.

Voilà mon maître; je dois être encore trois semaines avec lui pour guetter ce qu'il fera, et je vais voir s'il n'a pas besoin de moi. Allez, mes amours, allez m'attendre chez le seigneur Frédéric.

LISETTE.

Ne tardez pas.   (Elle sort.)

SCÈNE II.

LÉLIO, ARLEQUIN.

ARLEQUIN, à part.

Il ne m'aperçoit pas. Voyons sa pensée.

LÉLIO.

Me voilà dans un embarras dont je ne sais comment me tirer.

ARLEQUIN, à part.

Il est embarrassé.

LÉLIO.

Je tremble que la princesse, pendant la fête, n'ait surpris mes regards sur la personne que j'aime.

ARLEQUIN, à part.

Il tremble à cause de la princesse... tubleu!... ce frisson-là est une affaire d'état... vertuchoux!

LÉLIO.

Si la princesse vient à soupçonner mon penchant pour son amie, sa jalousie me la dérobera, et peut-être fera-t-elle pis.

ARLEQUIN, à part.

Oh! oh!... la dérobera... Il traite la princesse de friponne. Par la sambille! monsieur le conseiller fera bien ses orges de ces bribes-là que je ramasse, et je vois bien que cela me vaudra pignon sur rue.

LÉLIO.

J'aurais besoin d'une entrevue.

ARLEQUIN, à part.

Qu'est-ce que c'est qu'une entrevue? Je crois qu'il
parle latin... Le pauvre homme! il me fait pitié pourtant; car peut-être qu'il en mourra; mais l'horoscope le veut. Cependant si j'avais un peu sa permission... Voyons, je vais lui parler. (Haut.) Ah! mon cher
maître!

LÉLIO.

Que me veux-tu?

ARLEQUIN.

Je viens vous demander ma petite fortune.

LÉLIO.

Qu'est-ce que cette fortune?

ARLEQUIN.

C'est que le seigneur Frédéric m'a promis tout plein
mes poches d'argent, si je lui contais un peu ce que
vous êtes, et tout ce que je sais de vous; il m'a bien
recommandé le secret, et je suis obligé de le garder
en conscience; ce que j'en dis, ce n'est que par manière de parler. Voulez-vous que je lui rapporte toutes les babioles qu'il demande? Vous savez que je suis
pauvre; l'argent qui m'en viendra, je le mettrai en
rente, ou je le prêterai à usure.

LÉLIO.

Que Frédéric est lâche! Mon enfant, je pardonne
à ta simplicité le compliment que tu me fais. Tu as
de l'honneur à ta manière, et je ne vois nul inconvé-
nient pour moi à te laisser profiter de la bassesse de

Frédéric. Oui, reçois son argent ; je veux bien que tu
lui rapportes ce que je t'ai dit que j'étais, et ce que
tu sais.

ARLEQUIN.

Votre foi ?

LÉLIO.

Fais ; j'y consens.

ARLEQUIN.

Ne vous gênez point, parlez-moi sans façon ; je vous
laisse la liberté ; rien de force.

LÉLIO.

Va ton chemin, et n'oublie pas surtout de lui marquer le souverain mépris que j'ai pour lui.

ARLEQUIN.

Je ferai votre commission.

LÉLIO.

J'aperçois la princesse. Adieu, Arlequin ; va gagner
ton argent.

SCÈNE III.

ARLEQUIN, seul.

QUAND on a un peu d'esprit, on accommode tout.
Un butor aurait chagriné son maître sans lui en demander honnêtement le privilège. A cette heure,
si je lui cause du chagrin, ce sera de bonne amitié,
au moins.... Mais voilà cette princesse avec sa ca-
marade.

SCÈNE IV.

LA PRINCESSE, HORTENSE, ARLEQUIN.

LA PRINCESSE, à Arlequin.

Il me semble avoir vu de loin ton maître avec toi.

ARLEQUIN.

Il vous a semblé la vérité, madame ; et quand cela ne serait pas, je ne suis pas là pour vous dédire.

LA PRINCESSE.

Va le chercher ; dis-lui que j'ai à lui parler.

ARLEQUIN.

J'y cours, madame. Si je ne le trouve pas, qu'est-ce que je lui dirai ?

LA PRINCESSE.

Il ne peut pas encore être loin ; tu le trouveras sans doute.

ARLEQUIN, à part.

Bon ; je vais de ce pas chercher le seigneur Frédéric.

SCÈNE V.

LA PRINCESSE, HORTENSE.

LA PRINCESSE.

Ma chère Hortense, apparemment ma rêverie est contagieuse ; car vous devenez rêveuse aussi bien que moi.

HORTENSE.

Que voulez-vous, madame? Je vous vois rêver, et cela me donne un air pensif; je vous copie de figure.

LA PRINCESSE.

Vous copiez si bien, qu'on s'y méprendrait. Quant à moi, je ne suis point tranquille; le rapport que vous me faites de Lélio ne me satisfait pas. Un homme à qui vous avez fait apercevoir que je l'aime, un homme à qui j'ai cru voir du penchant pour moi, devrait, à votre discours, donner malgré lui quelques marques de joie, et vous ne me parlez que de son profond respect; cela est bien froid.

HORTENSE.

Mais, madame, je ne lui ai pas dit crûment, la princesse vous aime; il ne m'a pas répondu crûment, j'en suis charmé; il ne lui a pas pris de transports; mais il m'a paru pénétré d'un profond respect. J'en reviens toujours à ce respect, et je le trouve à sa place.

LA PRINCESSE.

Vous êtes femme d'esprit. Avez-vous remarqué au moins que votre discours lui causât quelque surprise agréable?

HORTENSE.

De la surprise? Oui, il en a montré. A l'égard de savoir si elle était agréable ou non, quand un homme sent du plaisir, et qu'il ne le dit point, il en aurait un jour entier sans qu'on le devinât; mais enfin, pour moi, je suis fort contente de lui.

LA PRINCESSE.

Vous êtes fort contente de lui, Hortense? N'y aurait-il rien d'équivoque là-dessous? Qu'est-ce que
cela signifie?

HORTENSE.

Ce que signifie, je suis contente de lui? Cela veut
dire.... En vérité, madame, cela veut dire que je suis
contente de lui; on ne saurait expliquer cela qu'en
le répétant. Comment feriez-vous pour dire autrement? Je suis satisfaite de ce qu'il m'a répondu sur
votre chapitre; l'aimez-vous mieux de cette façon-là?

LA PRINCESSE.

Cela est plus clair.

HORTENSE.

C'est pourtant la même chose.

LA PRINCESSE.

Ne vous fâchez point; je suis dans une situation
d'esprit qui mérite un peu d'indulgence. Il me vient
des idées fâcheuses, déraisonnables. Je crains tout,
je soupçonne tout; je crois que j'ai été jalouse de
vous, oui, de vous-même, qui êtes la meilleure de
mes amies, qui méritez ma confiance, et qui l'a-
vez. Vous êtes aimable, Lélio l'est aussi; vous vous
êtes vus tous deux; vous m'avez fait un rapport de
lui qui n'a pas rempli mes espérances; je me suis
égarée là-dessus, j'ai vu mille chimères; vous étiez
déjà ma rivale. Qu'est-ce que c'est que l'amour, ma
chère Hortense! Où est l'estime que j'ai pour vous,

la justice que je dois vous rendre? Me reconnaissez-
vous? Ne sont-ce pas là les faiblesses d'un enfant que
je rapporte?

HORTENSE.

Oui; mais les faiblesses d'un enfant de votre âge
sont dangereuses, et je voudrais bien n'avoir rien à
démêler avec elles.

LA PRINCESSE.

Écoutez; je n'ai pas si grand tort. Tantôt, pendant
que nous étions à cette fête, Lélio n'a presque regardé que vous; vous le savez bien.

HORTENSE.

Moi, madame?

LA PRINCESSE.

Eh bien! vous n'en convenez pas; cela est mal entendu, par exemple; il semblerait qu'il y a du mystère. N'ai-je pas remarqué que les regards de Lélio
vous embarrassaient, et que vous n'osiez le regarder, par considération pour moi sans doute?... Vous
ne me répondez pas?

HORTENSE.

C'est que je vous vois en train de remarquer; et si
je réponds, j'ai peur que vous ne remarquiez encore
quelque chose dans ma réponse; cependant je n'y
gagne rien, car vous faites une remarque sur mon
silence. Je ne sais plus comment me conduire. Si je
me tais, c'est du mystère; si je parle, autre mystère;
enfin je suis mystère depuis les pieds jusqu'à la tête.
En vérité, je n'ose pas me remuer; j'ai peur que vous

n'y trouviez une équivoque. Quel étrange amour que le vôtre, madame! Je n'en ai jamais vu de cette humeur-là.

LA PRINCESSE.

Encore une fois, je me condamne; mais vous n'êtes pas mon amie pour rien; vous êtes obligée de me supporter; j'ai de l'amour, en un mot; voilà mon excuse.

HORTENSE.

Mais, madame, c'est plus mon amour que le vôtre. De la manière dont vous le prenez, il me fatigue plus que vous; ne pourriez-vous me dispenser de votre confidence? Je me trouve une passion sur les bras qui ne m'appartient point; y a-t-il de fardeau plus ingrat?

LA PRINCESSE.

Hortense, je vous croyais plus d'attachement pour moi; et je ne sais que penser, après tout, du mécontentement que vous témoignez. Quand je répare mes soupçons à votre égard par l'aveu que je vous en fais, mon amour vous déplaît trop; je n'y comprends rien; on dirait presque que vous en avez peur.

HORTENSE.

Ah! la désagréable situation! Que je suis malheureuse de ne pouvoir ouvrir ni fermer la bouche en sûreté! Que faudra-t-il donc que je devienne? Les remarques me suivent, je n'y saurais tenir. Vous me désespérez, je vous tourmente; toujours je vous fâcherai en parlant, toujours je vous fâcherai en ne disant mot; je ne saurais donc me corriger. Voilà une querelle fondée pour l'éternité; le moyen de vivre ensemble! J'aimerais mieux mourir. Vous me trouvez rêveuse; après cela il faut que je m'explique. Lélio m'a regardée; vous ne savez que penser, vous ne me comprenez pas. Vous m'estimez; vous me croyez fourbe : haine, amitié, soupçon, confiance, le calme, l'orage, vous mettez tout ensemble. Je m'y perds, la tête me tourne, je ne sais où je suis. Je quitte la partie, je me sauve, je m'en retourne, dussiez-vous prendre mon voyage pour une finesse.

LA PRINCESSE.

Non, ma chère Hortense, vous ne me quitterez point; je ne veux pas vous perdre, je veux vous aimer, je veux que vous m'aimiez; j'abjure toutes mes faiblesses; vous êtes mon amie, je suis la vôtre, et cela durera toujours.

HORTENSE.

Madame, cet amour-là nous brouillera ensemble, vous le verrez. Laissez-moi partir; comptez que je fais pour le mieux.

LA PRINCESSE.

Non, ma chère; je vais faire arrêter tous vos équipages, vous ne vous servirez que des miens; et, pour plus de sûreté, à toutes les portes de la ville vous trouverez des gardes qui ne vous laisseront passer qu'avec moi. Nous irons quelquefois nous promener ensemble; voilà tous les voyages que vous ferez. Point de mutinerie; je n'en rabattrai rien. A l'égard de Lélio, vous continuerez de le voir avec moi ou sans moi, quand votre amie vous en priera.

HORTENSE.

Moi, voir Lélio, madame! Et si Lélio me regarde? Il a des yeux. Et si je le regarde? J'en ai aussi. Ou bien si je ne le regarde pas? Car tout est égal avec vous. Que voulez-vous que je fasse dans la compagnie d'un homme avec qui toute fonction de mes deux yeux est interdite? Les fermerai-je? les détournerai-je? Voilà tout ce qu'on en peut faire, et rien de tout cela ne vous convient. D'ailleurs, s'il a toujours ce profond respect qui n'est pas de votre goût, vous vous en prendrez à moi; vous me direz encore, cela est bien froid; comme si je n'avais qu'à lui dire: Monsieur, soyez plus tendre. Ainsi son respect, ses yeux et les miens, voilà trois choses que vous ne me passerez jamais. Je ne sais si, pour vous accommoder, il me suffirait d'être aveugle, sourde et muette; je ne serais peut-être pas à l'abri de votre chicane.

LA PRINCESSE.

Toute cette vivacité-là ne me fait point de peur; je vous connais: vous êtes bonne, mais impatiente; et quelque jour, vous et moi, nous rirons de ce qui nous arrive aujourd'hui.

HORTENSE.

Souffrez que je m'éloigne pendant que vous aimez. Au lieu de rire de mon séjour, nous rirons de mon absence; n'est-ce pas la même chose?

LA PRINCESSE.

Ne m'en parlez plus, vous m'affligez. Voici Lélio, qu'apparemment Arlequin aura averti de ma part. Prenez, de grâce, un air moins triste. Je n'ai qu'un mot à lui dire; après l'instruction que vous lui avez donnée, nous jugerons bientôt de ses sentimens, par la manière dont il se comportera dans la suite. Le don de ma main lui fait un beau rang; mais il peut avoir le cœur pris.

SCÈNE VI.

LÉLIO, HORTENSE, LA PRINCESSE.

LÉLIO.

Je me rends à vos ordres, madame. Arlequin m'a dit que vous souhaitiez me parler.

LA PRINCESSE.

Je vous attendais, Lélio. Vous savez quelle est la commission de l'ambassadeur du roi de Castille, qu'on est convenu d'en délibérer aujourd'hui. Frédéric s'y trouvera; mais c'est à vous seul à décider. Il s'agit de ma main que le roi de Castille demande; vous pouvez l'accorder ou la refuser. Je ne vous dirai point quelles seraient mes intentions là-dessus; je m'en tiens à souhaiter que vous les deviniez. J'ai quelques ordres à donner; je vous laisse un moment avec Hortense. A peine vous connaissez-vous encore; elle est mon amie, et je suis bien aise que l'estime que j'ai pour vous ait son aveu.   (Elle sort.)

SCÈNE VII.

LÉLIO, HORTENSE.

LÉLIO.

Enfin, madame, il est temps que vous décidiez de mon sort; il n'y a point de momens à perdre. Vous venez d'entendre la princesse; elle veut que je prononce sur le mariage qu'on lui propose. Si je refuse de le conclure, c'est entrer dans ses vues et lui dire que je l'aime; si je le conclus, c'est lui donner des preuves d'une indifférence dont elle cherchera les raisons. La conjoncture est pressante; que résolvez-vous en ma faveur? Il faut que je me dérobe d'ici incessamment; mais vous, madame, y resterez-vous? Je puis vous offrir un asile où vous ne craindrez personne. Oserai-je espérer que vous consentiriez aux mesures promptes et nécessaires?....

HORTENSE.

Non, monsieur; n'espérez rien, je vous prie. Ne parlons plus de votre cœur, et laissez le mien en repos; vous le troublez, je ne sais ce qu'il est devenu. Je n'entends parler que d'amour à droite et à gauche; il m'environne, il m'obsède; et le vôtre, au bout du compte, est celui qui me presse le plus.

LÉLIO.

Quoi! madame, c'en est donc fait! Mon amour vous fatigue, et vous me rebutez?

HORTENSE.

Si vous cherchez à m'attendrir, je vous avertis que je vous quitte; je n'aime point qu'on exerce mon courage.

LÉLIO.

Ah! madame, il ne vous en faut pas beaucoup pour résister à ma douleur.

HORTENSE.

Ah! monsieur, je ne sais point ce qu'il m'en faut, et ne trouve point à propos de le savoir. Laissez-moi me gouverner, chacun se sent; brisons là-dessus.

LÉLIO.

Il n'est que trop vrai que vous pouvez m'écouter sans aucun risque.

HORTENSE.

Il n'est que trop vrai! Oh! je suis plus difficile en vérité que vous; et ce qui est trop vrai pour vous, ne l'est pas assez pour moi. Je crois que j'irais loin avec vos sûretés, surtout avec un garant comme vous! En vérité, monsieur, vous n'y songez pas; il n'est que trop vrai! Si cela était si vrai, j'en saurais quelque chose; car vous me forcez à vous dire plus que je ne veux, et je ne vous le pardonnerai pas.

LÉLIO.

Si vous sentez quelque heureuse disposition pour moi, qu'ai-je fait depuis tantôt qui puisse mériter que vous la combattiez?

HORTENSE.

Ce que vous avez fait? Pourquoi me rencontrez-
vous ici? Qu'y venez-vous chercher? Vous êtes arrivé
à la cour; vous avez plu à la princesse, elle vous
aime; vous dépendez d'elle, j'en dépends de même;
elle est jalouse de moi : voilà ce que vous avez fait,
monsieur; et il n'y a point de remède à cela, puisque
je n'en trouve point.

LÉLIO.

La princesse est jalouse de vous?

HORTENSE.

Oui, très-jalouse. Peut-être actuellement sommes-
nous observés l'un et l'autre; et après cela vous venez
me parler de votre passion, vous voulez que je vous
aime; vous le voulez, et je tremble de ce qui en peut
arriver; car enfin on se lasse. J'ai beau vous dire que
cela ne se peut pas, que mon cœur vous serait inutile; vous ne m'écoutez point, vous vous plaisez à me
pousser à bout. Eh! Lélio, qu'est-ce que c'est que votre amour? Vous ne me ménagez point; aime-t-on les
gens quand on les persécute, quand ils sont plus à
plaindre que nous, quand ils ont leurs chagrins et les
nôtres, quand ils ne nous font un peu de mal que
pour éviter de nous en faire davantage? Je refuse de
vous aimer; qu'est-ce que j'y gagne? Vous imaginez-
vous que j'y prends plaisir? Non, Lélio, non, le plaisir n'est pas grand. Vous êtes un ingrat; vous devriez
me remercier de mes refus, vous ne les méritez pas.
Dites-moi, qu'est-ce qui m'empêche de vous aimer?

3.   24

Cela est-il si difficile ? N'ai-je pas le cœur libre ? N'ê-
tes-vous pas aimable ? Ne m'aimez-vous pas assez ?
Que vous manque-t-il ? Vous n'êtes pas raisonnable.
Je vous refuse mon cœur avec le péril qu'il y a de
l'avoir ; mon amour vous perdrait. Voilà pourquoi vous
ne l'aurez point ; voilà d'où me vient ce courage que
vous me reprochez. Et vous vous plaignez de moi, et
vous me demandez encore que je vous aime ! Expliquez-vous donc. Que me demandez-vous ? Que vous
faut-il ? Qu'appelez-vous aimer ? Je n'y comprends
rien.

LÉLIO.

C'est votre main qui manque à mon bonheur.

HORTENSE.

Ma main !... Ah ! je ne périrais pas seule, et le don
que je vous en ferais me coûterait mon époux ; et je
ne veux pas mourir, en perdant un homme comme
vous. Non, si je faisais jamais votre bonheur, je voudrais qu'il durât long-temps.

LÉLIO.

Mon cœur ne peut suffire à toute ma tendresse.
Madame, prêtez-moi, de grâce, un moment d'attention ; je vais vous instruire.

HORTENSE.

Arrêtez, Lélio ; j'envisage un malheur qui me fait
frémir ; je ne sache rien de si cruel que votre obstination ; il me semble que tout ce que vous me dites
m'entretient de votre mort. Je vous avais prié de laisser mon cœur en repos, vous n'en faites rien ; voilà

qui est fini ; poursuivez, je ne vous crains plus. Je me
suis d'abord contentée de vous dire que je ne pouvais
pas vous aimer, cela ne vous a pas épouvanté ; mais
je sais des façons de parler plus positives, plus intel-
ligibles, et qui assurément vous guériront de toute
espérance. Voici donc, à la lettre, ce que je pense,
et ce que je penserai toujours : c'est que je ne vous
aime point, et que je ne vous aimerai jamais. Ce discours est net, je le crois sans réplique ; il ne reste
plus de question à faire. Je ne sortirai point de là ; je
ne vous aime point, vous ne me plaisez point. Si je
savais une manière de m'expliquer plus dure, je m'en
servirais pour vous punir de la douleur que je souffre
à vous faire de la peine. Je ne pense pas qu'à présent
vous ayez envie de parler de votre amour ; ainsi chan-
geons de sujet.

LÉLIO.

Oui, madame, je vois bien que votre résolution est
prise. La seule espérance d'être uni pour jamais avec
vous, m'arrêtait encore ici ; je m'étais flatté, je l'a-
voue ; mais c'est bien peu de chose que l'intérêt que
l'on prend à un homme à qui l'on peut parler comme
vous le faites. Quand je vous apprendrais qui je suis,
cela ne servirait de rien ; vos refus n'en seraient que
plus affligeans. Adieu, madame ; il n'y a plus de séjour
ici pour moi ; je pars dans l'instant, et je ne vous
oublierai jamais.

HORTENSE.

Oh ! je ne sais plus où j'en suis ; je n'avais pas prévu
ce coup-là...... Lélio !

LÉLIO.

Que me voulez-vous, madame?

HORTENSE.

Je n'en sais rien; vous êtes au désespoir, vous m'y mettez; je ne sais encore que cela.

LÉLIO.

Vous me haïrez si je ne vous quitte.

HORTENSE.

Je ne vous hais plus quand vous me quittez.

LÉLIO.

Daignez donc consulter votre cœur.

HORTENSE.

Vous voyez bien les conseils qu'il me donne; vous partez, je vous rappelle; je vous rappellerai, si je vous renvoie; mon cœur ne finira rien.

LÉLIO.

Eh! madame, ne me renvoyez plus; nous échapperons aisément à tous les malheurs que vous craignez; laissez-moi vous expliquer mes mesures, et vous dire que ma naissance....

HORTENSE.

Non; je me retrouve enfin, je ne veux plus rien entendre. Échapper à nos malheurs! Ne s'agit-il pas de sortir d'ici? Le pourrons-nous? N'a-t-on pas les yeux sur nous? Ne serez-vous pas arrêté? Adieu; je vous dois la vie; je ne vous devrai rien, si vous ne sauvez la vôtre. Vous dites que vous m'aimez; non, je n'en crois rien, si vous ne partez. Partez donc, ou soyez mon ennemi mortel. Partez, ma tendresse vous l'ordonne; ou restez ici l'homme du monde le plus haï de moi, et le plus haïssable que je connaisse.

LÉLIO.

Je partirai donc, puisque vous le voulez; mais vous prétendez me sauver la vie, et vous n'y réussirez pas.

HORTENSE.

Vous me rappelez donc à votre tour?

LÉLIO.

J'aime autant mourir que de ne vous plus voir.

HORTENSE.

Ah! voyons donc les mesures que vous voulez prendre.

LÉLIO.

Quel bonheur! je ne saurais retenir mes transports.

HORTENSE.

Vous m'aimez beaucoup, je le sais bien; passons votre reconnaissance; nous dirons cela une autre fois. Venons aux mesures...

LÉLIO.

Que n'ai-je, au lieu d'une couronne qui m'attend, l'empire de la terre à vous offrir?

HORTENSE.

Vous êtes né prince? Mais vous n'avez qu'à me garder votre cœur, vous ne me donnerez rien qui le vaille; achevons.

LÉLIO.

J'attends demain *incognito* un courrier du roi de
Léon mon père.

HORTENSE.

Arrêtez, prince; Frédéric vient, l'ambassadeur le
suit sans doute. Vous m'informerez tantôt de vos résolutions.

LÉLIO.

Je crains encore vos inquiétudes.

HORTENSE.

Et moi, je ne crains plus rien; je me sens l'imprudence la plus tranquille du monde ¹; vous me l'a-
vez donnée, je m'en trouve bien. C'est à vous à me la
garantir; faites comme vous pourrez.

LÉLIO.

Tout ira bien, madame; pour gagner du temps,
je ne conclurai rien avec l'ambassadeur; je vous reverrai tantôt.

----

¹ *Je me sens l'imprudence la plus tranquille du monde.* Cette pensée n'est pas claire. Hortense veut dire probablement que la révé-
lation qui vient de lui être faite lui inspire une confiance tranquille,
et telle qu'elle ne craindrait pas, pour répondre à l'amour de Lélio,
de faire ce qu'auparavant elle eût regardé comme la plus haute imprudence, c'est-à-dire de braver la jalousie de la princesse.

SCÈNE VIII.

L'AMBASSADEUR, LÉLIO, FRÉDÉRIC.

FRÉDÉRIC, à part à l'ambassadeur.

Vous sentirez, j'en suis sûr, jusqu'où va l'audace de ses espérances.

L'AMBASSADEUR, à Lélio.

Vous savez, monsieur, ce qui m'amène ici, et votre habileté me répond du succès de ma commission. Il s'agit d'un mariage entre votre princesse et le roi de Castille, mon maître. Tout invite à le conclure; jamais union ne fut peut-être plus nécessaire. Vous n'ignorez pas les justes droits que les rois de Castille prétendent avoir sur une partie de cet état, par les alliances....

LÉLIO.

Laissons là ces droits historiques, monsieur; je sais ce que c'est; et quand on voudra, la princesse en produira de même valeur sur les états du roi votre maître. Nous n'avons qu'à relire aussi les alliances passées; vous verrez qu'il y aura quelqu'une de vos provinces qui nous appartiendra.

FRÉDÉRIC.

Effectivement vos droits ne sont pas fondés, et il n'est pas besoin d'en appuyer le mariage dont il s'agit.

L'AMBASSADEUR.

Laissons-les donc pour le présent, j'y consens;

mais la trop grande proximité des deux états entretient depuis vingt ans des guerres qui ne finissent que
pour peu de temps, et qui recommenceront bientôt
entre deux nations voisines, et dont les intérêts se
croiseront toujours. Vos peuples sont fatigués ; mille
occasions vous ont prouvé que vos ressources sont
inégales aux nôtres. La paix que nous venons de faire
avec vous, vous la devez à des circonstances qui ne
se rencontreront pas toujours. Si la Castille n'avait
été occupée ailleurs, les choses auraient bien changé
de face.

LÉLIO.

Point du tout ; il en aurait été de cette guerre
comme de toutes les autres. Depuis tant de siècles
que cet état se défend contre le vôtre, où sont vos
progrès? Je n'en vois point qui puissent justifier cette
grande inégalité de forces dont vous parlez.

L'AMBASSADEUR.

Vous ne vous êtes soutenus que par des secours
étrangers.

LÉLIO.

Ces mêmes secours, dans bien des occasions, vous
ont aussi rendu de grands services ; et voilà comment
subsistent les états : la politique de l'un arrête l'ambition de l'autre.

FRÉDÉRIC.

Retranchons-nous sur des choses plus effectives,
sur la tranquillité durable que ce mariage assurerait
aux deux peuples qui ne seraient plus qu'un, et qui
n'auraient plus qu'un même maître.

LÉLIO.

Fort bien ; mais nos peuples n'ont-ils pas leurs lois particulières ? Êtes-vous sûr, monsieur, qu'ils voudront bien passer sous une domination étrangère, et peut-être se soumettre aux coutumes d'une nation qui leur est antipathique ?

L'AMBASSADEUR.

Désobéiront-ils à leur souveraine ?

LÉLIO.

Ils lui désobéiront par amour pour elle.

FRÉDÉRIC.

En ce cas-là, il ne sera pas difficile de les réduire.

LÉLIO.

Y pensez-vous, monsieur ? S'il faut les opprimer pour les rendre tranquilles comme vous l'entendez, ce n'est pas de leur souveraine que doit leur venir un pareil repos ; il n'appartient qu'à la fureur d'un ennemi de leur faire un présent si funeste.

FRÉDÉRIC, à part à l'ambassadeur.

Vous voyez des preuves de ce que je vous ai dit.

L'AMBASSADEUR, à Lélio.

Votre avis est donc de rejeter le mariage que je propose ?

LÉLIO.

Je ne le rejette point ; mais il mérite réflexion. Il faut examiner mûrement les choses ; après quoi, je conseillerai à la princesse ce que je jugerai de mieux

pour sa gloire et pour le bien de ses peuples ; le seigneur Frédéric dira ses raisons, et moi les miennes.

FRÉDÉRIC.

On décidera sur les vôtres.

L'AMBASSADEUR, à Lélio.

Me permettrez-vous de vous parler à cœur ouvert ?

LÉLIO.

Vous êtes le maître.

L'AMBASSADEUR.

Vous êtes ici dans une belle situation, et vous craignez d'en sortir, si la princesse se marie ; mais le roi
mon maître est assez grand seigneur pour vous dé-
dommager, et j'en réponds pour lui.

LÉLIO.

Ah ! de grâce, ne citez point ici le roi votre maître ;
soupçonnez-moi tant que vous voudrez de manquer
de droiture, mais ne l'associez point à vos soupçons.
Quand nous faisons parler les princes, monsieur, que
ce soit toujours d'une manière noble et digne d'eux ;
c'est un respect que nous leur devons, et vous me
faites rougir pour le roi de Castille.

L'AMBASSADEUR.

Arrêtons-nous là. Une discussion là-dessus nous
mènerait trop loin ; il ne me reste qu'un mot à vous
dire ; et ce n'est plus le roi de Castille, c'est moi
qui vous parle à présent. On m'a averti que je vous
trouverais contraire au mariage dont il s'agit, tout

convenable, tout nécessaire qu'il est, si jamais la
princesse veut épouser un prince. On a prévu les difficultés que vous faites, et l'on prétend que vous avez
vos raisons pour les faire ; raisons si hardies que je
n'ai pu les croire, et qui sont fondées, dit-on, sur
la confiance dont la princesse vous honore.

LÉLIO.

Vous m'allez encore parler à cœur ouvert, monsieur ; et si vous m'en croyez, vous n'en ferez rien.
La franchise ne vous réussit pas ; le roi votre maître
s'en est mal trouvé tout à l'heure, et vous m'inquiétez pour la princesse.

L'AMBASSADEUR.

Ne craignez rien. Loin de manquer moi-même à ce
que je lui dois, je ne veux qu'apprendre ce qui lui
est dû à ceux qui l'oublient.

LÉLIO.

Voyons ; j'en sais tant là-dessus, que je suis en état
de corriger vos leçons mêmes. Que dit-on de moi ?

L'AMBASSADEUR.

Des choses hors de toute vraisemblance.

FRÉDÉRIC.

Ne les expliquez point ; je crois savoir ce que c'est ;
on me les a dites aussi, et j'en ai ri comme d'une
chimère.

LÉLIO, regardant Frédéric.

N'importe ; je serai bien aise de voir jusqu'où va
la lâche inimitié de ceux dont je blesse ici les yeux,

que vous connaissez comme moi, et à qui j'aurais fait
bien du mal si j'avais voulu, mais qui ne valent pas
la peine qu'un honnête homme se venge. Revenons.

L'AMBASSADEUR.

Non, le seigneur Frédéric a raison ; n'expliquons
rien ; ce sont des illusions. Un homme d'esprit comme
vous, dont la fortune est déjà si prodigieuse, et qui
la mérite, ne saurait avoir des sentimens aussi péril-
leux que ceux qu'on vous attribue. La princesse n'est
sans doute l'objet que de vos respects ; mais le bruit
qui court sur votre compte vous expose, et, pour le
détruire, je vous conseillerais de porter la princesse
à un mariage avantageux à l'état.

LÉLIO.

Je vous suis très-obligé de vos conseils, monsieur ;
mais j'ai regret à la peine que vous prenez de m'en
donner. Jusqu'ici les ambassadeurs n'ont jamais été
les précepteurs des ministres chez qui ils vont, et je
n'ose renverser l'ordre. Quand je verrai votre nouvelle méthode bien établie, je vous promets de la
suivre.

L'AMBASSADEUR.

Je n'ai pas tout dit. Le roi de Castille a pris de
l'inclination pour la princesse sur un portrait qu'il en
a vu ; c'est en amant que ce jeune prince souhaite un
mariage que la raison, l'égalité d'âge et la politique,
doivent presser de part et d'autre. S'il ne s'achève
pas, si vous en détournez la princesse par des motifs
qu'elle ne sait pas, faites du moins qu'à son tour ce

prince ignore les secrètes raisons qui s'opposent en vous à ce qu'il souhaite. La vengeance des princes peut porter loin ; souvenez - vous - en.

LÉLIO.

Encore une fois, je ne rejette point votre proposition ; nous l'examinerons plus à loisir ; mais si les raisons secrètes que vous voulez dire étaient réelles, monsieur, je ne laisserais pas que d'embarrasser le ressentiment de votre prince. Il lui serait plus difficile de se venger de moi que vous ne pensez.

L'AMBASSADEUR.

De vous ?

LÉLIO.

Oui, de moi.

L'AMBASSADEUR.

Doucement ; vous ne savez pas à qui vous parlez.

LÉLIO.

Je sais qui je suis ; en voilà assez.

L'AMBASSADEUR.

Laissez là ce que vous êtes, et soyez sûr que vous me devez respect.

LÉLIO.

Soit ; et moi je n'ai, si vous le voulez, que mon cœur pour tout avantage ; mais les égards que l'on doit à la seule vertu, sont aussi légitimes que les respects que l'on doit aux princes ; et fussiez-vous le roi de Castille même, si vous êtes généreux, vous ne sauriez penser autrement. Je ne vous ai point manqué de respect, supposé que je vous en doive ; mais

les sentimens que je vous montre depuis que je vous
parle, méritaient de votre part plus d'attention que
vous ne leur en avez donné. Cependant je continue-
rai à vous respecter, puisque vous dites qu'il le faut,
sans pourtant en examiner moins si le mariage dont
il s'agit est vraiment convenable.   (Il sort.)

SCÈNE IX.

FRÉDÉRIC, L'AMBASSADEUR.

FRÉDÉRIC.

La manière dont vous venez de lui parler me fait
présumer bien des choses. Peut-être sous le titre
d'ambassadeur nous cachez-vous....

L'AMBASSADEUR.

Non, monsieur, il n'y a rien à présumer ; c'est un
ton que j'ai cru pouvoir prendre avec un aventurier
que le sort a élevé.

FRÉDÉRIC.

Eh bien ! que dites-vous de cet homme-là ?

L'AMBASSADEUR.

Je dis que je l'estime.

FRÉDÉRIC.

Cependant, si nous ne le renversons, vous ne
pouvez réussir. Ne joindrez-vous pas vos efforts aux
nôtres ?

L'AMBASSADEUR.

J'y consens, à condition que nous ne tenterons

rien qui soit indigne de nous. Je veux le combattre généreusement, comme il le mérite.

FRÉDÉRIC.

Toutes actions sont généreuses, quand elles tendent au bien général.

L'AMBASSADEUR.

Ne vous en fiez pas à vous. Vous haïssez Lélio, et la haine entend mal à faire des maximes d'honneur. Je tâcherai de voir aujourd'hui la princesse. Je vous quitte, j'ai quelques dépêches à faire ; nous nous reverrons tantôt.

SCENE X.

FRÉDÉRIC, ARLEQUIN,

arrivant tout essouflé.

FRÉDÉRIC, à part.

Monsieur l'ambassadeur me paraît bien scrupuleux ! Mais voici Arlequin qui accourt à moi.

ARLEQUIN.

Par la mardi ! monsieur le conseiller, il y a long-temps que je galope après vous. Vous êtes plus difficile à trouver qu'une botte de foin dans une aiguille.

FRÉDÉRIC.

Je ne me suis pourtant pas écarté ; as-tu quelque chose à me dire ?

ARLEQUIN.

Attendez, je crois que j'ai laissé ma respiration par les chemins ; ouf !...

FRÉDÉRIC.

Reprends haleine.

ARLEQUIN.

Oh ! dame, cela ne se prend pas avec la main. Ohi !
ohi ! Je vous ai été chercher au palais, dans les salles,
dans les cuisines ; je trottais par ci, je trottais par là,
je trottais partout ; et y allons vite, et boute et gare...
N'avez-vous pas vu le seigneur Frédéric ?...—Eh ! non,
mon ami !... — Où diable est-il donc ? Que la peste
l'étouffe ! Et puis je cours encore, patati, patata ; je
jure ; je rencontre un porteur d'eau, je renverse son
eau : N'avez-vous pas vu le seigneur Frédéric ?... —
Attends, attends, je vais te donner du seigneur Frédé
ric par les oreilles... Moi, je m'enfuis. Par la sambleu !
morbleu ! ne serait-il pas au cabaret ? J'y entre, je
trouve du vin, je bois chopine ; je m'apaise, et puis
je reviens ; et puis vous voilà.

FRÉDÉRIC.

Achève ; sais-tu quelque chose ? Tu me donnes
bien de l'impatience.

ARLEQUIN.

Cent mille écus ne seraient pas dignes de me payer
ma peine ; pourtant j'en rabattrai beaucoup.

FRÉDÉRIC.

Je n'ai point d'argent sur moi ; mais je t'en promets
au sortir d'ici.

ARLEQUIN.

Pourquoi est-ce que vous laissez votre bourse à la

maison? Si j'avais su cela, je ne vous aurais pas trouvé ;
car, pendant que j'y suis, il faut que je vous tienne.

FRÉDÉRIC.

Tu n'y perdras rien. Parle, que sais-tu ?

ARLEQUIN.

De bonnes choses ; c'est du nanan.

FRÉDÉRIC.

Voyons.

ARLEQUIN.

Cet argent promis m'envoie des scrupules. Si vous
pouviez me donner des gages ; ce petit diamant qui
est à votre petit doigt, par exemple? quand cela
promet de l'argent, cela tient parole.

FRÉDÉRIC.

Prends ; le voilà pour garant de la mienne ; ne me
fais plus languir.

ARLEQUIN.

Vous êtes honnête homme, et votre bague aussi.
Or donc, tantôt, monsieur Lélio, qui vous méprise
que c'est une bénédiction, il parlait à lui tout seul....

FRÉDÉRIC.

Bon !

ARLEQUIN.

Oui, bon!... Voilà la princesse qui vient. Dirai-je
tout devant elle ?

FRÉDÉRIC.

Tu m'en fais venir l'idée. Oui ; mais ne dis rien de
tes engagemens avec moi. Je vais parler le premier ;
conforme-toi à ce que tu m'entendras dire.

3.   25

SCÈNE XI.

LA PRINCESSE, HORTENSE, FRÉDÉRIC, ARLEQUIN.

LA PRINCESSE.

En bien! Frédéric, qu'a-t-on conclu avec l'ambassadeur?

FRÉDÉRIC.

Madame, monsieur Lélio penche à croire que sa proposition est recevable.

LA PRINCESSE.

Lui! Son sentiment est que j'épouse le roi de Castille?

FRÉDÉRIC.

Il n'a demandé que le temps d'examiner un peu la chose.

LA PRINCESSE.

Je n'aurais pas cru qu'il dût penser comme vous le dites.

ARLEQUIN.

Il en pense, ma foi, bien d'autres!

LA PRINCESSE, à Arlequin.

Ah! te voilà? (A Frédéric.) Que faites-vous ici de son valet?

FRÉDÉRIC.

Quand vous êtes arrivée, madame, il venait, disait-il, me déclarer quelque chose qui vous concerne, et que le zèle qu'il a pour vous l'oblige de découvrir.

Monsieur Lélio y est mêlé; mais je n'ai pas eu encore
le temps de savoir ce que c'est.

LA PRINCESSE.

Sachons-le; de quoi s'agit-il?

ARLEQUIN.

C'est que, voyez-vous, madame, il n'y a, mardi!
point de chanson à cela; je suis bon serviteur de votre principauté.

HORTENSE.

Eh quoi! madame, pouvez-vous prêter l'oreille
aux discours de pareilles gens?

LA PRINCESSE.

On s'amuse de tout. (A Arlequin.) Continue.

ARLEQUIN.

Je n'entends ni à dia ni à huriau, quand on ne vous
rend pas la révérence qui vous appartient.

LA PRINCESSE.

A merveille. Mais viens au fait sans compliment.

ARLEQUIN.

Oh! dame, quand on vous parle, à vous autres,
ce n'est pas le tout que d'ôter son chapeau; il faut
bien mettre en avant quelque petite faribole au bout.
A cette heure voici mon histoire. Vous saurez donc,
avec votre permission, que tantôt j'écoutais monsieur
Lélio, qui faisait la conversation des fous; car il parlait tout seul. Il était devant moi, et moi derrière.
Or, ne vous déplaise, il ne savait pas que j'étais là;

il se virait, je me virais ; c'était une farce. Tout d'un coup il ne s'est plus viré, et puis s'est mis à dire comme cela : Ouf ! je suis diablement embarrassé. Moi, j'ai deviné qu'il avait de l'embarras. Quand il a eu dit cela, il n'a rien dit davantage ; il s'est promené ; ensuite il lui a pris un grand frisson.

HORTENSE.

En vérité, madame, vous m'étonnez.

LA PRINCESSE.

Que veux-tu dire, un frisson ?

ARLEQUIN.

Oui, il a dit : Je tremble ; et ce n'était pas pour des prunes, le gaillard ! car, a-t-il repris, j'ai lorgné ma gentille maîtresse pendant cette belle fête ; et si cette princesse, qui est plus fine qu'un merle, a vu trotter ma prunelle, mon affaire va mal, j'en dis du mirlirot [1]. Là-dessus autre promenade ; ensuite autre conversation. Par la ventrebleu ! a-t-il dit, j'ai du guignon ; je suis amoureux de cette gracieuse personne, et si la princesse vient à le savoir, et y allons donc, nous verrons beau train, je serai un joli mignon ; elle sera capable de me friponner m'amie... Jour de Dieu ! ai-je dit en moi-même, friponner, c'est le fait des

---

[1] *J'en dis du mirlirot.* Le mirlirot est une plante commune et de nulle valeur ; *en dire du mirlirot*, signifie proverbialement : ne faire aucun cas d'une chose, s'en moquer. Cette façon de parler, toute populaire, est tombée en désuétude. Boursault l'a employée dans sa comédie d'*Ésope à la cour.*

larrons, et non pas d'une princesse qui est fidèle comme l'or. Vertuchoux! qu'est-ce que c'est que tout ce tripotage-là? Toutes ces paroles-là ont mauvaise mine; mon patron songe à malice; et il faut avertir cette pauvre princesse, à qui on en ferait passer quinze pour quatorze [1]. Je suis donc venu comme un honnête garçon, et voilà que je vous découvre le pot aux roses; mais je vous dis la signification du discours, et le tout *gratis*, si cela vous plaît.

HORTENSE.

Quelle aventure!

FRÉDÉRIC, à la princesse.

Madame, vous m'avez dit quelquefois que je présumais mal de Lélio; voyez l'abus qu'il fait de votre estime.

LA PRINCESSE.

Taisez-vous; je n'ai que faire de vos réflexions. (A Arlequin.) Pour toi, je vais t'apprendre à trahir ton maître, à te mêler de choses que tu ne devais pas entendre, et à me compromettre dans l'impertinente répétition que tu fais; une étroite prison me répondra de ton silence.

ARLEQUIN, se mettant à genoux.

Ah! ma bonne dame, ayez pitié de moi; arrachez-

---

[1] *A qui on en ferait passer quinze pour quatorze.* Autre façon de parler proverbiale, pour dire : tromper la confiance de quelqu'un, comme agirait celui qui ferait signer à un créancier une quittance de quinze francs, et qui ne lui en aurait donné que quatorze.

moi la langue, et laissez-moi la clef des champs.
Miséricorde, ma reine! je ne suis qu'un butor, et c'est
ce misérable conseiller de malheur qui m'a brouillé
avec votre charitable personne.

LA PRINCESSE.

Comment cela?

FRÉDÉRIC.

Madame, c'est un valet qui vous parle, et qui
cherche à se sauver; je ne sais ce qu'il veut dire.

HORTENSE.

Laissez, laissez-le parler, monsieur.

ARLEQUIN, à Frédéric.

Allez, je vous ai bien dit que vous ne valiez rien,
et vous ne m'avez pas voulu croire. Je ne suis qu'un
chétif valet, et si pourtant, je voulais être homme de
bien; et lui, qui est riche et grand seigneur, il n'a
jamais eu le cœur d'être honnête homme.

FRÉDÉRIC.

Il va vous en imposer, madame.

LA PRINCESSE.

Taisez-vous, vous dis-je; je veux qu'il parle.

ARLEQUIN.

Tenez, madame, voilà comme cela est venu. Il
m'a trouvé comme j'allais tout droit devant moi....
Veux-tu me faire un plaisir? m'a-t-il dit. — Hélas!
de tout mon cœur; car je suis bon et serviable de
mon naturel. — Tiens, voilà une pistole. — Grand

merci. — En voilà encore une autre. — Donnez, mon
brave homme — Prends encore cette poignée de pistoles. — Et oui-dà, mon bon monsieur. — Veux-tu
me rapporter ce que tu entendras dire à ton maître?—
Et pourquoi cela? — Pour rien, par curiosité.— Oh!
mon compère, non. — Mais je te donnerai tant de
bonnes drogues; je te ferai ci, je te ferai cela; je sais
une fille qui est jolie, qui est dans ses meubles; je
la tiens dans ma manche; je te la garde. — Oh! oh!
montrez la pour voir. — Je l'ai laissée au logis; mais,
suis-moi, tu l'auras. — Non, non, brocanteur, non.
— Quoi! tu ne veux pas d'une jolie fille?.... A la vérité, madame, cette fille-là me trottait dans l'âme; il
me semblait que je la voyais, qu'elle était blanche,
potelée. Quelle satisfaction! Je trouvais cela bien
friand. Je bataillais, je bataillais comme un César;
vous m'auriez mangé de plaisir en voyant mon courage; à la fin je suis chu. Il me doit encore une pension de cent écus par an, et j'ai déjà reçu la fillette,
que je ne puis pas vous montrer, parce qu'elle n'est
pas là. Sans compter une prophétie qui a parlé, à ce
qu'ils disent, de mon argent, de ma fortune et de ma
friponnerie.

LA PRINCESSE.

Comment s'appelle-t-elle, cette fille?

ARLEQUIN.

Lisette. Ah! madame, si vous voyiez sa face, vous
seriez ravie; avec cette créature-là, il faut que l'honneur d'un homme plie bagage; il n'y a pas moyen.

FRÉDÉRIC.

Un misérable comme celui-là peut-il imaginer tant d'impostures?

ARLEQUIN.

Tenez, madame, voilà encore sa bague qu'il m'a mise en gage pour de l'argent qu'il me doit donner tantôt. Regardez mon innocence. Vous qui êtes une princesse, si on vous donnait tant d'argent, de pensions, de bagues, et un joli garçon, est-ce que vous y pourriez tenir? Mettez la main sur la conscience. Je n'ai rien inventé; j'ai dit ce que monsieur Lélio a dit.

HORTENSE.

Juste ciel!

LA PRINCESSE, à Frédéric.

Je verrai ce que je dois faire de vous, Frédéric; mais vous êtes le plus indigne et le plus lâche de tous les hommes.

ARLEQUIN.

Hélas! délivrez-moi de la prison.

LA PRINCESSE.

Laisse-moi.

HORTENSE.

Voulez-vous que je vous suive, madame?

LA PRINCESSE.

Non, madame, restez; je suis bien aise d'être seule; mais ne vous écartez point.

SCÈNE XII.

FRÉDÉRIC, HORTENSE, ARLEQUIN.

ARLEQUIN.

ME voilà bien accommodé! Je suis un bel oiseau!
J'aurai bon air en cage! Et puis après cela fiez - vous
aux prophéties! prenez des pensions, et aimez les
filles! Pauvre Arlequin! adieu la joie; je n'userai plus
de souliers; on va m'enfermer dans un étui, à cause
de ce Sarrasin-là.

FRÉDÉRIC.

Que je suis malheureux, madame! Vous n'avez jamais paru me vouloir du mal; dans la situation où
m'a mis un zèle imprudent pour les intérêts de la
princesse, puis-je espérer de vous une grâce?

HORTENSE.

Oui-dà, monsieur; faut-il demander qu'on vous
ôte la vie, pour vous délivrer du malheur d'être dé-
testé de tous les hommes? Voilà, je pense, tout le
service qu'on peut vous rendre, et vous pouvez compter sur moi.

FRÉDÉRIC.

Que vous ai-je fait, madame?

SCÈNE XIII.

LÉLIO, HORTENSE, FRÉDÉRIC, ARLEQUIN.

ARLEQUIN, voyant Lélio.

Aн! mon maître bien-aimé, venez que je vous baise les pieds; je ne suis pas digne de vous baiser les mains. Vous savez bien le privilége que vous m'avez donné tantôt; eh bien! ce privilége est ma perdition. Pour deux ou trois petites miettes de paroles que j'ai lâchées de vous à la princesse, elle veut que je garde la chambre; et j'allais faire mes fiançailles.

LÉLIO.

Que signifient ces paroles, madame? Je m'aperçois qu'il se passe quelque chose d'extraordinaire dans le palais; les gardes m'ont reçu avec une froideur qui m'a surpris; qu'est-il arrivé?

HORTENSE.

Votre valet, payé par Frédéric, a rapporté à la princesse ce qu'il vous a entendu dire dans un moment où vous vous croyiez seul.

LÉLIO.

Et qu'a-t-il rapporté?

HORTENSE.

Que vous aimiez certaine dame; que vous aviez peur que la princesse ne vous l'eût vu regarder pen-

dant la fête, et ne vous l'ôtât, si elle savait que vous
l'aimez.

LÉLIO.

Et cette dame, l'a-t-on nommée?

HORTENSE.

Non, mais apparemment on la connaît bien; et
voilà l'obligation que vous avez à Frédéric, dont les
présens ont corrompu votre valet.

ARLEQUIN.

Oui, c'est fort bien dit; il m'a corrompu. J'avais le
cœur plus net qu'une perle, j'étais tout-à-fait gentil;
mais depuis que je l'ai fréquenté, je vaux moins d'é-
cus que je ne valais de mailles.

FRÉDÉRIC.

Oui, monsieur, je vous l'avouerai encore une fois,
j'ai cru bien servir l'état et la princesse en tâchant
d'arrêter votre fortune; suivez ma conduite, elle me
justifie. Je vous ai prié de travailler à me faire premier ministre, il est vrai; mais quel pouvait être mon
dessein? Suis-je dans un âge à souhaiter un emploi
si fatigant? Non, monsieur; trente années d'exercice
m'ont rassasié d'emplois et d'honneurs, il ne me faut
que du repos; mais je voulais m'assurer de vos idées,
et voir si vous aspiriez vous-même au rang que je fei-
gnais de souhaiter. J'allais dans ce cas parler à la
princesse, et la détourner, autant que j'aurais pu, de
remettre tant de pouvoir entre des mains dangereuses et tout-à-fait inconnues. Pour achever de vous

pénétrer, je vous ai offert ma fille; vous l'avez refusée, je l'avais prévu; et j'ai tremblé du projet dont
je vous ai soupçonné sur ce refus, et du succès que
pouvait avoir ce projet même. Car enfin, vous avez
la faveur de la princesse; vous êtes jeune et aimable;
tranchons le mot, vous pouvez lui plaire, et jeter
dans son cœur de quoi lui faire oublier ses véritables
intérêts et les nôtres, qui étaient qu'elle épousât le
roi de Castille. Voilà ce que j'appréhendais, et la
raison de tous les efforts que j'ai faits contre vous.
Vous m'avez cru jaloux de vous, quand je n'étais inquiet que pour le bien public. Je ne vous le reproche
pas. Les vues jalouses et ambitieuses ne sont que trop
ordinaires à mes pareils; et, ne me connaissant pas, il
vous était permis de me confondre avec eux, de méconnaître un zèle assez rare, qui d'ailleurs se montrait
par des actions équivoques. Quoi qu'il en soit, tout
louable qu'il est ce zèle, je me vois près d'en être la
victime. J'ai combattu vos desseins, parce qu'ils m'ont
paru dangereux. Peut-être êtes-vous digne qu'ils réussissent; et la manière dont vous en userez avec moi
dans l'état où je suis, l'usage que vous ferez de votre
crédit auprès de la princesse, enfin la destinée que
j'éprouverai, décidera de l'opinion que je dois avoir
de vous. Si je péris après d'aussi louables intentions
que les miennes, je ne me serai point trompé sur votre compte; je périrai du moins avec la consolation
d'avoir été l'ennemi d'un homme qui, en effet, n'était pas vertueux. Si je ne péris pas, au contraire,

mon estime, ma reconnaissance et mes satisfactions
vous attendent.

ARLEQUIN.

Il n'y aura donc que moi qui resterai un fripon,
faute de savoir faire une harangue.

LÉLIO.

Je vous sauverai si je puis, Frédéric; vous me
faites du tort; mais l'honnête homme n'est pas méchant, et je ne saurais refuser ma pitié aux opprobres
dont vous couvre votre caractère.

FRÉDÉRIC.

Votre pitié!... Adieu, Lélio; peut-être à votre tour
aurez-vous besoin de la mienne.

LÉLIO, à Arlequin.

Va m'attendre.

SCÈNE XIV.

LÉLIO, HORTENSE.

LÉLIO.

Vous l'avez prévu, madame, mon amour vous met
dans le péril; et je n'ose presque vous regarder.

HORTENSE.

Quoi! l'on va peut-être me séparer d'avec vous,
et vous ne voulez pas me regarder, ni voir combien
je vous aime! Montrez-moi du moins combien vous
m'aimez; je veux vous voir.

LÉLIO.

Je vous adore.

HORTENSE.

J'en dirai autant que vous, si vous le voulez; cela
ne tient à rien. Je ne vous verrai plus; je ne me gêne
point, je dis tout.

LÉLIO.

Quel bonheur! mais qu'il est traversé! Cependant,
madame, ne vous alarmez point. Je vais déclarer qui
je suis à la princesse, et lui avouer....

HORTENSE.

Lui dire qui vous êtes!... Je vous le défends; c'est
une âme violente; elle vous aime, elle se flattait que
vous l'aimiez; elle vous aurait épousé, tout inconnu
que vous lui êtes; elle verrait à présent que vous lui
convenez. Vous êtes dans son palais sans secours, vous
m'avez donné votre cœur; tout cela serait affreux
pour elle; vous péririez, j'en suis sûre. Elle est déjà
jalouse, elle deviendrait furieuse, elle en perdrait
l'esprit; elle aurait raison de le perdre. Je le perdrais comme elle, et toute la terre le perdrait. Je
sens cela, mon amour le dit; fiez-vous à lui, il vous
connaît bien. Se voir enlever un homme comme vous!
vous ne savez pas ce que c'est; j'en frémis, n'en parlons plus. Laissez-vous gouverner; réglons-nous sur
les événemens, je le veux. Peut-être allez-vous être
arrêté; ne restons point ici; je suis mourante de
frayeur pour vous. Mon cher prince, que vous m'avez
donné d'amour! N'importe, je vous le pardonne;
sauvez-vous, je vous en promets encore davantage.

Adieu; ne restons point à présent ensemble. Peut-être nous verrons-nous plus libres.

LÉLIO.

Je vous obéis; mais si l'on s'en prend à vous, vous devez me laisser faire.

FIN DU SECOND ACTE.

ACTE III.

SCÈNE I.

HORTENSE, *seule*.

La princesse m'envoie chercher; que je crains la conversation que nous aurons ensemble! Que me veut-elle? Aurait-elle découvert quelque chose? Il a fallu me servir d'Arlequin, qui m'a paru fidèle. On n'a permis qu'à lui de voir Lélio. M'aurait-il trahie? L'aurait-on surpris? Voici quelqu'un, retirons-nous; c'est peut-être la princesse, et je ne veux pas qu'elle me voie dans ce moment-ci.

SCÈNE II.

ARLEQUIN, LISETTE.

LISETTE.

Il semble que vous vous défiez de moi, Arlequin; vous ne m'apprenez rien de ce qui vous regarde. La princesse vous a envoyé tantôt chercher; est-elle encore fâchée contre nous? Qu'a-t-elle dit?

ARLEQUIN.

D'abord elle ne m'a rien dit, elle m'a regardé d'un air suffisant; moi, la peur m'a pris; je me tenais comme cela tout dans un tas; ensuite elle m'a dit:

Approche. J'ai donc avancé un pied, et puis un autre pied, et puis un troisième pied, et de pied en pied
je me suis trouvé près d'elle, mon chapeau sur mes
deux mains.

LISETTE.

Après?...

ARLEQUIN.

Après, nous sommes entrés en conversation. Elle
m'a dit : Veux-tu que je te pardonne ce que tu as
fait? Tout comme il vous plaira, ai-je dit; je n'ai
rien à vous commander, ma bonne dame. Elle a répondu : Va-t'en dire à Hortense que ton maître, à qui
on t'a permis de parler, t'a donné en secret ce billet
pour elle. Tu me rapporteras sa réponse. — Madame,
dormez en repos, et tenez-vous gaillarde; vous voyez
le premier homme du monde pour donner une bourde,
vous ne la donneriez pas mieux que moi; car je mens
à faire plaisir, foi de garçon d'honneur.

LISETTE.

Vous avez pris le billet?

ARLEQUIN.

Oui, bien promptement.

LISETTE.

Et vous l'avez porté à Hortense?

ARLEQUIN.

Oui; mais un accès de prudence m'a pris, et j'ai
fait une réflexion. J'ai dit : Par la mardi! c'est que
cette princesse avec Hortense veut éprouver si je serai encore un coquin.

3.   26

LISETTE.

Eh bien! à quoi vous a conduit cette réflexion-là?
Avez-vous dit à Hortense que ce billet venait de la
princesse, et non pas de monsieur Lélio?

ARLEQUIN.

Vous l'avez deviné, m'amie.

LISETTE.

Et vous croyez qu'Hortense est de concert avec la
princesse, et qu'elle lui rendra compte de votre sin-
cérité?

ARLEQUIN.

Et quoi donc? elle ne l'a pas dit; mais plus fin
que moi n'est pas bête.

LISETTE.

Qu'a-t-elle répondu à votre message?

ARLEQUIN.

Oh! elle a voulu m'enjôler, en me disant que j'é-
tais un honnête garçon; ensuite elle a fait semblant
de griffonner un papier pour monsieur Lélio.

LISETTE.

Qu'elle vous a recommandé de lui rendre?

ARLEQUIN.

Oui; mais il n'aura pas besoin de lunettes pour le
lire; c'est encore un tour qu'on me joue.

LISETTE.

Et qu'en ferez-vous donc?

ARLEQUIN.

Je n'en sais rien; mon cœur est dans l'embarras là-dessus.

LISETTE.

Il faut absolument le remettre à la princesse, Arlequin; n'y manquez pas. Son intention n'était pas que vous avouassiez que ce billet venait d'elle; par bonheur, votre aveu n'a servi qu'à persuader à Hortense qu'elle pouvait se fier à vous; peut-être même ne vous aurait-elle pas donné un billet pour Lélio sans cela. Votre imprudence a réussi; mais, encore une fois, remettez la réponse à la princesse; elle ne vous pardonnera qu'à ce prix.

ARLEQUIN.

Votre foi?

LISETTE.

J'entends du bruit; c'est peut-être elle qui vient pour vous le demander. Adieu; vous me direz ce qui en sera arrivé.

SCÈNE III.

LA PRINCESSE, ARLEQUIN.

ARLEQUIN.

Tantôt on voulait m'emprisonner pour une fourberie; et à cette heure, pour une fourberie, on me pardonne. Quel galimatias que l'honneur de ce pays-ci

LA PRINCESSE.

As-tu vu Hortense?

ARLEQUIN.

Oui, madame; je lui ai menti, suivant votre ordonnance.

LA PRINCESSE.

A-t-elle fait réponse?

ARLEQUIN.

Notre tromperie va à merveille; j'ai un billet doux
pour monsieur Lélio.

LA PRINCESSE.

Juste ciel! donne vite et retire-toi.

ARLEQUIN, après avoir fouillé dans toutes ses poches,
les vide, et en tire toutes sortes de brimborions.

Ah! le maudit tailleur, qui m'a fait des poches
percées! Vous verrez que la lettre aura passé par ce
trou-là. Attendez, attendez, j'oubliais une poche; la
voilà. Non; peut-être que je l'aurai oubliée à l'office,
où je suis allé pour me rafraîchir.

LA PRINCESSE.

Va la chercher, et me l'apporte sur-le-champ.

SCÈNE IV.

LA PRINCESSE, seule.

Indigne amie, tu lui fais réponse, et me voici con-
vaincue de ta trahison; tu ne l'aurais jamais avouée
sans ce malheureux stratagème qui ne m'instruit que
trop. Allons, poursuivons mon projet; privons l'ingrat de ses honneurs; qu'il ait la douleur de voir son

ennemi en sa place ; promettons ma main au roi de
Castille, et punissons après les deux perfides de la
honte dont ils me couvrent. La voici ; contraignons-
nous, en attendant le billet qui doit la convaincre.

SCÈNE V.

LA PRINCESSE, HORTENSE.

HORTENSE.

Je me rends à vos ordres, madame ; on m'a dit
que vous vouliez me parler.

LA PRINCESSE.

Vous jugez bien que, dans l'état où je suis, j'ai besoin de consolations, Hortense ; et ce n'est qu'à vous
seule que je peux ouvrir mon cœur.

HORTENSE.

Hélas ! madame, je n'ose vous assurer que vos chagrins sont les miens.

LA PRINCESSE, à part.

Je le sais bien, perfide.... (Haut.) Je vous ai confié
mon secret comme à la seule amie que j'aie au monde.
Lélio ne m'aime point, vous le savez.

HORTENSE.

On aurait de la peine à se l'imaginer ; et, à votre
place, je voudrais encore m'éclaircir. Il entre peut-
être dans son cœur plus de timidité que d'indifférence.

LA PRINCESSE.

De la timidité, madame! Votre amitié pour moi
vous fournit des motifs de consolation bien faibles,
ou vous êtes bien distraite!

HORTENSE.

On ne peut être plus attentive que je le suis, madame.

LA PRINCESSE.

Vous oubliez pourtant les obligations que je vous
ai ; lui, n'oser me dire qu'il m'aime! Eh! ne l'avez-
vous pas informé, de ma part, des sentimens que j'a-
vais pour lui ?

HORTENSE.

J'y pensais tout à l'heure, madame; mais je crains
de l'en avoir mal informé. Je parlais pour une princesse ; la matière était délicate. Je vous aurai peut-
être un peu trop ménagée, je me serai expliquée
d'une manière obscure; Lélio ne m'aura pas entendue ; ce sera ma faute.

LA PRINCESSE.

Je crains, à mon tour, que votre ménagement pour
moi n'ait été plus loin que vous ne dites ; peut-être
ne l'avez-vous pas entretenu de mes sentimens ; peut-
être l'avez-vous trouvé prévenu pour un autre ; et vous,
qui prenez à mon cœur un intérêt si tendre, si généreux, vous m'avez fait un mystère de tout ce qui s'est
passé. C'est une discrétion prudente, dont je vous
crois très-capable.

HORTENSE.

Je lui ai dit que vous l'aimiez, madame; soyez-en
persuadée.

LA PRINCESSE.

Vous lui avez dit que je l'aimais ; et il ne vous a pas
entendue, dites-vous! Ce n'est pourtant pas s'expliquer d'une manière énigmatique. Je suis outrée, trahie, méprisée; et par qui, Hortense?

HORTENSE.

Madame, je puis vous être importune en ce moment-ci ; je me retirerai, si vous voulez.

LA PRINCESSE.

C'est moi qui vous suis à charge ; notre conversation vous fatigue, je le sens bien ; mais cependant
restez, vous me devez un peu de complaisance.

HORTENSE.

Hélas ! madame, si vous lisiez dans mon cœur, vous
verriez combien vous m'inquiétez.

LA PRINCESSE.

Ah! je n'en doute pas... (A part.) Arlequin ne vient
point... (Haut.) Calmez cependant vos inquiétudes sur
mon compte ; ma situation est triste, à la vérité; j'ai
été le jouet de l'ingratitude et de la perfidie ; mais
j'ai pris mon parti. Il ne me reste plus qu'à découvrir
ma rivale, et cela va être fait. Vous auriez pu me la
faire connaître, sans doute ; mais vous la trouvez trop
coupable, et vous avez raison.

HORTENSE.

Votre rivale! mais en avez-vous une, ma chère
princesse? Ne serait-ce pas moi que vous soupçon-
neriez encore? Parlez-moi franchement, c'est moi;
vos soupçons continuent. Lélio, disiez-vous tantôt,
m'a regardée pendant la fête; Arlequin en dit autant;
vous me condamnez là-dessus, vous n'envisagez que
moi; voilà comment l'amour juge. Mais mettez-vous
l'esprit en repos; souffrez que je me retire, comme je
le voulais. Je suis prête à partir tout à l'heure; indi-
quez-moi l'endroit où vous voulez que j'aille. Otez-
moi la liberté, s'il est nécessaire; rendez-la ensuite à
Lélio, faites-lui un accueil obligeant, rejetez sa dé-
tention sur quelques faux avis; montrez-lui dès aujourd'hui plus d'estime, plus d'amitié que jamais, et
de cette amitié qui le frappe, qui l'avertisse de vous
étudier; dans trois jours, dans vingt-quatre heures,
peut-être saurez-vous à quoi vous en tenir avec lui.
Vous voyez comment je m'y prends avec vous; voilà,
de mon côté, tout ce que je puis faire. Je vous offre
tout ce qui dépend de moi pour vous calmer, bien
mortifiée de n'en pouvoir faire davantage.

LA PRINCESSE.

Non, madame, la vérité même ne peut s'expliquer d'une manière plus naïve. Et que serait-ce donc
de votre cœur, si vous étiez coupable après cela?
Calmez-vous; j'attends des preuves incontestables de
votre innocence. A l'égard de Lélio, je donne sa
place à Frédéric, qui n'a péché, j'en suis sûre, que

par excès de zèle. Je l'ai envoyé chercher, et je veux
le charger du soin de mettre Lélio dans un lieu où il
ne pourra me nuire. Il m'échapperait s'il était libre,
et me rendrait la fable de toute la terre.

HORTENSE.

Ah! voilà d'étranges résolutions, madame.

LA PRINCESSE.

Elles sont judicieuses.

SCÈNE VI.

LA PRINCESSE, HORTENSE, ARLEQUIN.

ARLEQUIN.

Madame, c'est là le billet que madame Hortense
m'a donné.... la voilà pour le dire elle-même.

HORTENSE.

O ciel !

LA PRINCESSE, à Arlequin.

Va-t'en.

HORTENSE.

Souvenez-vous que vous êtes généreuse.

LA PRINCESSE lit.

« Arlequin est le seul par qui je puisse vous avertir de
« ce que j'ai à vous dire, tout dangereux qu'il est peut-
« être de s'y fier. Il vient de me donner une preuve de
« fidélité, sur laquelle je crois pouvoir hasarder ce billet
« pour vous, dans le péril où vous êtes. Demandez à par-
« ler à la princesse; plaignez-vous avec douleur de votre
« situation; calmez son cœur, et n'oubliez rien de ce qui

« pourra lui faire espérer qu'elle touchera le vôtre.....
« Devenez libre, si vous voulez que je vive; fuyez après,
« et laissez à mon amour le soin d'assurer mon bonheur
« et le vôtre..... »

Je ne sais où j'en suis.

HORTENSE.

C'est lui qui m'a sauvé la vie.

LA PRINCESSE.

Et c'est vous qui m'arrachez la mienne. Adieu ; je
vais résoudre ce que je dois faire.

HORTENSE.

Arrêtez un moment, madame ; je suis moins coupable que vous ne pensez.... Elle fuit.... elle ne m'é-
coute point. Cher prince, qu'allez-vous devenir ?....
Je me meurs! c'est moi, c'est mon amour qui vous
perd ! Mon amour ! ah ! juste ciel ! mon sort sera-t-il
de vous faire périr ? Cherchons-lui partout du secours. Voici Frédéric; essayons de le gagner lui-
même.

SCÈNE VII.

FRÉDÉRIC, HORTENSE.

HORTENSE.

Seigneur, je vous demande un moment d'entretien.

FRÉDÉRIC.

J'ai ordre d'aller trouver la princesse, madame.

HORTENSE.

Je le sais, et je n'ai qu'un mot à vous dire. Je vous apprends que vous allez remplir la place de Lélio.

FRÉDÉRIC.

Je l'ignorais; mais si la princesse le veut, il faudra bien obéir.

HORTENSE.

Vous haïssez Lélio; il ne mérite plus votre haine, il est à plaindre aujourd'hui.

FRÉDÉRIC.

J'en suis fâché, mais son malheur ne me surprend point; il devait même lui arriver plus tôt. Sa conduite était si hardie....

HORTENSE.

Moins que vous ne croyez, seigneur; c'est un homme estimable, plein d'honneur.

FRÉDÉRIC.

A l'égard de l'honneur, je n'y touche pas. J'attends toujours à la dernière extrémité pour décider contre les gens là-dessus.

HORTENSE.

Vous ne le connaissez pas; soyez persuadé qu'il n'avait nulle intention de vous nuire.

FRÉDÉRIC.

J'aurais besoin pour cet article-là d'un peu plus de crédulité que je n'en ai, madame.

HORTENSE.

Laissons donc cela, seigneur; mais me croyez-vous sincère?

FRÉDÉRIC.

Oui, madame, très-sincère; c'est un titre que je ne pourrais vous disputer sans injustice. Tantôt, quand je vous ai demandé votre protection, vous m'avez donné des preuves de franchise qui ne souffrent pas un mot de réplique.

HORTENSE.

Je vous regardais alors comme l'auteur d'une intrigue qui m'était fâcheuse; mais achevons. La princesse a des desseins contre Lélio, de l'exécution desquels elle doit vous charger; détournez-la de ces desseins; obtenez d'elle que Lélio sorte dès à présent de ses états; vous n'obligerez point un ingrat. Ce service que vous lui rendrez, que vous me rendrez à moi-même, le fruit n'en sera pas borné pour vous au seul plaisir d'avoir fait une bonne action. Je vous en garantis des récompenses au-dessus de ce que vous pourriez imaginer, et telles enfin que je n'ose vous le dire.

FRÉDÉRIC.

Des récompenses, madame! Quand j'aurais l'âme intéressée, que pourrais-je attendre de Lélio? Mais, grâces au ciel, je n'envie ni ses biens ni ses emplois. J'en accepterai l'embarras, s'il le faut, par dévouement aux intérêts de la princesse. A l'égard de ses biens, l'acquisition en a été trop aisée à faire; je n'en r voudrais pas, quand il ne tiendrait qu'à moi de m'en saisir ; je rougirais de les mêler avec les miens ; c'est à l'état qu'ils appartiennent, et c'est à l'état de les reprendre.

HORTENSE.

Ah ! seigneur, que l'état s'en saisisse, de ces biens dont vous parlez, si on les lui trouve.

FRÉDÉRIC.

Si on les lui trouve ! C'est fort bien dit, madame ; car les aventuriers prennent leurs mesures. Il est vrai que, lorsqu'on les tient, on peut les engager à révéler leur secret.

HORTENSE.

Si vous saviez de qui vous parlez, vous changeriez bien de langage ; je n'ose en dire plus, je jetterais peut-être Lélio dans un nouveau péril. Quoi qu'il en soit, les avantages que vous trouveriez à le servir n'ont point de rapport à sa fortune présente ; ceux dont je vous entretiens sont d'une autre sorte, et bien supérieurs. Je vous le répète ; vous ne ferez jamais rien qui puisse vous en apporter de si grands, je vous en donne ma parole ; croyez-moi, vous m'en remercierez.

FRÉDÉRIC.

Madame, modérez l'intérêt que vous prenez à lui ; supprimez des promesses dont vous ne remarquez pas l'excès, et qui se décréditent d'elles-mêmes. La princesse a fait arrêter Lélio, et elle ne pouvait se déterminer à rien de plus sage. Si, avant que d'en venir là, elle m'avait demandé mon avis, ce qu'elle a fait,

j'aurais cru, je vous jure, être obligé en conscience
de le lui conseiller. Cela posé, vous voyez quel est
mon devoir dans cette occasion-ci ; madame, la conséquence est aisée à tirer.

HORTENSE.

Très-aisée, seigneur Frédéric ; vous avez raison ;
dès que vous me renvoyez à votre conscience, tout est
dit ; je sais quelle espèce de devoirs sa délicatesse
peut vous dicter.

FRÉDÉRIC.

Sur ce pied-là, madame, loin de conseiller à la
princesse de laisser échapper un homme aussi dangereux que Lélio, et qui pourrait le devenir encore,
vous approuverez que je lui montre la nécessité qu'il
y a de m'en laisser disposer d'une manière qui sera
douce pour Lélio, et qui pourtant remédiera à tout.

HORTENSE.

Qui remédiera à tout !... (A part.) Le scélérat ! (Haut.)
Je suis curieuse, seigneur Frédéric, de savoir par
quelles voies vous rendriez Lélio suspect ; voyons, de
grâce, jusqu'où l'industrie de votre iniquité pourrait
tromper la princesse sur un homme aussi ennemi du
mal que vous l'êtes du bien ; car voilà son portrait et
le vôtre.

FRÉDÉRIC.

Vous vous emportez sans sujet, madame ; encore
une fois, cachez vos chagrins sur le sort de cet inconnu ; ils vous feraient tort, et je ne voudrais pas que
la princesse en fût informée. Vous êtes du sang de nos

souverains; Lélio travaillait à se rendre maître de l'état; son malheur vous consterne; tout cela amène-rait des réflexions qui pourraient vous embarrasser.

HORTENSE.

Allez, Frédéric, je ne vous demande plus rien; vous êtes trop méchant pour être à craindre; votre méchanceté vous met hors d'état de nuire à d'autres qu'à vous-même. A l'égard de Lélio, sa destinée, non plus que la mienne, ne relèvera jamais de la lâcheté de vos pareils.

FRÉDÉRIC.

Madame, je crois que vous voudrez bien me dis-penser d'en écouter davantage; je puis me passer de vous entendre achever mon éloge. Voici monsieur l'ambassadeur, et vous me permettrez de le joindre.

SCÈNE VIII.

L'AMBASSADEUR, HORTENSE, FRÉDÉRIC.

HORTENSE, à Frédéric.

Il me fera raison de vos refus. (A l'ambassadeur.) Sei-gneur, daignez m'accorder une grâce; je vous la de-mande avec la confiance que l'ambassadeur d'un roi si vanté me paraît mériter. La princesse est irritée contre Lélio; elle a dessein de le mettre entre les mains du plus grand ennemi qu'il ait ici; c'est Frédéric. Je ré-ponds cependant de son innocence. Vous dirai-je en-core plus, seigneur? Lélio m'est cher; c'est un aveu que je donne au péril où il est; le temps vous prouvera que j'ai pu le faire. Sauvez Lélio, seigneur ; engagez la princesse à vous le confier. Vous serez charmé de l'avoir servi quand vous le connaîtrez, et le roi de Castille même vous saura gré du service que vous lui rendrez.

FRÉDÉRIC.

Dès que Lélio est désagréable à la princesse, et qu'elle l'a jugé coupable, monsieur l'ambassadeur n'ira point lui faire une prière qui lui déplairait.

L'AMBASSADEUR.

J'ai meilleure opinion de la princesse ; elle ne désapprouvera pas une action qui d'elle-même est louable. Oui, madame, la confiance que vous avez en moi, me fait honneur ; je ferai tous mes efforts pour la justifier.

HORTENSE.

Je vois la princesse qui arrive ; je me retire, sûre de vos bontés.

SCÈNE IX.

LA PRINCESSE, FRÉDÉRIC,
L'AMBASSADEUR.

LA PRINCESSE.

Qu'on dise à Hortense de venir, et qu'on amène Lélio.

L'AMBASSADEUR.

Madame, puis-je espérer que vous voudrez bien obliger le roi de Castille ? Ce prince, en me chargeant

ɔ des intérêts de son cœur auprès de vous, m'a recom-
ɪ mandé encore d'être secourable à tout le monde ; c'est
ɔ donc en son nom que je vous prie de pardonner à
ɪ Lélio les sujets de colère que vous pouvez avoir con-
ɪ tre lui. Quoiqu'il ait mis quelque obstacle aux désirs
ɓ de mon maître, il faut que je lui rende justice ; il m'a
ɋ paru très-estimable, et je saisis avec plaisir l'occasion
ρ qui s'offre de lui être utile.

FRÉDÉRIC.

Rien de plus beau que ce que fait monsieur l'am-
ɗ bassadeur pour Lélio, madame ; mais je m'expose
ɔ encore à vous dire qu'il y a du risque à le rendre
ɪ libre.

L'AMBASSADEUR.

Je le crois incapable de rien de criminel.

LA PRINCESSE.

Laissez-nous, Frédéric.

FRÉDÉRIC.

Souhaitez-vous que je revienne, madame ?

LA PRINCESSE.

Il n'est pas nécessaire.   (Frédéric sort.)

SCÈNE X.

L'AMBASSADEUR, LA PRINCESSE.

LA PRINCESSE.

La prière que vous me faites aurait suffi, monsieur,
ɔɋ pour m'engager à rendre la liberté à Lélio, quand
ɪɪ même je n'y aurais pas été déterminée ; mais votre

3.   ²7

recommandation doit hâter mes résolutions, et je ne l'envoie chercher que pour vous satisfaire.

SCÈNE XI.

L'AMBASSADEUR, LA PRINCESSE, LÉLIO, HORTENSE.

LA PRINCESSE.

LÉLIO, je croyais avoir à me plaindre de vous; mais je suis détrompée. Pour vous faire oublier le chagrin que je vous ai donné, vous aimez Hortense, elle vous aime, et je vous unis ensemble. (A l'ambassadeur.) Pour vous, monsieur, qui m'avez priée si généreusement de pardonner à Lélio, vous pouvez informer le roi votre maître que je suis prête à recevoir sa main et à lui donner la mienne. J'ai grande idée d'un prince qui sait se choisir des ministres aussi estimables que vous l'êtes, et son cœur....

L'AMBASSADEUR.

Madame, il ne me siérait pas d'en entendre davantage; c'est le roi de Castille lui-même qui reçoit le bonheur dont vous le comblez.

LA PRINCESSE.

Vous, seigneur! Ma main est bien due à un prince qui la demande d'une manière si galante et si peu attendue.

LÉLIO.

Pour moi, madame, il ne me reste plus qu'à vous jurer une reconnaissance éternelle. Vous trouverez

dans le prince de Léon tout le zèle qu'il eut pour vous
en qualité de ministre. Je me flatte qu'à son tour le roi
de Castille voudra bien accepter mes remercîmens.

LE ROI DE CASTILLE.

Prince, votre rang ne me surprend point : il répond
aux sentimens que vous m'avez montrés.

LA PRINCESSE, à Hortense.

Allons, madame, de si grands événemens méritent
bien qu'on se hâte de les terminer.

ARLEQUIN.

Pourtant, sans moi, il y aurait eu encore du tapage.

LÉLIO.

Suis-moi; j'aurai soin de toi [1].

---

[1] Tout ce troisième acte est d'un ton trop sérieux pour une comédie. Il est vrai que les personnages sont, à l'exception d'Arlequin,
d'un rang qui ne leur permet pas d'abaisser leur langage et leurs
actions aux plaisanteries ordinaires de la scène italienne. Mais cela
même, comme on l'a observé dans le jugement, est un tort. Du
reste, la gaîté y est aussi heureusement que possible remplacée par
un intérêt assez vif, et la double passion de l'amour et de la politique des cours y est peinte avec force et avec finesse.

FIN DU PRINCE TRAVESTI.

LA

FAUSSE SUIVANTE,

OU

LE FOURBE PUNI,

COMÉDIE EN TROIS ACTES ET EN PROSE,

Représentée pour la première fois par les comédiens italiens,
le 8 juillet 1724.

JUGEMENT

SUR LA COMÉDIE

DE LA FAUSSE SUIVANTE,

ou

LE FOURBE PUNI.

LE second titre de cette comédie n'est pas exact ; en style de théâtre, l'épithète de *fourbe* ne s'applique ordinairement qu'à un genre de fripons ou d'escrocs, dans la classe desquels il ne serait pas juste de placer Lélio. Sbrigani, Scapin, sont des fourbes ; le Dorante du *Bourgeois gentilhomme*, le Cléon du *Méchant*, le Séducteur du marquis de Bièvre, le Lélio de *la Fausse Suivante*, sont de fort mauvais sujets, des trompeurs, des scélérats même ; leur conduite est odieuse, mais elle n'emporte pas avec elle l'idée de ce que nous nommons proprement *fourberie*.

Le premier titre est plus heureux. Une jeune veuve de qualité a eu occasion de voir à Paris Lélio, qu'elle sait être lié par un engagement pécuniaire avec une comtesse dont il recherche la main, ou plutôt dont il désire partager la fortune. Ce Lélio est un homme perdu de réputation, et il s'agit d'éclairer la comtesse sur le danger du mariage qu'elle va contracter. Notre veuve imagine de se rendre au château de son amie, et, pour parvenir plus sûrement à ses

fins et ne point éveiller les soupçons de Lélio, de n'y paraître que déguisée en homme. C'est sur ce travestissement
que roule toute l'intrigue. Un seul domestique est dans
son secret. Grâce à l'imprudence de Frontin, ce secret
cesse d'en être un pour les domestiques du château. Le faux
chevalier, ne pouvant plus faire mystère de son état, cherche au moins à détourner les conséquences de sa mascarade, en se donnant pour sa propre femme de chambre.
Elle est supposée avoir été déléguée pour voir ce qui se
passe dans le château, et pour en faire son rapport à sa
prétendue maîtresse.

La comtesse, qui ne se doute de rien, devient amoureuse
de sa cousine; de leur côté, Trivelin et Arlequin, qui se
croient au fait, se permettent avec le chevalier les fami-
liarités d'usage entre gens de même condition; tandis que
Lélio est amené à confier au chevalier, qu'il prend également pour une soubrette, le dégoût que lui inspire la
comtesse, et la préférence intéressée qu'il accorde à la
veuve de Paris, dont la fortune surpasse de beaucoup celle
de sa maîtresse campagnarde. Pour servir ce nouvel amour
de Lélio, *la fausse suivante* se fait remettre le dédit dont
il est possesseur. C'est ainsi que *le fourbe* se démasque et
qu'il est *puni :* il perd femme et argent. Les comédies se
terminent d'ordinaire par un mariage; ici le dénouement
consiste en ce que personne ne se marie.

Des plaisanteries fort libres, qui naissent du travestissement de la jeune veuve, plaisanteries dont Montfleury avait
fourni le premier exemple dans *la Femme juge et partie*,
et que Patrat a ressuscitées dans *l'Heureuse Erreur*, font

tout le comique de cet imbroglio, peu digne, sous tous les rapports, de l'esprit fin et délicat de Marivaux. La première scène est excellente; tout le reste est obscur, indécent et forcé. La pièce réussit néanmoins dans la nouveauté, probablement par les causes mêmes qui auraient dû la faire tomber. Elle eut douze représentations. Les divertissemens, qui ne valent pas mieux que la pièce, sont de Parfaict aîné, l'un des auteurs de l'*Histoire du Théâtre-Français*.

PERSONNAGES.

LA COMTESSE.

LÉLIO.

LE CHEVALIER.

TRIVELIN, valet du chevalier.

ARLEQUIN, valet de Lélio.

FRONTIN, autre valet du chevalier.

PAYSANS ET PAYSANNES.

DANSEURS ET DANSEUSES.

La scène est devant le château de la comtesse.

LA
FAUSSE SUIVANTE.

ACTE I.

SCÈNE I.

FRONTIN, TRIVELIN.

FRONTIN.

Je pense que voilà le seigneur Trivelin ; c'est lui-même. Eh ! comment te portes-tu, mon cher ami ?

TRIVELIN.

A merveille, mon cher Frontin, à merveille. Je n'ai rien perdu des vrais biens que tu me connaissais, santé admirable et grand appétit. Mais toi, que fais-tu à présent ? Je t'ai vu occupé d'un petit négoce qui t'allait bientôt rendre citoyen de Paris ; y as-tu renoncé ?

FRONTIN.

Je suis culbuté, mon enfant ; mais toi-même, comment la fortune t'a-t-elle traité depuis que je ne t'ai vu ?

TRIVELIN.

Comme tu sais qu'elle traite tous les gens de mérite.

FRONTIN.

Cela veut dire très-mal ?

TRIVELIN.

Oui. Je lui ai pourtant une obligation : c'est qu'elle
m'a mis dans l'habitude de me passer d'elle. Je ne
sens plus ses disgrâces, je n'envie point ses faveurs,
et cela me suffit; un homme raisonnable n'en doit pas
demander davantage. Je ne suis pas heureux; mais je
ne me soucie pas de l'être. Voilà ma façon de penser.

FRONTIN.

Diantre! je t'ai toujours connu pour un garçon d'esprit, et d'une intrigue admirable ; mais je n'aurais jamais soupçonné que tu deviendrais philosophe. Malepeste! que tu es avancé! Tu méprises déjà les biens
de ce monde!

TRIVELIN.

Doucement, mon ami, doucement; ton admiration
me fait rougir, j'ai peur de ne la pas mériter. Le mépris que je crois avoir pour les biens, n'est peut-être
qu'un beau verbiage; et, à te parler confidemment,
je ne conseillerais encore à personne de laisser les siens
à la discrétion de ma philosophie. J'en prendrais,
Frontin, je le sens bien; j'en prendrais, à la honte de
mes réflexions [1]. Le cœur de l'homme est un grand
fripon!

FRONTIN.

Hélas! je ne saurais nier cette vérité-là, sans blesser ma conscience.

---

[1] *J'en prendrais, à la honte de mes réflexions. A la honte* signifie
ici, *en dépit de mes réflexions,* c'est une locution purement italienne.
all' onta di, pour *malgrado, a dispetto di.*

TRIVELIN.

Je ne le dirais pas à tout le monde ; mais je sais bien que je ne parle pas à un profane.

FRONTIN.

Eh ! dis-moi, mon ami ; qu'est-ce que c'est que ce paquet-là que tu portes ?

TRIVELIN.

C'est le triste bagage de ton serviteur ; ce paquet enferme toutes mes possessions.

FRONTIN.

On ne peut pas les accuser d'occuper trop de terrain.

TRIVELIN.

Depuis quinze ans que je roule dans le monde, tu sais combien je me suis tourmenté, combien j'ai fait d'efforts pour arriver à un état fixe. J'avais entendu dire que les scrupules nuisaient à la fortune ; je fis trève avec les miens, pour n'avoir rien à me reprocher. Était-il question d'avoir de l'honneur ? j'en avais. Fallait-il être fourbe ? j'en soupirais, mais j'allais mon train. Je me suis vu quelquefois à mon aise ; mais le moyen d'y rester avec le jeu, le vin et les femmes ? Comment se mettre à l'abri de ces fléaux-là ?

FRONTIN.

Cela est difficile.

TRIVELIN.

Que te dirai-je enfin ? Tantôt maître, tantôt valet ; toujours prudent, toujours industrieux ; ami des fripons par intérêt, ami des honnêtes gens par goût ;

traité poliment sous une figure, menacé d'étrivières sous une autre; changeant à propos de métier, d'habit, de caractère, de mœurs; risquant beaucoup, résistant peu; libertin dans le fond, réglé dans la forme; démasqué par les uns, soupçonné par les autres, à la fin équivoque à tout le monde, j'ai tâté de tout. Je dois partout. Mes créanciers sont de deux espèces : les uns ne savent pas que je leur dois; les autres le savent et le sauront long-temps. J'ai logé partout, sur le pavé, chez l'aubergiste, au cabaret, chez le bourgeois, chez l'homme de qualité, chez moi, chez la justice, qui m'a souvent recueilli dans mes malheurs; mais ses appartemens sont trop tristes, et je n'y faisais que des retraites. Enfin, mon ami, après quinze ans de soins, de travaux et de peines, ce malheureux paquet est tout ce qui me reste; voilà ce que le monde m'a laissé. L'ingrat! après ce que j'ai fait pour lui! Tout ce paquet ne vaut pas une pistole.

FRONTIN.

Ne t'afflige point, mon ami. L'article de ton récit qui m'a paru le plus désagréable, ce sont les retraites chez la justice; mais ne parlons plus de cela. Tu arrives à propos; j'ai un parti à te proposer. Cependant qu'as-tu fait depuis deux ans que je ne t'ai vu, et d'où sors-tu à présent?

TRIVELIN.

Primò, depuis que je ne t'ai vu, je me suis jeté dans le service.

FRONTIN.

Je t'entends, tu t'es fait soldat; ne serais-tu pas
déserteur par hasard?

TRIVELIN.

Non, mon habit d'ordonnance était une livrée.

FRONTIN.

Fort bien.

TRIVELIN.

Avant que de me réduire tout-à-fait à cet état humiliant, je commençai par vendre ma garde-robe.

FRONTIN.

Toi, une garde-robe?

TRIVELIN.

Oui, c'étaient trois ou quatre habits que j'avais
trouvés convenables à ma taille chez les fripiers, et
qui m'avaient servi à figurer en honnête homme. Je
crus devoir m'en défaire, pour perdre de vue tout ce
qui pouvait me rappeler ma grandeur passée. Quand
on renonce à la vanité, il n'en faut pas faire à deux
fois. Qu'est-ce que c'est que se ménager des ressources? Point de quartier, je vendis tout; ce n'est pas
assez, j'allai tout boire.

FRONTIN.

Fort bien.

TRIVELIN.

Oui, mon ami; j'eus le courage de faire deux ou
trois débauches salutaires, qui vidèrent ma bourse,
et me garantirent ma persévérance dans la condition

que j'allais embrasser ; de sorte que j'avais le plaisir
de penser, en m'enivrant, que c'était la raison qui me
versait à boire. Quel nectar ! Ensuite, un beau matin,
je me trouvai sans un sou. Comme j'avais besoin d'un
prompt secours, et qu'il n'y avait point de temps à
perdre, un de mes amis que je rencontrai me proposa
de me mener chez un honnête particulier qui était
marié, et qui passait sa vie à étudier des langues mor-
tes ; cela me convenait assez, car j'ai de l'étude. Je
restai donc chez lui. Là, je n'entendis parler que de
sciences, et je remarquai que mon maître était épris
de passion pour certains quidams, qu'il appelait des
anciens, et qu'il avait une souveraine antipathie pour
d'autres, qu'il appelait des modernes ; je me fis expliquer tout cela.

FRONTIN.

Et qu'est-ce que c'est que les anciens et les modernes ?

TRIVELIN.

Des anciens.... Attends ; il y en a un dont je sais le
nom, et qui est le capitaine de la bande ; c'est comme
qui te dirait un Homère. Connais-tu cela ?

FRONTIN.

Non.

TRIVELIN.

C'est dommage ; car c'était un homme qui parlait
bien grec.

FRONTIN.

Il n'était donc pas Français cet homme-là ?

TRIVELIN.

Oh! que non; je pense qu'il était de Québec, quelque part dans cette Égypte, et qu'il vivait du temps du déluge. Nous avons encore de lui de fort belles satires; et mon maître l'aimait beaucoup, lui et tous les honnêtes gens de son temps; comme Virgile, Néron, Plutarque, Ulysse et Diogène.

FRONTIN.

Je n'ai jamais entendu parler de cette race-là; mais voilà de vilains noms.

TRIVELIN.

De vilains noms! c'est que tu n'y es pas accoutumé. Sais-tu bien qu'il y a plus d'esprit dans ces noms-là que dans le royaume de France?

FRONTIN.

Je le crois. Et que veulent dire les modernes?

TRIVELIN.

Tu m'écartes de mon sujet; mais n'importe. Les modernes, c'est comme qui dirait... toi, par exemple.

FRONTIN.

Oh! oh! je suis un moderne, moi!

TRIVELIN.

Oui, vraiment, tu es un moderne, et des plus modernes; l'enfant qui vient de naître l'est seul plus que toi, car il ne fait que d'arriver.

FRONTIN.

Et pourquoi ton maître nous haïssait-il?

TRIVELIN.

Parce qu'il voulait qu'on eût quatre mille ans sur
la tête pour valoir quelque chose. Oh! moi, pour gagner son amitié, je me mis à admirer tout ce qui me
paraissait ancien; j'aimais les vieux meubles, je louais
les vieilles modes, les vieilles espèces, les médailles,
les lunettes; je me coiffais chez les crieuses de vieux
chapeaux; je n'avais commerce qu'avec des vieil-
lards. Il était charmé de mes inclinations; j'avais la
clef de la cave, où logeait un certain vin vieux qu'il
appelait son vin grec; il m'en donnait quelquefois,
et j'en détournais aussi quelques bouteilles, par amour
louable pour tout ce qui était vieux. Non que je né-
gligeasse le vin nouveau; je n'en demandais point
d'autre à sa femme, qui vraiment estimait bien autrement les modernes que les anciens; et, par complaisance pour son goût, j'en emplissais aussi quelques bouteilles, sans lui en faire ma cour.

FRONTIN.

A merveille!

TRIVELIN.

Qui n'aurait pas cru que cette conduite aurait dû
me concilier ces deux esprits? Point du tout; ils s'a-
perçurent du ménagement judicieux que j'avais pour
chacun d'eux; ils m'en firent un crime. Le mari crut
les anciens insultés par la quantité de vin nouveau
que j'avais bu; il m'en fit mauvaise mine. La femme
me chicana sur le vin vieux; j'eus beau m'excuser,
les gens de parti n'entendent point raison; il fallut

les quitter, pour avoir voulu me partager entre les anciens et les modernes. Avais-je tort?

FRONTIN.

Non; tu avais observé toutes les règles de la prudence humaine. Mais je ne puis en écouter davantage. Je dois aller coucher ce soir à Paris, où l'on m'envoie, et je cherchais quelqu'un qui tînt ma place auprès de mon maître pendant mon absence; veux-tu que je te présente?

TRIVELIN.

Oui-dà. Et qu'est-ce que c'est que ton maître? Fait-il bonne chère? Car, dans l'état où je suis, j'ai besoin d'une bonne cuisine.

FRONTIN.

Tu seras content; tu serviras la meilleure fille...

TRIVELIN.

Pourquoi donc l'appelles-tu ton maître?

FRONTIN.

Ah! foin de moi!... Je ne sais ce que je dis... je rêve à autre chose.

TRIVELIN.

Tu me trompes, Frontin.

FRONTIN.

Ma foi, oui, Trivelin. C'est une fille habillée en gentilhomme dont il s'agit. Je voulais te le cacher; mais la vérité m'est échappée, et je me suis blousé comme un sot. Sois discret, je te prie.

TRIVELIN.

Je le suis dès le berceau. C'est donc une intrigue que vous conduisez tous deux ici, cette fille-là et toi?

FRONTIN.

Oui. (A part.) Cachons-lui son rang. (Haut.) Mais la voilà qui vient; retire-toi à l'écart, afin que je lui parle. (Trivelin sort.)

SCÈNE II.

LE CHEVALIER, FRONTIN.

LE CHEVALIER.

En bien! m'avez-vous trouvé un domestique?

FRONTIN.

Oui, mademoiselle; j'ai rencontré...

LE CHEVALIER.

Vous m'impatientez avec votre *demoiselle*; ne sauriez-vous m'appeler *monsieur?*

FRONTIN.

Je vous demande pardon, mademoiselle... je veux dire, monsieur. J'ai trouvé un de mes amis, qui est fort brave garçon; il sort actuellement de chez un bourgeois de campagne qui vient de mourir, et il est là qui attend que je l'appelle pour vous offrir ses respects.

LE CHEVALIER.

Vous n'avez peut-être pas eu l'imprudence de lui dire qui j'étais?

FRONTIN.

Ah ! monsieur, mettez-vous l'esprit en repos ; je sais garder un secret (Bas.), pourvu qu'il ne m'échappe pas. (Haut.) Souhaitez-vous que mon ami s'approche ?

LE CHEVALIER.

Je le veux bien ; mais partez sur-le-champ pour Paris.

FRONTIN.

Je n'attends que vos dépêches.

LE CHEVALIER.

Je ne trouve point à propos de vous en donner, vous pourriez les perdre. Ma sœur, à qui je les adresserais, pourrait les égarer aussi ; et il n'est pas besoin que mon aventure soit sue de tout le monde. Voici votre commission, écoutez-moi. Vous direz à ma sœur qu'elle ne soit point en peine de moi ; qu'à la dernière partie de bal où mes amies m'amenèrent dans le déguisement où me voilà, le hasard me fit connaître le gentilhomme que je n'avais jamais vu, et qu'on disait être encore en province. C'est ce Lélio avec qui, par lettres, le mari de ma sœur a presque arrêté mon mariage. Vous ajouterez que, surprise de le trouver à Paris sans que nous le sussions, et le voyant avec une dame, je résolus sur-le-champ de profiter de mon déguisement pour me mettre au fait de l'état de son cœur et de son caractère ; qu'enfin nous liâmes amitié ensemble aussi promptement que des cavaliers peuvent le faire : et qu'il m'engagea à le suivre le lendemain à une partie de campagne chez la dame avec qui il était, et qu'un

de ses parens accompagnait. Vous direz que nous y
sommes actuellement ; que j'ai déjà découvert des
choses qui méritent que je les suive avant que de me
déterminer à épouser Lélio ; que je n'aurai jamais d'intérêt plus sérieux. Partez ; ne perdez point de temps.
Faites venir ce domestique que vous avez arrêté ; dans
un instant, j'irai voir si vous êtes parti. (Frontin sort.)

SCÈNE III.

LE CHEVALIER, *seul*.

Je regarde le moment où j'ai connu Lélio, comme
une faveur du ciel dont je veux profiter, puisque je
suis ma maîtresse, et que je ne dépends de personne.
L'aventure que j'ai tentée ne surprendra point ma
sœur ; elle sait la singularité de mes sentimens. J'ai
du bien ; il s'agit de le donner avec ma main et mon
cœur ; ce sont de grands présens, et je veux savoir à
qui je les donne.

SCÈNE IV.

LE CHEVALIER, TRIVELIN, FRONTIN.

FRONTIN, au chevalier.

Le voilà, monsieur. (Bas à Trivelin.) Garde-moi le secret.

TRIVELIN.

Je te le rendrai mot pour mot, comme tu me l'as
donné, quand tu voudras.   (Frontin sort.)

SCÈNE V.

LE CHEVALIER, TRIVELIN.

LE CHEVALIER.

Approchez ; comment vous appelez-vous ?

TRIVELIN.

Comme vous voudrez, monsieur ; Bourguignon, Champagne, Poitevin, Picard, tout cela m'est indifférent : le nom sous lequel j'aurai l'honneur de vous servir sera toujours le plus beau nom du monde.

LE CHEVALIER.

Sans compliment, quel est le tien, à toi ?

TRIVELIN.

Je vous avoue que je ferais quelque difficulté de le dire, parce que dans ma famille je suis le premier du nom qui n'ait pas disposé de la couleur de son habit ; mais peut-on porter rien de plus galant que vos couleurs ? Il me tarde d'en être chamarré sur toutes les coutures.

LE CHEVALIER, à part.

Qu'est-ce que c'est que ce langage-là ? Il m'inquiète.

TRIVELIN.

Cependant, monsieur, j'aurai l'honneur de vous dire que je m'appelle Trivelin. C'est un nom que j'ai reçu de père en fils très-correctement, et dans la dernière fidélité ; et de tous les Trivelins qui furent jamais, votre serviteur en ce moment s'estime le plus heureux.

LE CHEVALIER.

Laissez là vos politesses. Un maître ne demande à son valet que l'attention dans ce à quoi il l'emploie.

TRIVELIN.

Son valet! le terme est dur; il frappe mes oreilles d'un son désagréable; ne purgera-t-on jamais le discours de tous ces noms odieux?

LE CHEVALIER.

La délicatesse est singulière!

TRIVELIN.

De grâce, ajustons-nous; convenons d'une formule plus douce.

LE CHEVALIER, à part.

Il se moque de moi. (Haut.) Vous riez, je pense?

TRIVELIN.

C'est la joie que j'ai d'être à vous, qui l'emporte sur la petite mortification que je viens d'essuyer.

LE CHEVALIER.

Je vous avertis, moi, que je vous renvoie, et que vous ne m'êtes bon à rien.

TRIVELIN.

Je ne vous suis bon à rien! Ah! ce que vous dites là ne peut pas être sérieux.

LE CHEVALIER, à part.

Cet homme-là est un extravagant. (A Trivelin.) Retirez-vous.

TRIVELIN.

Non, vous m'avez piqué; je ne vous quitterai point,
sans vous faire auparavant convenir que je vous suis
bon à quelque chose.

LE CHEVALIER.

Retirez-vous, vous dis-je.

TRIVELIN.

Où vous attendrai-je?

LE CHEVALIER.

Nulle part.

TRIVELIN.

Ne badinons point; le temps se passe, et nous ne
décidons rien.

LE CHEVALIER.

Savez-vous bien, mon ami, que vous risquez beaucoup?

TRIVELIN.

Je n'ai pourtant qu'un écu à perdre.

LE CHEVALIER, à part.

Ce coquin-là m'embarrasse. Il faut que je m'en
aille. (Haut.) Tu me suis?

TRIVELIN.

Vraiment oui, je soutiens mon caractère : ne vous
ai-je pas dit que j'étais opiniâtre?

LE CHEVALIER.

Insolent!

TRIVELIN.

Cruel!

LE CHEVALIER.

Comment, cruel !

TRIVELIN.

Oui, cruel ; c'est un reproche tendre que je vous fais. Continuez, vous n'y êtes pas ; j'en viendrai jusqu'aux soupirs ; vos rigueurs me l'annoncent.

LE CHEVALIER, à part.

Je ne sais plus que penser de tout ce qu'il me dit.

TRIVELIN.

Ah ! ah ! ah ! vous rêvez, mon cavalier, vous délibérez ; votre ton baisse, vous devenez traitable, et nous nous accommoderons, je le vois bien. La passion que j'ai de vous servir est sans quartier ; premièrement cela est dans mon sang, je ne saurais me corriger.

LE CHEVALIER, mettant la main sur la garde de son épée.

Il me prend envie de te traiter comme tu le mérites.

TRIVELIN.

Fi ! ne gesticulez point de cette manière-là ; ce geste-là n'est point de votre compétence. Laissez là cette arme qui vous est étrangère. Votre œil est plus redoutable que ce fer inutile qui vous pend au côté.

LE CHEVALIER.

Ah ! je suis trahie !

TRIVELIN.

Masque, venons au fait ; je vous connais.

LE CHEVALIER.

Toi?

TRIVELIN.

Oui ; Frontin vous connaissait pour nous deux.

LE CHEVALIER.

Le coquin ! Et t'a-t-il dit qui j'étais ?

TRIVELIN.

Il m'a dit que vous étiez une fille, et voilà tout ; et moi je l'ai cru ; car je ne chicane sur la qualité de personne.

LE CHEVALIER.

Puisqu'il m'a trahie, il vaut autant que je t'instruise du reste.

TRIVELIN.

Voyons ; pourquoi êtes-vous dans cet équipage-là ?

LE CHEVALIER.

Ce n'est point pour faire du mal.

TRIVELIN.

Je le crois bien ; si c'était pour cela, vous ne déguiseriez pas votre sexe ; ce serait perdre vos commodités.

LE CHEVALIER, à part.

Il faut le tromper. (Haut.) Je t'avoue que j'avais envie de te cacher la vérité, parce que mon déguisement regarde une dame de condition, ma maîtresse, qui a des vues sur un monsieur Lélio, que tu verras, et qu'elle voudrait détacher d'une inclination qu'il a pour une comtesse à qui appartient ce château.

TRIVELIN.

Et quelle espèce de commission vous donne-t-elle
auprès de ce Lélio? L'emploi me paraît gaillard, soubrette de mon âme.

LE CHEVALIER.

Point du tout. Ma charge, sous cet habit-ci, est
d'attaquer le cœur de la comtesse. Je puis passer,
comme tu vois, pour un assez joli cavalier, et j'ai
déjà vu les yeux de la comtesse s'arrêter plus d'une
fois sur moi. Si elle vient à m'aimer, je la ferai rompre avec Lélio; il reviendra à Paris, on lui proposera
ma maîtresse qui y est; elle est aimable, il la connaît,
et les noces seront bientôt faites.

TRIVELIN.

Parlons à présent à rez-de-chaussée [1]. As-tu le cœur
libre?

LE CHEVALIER.

Oui.

TRIVELIN.

Et moi aussi. Ainsi, de compte arrêté, cela fait deux
cœurs libres, n'est-ce pas?

LE CHEVALIER.

Sans doute.

TRIVELIN.

Ergò, je conclus que nos deux cœurs soient désor-
mais camarades.

---

[1] *Parlons à présent à rez-de-chaussée.* Parlons librement, simplement, sur le pied de l'égalité, comme personnes qui sont au même
niveau, et dont aucune n'a sur l'autre la supériorité.

LE CHEVALIER.

Bon.

TRIVELIN.

Et je conclus encore, toujours aussi judicieusement, que, comme deux amis doivent s'obliger en tout ce qu'ils peuvent, tu m'avances deux mois de récompense sur l'exacte discrétion que je promets d'avoir. Je ne parle point du service domestique que je te rendrai ; sur cet article, c'est à l'amour à me payer mes gages.

LE CHEVALIER, lui donnant de l'argent.

Tiens, voilà déjà six louis d'or d'avance pour ta discrétion, et en voilà déjà trois pour tes services.

TRIVELIN, d'un air indifférent.

J'ai assez de cœur pour refuser ces trois derniers louis-là ; mais donne ; la main qui me les présente étourdit ma générosité.

LE CHEVALIER.

Voici monsieur Lélio ; retire-toi, et va-t'en m'attendre à la porte de ce château où nous logeons.

TRIVELIN.

Souviens-toi, ma friponne, à ton tour, que je suis ton valet sur la scène, et ton amant dans les coulisses. Tu me donneras des ordres en public, et des sentimens dans le tête-à-tête. (Il se retire en arrière, quand Lélio entre avec Arlequin. Les valets, se rencontrant, se saluent.

SCÈNE VI.

LÉLIO, LE CHEVALIER, ARLEQUIN, TRIVELIN.

LE CHEVALIER, regardant Lélio qui entre d'un air rêveur.

LE voilà plongé dans une grande rêverie.

ARLEQUIN, à Trivelin.

Vous m'avez l'air d'un bon vivant.

TRIVELIN.

Mon air ne vous ment pas d'un mot, et vous êtes fort bon physionomiste.

LÉLIO, se retournant vers Arlequin, et apercevant le chevalier.

Arlequin!... Ah! chevalier, je vous cherchais.

LE CHEVALIER.

Qu'avez-vous, Lélio? Je vous vois une distraction qui m'inquiète.

LÉLIO.

Je vous dirai ce que c'est. (A Arlequin.) Arlequin, n'oublie pas d'avertir les musiciens de se rendre ici tantôt.

ARLEQUIN.

Oui, monsieur. (A Trivelin.) Allons boire, pour faire aller notre amitié plus vite.

TRIVELIN.

Allons, la recette est bonne; j'aime assez votre manière de hâter la liaison.

SCÈNE VII.

LÉLIO, LE CHEVALIER.

LE CHEVALIER.

En bien! mon cher, de quoi s'agit-il? Qu'avez-vous? Puis-je vous être utile à quelque chose?

LÉLIO.

Très-utile.

LE CHEVALIER.

Parlez.

LÉLIO.

Êtes-vous mon ami?

LE CHEVALIER.

Vous méritez que je vous dise non, puisque vous me faites cette question-là.

LÉLIO.

Ne te fâche point, chevalier; ta vivacité m'oblige; mais passe-moi cette question-là, j'en ai encore une à te faire.

LE CHEVALIER.

Voyons.

LÉLIO.

Es-tu scrupuleux?

LE CHEVALIER.

Je le suis raisonnablement.

LÉLIO.

Voilà ce qu'il me faut; tu n'as pas un honneur mal entendu sur une infinité de bagatelles qui arrêtent les sots?

LE CHEVALIER, à part.

Fi! voilà un vilain début.

LÉLIO.

Par exemple, un amant qui dupe sa maîtresse pour se débarrasser d'elle, en est-il moins honnête homme à ton gré?

LE CHEVALIER.

Quoi! il ne s'agit que de tromper une femme?

LÉLIO.

Non, vraiment.

LE CHEVALIER.

De lui faire une perfidie?

LÉLIO.

Rien que cela.

LE CHEVALIER.

Je croyais pour le moins que tu voulais mettre le feu à une ville. Eh! comment donc! trahir une femme, c'est avoir une action glorieuse par-devers soi!

LÉLIO, gaîment.

Oh! parbleu, puisque tu le prends sur ce ton-là, je te dirai que je n'ai rien à me reprocher; et, sans vanité, tu vois un homme couvert de gloire.

LE CHEVALIER.

Toi, mon ami? Ah! je te prie, donne-moi le plaisir de te regarder à mon aise; laisse-moi contempler un homme chargé de crimes si honorables. Ah! petit traître, vous êtes bien heureux d'avoir de si brillantes indignités sur votre compte.

LÉLIO, riant.

Tu me charmes de penser ainsi; viens que je t'embrasse. Ma foi, à ton tour, tu m'as tout l'air d'avoir été l'écueil de bien des cœurs. Fripon, combien de réputations as-tu blessées à mort dans ta vie? Combien as-tu désespéré d'Arianes? Dis.

LE CHEVALIER.

Hélas! tu te trompes; je ne connais point d'aventures plus communes que les miennes; j'ai toujours eu le malheur de ne trouver que des femmes très-sages.

LÉLIO.

Tu n'as trouvé que des femmes très-sages? Où diantre t'es-tu donc fourré? Tu as fait là des découvertes bien singulières! Après cela, qu'est-ce que ces femmes-là gagnent à être si sages? Il n'en est ni plus ni moins. Sommes-nous heureux, nous le disons; ne le sommes-nous pas, nous mentons; cela revient au même pour elles. Quant à moi, j'ai toujours dit plus de vérités que de mensonges.

LE CHEVALIER.

Tu traites ces matières-là avec une légèreté qui m'enchante.

LÉLIO.

Revenons à mes affaires. Quelque jour je te dirai de mes espiégleries qui te feront rire. Tu es un cadet de maison, et, par conséquent, tu n'es pas extrêmement riche.

3.   29

LE CHEVALIER.

C'est raisonner juste.

LÉLIO.

Tu es beau et bien fait; devine à quel dessein je t'ai engagé à nous suivre avec tous tes agrémens; c'est pour te prier de vouloir bien faire ta fortune.

LE CHEVALIER.

J'exauce ta prière. A présent dis-moi la fortune que je vais faire.

LÉLIO.

Il s'agit de te faire aimer de la comtesse, et d'arriver à la conquête de sa main par celle de son cœur.

LE CHEVALIER.

Tu badines : ne sais-je pas que tu l'aimes, la comtesse?

LÉLIO.

Non; je l'aimais ces jours passés, mais j'ai trouvé à propos de ne plus l'aimer.

LE CHEVALIER.

Quoi! lorsque tu as pris de l'amour, et que tu n'en veux plus, il s'en retourne comme cela sans plus de façon? Tu lui dis : Va-t'en, et il s'en va? Mais, mon ami, tu as un cœur impayable.

LÉLIO.

En fait d'amour, j'en fais assez ce que je veux. J'aimais la comtesse, parce qu'elle est aimable; je devais l'épouser, parce qu'elle est riche, et que je n'avais rien de mieux à faire; mais dernièrement, pendant que j'étais à ma terre, on m'a proposé en mariage une demoiselle de Paris, que je ne connais point, et qui me donne douze mille livres de rente; la comtesse n'en a que six. J'ai donc calculé que six valaient moins que douze. Oh! l'amour que j'avais pour elle pouvait-il honnêtement tenir bon contre un calcul si raisonnable? Cela aurait été ridicule. Six doivent reculer devant douze; n'est-il pas vrai? Tu ne réponds rien!

LE CHEVALIER.

Et que diantre veux-tu que je réponde à une règle d'arithmétique? Il n'y a qu'à savoir compter pour voir que tu as raison.

LÉLIO.

C'est cela même.

LE CHEVALIER.

Mais qu'est-ce qui t'embarrasse là-dedans? Faut-il tant de cérémonie pour quitter la comtesse? Il s'agit d'être infidèle, d'aller la trouver, de lui porter ton calcul, de lui dire : Madame, comptez vous-même, voyez si je me trompe; voilà tout. Peut-être qu'elle pleurera, qu'elle maudira l'arithmétique, qu'elle te traitera d'indigne, de perfide : cela pourrait arrêter un poltron ; mais un brave homme comme toi, au-dessus des bagatelles de l'honneur, ce bruit-là l'amuse : il écoute, s'excuse négligemment, et se retire en faisant une révérence très-profonde, en cavalier poli, qui sait avec quel respect il doit recevoir, en pareil cas, les titres de fourbe et d'ingrat.

LÉLIO.

Oh! parbleu! de ces titres-là, j'en suis fourni, et je sais faire la révérence. Madame la comtesse aurait déjà reçu la mienne, s'il ne tenait plus qu'à cette politesse; mais il y a une petite épine qui m'arrête; c'est que, pour achever l'achat que j'ai fait d'une nouvelle terre il y a quelque temps, madame la comtesse m'a prêté dix mille écus, dont elle a mon billet.

LE CHEVALIER.

Ah! tu as raison, c'est une autre affaire. Je ne sache point de révérence qui puisse acquitter ce billet-là. Le titre de débiteur est bien sérieux, vois-tu! Celui d'infidèle n'expose qu'à des reproches, l'autre à des assignations; cela est différent, et je n'ai point de recette pour ton mal.

LÉLIO.

Patience! madame la comtesse croit qu'elle va m'épouser; elle n'attend plus que l'arrivée de son frère; et, outre la somme de dix mille écus dont elle a mon billet, nous avons encore fait, antérieurement à cela, un dédit entre elle et moi de la même somme. Si c'est moi qui romps avec elle, je lui devrai le billet et le dédit, et je voudrais bien ne payer ni l'un ni l'autre; m'entends-tu?

LE CHEVALIER, à part.

Ah! l'honnête homme! (Haut) Oui, je commence à te comprendre. Voici ce que c'est : si je donne de l'amour à la comtesse, tu crois qu'elle aimera mieux

payer le dédit, en te rendant ton billet de dix mille
écus, que de t'épouser; de façon que tu gagneras dix
mille écus avec elle; n'est-ce pas cela?

LÉLIO.

Tu entres on ne peut pas mieux dans mes idées.

LE CHEVALIER.

Elles sont très-ingénieuses, très-lucratives, et dignes de couronner ce que tu appelles tes espiègleries.
En effet, l'honneur que tu as fait à la comtesse en
soupirant pour elle, vaut dix mille écus comme un
sou.

LÉLIO.

Elle n'en donnerait pas cela, si je m'en fiais à son
estimation.

LE CHEVALIER.

Mais crois-tu que je puisse surprendre le cœur de
la comtesse?

LÉLIO.

Je n'en doute pas.

LE CHEVALIER, à part.

Je n'ai pas lieu d'en douter non plus.

LÉLIO.

Je me suis aperçu qu'elle aime ta compagnie; elle
te loue souvent, te trouve de l'esprit; il n'y a qu'à suivre cela.

LE CHEVALIER.

Je n'ai pas une grande vocation pour ce mariage-là.

LÉLIO.

Pourquoi?

LE CHEVALIER.

Par mille raisons.... parce que je ne pourrai jamais
avoir de l'amour pour la comtesse. Si elle ne voulait
que de l'amitié, je serais à son service; mais n'importe.

LÉLIO.

Eh! qui est-ce qui te prie d'avoir de l'amour pour
elle? Est-il besoin d'aimer sa femme? Si tu ne l'aimes
pas, tant pis pour elle; ce sont ses affaires et non pas
les tiennes.

LE CHEVALIER.

Bon! mais je croyais qu'il fallait aimer sa femme,
fondé sur ce qu'on vivait mal avec elle quand on ne
l'aimait pas.

LÉLIO.

Eh! tant mieux quand on vit mal avec elle; cela
vous dispense de la voir, c'est autant de gagné.

LE CHEVALIER.

Voilà qui est fait; me voilà prêt à exécuter ce que
tu souhaites. Si j'épouse la comtesse, j'irai me fortifier
avec le brave Lélio dans le dédain qu'on doit à son
épouse.

LÉLIO.

Je t'en donnerai un vigoureux exemple, je t'en assure. Crois-tu, par exemple, que j'aimerai la demoiselle de Paris, moi? Une quinzaine de jours tout au
plus; après quoi, je crois que j'en serai bien las.

LE CHEVALIER.

Eh! donne-lui le mois tout entier à cette pauvre

femme, à cause de ses douze mille livres de rente.

LÉLIO.

Tant que le cœur m'en dira.

LE CHEVALIER.

T'a-t-on dit qu'elle fût jolie ?

LÉLIO.

On m'écrit qu'elle est belle; mais, de l'humeur dont je suis, cela ne l'avance pas de beaucoup. Si elle n'est pas laide, elle le deviendra, puisqu'elle sera ma femme; cela ne lui peut manquer.

LE CHEVALIER.

Mais, dis-moi; une femme se dépite quelquefois.

LÉLIO.

En ce cas-là, j'ai une terre écartée qui est le plus beau désert du monde, où madame irait calmer son esprit de vengeance.

LE CHEVALIER.

Oh! dès que tu as un désert, à la bonne heure; voilà son affaire. Diantre! l'âme se tranquillise beaucoup dans une solitude. On y jouit d'une certaine mélancolie, d'une douce tristesse, d'un repos de toutes les couleurs; elle n'aura qu'à choisir.

LÉLIO.

Elle en sera la maîtresse.

LE CHEVALIER.

L'heureux tempérament! Mais j'aperçois la com-

tesse. Je te recommande une chose ; feins toujours de
l'aimer. Si tu te montrais inconstant, cela intéresserait sa vanité ; elle courrait après toi, et me laisse-
rait là.

LÉLIO.

Je me gouvernerai bien ; je vais au devant d'elle.

SCÈNE VIII.

LE CHEVALIER, *seul.*

Si j'avais épousé le seigneur Lélio, je serais tombée
en de bonnes mains ! Donner douze mille livres de
rente pour acheter le séjour d'un désert ! Oh ! vous
êtes trop cher, monsieur Lélio, et j'aurai mieux que
cela au même prix. Mais puisque je suis en train,
continuons pour me divertir et punir ce fourbe-là, et
pour en débarrasser la comtesse.

SCÈNE IX.

LA COMTESSE, LÉLIO, LE CHEVALIER.

LÉLIO, en entrant, à la comtesse.

J'attendais nos musiciens, madame, et je cours
les presser moi-même. Je vous laisse le chevalier ; il
veut nous quitter ; son séjour ici l'embarrasse. Je crois
qu'il vous craint ; cela est de bon sens, et je ne m'en
inquiète point ; je vous connais. Mais il est mon ami ;
notre amitié doit durer plus d'un jour, et il faut bien
qu'il se fasse au danger de vous voir ; je vous prie de
le rendre plus raisonnable. Je reviens dans l'instant.

SCÈNE X.

LA COMTESSE, LE CHEVALIER.

LA COMTESSE.

Quoi! chevalier, vous prenez de pareils prétextes pour nous quitter? Si vous nous disiez les véritables raisons qui pressent votre retour à Paris, on ne vous retiendrait peut-être pas.

LE CHEVALIER.

Mes véritables raisons, comtesse? Ma foi, Lélio vous les a dites.

LA COMTESSE.

Comment! que vous vous défiez de votre cœur auprès de moi?

LE CHEVALIER.

Moi, m'en défier! je m'y prendrais un peu tard; est-ce que vous m'en avez donné le temps? Non, madame, le mal est fait; il ne s'agit plus que d'en arrêter le progrès.

LA COMTESSE.

En vérité, chevalier, vous êtes bien à plaindre, et je ne savais pas que je fusse si dangereuse.

LE CHEVALIER.

Oh! que si; je ne vous dis rien là dont tous les jours votre miroir ne vous accuse d'être capable; il doit vous avoir dit que vous aviez des yeux qui violeraient l'hospitalité avec moi, si vous m'ameniez ici.

LA COMTESSE.

Mon miroir ne me flatte pas, chevalier.

LE CHEVALIER.

Parbleu! je l'en défie; il ne vous prêtera jamais rien. La nature y a mis bon ordre, et c'est elle qui vous a flattée.

LA COMTESSE.

Je ne vois point que ce soit avec tant d'excès.

LE CHEVALIER.

Comtesse, vous m'obligeriez beaucoup de me donner votre façon de voir; car, avec la mienne, il n'y a pas moyen de vous rendre justice.

LA COMTESSE, riant.

Vous êtes bien galant.

LE CHEVALIER.

Ah! je suis mieux que cela; ce ne serait là qu'une bagatelle.

LA COMTESSE.

Cependant ne vous gênez point, chevalier. Quelque inclination, sans doute, vous rappelle à Paris, et vous vous ennuieriez avec nous.

LE CHEVALIER.

Non, je n'ai point d'inclination à Paris, si vous n'y venez pas. (Il lui prend la main.) A l'égard de l'ennui, si vous saviez l'art de m'en donner auprès de vous, ne me l'épargnez pas, comtesse; c'est un vrai présent que vous me ferez; ce sera même une bonté; mais cela vous passe, et vous ne donnez que de l'amour; voilà tout ce que vous savez faire.

LA COMTESSE.

Je le fais assez mal.

SCÈNE XI.

LA COMTESSE, LE CHEVALIER, LÉLIO.

LÉLIO.

Nous ne pouvons avoir notre divertissement que tantôt, madame; mais, en revanche, voici une noce de village, dont tous les acteurs viennent pour vous divertir. (Au chevalier.) Ton valet et le mien sont à la tête, et mènent le branle.

DIVERTISSEMENT.

LE CHANTEUR.

Chantons tous l'agriable emplette
Que Lucas a fait de Colette.
Qu'il est heureux, ce garçon-là !
J'aimerais bien le mariage,
Sans un petit défaut qu'il a.
Par lui la fille la plus sage,
Zeste, vous vient entre les bras.
Et boute, et gare, allons, courage :
Rien n'est si biau que le tracas

Des fins premiers jours du ménage.
Mais, morgué! ça ne dure pas;
Le cœur vous faut, et c'est dommage.

UN PAYSAN.

Que dis-tu, gente Mathurine,
De cette noce que tu vois?
T'agace-t-elle un peu? Pour moi,
Il me semble voir à ta mine
Que tu sens un je ne sais quoi.
L'ami Lucas et la cousine
Riront tant qu'ils pourront tous deux,
En se gaussant des médiseux.
Dis la vérité, Mathurine,
Ne ferais-tu pas bien comme eux?

MATHURINE.

Voyez le biau discours à faire,
De demander en pareil cas :
Que fais-tu? que ne fais-tu pas?
Eh! Colin, sans tant de mystère,
Marions-nous; tu le sauras.
A présent si j'étais sincère,
Je vais souvent dans le vallou,
Tu m'y suivrais, malin garçon :
On n'y trouve point de notaire,
Mais on y trouve du gazon.

(On danse.)

BRANLE.

Qu'on dise tout ce qu'on voudra,
  Tout ci, tout ça,
Je veux tâter du mariage.
En arrive ce qui pourra,
  Tout ci, tout ça;
Par la sangué! j'ons bon courage.
Ce courage, dit-on, s'en va,
  Tout ci, tout ça;
Morguenne! il nous faut voir cela.

Ma Claudine un jour me conta,
  Tout ci, tout ça,
Que sa mère en courroux contre elle
Lui défendait qu'elle m'aimât,
  Tout ci, tout ça;
Mais aussitôt me dit la belle,
Entrons dans ce bocage-là,
  Tout ci, tout ça;
Nous verrons ce qu'il en sera.

Quand elle y fut, elle chanta,
  Tout ci, tout ça :
Berger, dis-moi que ton cœur m'aime;
Et le mien aussi te dira,
  Tout ci, tout ça,
Combien son amour est extrême.
Après, elle me regarda,
  Tout ci, tout ça,
D'un doux regard qui m'acheva.

Mon cœur, à son tour, lui chanta,
    Tout ci, tout ça,
Une chanson qui fut si tendre,
Que cent fois elle soupira,
    Tout ci, tout ça,
Du plaisir qu'elle eut de m'entendre;
Ma chanson tant recommença,
    Tout ci, tout ça,
Tant qu'enfin la voix me manqua.

FIN DU PREMIER ACTE.

ACTE II.

SCÈNE I.

TRIVELIN, *seul.*

Me voici comme de moitié dans une intrigue assez
douce et d'un assez bon rapport; car il m'en revient
déjà de l'argent et une maîtresse. Ce beau commen-
cement-là promet encore une plus belle fin. Or, moi
qui suis un habile homme; est-il naturel que je reste
ici les bras croisés? Ne ferai-je rien qui hâte le succès
du projet de ma chère suivante? Si je disais au seigneur Lélio que le cœur de la comtesse commence à
capituler pour le chevalier, il se dépiterait plus vite,
et partirait pour Paris où on l'attend. Je lui ai déjà
témoigné que je souhaiterais avoir l'honneur de lui
parler. Mais le voilà qui s'entretient avec la comtesse;
attendons qu'il ait fini avec elle.   (Il sort.)

SCÈNE II.

LÉLIO, LA COMTESSE.

LA COMTESSE.

Non, monsieur, je ne vous comprends point. Vous
liez amitié avec le chevalier et vous me l'amenez; vous
voulez ensuite que je lui fasse mauvaise mine ! Qu'est-

ce que cette idée-là? Vous m'avez dit vous-même que
c'était un homme aimable, amusant; effectivement
j'ai jugé que vous aviez raison.

LÉLIO.

Effectivement! Cela est donc bien effectif? eh bien!
je ne sais que vous dire; mais voilà un *effectivement*
qui ne devrait pas se trouver là, par exemple.

LA COMTESSE.

Par malheur il s'y trouve.

LÉLIO.

Vous me raillez, madame.

LA COMTESSE.

Voulez-vous que je respecte votre antipathie pour
effectivement? Est-ce qu'il n'est pas bon français?
L'a-t-on proscrit de la langue?

LÉLIO.

Non, madame; mais il marque que vous êtes un
peu trop persuadée du mérite du chevalier.

LA COMTESSE.

Il marque cela? Oh! il a tort, et le procès que vous
lui faites est raisonnable; mais vous m'avouerez qu'il
n'y a point de mal à sentir suffisamment le mérite d'un
homme, quand le mérite est réel; et c'est comme j'en
use avec le chevalier.

LÉLIO.

Tenez, *sentir* est encore une expression qui ne

vaut pas mieux; *sentir* est trop, c'est *connaître* qu'il faudrait dire.

LA COMTESSE.

Je suis d'avis de ne dire plus mot, et d'attendre que vous m'ayez donné la liste des termes sans reproche que je dois employer. Je crois que c'est le plus court; il n'y a que ce moyen-là qui puisse me mettre en état de m'entretenir avec vous.

LÉLIO.

Eh! madame, faites grâce à mon amour.

LA COMTESSE.

Supportez donc mon ignorance; je ne savais pas la différence qu'il y avait entre *connaître* et *sentir*.

LÉLIO.

Sentir, madame, c'est le style du cœur, et ce n'est pas dans ce style-là que vous devez parler du chevalier.

LA COMTESSE.

Écoutez; le vôtre ne m'amuse point; il est froid, il glace; et, si vous voulez même, il me rebute.

LÉLIO, à part.

Bon! je retirerai mon billet.

LA COMTESSE.

Quittons-nous, croyez-moi; je parle mal, vous ne me répondez pas mieux; cela ne fait pas une conversation amusante.

LÉLIO.

Allez-vous rejoindre le chevalier?

3.   30

LA COMTESSE.

Lélio, pour prix des leçons que vous venez de me
donner, je vous avertis, moi, qu'il y a des momens
où vous feriez bien de ne pas vous montrer; entendez-vous?

LÉLIO.

Vous me trouvez donc bien insupportable?

LA COMTESSE.

Épargnez-vous ma réponse; vous auriez à vous
plaindre de la valeur de mes termes, je le sens bien.

LÉLIO.

Et moi, je sens que vous vous retenez; vous me diriez de bon cœur que vous me haïssez.

LA COMTESSE.

Non; mais je vous le dirai bientôt, si cela continue, et cela continuera sans doute.

LÉLIO.

Il semble que vous le souhaitiez.

LA COMTESSE.

Hum! vous ne feriez pas languir mes souhaits.

LÉLIO, d'un air vif et fâché.

Vous me désolez, madame.

LA COMTESSE.

Je me retiens, monsieur; je me retiens.

LÉLIO.

Arrêtez, comtesse; vous m'avez fait l'honneur d'accorder quelque retour à ma tendresse.

LA COMTESSE.

Ah! le beau détail où vous entrez là!

LÉLIO.

Le dédit même qui est entre nous....

LA COMTESSE.

Eh bien! ce dédit vous chagrine? il n'y a qu'à le rompre. Que ne me disiez-vous cela sur-le-champ? Il y a une heure que vous biaisez pour arriver là.

LÉLIO.

Le rompre! J'aimerais mieux mourir; ne m'assure-t-il pas votre main?

LA COMTESSE.

Et qu'est-ce que c'est que ma main sans mon cœur?

LÉLIO.

J'espère avoir l'un et l'autre.

LA COMTESSE.

Pourquoi me déplaisez-vous donc?

LÉLIO.

En quoi ai-je pu vous déplaire? Vous aurez de la peine à le dire vous-même.

LA COMTESSE.

Vous êtes jaloux, premièrement.

LÉLIO.

Eh! morbleu! madame, quand on aime...

LA COMTESSE.

Ah! quel emportement!

LÉLIO.

Peut-on s'empêcher d'être jaloux? Autrefois vous me reprochiez que je ne l'étais pas assez; vous me trouviez trop tranquille; me voici inquiet, et je vous déplais.

LA COMTESSE.

Achevez, monsieur, concluez que je suis une capricieuse; voilà ce que vous voulez dire, je vous entends bien. Le compliment que vous me faites est digne de l'entretien dont vous me régalez depuis une heure; et après cela vous me demandez en quoi vous me déplaisez! Ah! l'étrange caractère!

LÉLIO.

Mais je ne vous appelle pas capricieuse, madame; je dis seulement que vous vouliez que je fusse jaloux; aujourd'hui je le suis; pourquoi le trouvez-vous mauvais?

LA COMTESSE.

Eh bien! vous direz encore que vous ne m'appelez pas fantasque!

LÉLIO.

De grâce, répondez.

LA COMTESSE.

Non, monsieur, on n'a jamais dit à une femme ce que vous me dites là; je n'ai vu que vous dans la vie qui m'ayiez trouvée si ridicule.

LÉLIO.

Je chercherais volontiers à qui vous parlez, madame; car ce discours-là ne peut pas s'adresser à moi.

LA COMTESSE.

Fort bien! me voilà devenue visionnaire à présent.
Continuez, monsieur, continuez; vous ne voulez pas
rompre le dédit; cependant c'est moi qui ne le veux
plus; n'est-il pas vrai?

LÉLIO.

Que d'industrie pour vous sauver d'une question
fort simple, à laquelle vous ne pouvez répondre!

LA COMTESSE.

Oh! je n'y saurais tenir; capricieuse, ridicule, visionnaire et de mauvaise foi! le portrait est flatteur!
Je ne vous connaissais pas, monsieur Lélio, je ne vous
connaissais pas; vous m'avez trompée. Je vous passe-
rais de la jalousie; je ne parle pas de la vôtre, elle
n'est pas supportable; c'est une jalousie terrible,
odieuse, qui vient du fond du tempérament, du vice
de votre esprit. Ce n'est pas délicatesse chez vous;
c'est mauvaise humeur naturelle, c'est précisément
caractère. Oh! telle n'est point la jalousie que je vous
demandais; je voulais une inquiétude douce, qui a
sa source dans un cœur timide et bien touché, et qui
n'est qu'une louable méfiance de soi-même. Avec
cette jalousie-là, monsieur, on ne dit point d'invec-
tives aux personnes que l'on aime; on ne les trouve
ni ridicules, ni fourbes, ni fantasques; on craint seulement de n'être pas toujours aimé, parce qu'on ne
se croit pas digne de l'être. Mais cela vous passe; ces
sentimens-là ne sont pas du ressort d'une âme comme

la vôtre. Chez vous, ce sont des emportemens, des fureurs, ou c'est pur artifice; vous soupçonnez injurieusement; vous manquez d'estime, de respect, de soumission; vous vous appuyez sur un dédit; vous fondez vos droits sur des raisons de contrainte. Un dédit, monsieur Lélio! Des soupçons! Vous appelez cela de l'amour! C'est un amour à faire peur. Adieu.

LÉLIO.

Encore un mot. Vous êtes en colère; mais vous reviendrez; car vous m'estimez dans le fond.

LA COMTESSE.

Soit; j'en estime tant d'autres! Je ne regarde pas cela comme un grand mérite d'être estimable; on n'est que ce qu'on doit être.

LÉLIO.

Pour nous accommoder, accordez-moi une grâce. Vous m'êtes chère; le chevalier vous aime; ayez pour lui un peu plus de froideur; insinuez-lui qu'il nous laisse, qu'il s'en retourne à Paris.

LA COMTESSE.

Lui insinuer qu'il nous laisse, c'est-à-dire, lui glisser tout doucement une impertinence qui me fera tout doucement passer dans son esprit pour une femme qui ne sait pas vivre! Non, monsieur; vous m'en dispenserez, s'il vous plaît. Toute la subtilité possible n'empêchera pas un compliment d'être ridicule, quand il l'est; vous me le prouvez par le vôtre. C'est un avis que je vous insinue tout doucement, pour vous donner un petit essai de ce que vous appelez manière insinuante. (Elle sort.)

SCÈNE III.

LÉLIO, TRIVELIN.

LÉLIO, riant.

Allons, allons, cela va très-rondement ; j'épouserai les douze mille livres de rente. Mais voilà le valet du chevalier. (A Trivelin.) Il m'a paru tantôt que tu avais quelque chose à me dire ?

TRIVELIN.

Oui, monsieur ; pardonnez à la liberté que je prends. L'équipage où je suis ne prévient pas en ma faveur ; cependant, tel que vous me voyez, il y a là-dedans le cœur d'un honnête homme, avec une extrême inclination pour les honnêtes gens.

LÉLIO.

Je le crois.

TRIVELIN.

Moi-même, et je le dis avec un souvenir modeste, moi-même autrefois j'ai été du nombre de ces honnêtes gens ; mais vous savez, monsieur, à combien d'accidens nous sommes sujets dans la vie. Le sort m'a joué ; il en a joué bien d'autres ; l'histoire est remplie du récit de ses mauvais tours. Princes, héros, il a tout mal mené, et je me console de mes malheurs avec de tels confrères.

LÉLIO.

Tu m'obligerais de retrancher tes réflexions, et de venir au fait.

TRIVELIN.

Les infortunés sont un peu babillards, monsieur; ils s'attendrissent aisément sur leurs aventures. Mais je coupe court; ce petit préambule me servira, s'il vous plaît, à m'attirer un peu d'estime, et donnera du poids à ce que je vais vous dire.

LÉLIO.

Soit.

TRIVELIN.

Vous savez que je fais la fonction de domestique auprès de monsieur le chevalier.

LÉLIO.

Oui.

TRIVELIN.

Je ne demeurerai pas long-temps avec lui, monsieur; son caractère donne trop de scandale au mien [1].

LÉLIO.

Et que lui trouves-tu de mauvais?

TRIVELIN.

Que vous êtes différent de lui! A peine vous ai-je vu, vous ai-je entendu parler, que j'ai dit en moi-

---

[1] *Son caractère donne trop de scandale au mien.* Il y a là impropriété d'expression et obscurité dans la pensée. Trivelin veut dire probablement: *Les défauts de son caractère me donnent trop souvent des sujets de scandale.*

même : Ah! quelle âme franche! Que de netteté dans ce cœur-là!

LÉLIO.

Tu vas encore t'amuser à mon éloge ; tu ne finiras point.

TRIVELIN.

Monsieur, la vertu vaut bien une petite parenthèse en sa faveur.

LÉLIO.

Venons donc au reste à présent.

TRIVELIN.

De grâce, souffrez qu'auparavant nous convenions d'un petit article.

LÉLIO.

Parle.

TRIVELIN.

Je suis fier, mais je suis pauvre ; qualités, comme vous jugez bien, très-difficiles à accorder l'une avec l'autre, et qui pourtant ont la rage de se trouver presque toujours ensemble ; voilà ce qui me passe.

LÉLIO.

Poursuis. A quoi nous mènent ta fierté et ta pauvreté?

TRIVELIN.

Elles nous mènent à un combat qui se passe entre elles. La fierté se défend d'abord à merveille, mais son ennemie est bien pressante. Bientôt la fierté plie, recule, fuit, et laisse le champ de bataille à la pauvreté, qui ne rougit de rien, et qui sollicite en ce moment votre libéralité.

LÉLIO.

Je t'entends ; tu me demandes quelque argent pour récompense de l'avis que tu vas me donner ?

TRIVELIN.

Vous y êtes. Les âmes généreuses ont cela de bon, qu'elles devinent ce qu'il vous faut, et vous épargnent la honte d'expliquer vos besoins [1] ; que cela est beau!

LÉLIO.

Je consens à ce que tu me demandes, mais j'y mets à mon tour une condition; c'est que le secret que tu m'apprendras vaudra la peine d'être payé; je serai de bonne foi là-dessus. Dis à présent.

TRIVELIN.

Pourquoi faut-il que la rareté de l'argent ait ruiné la générosité de vos pareils? Quelle misère! mais n'importe; votre équité me rendra ce que votre économie me retranche, et je commence. Vous croyez le chevalier votre intime et fidèle ami; n'est-ce pas?

LÉLIO.

Oui, sans doute.

TRIVELIN.

Erreur.

---

[1] *Et vous épargnent la honte d'expliquer vos besoins.*

Qu'un ami véritable est une douce chose!
Il cherche vos besoins au fond de votre cœur;
    Il vous épargne la pudeur
    De les lui découvrir vous-même.,
            LA FONTAINE, liv. VIII, fable 11.

LÉLIO.

En quoi donc?

TRIVELIN.

Vous croyez que la comtesse vous aime toujours?

LÉLIO.

J'en suis persuadé.

TRIVELIN.

Erreur, trois fois erreur!

LÉLIO.

Comment?

TRIVELIN.

Oui, monsieur; vous n'avez ni ami ni maîtresse. Quel brigandage dans ce monde! La comtesse ne vous aime plus, le chevalier vous a escamoté son cœur. Il l'aime, il en est aimé. C'est un fait; je le sais, je l'ai vu, je vous en avertis; faites-en votre profit et le mien.

LÉLIO.

Eh! dis-moi, as-tu remarqué quelque chose qui te rende sûr de cela?

TRIVELIN.

Monsieur, on peut se fier à mes observations. Tenez, je n'ai qu'à regarder une femme entre deux yeux; je vous dirai ce qu'elle sent et ce qu'elle sentira, le tout à une virgule près. Tout ce qui se passe dans son cœur, s'écrit sur son visage; et j'ai tant étudié cette écriture-là, que je la lis tout aussi couramment que la mienne. Par exemple, tantôt, pendant que vous vous amusiez dans le jardin à cueillir des fleurs pour la comtesse, je raccommodais près d'elle une palissade, et je voyais le chevalier, sautillant, rire et folâtrer avec elle. Que vous êtes badin! lui disait-elle, en souriant négligemment à ses enjouemens. Tout autre que moi n'aurait rien remarqué dans ce sourire-là; c'était un chiffre. Savez-vous ce qu'il signifiait? Que vous m'amusez agréablement, chevalier! Que vous êtes aimable dans vos façons! Ne sentez-vous pas que vous me plaisez?

LÉLIO.

Cela est bon; mais rapporte-moi quelque chose que je puisse expliquer, moi qui ne suis pas si savant que toi.

TRIVELIN.

En voici qui ne demande nulle condition. Le chevalier continuait, lui volait quelques baisers, dont on se fâchait, et qu'on n'esquivait pas. Laissez-moi donc, disait-elle, avec un visage indolent, qui ne faisait rien pour se tirer d'affaire, et qui avait la paresse de rester exposé à l'injure. Mais, en vérité, vous n'y songez pas, ajoutait-elle ensuite. Et moi, tout en raccommodant ma palissade, j'expliquais ce *vous n'y songez pas*, et ce *laissez-moi donc*; et je voyais que cela voulait dire: Courage, chevalier; encore un baiser sur le même ton; surprenez-moi toujours, afin de sauver les bienséances; je ne dois consentir à rien; mais si vous êtes adroit, je n'y saurais que faire; ce ne sera pas ma faute.

LÉLIO.

Oui-dà; c'est quelque chose que des baisers.

TRIVELIN.

Voici le plus touchant. Ah ! la belle main ! s'écrie-
t-il ensuite ; souffrez que je l'admire. — Il n'est pas
nécessaire. — De grâce. — Je ne veux point..... Ce
nonobstant, la main est prise, admirée, caressée ; cela
va tout de suite.... Arrêtez-vous.... Point de nouvelles.
Un coup d'éventail par là-dessus ; coup galant qui
signifie, ne lâchez point. L'éventail est saisi ; nouvelles pirateries sur la main qu'on tient. L'autre vient à
son secours ; autant de pris encore par l'ennemi....
Mais je ne vous comprends point ; finissez donc. —
Vous en parlez bien à votre aise, madame !.... Alors la
comtesse de s'embarrasser, le chevalier de la regarder tendrement ; elle de rougir, lui de s'animer ; elle
de se fâcher sans colère, lui de se jeter à ses genoux
sans repentance ; elle de pousser honteusement un
demi-soupir, lui de riposter effrontément par un soupir
tout entier ; et puis vient du silence ; et puis des regards qui sont bien tendres ; et puis d'autres qui n'osent
pas l'être ; et puis... Qu'est-ce que cela signifie, monsieur ? — Vous le voyez bien, madame. — Levez-vous
donc. — Me pardonnez-vous ? — Ah ! je ne sais.... Le
procès en était là quand vous êtes venu ; mais je crois
maintenant les parties d'accord. Qu'en dites-vous ?

LÉLIO.

Je dis que ta découverte commence à prendre
forme.

TRIVELIN.

Commence à prendre forme ! Et jusqu'où préten-

dez-vous donc que je la conduise pour vous persuader? Je désespère de la pousser jamais plus loin. J'ai
vu l'amour naissant; quand il sera grand garçon, j'aurai beau l'attendre auprès de la palissade, au diable
s'il y vient badiner; or, il grandira s'il n'est déjà gran-
di; car il m'a paru aller bon train, le gaillard.

LÉLIO.

Fort bon train, ma foi.

TRIVELIN.

Que dites-vous de la comtesse? Sans moi, ne l'au-
riez-vous pas épousée? Si vous aviez vu de quel air
elle abandonnait sa main blanche au chevalier!...

LÉLIO.

En vérité! Te paraissait-il qu'elle y prît goût?

TRIVELIN.

Oui, monsieur. (A part.) On dirait qu'il en prend
aussi, lui. (Haut.) Eh bien! trouvez-vous que mon avis
mérite salaire?

LÉLIO.

Sans difficulté. Tu es un coquin.

TRIVELIN, à part.

Sans difficulté, tu es un coquin; voilà un prélude
de reconnaissance bien bizarre.

LÉLIO.

Le chevalier te donnerait cent coups de bâton, si
je lui disais que tu le trahis. Or, ces coups de bâton
que tu mérites, ma bonté te les épargne; je ne dirai
mot. Adieu; tu dois être content; te voilà payé.

SCÈNE IV.

TRIVELIN, *seul.*

JE n'avais jamais vu de monnaie frappée à ce coin-là. Adieu, monsieur; je suis votre serviteur; que le ciel veuille vous combler des faveurs que je mérite! De toutes les grimaces que m'a faites la fortune, voilà certes la plus comique. Me payer en exemption de coups de bâton! c'est ce qu'on appelle faire argent de tout. Je n'y comprends rien : je lui dis que sa maîtresse le plante là; il me demande si elle y prend goût. Est-ce que notre chevalier m'en ferait accroire? Et seraient-ils tous deux meilleurs amis que je ne pense?

SCÈNE V.

ARLEQUIN, TRIVELIN.

TRIVELIN, à part.

INTERROGEONS un peu Arlequin là-dessus. (Haut.) Ah! te voilà! où vas-tu?

ARLEQUIN.

Voir s'il y a des lettres pour mon maître.

TRIVELIN.

Tu me parais occupé: à quoi rêves-tu?

ARLEQUIN.

A des louis d'or.

TRIVELIN.

Diantre! tes réflexions sont de riche étoffe.

ARLEQUIN.

Et je te cherchais aussi pour te parler.

TRIVELIN.

Et que veux-tu de moi?

ARLEQUIN.

T'entretenir de louis d'or.

TRIVELIN.

Encore des louis d'or! Mais tu as une mine d'or dans
la tête.

ARLEQUIN.

Dis-moi, mon ami, où as-tu pris toutes ces pistoles
que je t'ai vu tantôt tirer de ta poche pour payer la
bouteille de vin que nous avons bue au cabaret du
bourg? Je voudrais bien savoir le secret que tu as,
pour en faire.

TRIVELIN.

Mon ami, je ne pourrai guère te donner le secret
d'en faire; je n'ai jamais possédé que le secret de les
dépenser.

ARLEQUIN.

Oh! j'ai aussi un secret qui est bon pour cela, moi;
je l'ai appris au cabaret en perfection.

TRIVELIN.

Oui-dà, on fait son affaire avec du vin, quoique
lentement; mais en y joignant une pincée d'inclination pour le beau sexe, on y réussit bien autrement.

ARLEQUIN.

Ah! le beau sexe, on ne trouve point de cet ingré-
dient-là ici.

TRIVELIN.

Tu n'y demeureras pas toujours. Mais, de grâce, instruis-moi d'une chose à ton tour. Ton maître et monsieur le chevalier s'aiment-ils beaucoup?

ARLEQUIN.

Oui.

TRIVELIN.

Fi! Se témoignent-ils de grands empressemens? Se font-ils beaucoup d'amitiés?

ARLEQUIN.

Ils se disent: Comment te portes-tu? — A ton service.— Et moi aussi.—J'en suis bien aise... Après cela ils dînent et soupent ensemble; et puis: Bonsoir; je te souhaite une bonne nuit.... Et puis ils se couchent, et puis ils dorment, et puis le jour vient. Est-ce que tu veux qu'ils se disent des injures?

TRIVELIN.

Non, mon ami; c'est que j'avais quelque petite raison de te demander cela, par rapport à quelque aventure qui m'est arrivée ici.

ARLEQUIN.

Toi?

TRIVELIN.

Oui, j'ai touché le cœur d'une aimable personne, et l'amitié de nos maîtres prolongera notre séjour ici.

ARLEQUIN.

Et où est-ce que cette rare personne-là habite avec son cœur?

3.   3 t

TRIVELIN.

Ici, te dis-je. Malepeste! c'est une affaire qui m'est
de conséquence.

ARLEQUIN.

Quel plaisir! Elle est jeune?

TRIVELIN.

Je lui crois dix-neuf à vingt ans.

ARLEQUIN.

Ah! le tendron! Elle est jolie?

TRIVELIN.

Jolie! quelle maigre épithète! Vous lui manquez
de respect; sachez qu'elle est charmante, adorable,
digne de moi.

ARLEQUIN.

Ah! m'amour! friandise de mon âme!

TRIVELIN.

Et c'est de sa main mignonne que je tiens ces louis
d'or dont tu parles, et que le don qu'elle m'en a fait
me rend si précieux.

ARLEQUIN.

Je n'en puis plus.

TRIVELIN. à part.

Il me divertit; je veux le pousser jusqu'à l'évanouis-
sement. (Haut.) Ce n'est pas le tout, mon ami. Ses discours ont charmé mon cœur; de la manière dont elle
m'a peint, j'avais honte de me trouver si aimable.
M'aimerez-vous? me disait-elle; puis-je compter sur
votre cœur?

ARLEQUIN, *transporté.*

Oui, ma reine.

TRIVELIN.

A qui parles-tu ?

ARLEQUIN.

A elle; j'ai cru qu'elle m'interrogeait.

TRIVELIN, *riant.*

Ah! ah! ah! Pendant qu'elle me parlait, ingénieuse
à me prouver sa tendresse, elle fouillait dans sa poche
pour en tirer cet or qui fait mes délices. Prenez, m'a-
t-elle dit en me le glissant dans la main; et comme
poliment j'ouvrais ma main avec lenteur : Prenez
donc, s'est-elle écriée; ce n'est là qu'un échantillon
du coffre-fort que je vous destine. Alors je me suis
rendu; car un échantillon ne se refuse point.

ARLEQUIN.

Ah! mon ami, je tombe à tes pieds pour te supplier,
en toute humilité, de me montrer seulement la face
royale de cette incomparable fille, qui donne un cœur
et des louis d'or du Pérou avec. Peut-être me fera-
t-elle aussi présent de quelque échantillon; je ne veux
que la voir, l'admirer, et puis mourir content.

TRIVELIN.

Cela ne se peut pas, mon enfant; il ne faut pas ré-
gler tes espérances sur mes aventures, vois-tu bien!
Entre le baudet et le cheval d'Espagne, il y a quelque
différence.

ARLEQUIN.

Hélas! je te regarde comme le premier cheval du
monde.

TRIVELIN.

Tu abuses de mes comparaisons; je te permets de m'estimer, Arlequin, mais ne me loue jamais.

ARLEQUIN.

Montre-moi donc cette fille.....

TRIVELIN.

Cela ne se peut pas; mais je t'aime, et tu te sentiras de ma bonne fortune. Dès aujourd'hui je te fonde une bouteille de bourgogne pour autant de jours que nous serons ici.

ARLEQUIN.

Une bouteille par jour, cela fait trente bouteilles par mois. Pour me consoler dans ma douleur, donne-moi en argent la fondation du premier mois.

TRIVELIN.

Mon fils, je suis bien aise d'assister à chaque paiement.

ARLEQUIN.

Je ne verrai donc point ma reine? Où êtes-vous donc, petit louis d'or de mon âme? Hélas! je m'en vais vous chercher partout; hi! hi! hi!.... Veux-tu aller boire le premier mois de fondation?

TRIVELIN.

Voilà mon maître, je ne saurais; mais va m'attendre.　　　　　　　　　　　　(Arlequin sort)

SCÈNE VI.

LE CHEVALIER, TRIVELIN.

TRIVELIN, riant.

Je lui ai renversé l'esprit ; ah ! ah ! ah ! ah ! le pauvre garçon ! Il n'est pas digne d'être associé à notre intrigue. (Au chevalier.) Ah ! vous voilà, chevalier sans pareil. Eh bien ! notre affaire va-t-elle bien ?

LE CHEVALIER.

Fort bien, mons Trivelin ; mais je vous cherchais pour vous dire que vous ne valez rien.

TRIVELIN.

C'est bien peu de chose que rien ; et vous me cherchiez tout exprès pour me dire cela ?

LE CHEVALIER.

En un mot, tu es un coquin.

TRIVELIN.

Vous voilà dans l'erreur de tout le monde.

LE CHEVALIER.

Un fourbe, de qui je me vengerai.

TRIVELIN.

Mes vertus ont cela de malheureux, qu'elles n'ont jamais été connues de personne.

LE CHEVALIER.

Je voudrais bien savoir de quoi vous vous mêlez, d'aller dire à monsieur Lélio que j'aime la comtesse ?

TRIVELIN.

Comment! il vous a rapporté ce que je lui ai dit?

LE CHEVALIER.

Sans doute.

TRIVELIN.

Vous me faites plaisir de m'en avertir. Pour payer mon avis, il avait promis de se taire; il a parlé, la dette subsiste.

LE CHEVALIER.

Fort bien! c'était donc pour tirer de l'argent de lui, monsieur le faquin?

TRIVELIN.

Monsieur le faquin! retranchez ces petits agrémens-là de votre discours; ce sont des fleurs de rhétorique qui m'entêtent. Je voulais avoir de l'argent, cela est vrai.

LE CHEVALIER.

Eh! ne t'en avais-je pas donné?

TRIVELIN.

Ne l'avais-je pas pris de bonne grâce? De quoi vous plaignez-vous? Votre argent est-il insociable? Ne pouvait-il pas s'accommoder avec celui de monsieur Lélio?

LE CHEVALIER.

Prends-y garde; si tu retombes encore dans la moindre impertinence, j'ai une maîtresse qui aura soin de toi, je t'en assure.

TRIVELIN.

Arrêtez; ma discrétion s'affaiblit, je l'avoue; je la

sens infirme; il sera bon de la rétablir par un baiser
ou deux.

LE CHEVALIER.

Non.

TRIVELIN.

Convertissons donc cela en autre chose.

LE CHEVALIER.

Je ne saurais.

TRIVELIN.

Vous ne m'entendez point; je ne puis me résoudre
à vous dire le mot de l'énigme. (Le chevalier tire sa montre.)
Ah! ah! tu la devineras; tu n'y es plus. Le mot n'est
pas une montre; la montre en approche pourtant, à
cause du métal.

LE CHEVALIER.

Eh! je vous entends à merveille; qu'à cela ne
tienne.

TRIVELIN.

J'aime pourtant mieux un baiser.

LE CHEVALIER.

Tiens; mais observe ta conduite.

TRIVELIN.

Ah! friponne, tu triches ma flamme; tu l'esquives,
mais avec tant de grâce, qu'il faut me rendre.

SCÈNE VII.

LE CHEVALIER, TRIVELIN, ARLEQUIN,

*qui a écouté la fin de la scène par-derrière. Dans le temps
que le chevalier donne de l'argent à Trivelin, d'une main
il prend l'argent, et de l'autre il embrasse le chevalier.*

ARLEQUIN.

Au! je la tiens! ah! m'amour, je me meurs. Cher
petit lingot d'or, je n'en puis plus. Ah! Trivelin! je
suis heureux.

TRIVELIN.

Et moi volé.

LE CHEVALIER.

Je suis au désespoir; mon secret est découvert.

ARLEQUIN.

Laissez-moi vous contempler, cassette de mon âme.
Quelle est jolie! Mignarde, mon cœur s'en va, je
me trouve mal. Vite un échantillon pour me remettre;
ah! ah! ah! ah!

LE CHEVALIER, à Trivelin.

Débarrasse-moi de lui; que veut-il dire avec son
échantillon?

TRIVELIN.

Bon! bon! c'est de l'argent qu'il demande.

LE CHEVALIER.

S'il ne tient qu'à cela pour venir à bout du dessein
que je poursuis, emmène-le, et engage-le au secret;
voilà de quoi le faire taire. (A Arlequin.) Mon cher Arle-

quin, ne me découvre point ; je te promets des échan-
tillons tant que tu voudras. Trivelin va t'en donner ;
suis-le, et ne dis mot ; tu n'aurais rien si tu parlais.

ARLEQUIN.

Malepeste ! je serai sage. M'aimerez-vous, petit
homme ?

LE CHEVALIER.

Sans doute.

TRIVELIN.

Allons, mon fils, tu te souviens bien de la bouteille
de fondation ; allons la boire.

ARLEQUIN, sans bouger.

Allons.

TRIVELIN.

Viens donc. (Au chevalier.) Allez votre chemin, et ne
vous embarrassez de rien.

ARLEQUIN, en s'en allant.

Ah ! la belle trouvaille ! la belle trouvaille !

SCÈNE VIII.

LA COMTESSE, LE CHEVALIER.

LE CHEVALIER, seul un moment.

A tout hasard, continuons ce que j'ai commencé.
Je prends trop de plaisir à mon projet pour l'abandonner ; dût-il m'en coûter encore vingt pistoles, je
veux tâcher d'en venir à bout. Voici la comtesse ; je
la crois dans de bonnes dispositions pour moi : ache-

vons de la déterminer. (Haut.) Vous me paraissez bien triste, madame; qu'avez-vous?

LA COMTESSE, à part.

Éprouvons ce qu'il pense. (Haut.) Je viens vous faire un compliment qui me déplaît; mais je ne saurais m'en dispenser.

LE CHEVALIER.

Ah! notre conversation débute mal, madame.

LA COMTESSE.

Vous avez pu remarquer que je vous voyais ici avec plaisir; et, s'il ne tenait qu'à moi, j'en aurais encore beaucoup à vous y voir.

LE CHEVALIER.

J'entends; je vous épargne le reste, et je vais coucher à Paris.

LA COMTESSE.

Ne vous en prenez pas à moi, je vous le demande en grâce.

LE CHEVALIER.

Je n'examine rien; vous ordonnez, j'obéis.

LA COMTESSE.

Ne dites point que j'ordonne.

LE CHEVALIER.

Eh! madame, je ne vaux pas la peine que vous vous excusiez, et vous êtes trop bonne.

LA COMTESSE.

Non, vous dis-je; et si vous voulez rester, en vérité... vous êtes le maître.

LE CHEVALIER.

Vous ne risquez rien à me donner carte blanche ; je
sais le respect que je dois à vos véritables intentions.

LA COMTESSE.

Mais, chevalier, il ne faut pas respecter des chimères.

LE CHEVALIER.

Il n'y a rien de plus poli que ce discours-là.

LA COMTESSE.

Il n'y a rien de plus désagréable que votre obstination à me croire polie ; car il faudra, malgré moi, que
je le sois. Je suis d'un sexe un peu fier. Je vous dis
de rester, je ne saurais aller plus loin ; aidez-vous.

LE CHEVALIER, à part.

Sa fierté se meurt, je veux l'achever. (Haut.) Adieu,
madame. Je craindrais de prendre le change, je suis
tenté de demeurer, et je fuis le danger de mal interpréter vos honnêtetés. Adieu ; vous renvoyez mon
cœur dans un terrible état.

LA COMTESSE.

Vit-on jamais un pareil esprit, avec son cœur qui
n'a pas le sens commun ?

LE CHEVALIER.

Du moins, madame, attendez que je sois parti, pour
marquer du dégoût à mon égard.

LA COMTESSE.

Allez, monsieur ; je ne saurais attendre ; allez à Pa-

ris chercher des femmes qui s'expliquent plus précisément que moi, qui vous prient de rester en termes
formels, des femmes en un mot qui ne rougissent de
rien. Pour moi, je me ménage, je sais ce que je me
dois; et vous partirez, puisque vous avez la fureur
de prendre tout de travers.

LE CHEVALIER.

Vous ferai-je plaisir de rester?

LA COMTESSE.

Peut-on mettre une femme entre le oui et le non?
Quelle brusque alternative! Y a-t-il rien de plus haïssable qu'un homme qui ne saurait deviner? Mais allez-
vous-en, je suis lasse de tout faire.

LE CHEVALIER, faisant semblant de s'en aller.

Je devine donc; je me sauve.

LA COMTESSE.

Il devine, dit-il; il devine, et s'en va; la belle pé-
nétration! Je ne sais pourquoi cet homme m'a plu.
Lélio n'a qu'à le suivre, je le congédie; je ne veux plus
de ces importuns-là chez moi. Ah! que je hais les
hommes à présent! Qu'ils sont insupportables! J'y renonce de bon cœur.

LE CHEVALIER, revenant.

Je ne songeais pas, madame, que je vais dans un
pays où je puis vous rendre quelque service; n'avez-
vous rien à m'y commander?

LA COMTESSE.

Oui-dà; oubliez que je souhaitais que vous restas-
siez ici; voilà tout.

LE CHEVALIER.

Voilà une commission qui m'en donne une autre,
c'est celle de rester; et je m'en tiens à la dernière.

LA COMTESSE.

Comment! vous comprenez cela? Quel prodige! En
vérité, il n'y a pas moyen de s'étourdir sur les bontés
qu'on a pour vous; il faut se résoudre à les sentir, ou
vous laisser là.

LE CHEVALIER.

Je vous aime, et ne présume rien en ma faveur.

LA COMTESSE.

Je n'entends pas que vous présumiez rien non plus.

LE CHEVALIER.

Il est donc inutile de me retenir, madame.

LA COMTESSE.

Inutile! Comme il prend tout! mais il faut bien
faire attention à ce qu'on vous dit.

LE CHEVALIER.

Mais aussi, que ne vous expliquez-vous franchement? Je pars, vous me retenez; je crois que c'est
pour quelque chose qui en vaudra la peine, point du
tout; c'est pour me dire : Je n'entends pas que vous
présumiez rien de plus. N'est-ce pas là quelque chose
de bien tentant? Et moi, madame, je n'entends point
vivre comme cela; je ne saurais, je vous aime trop.

LA COMTESSE.

Vous avez là un amour bien mutin; il est bien pressé.

LE CHEVALIER.

Ce n'est pas ma faute, il est comme vous me l'avez donné.

LA COMTESSE.

Voyons donc; que voulez-vous?

LE CHEVALIER.

Vous plaire.

LA COMTESSE.

Eh bien! il faut espérer que cela viendra.

LE CHEVALIER.

Moi! me jeter dans l'espérance! Oh! que non; je ne donne pas dans un pays perdu; je ne saurais où marcher.

LA COMTESSE.

Marchez, marchez; on ne vous égarera pas.

LE CHEVALIER.

Donnez-moi votre cœur pour compagnon de voyage, et je m'embarque.

LA COMTESSE.

Hum! nous n'irons peut-être pas loin ensemble.

LE CHEVALIER.

Eh! par où devinez-vous cela?

LA COMTESSE.

C'est que je vous crois volage.

LE CHEVALIER.

Vous m'avez fait peur; j'ai cru votre soupçon plus

grave; mais pour volage, s'il n'y a que cela qui vous retienne, partons. Quand vous me connaîtrez mieux, vous ne me reprocherez pas ce défaut-là.

LA COMTESSE.

Parlons raisonnablement : vous pourrez me plaire, je n'en disconviens pas; mais est-il naturel que vous plaisiez tout d'un coup ?

LE CHEVALIER.

Non; mais si vous vous réglez avec moi sur ce qui est naturel, je ne tiens rien; je ne saurais obtenir votre cœur que *gratis*. Si j'attends que je l'aie gagné, nous n'aurons jamais fait; je connais ce que vous valez et ce que je vaux.

LA COMTESSE.

Fiez-vous à moi; je suis généreuse, je vous ferai peut-être grâce.

LE CHEVALIER.

Rayez le *peut-être ;* ce que vous dites en sera plus doux.

LA COMTESSE.

Laissons-le; il n'est peut-être là que par bienséance.

LE CHEVALIER.

Le voilà un peu mieux placé, par exemple.

LA COMTESSE.

C'est que j'ai voulu vous raccommoder avec lui.

LE CHEVALIER.

Venons au fait : m'aimerez-vous ?

LA COMTESSE.

Mais, au bout du compte, m'aimez-vous, vous-même ?

LE CHEVALIER.

Oui, madame ; j'ai fait ce grand effort-là.

LA COMTESSE.

Il y a si peu de temps que vous me connaissez, que je ne laisse pas d'en être surprise.

LE CHEVALIER.

Vous, surprise ! Il fait jour, le soleil nous luit ; cela ne vous surprend-il pas aussi ? Car je ne sais que répondre à de pareils discours, moi. Eh ! madame, faut-il vous voir plus d'un moment pour apprendre à vous adorer ?

LA COMTESSE.

Je vous crois, ne vous fâchez point ; ne me chicanez pas davantage.

LE CHEVALIER.

Oui, comtesse, je vous aime ; et de tous les hommes qui peuvent aimer, il n'y en a pas un dont l'amour soit si pur, si raisonnable. Je vous en fais serment sur cette belle main, qui veut bien se livrer à mes caresses. Regardez-moi, madame ; tournez vos beaux yeux sur moi ; ne me volez point le doux embarras que j'y fais naître. Ah ! quels regards ! Qu'ils sont charmans ! Qui est-ce qui aurait jamais dit qu'ils tomberaient sur moi ?

LA COMTESSE.

En voilà assez; rendez-moi ma main; elle n'a que
faire là; vous parlerez bien sans elle.

LE CHEVALIER.

Vous me l'avez laissé prendre, laissez-moi la garder.

LA COMTESSE.

Courage; j'attends que vous ayez fini.

LE CHEVALIER.

Je ne finirai jamais.

LA COMTESSE.

Vous me faites oublier ce que j'avais à vous dire;
je suis venue tout exprès, et vous m'amusez toujours.
Revenons; vous m'aimez, voilà qui va fort bien; mais
comment ferons-nous? Lélio est jaloux de vous.

LE CHEVALIER.

Moi, je le suis de lui; nous voilà quittes.

LA COMTESSE.

Il a peur que vous ne m'aimiez.

LE CHEVALIER.

C'est un nigaud d'en avoir peur; il devrait en être
sûr.

LA COMTESSE.

Il craint que je ne vous aime.

LE CHEVALIER.

Et pourquoi ne m'aimeriez-vous pas? Je le trouve

3.   32

plaisant ! Il fallait lui dire que vous m'aimiez, pour le guérir de sa crainte.

LA COMTESSE.

Mais, chevalier, il faut le penser pour le dire.

LE CHEVALIER.

Comment ! ne m'avez-vous pas dit tout à l'heure que vous me ferez grâce ?

LA COMTESSE.

Je vous ai dit : Peut-être.

LE CHEVALIER.

Ne savais-je pas bien que le maudit *peut-être* me jouerait un mauvais tour ? Eh ! que faites-vous donc de mieux, si vous ne m'aimez pas ? Est-ce encore Lélio qui triomphe ?

LA COMTESSE.

Lélio commence bien à me déplaire.

LE CHEVALIER.

Qu'il achève donc, et nous laisse en repos.

LA COMTESSE.

C'est le caractère le plus singulier !

LE CHEVALIER.

L'homme le plus ennuyeux !

LA COMTESSE.

Et brusque avec cela, toujours inquiet. Je ne sais quel parti prendre avec lui.

LE CHEVALIER.

Le parti de la raison.

LA COMTESSE.

La raison ne plaide plus pour lui, non plus que le cœur.

LE CHEVALIER.

Il faut qu'il perde son procès.

LA COMTESSE.

Me le conseillez-vous? Je crois qu'effectivement il en faut venir là.

LE CHEVALIER.

Oui; mais de votre cœur, qu'en ferez-vous après?

LA COMTESSE.

De quoi vous mêlez-vous?

LE CHEVALIER.

Parbleu! de mes affaires.

LA COMTESSE.

Vous le saurez trop tôt.

LE CHEVALIER.

Morbleu!

LA COMTESSE.

Qu'avez-vous?

LE CHEVALIER.

C'est que vous avez des longueurs qui me déses- pèrent.

LA COMTESSE.

Mais vous êtes bien impatient, chevalier! Personne n'est comme vous.

LE CHEVALIER.

Ma foi! madame, on est ce que l'on peut quand on vous aime.

LA COMTESSE.

Attendez; je veux vous connaître mieux.

LE CHEVALIER.

Je suis vif, et je vous adore; me voilà tout entier; mais trouvons un expédient qui vous mette à votre aise. Si je vous déplais, dites-moi de partir, et je pars; il n'en sera plus parlé. Si je puis espérer quelque chose, ne me dites rien, je vous dispense de me répondre; votre silence fera ma joie, et il ne vous en coûtera pas une syllabe. Vous ne sauriez prononcer à moins de frais.

LA COMTESSE.

Ah!

LE CHEVALIER.

Je suis content.

LA COMTESSE.

J'étais pourtant venue pour vous dire de nous quitter; Lélio m'en avait priée.

LE CHEVALIER.

Laissons là Lélio; sa cause ne vaut rien.

SCÈNE IX.

LE CHEVALIER, LÉLIO, LA COMTESSE.

LÉLIO.

Tout beau, monsieur le chevalier, tout beau ; laissons là Lélio, dites-vous ! Vous le méprisez bien ! Ah ! grâces au ciel et à la bonté de madame, il n'en sera rien, s'il vous plaît. Lélio, qui vaut mieux que vous, restera, et vous vous en irez. Comment, morbleu ! que dites-vous de lui, madame ? Ne suis-je pas entre les mains d'un ami bien scrupuleux ? Son procédé n'est-il pas édifiant ?

LE CHEVALIER.

Et que trouvez-vous de si étrange à mon procédé, monsieur ? Quand je suis devenu votre ami, ai-je fait vœu de rompre avec la beauté, les grâces et tout ce qu'il y a de plus aimable dans le monde ? Non, parbleu ! Votre amitié est belle et bonne, mais je m'en passerai mieux que d'amour pour madame. Vous trouvez un rival ; eh bien ! prenez patience. En êtes-vous étonné ? Si madame n'a pas la complaisance de s'enfermer pour vous, vos étonnemens ont tout l'air d'être fréquens ; il faudra bien que vous vous y accoutumiez.

LÉLIO.

Je n'ai rien à vous répondre ; madame aura soin de me venger de vos louables entreprises. (A la comtesse.) Voulez-vous bien que je vous donne la main, ma-

dame? car je ne vous crois pas extrêmement amusée
des discours de monsieur.

LA COMTESSE.

Où voulez-vous que j'aille? Nous pouvons nous
promener ensemble ; je ne me plains pas du chevalier.
S'il m'aime, je ne saurais me fâcher de la manière dont
il le dit, et je n'aurais tout au plus à lui reprocher
que la médiocrité de son goût.

LE CHEVALIER.

Ah! j'aurai plus de partisans de mon goût que
vous n'en aurez de vos reproches, madame.

LÉLIO, en colère.

Cela va le mieux du monde, et je joue ici un fort
aimable personnage ! Je ne sais quelles sont vos vues,
madame ; mais...

LA COMTESSE.

Ah! je n'aime pas les emportés ; je vous reverrai
quand vous serez plus calme.

SCÈNE X.

LÉLIO, LE CHEVALIER.

LÉLIO regarde aller la comtesse. Quand elle ne paraît plus, il se met à
éclater de rire.

Ah! ah! ah! ah! voilà une femme bien dupe! Qu'en
dis-tu? ai-je bonne grâce à faire le jaloux? (La comtesse
reparait pour voir ce qui se passe.) (Bas au chevalier.) Elle revient pour
nous observer. (Haut.) Nous verrons ce qu'il en sera,
chevalier; nous verrons.

LE CHEVALIER, bas.

Ah! l'excellent fourbe! (Haut.) Adieu, Lélio! Vous le prendrez sur le ton qu'il vous plaira; je vous en donne ma parole. Adieu.

FIN DU SECOND ACTE.

ACTE III.

SCÈNE I.
LÉLIO, ARLEQUIN.

ARLEQUIN, pleurant.

Hi ! hi ! hi ! hi !

LÉLIO.

Dis-moi donc pourquoi tu pleures ; je veux le savoir absolument.

ARLEQUIN, plus fort.

Hi ! hi ! hi ! hi !

LÉLIO.

Mais quel est le sujet de ton affliction ?

ARLEQUIN.

Ah ! monsieur, voilà qui est fini ; je ne serai plus gaillard.

LÉLIO.

Pourquoi ?

ARLEQUIN.

Faute d'avoir envie de rire.

LÉLIO.

Et d'où vient que tu n'as plus envie de rire, imbécile ?

ARLEQUIN.

A cause de ma tristesse.

LÉLIO.

Je te demande ce qui te rend triste.

ARLEQUIN.

C'est un grand chagrin, monsieur.

LÉLIO.

Il ne rira plus parce qu'il est triste, et il est triste
à cause d'un grand chagrin. Te plaira-t-il de t'expliquer mieux ? Sais-tu bien que je me fâcherai à la fin ?

ARLEQUIN.

Hélas ! je vous dis la vérité.

LÉLIO.

Tu me la dis si sottement, que je n'y comprends
rien. T'a-t-on fait du mal ?

ARLEQUIN.

Beaucoup de mal.

LÉLIO.

Est-ce qu'on t'a battu ?

ARLEQUIN.

Bah ! bien pis que tout cela, ma foi.

LÉLIO.

Bien pis que tout cela ?

ARLEQUIN.

Oui ; quand un pauvre homme perd de l'or, il faut
qu'il meure ; et je mourrai aussi, je n'y manquerai pas.

LÉLIO.

Que veut dire de l'or?

ARLEQUIN.

De l'or du Pérou ; voilà comme on dit qu'il s'appelle.

LÉLIO.

Est-ce que tu en avais?

ARLEQUIN.

Eh! vraiment oui ; voilà mon affaire. Je n'en ai plus, je pleure ; quand j'en avais, j'étais bien aise.

LÉLIO.

Qui est-ce qui te l'avait donné, cet or?

ARLEQUIN.

C'est monsieur le chevalier qui m'avait fait présent de cet échantillon-là.

LÉLIO.

De quel échantillon ?

ARLEQUIN.

Eh! je vous le dis.

LÉLIO.

Quelle patience il faut avoir avec ce nigaud-là ! Sachons pourtant ce que c'est. Arlequin, fais trève à tes larmes. Si tu te plains de quelqu'un, j'y mettrai ordre ; mais éclaircis-moi la chose. Tu me parles d'un or du Pérou, après cela d'un échantillon. Je n'entends point ; réponds-moi précisément ; le chevalier t'a-t-il donné de l'or?

ARLEQUIN.

Pas à moi ; mais il l'avait donné devant moi à Trivelin pour me le rendre en main propre ; cette main propre n'en a point tâté ; le fripon a tout gardé dans la sienne, qui n'était pas plus propre que la mienne.

LÉLIO.

Cet or était-il en quantité ? Combien de louis y avait-il ?

ARLEQUIN.

Peut-être quarante ou cinquante ; je ne les ai pas comptés.

LÉLIO.

Quarante ou cinquante ! Et pourquoi le chevalier te faisait-il ce présent-là ?

ARLEQUIN.

Parce que je lui avais demandé un échantillon.

LÉLIO.

Encore un échantillon !

ARLEQUIN.

Eh ! vraiment oui ; monsieur le chevalier en avait aussi donné à Trivelin.

LÉLIO.

Je ne saurais débrouiller ce qu'il veut dire ; il y a cependant quelque chose là-dedans qui peut me regarder. Réponds-moi ; avais-tu rendu au chevalier quelque service qui l'engageât à te récompenser ?

ARLEQUIN.

Non ; mais j'étais jaloux de ce qu'il aimait Trivelin, de ce qu'il avait charmé son cœur et mis de l'or dans

sa bourse ; et moi, je voulais aussi avoir le cœur charmé et la bourse pleine.

LÉLIO.

Quel étrange galimatias me fais-tu là ?

ARLEQUIN.

Il n'y a pourtant rien de plus vrai que tout cela.

LÉLIO.

Quel rapport y a-t-il entre le cœur de Trivelin et
le chevalier ? Le chevalier a-t-il de si grands charmes ?
Tu parles de lui comme d'une femme.

ARLEQUIN.

Tant il y a qu'il est ravissant, et qu'il fera aussi rafle
de votre cœur, quand vous le connaîtrez. Allez, pour
voir, lui dire : Je vous connais, et je garderai le secret ; vous verrez si ce n'est pas un échantillon qui
vous viendra sur-le-champ, et vous me direz si je suis
fou.

LÉLIO.

Je n'y comprends rien. Mais qui est-il, ce chevalier ?

ARLEQUIN.

Voilà justement le secret qui fait avoir un présent,
quand on le garde.

LÉLIO.

Je prétends que tu me le dises, moi.

ARLEQUIN.

Vous me ruineriez, monsieur ; il ne me donnerait
plus rien, ce charmant petit semblant d'homme, et je
l'aime trop pour le fâcher.

LÉLIO.

Ce petit semblant d'homme ! Que veut-il dire ? et que signifie son transport ? En quoi le trouves-tu donc plus charmant qu'un autre ?

ARLEQUIN.

Ah ! monsieur, on ne voit point d'hommes comme lui ; il n'y en a point dans le monde ; c'est folie que d'en chercher ; mais sa mascarade empêche de voir cela.

LÉLIO.

Sa mascarade ! Ce qu'il me dit là me fait naître une pensée que toutes mes réflexions fortifient ; le chevalier a de certains traits, un certain minois.... Mais voici Trivelin ; je veux le forcer à me dire la vérité, s'il la sait ; j'en tirerai meilleure raison que de ce butor-là. (A Arlequin.) Va-t'en ; je tâcherai de te faire ravoir ton argent. (Arlequin part en lui baisant la main et en se plaignant.)

SCÈNE II.

LÉLIO, TRIVELIN.

TRIVELIN, à part.

Voici ma mauvaise paye ; la physionomie de cet homme-là m'est devenue fâcheuse ; promenons-nous d'un autre côté.

LÉLIO.

Trivelin, je voudrais bien te parler.

TRIVELIN.

A moi, monsieur ? Ne pourriez-vous pas remettr

cela? J'ai actuellement un mal de tête qui ne me permet de conversation avec personne.

LÉLIO.

Bon, bon! c'est bien à toi à prendre garde à un petit mal de tête; approche.

TRIVELIN.

Je n'ai, ma foi, rien de nouveau à vous apprendre, au moins.

LÉLIO, le prenant par le bras.

Viens donc.

TRIVELIN.

Eh bien! de quoi s'agit-il? Vous reprocheriez-vous la récompense que vous m'avez donnée tantôt? Je n'ai jamais vu de bienfait dans ce goût-là. Voulez-vous rayer ce petit trait-là de votre vie? Tenez, ce n'est qu'une vétille; mais les vétilles gâtent tout.

LÉLIO.

Écoute; ton verbiage me déplaît.

TRIVELIN.

Je vous disais bien que je n'étais pas en état de paraître en compagnie.

LÉLIO.

Et je veux que tu répondes positivement à ce que je te demanderai; je règlerai mon procédé sur le tien.

TRIVELIN.

Le vôtre sera donc court; car le mien sera bref. Je n'ai vaillant qu'une réplique, qui est que je ne sais rien ; vous voyez bien que je ne vous ruinerai pas en interrogations.

LÉLIO.

Si tu me dis la vérité, tu n'en seras pas fâché.

TRIVELIN.

Sauriez - vous encore quelques coups de bâton à m'épargner ?

LÉLIO.

Finissons.

TRIVELIN, s'en allant.

J'obéis.

LÉLIO.

Où vas - tu ?

TRIVELIN.

Pour finir une conversation, il n'y a rien de mieux que de la laisser là ; c'est le plus court, ce me semble.

LÉLIO.

Tu m'impatientes, et je commence à me fâcher. Tiens - toi là ; écoute, et me réponds.

TRIVELIN, à part.

A qui en a ce diable d'homme - là ?

LÉLIO.

Je crois que tu jures entre tes dents ?

TRIVELIN.

Cela m'arrive quelquefois par distraction.

LÉLIO.

Crois - moi, traitons avec douceur ensemble, Trivelin ; je t'en prie.

TRIVELIN.

Oui-dà, comme il convient à d'honnêtes gens.

LÉLIO.

Y a-t-il long-temps que tu connais le chevalier ?

TRIVELIN.

Non, c'est une nouvelle connaissance ; la vôtre et
la mienne sont de la même date.

LÉLIO.

Sais-tu qui il est ?

TRIVELIN.

Il se dit cadet d'un aîné gentilhomme ; mais les
titres de cet aîné, je ne les ai point vus ; si je les vois
jamais, je vous en promets copie.

LÉLIO.

Parle-moi à cœur ouvert.

TRIVELIN.

Je vous la promets, vous dis-je ; je vous en donne
ma parole ; il n'y a point de sûreté de cette force-là
nulle part.

LÉLIO.

Tu me caches la vérité ; le nom de chevalier qu'il
porte est un faux nom.

TRIVELIN.

Serait-il l'aîné de sa famille? Je l'ai cru réduit à
une légitime ; voyez ce que c'est !

LÉLIO.

Tu bats la campagne ; ce chevalier mal nommé,
avoue-moi que tu l'aimes.

TRIVELIN.

Eh! je l'aime par la règle générale qu'il faut aimer tout le monde; voilà ce qui le tire d'affaire auprès de moi.

LÉLIO.

Tu t'y ranges avec plaisir, à cette règle-là.

TRIVELIN.

Ma foi, monsieur, vous vous trompez; rien ne me coûte tant que mes devoirs. Plein de courage pour les vertus inutiles, je suis pour les nécessaires d'une tiédeur qui passe l'imagination. Qu'est-ce que c'est que nous! N'êtes-vous pas comme moi, monsieur?

LÉLIO, avec dépit.

Fourbe! tu as de l'amour pour ce faux chevalier.

TRIVELIN.

Doucement, monsieur; diantre! ceci est sérieux.

LÉLIO.

Tu sais quel est son sexe.

TRIVELIN.

Expliquons-nous. De sexes, je n'en connais que deux; l'un qui se dit raisonnable, l'autre qui nous prouve que cela n'est pas vrai. Duquel des deux le chevalier est-il?

LÉLIO, le prenant par le bouton.

Puisque tu m'y forces, ne perds rien de ce que je vais te dire. Je te ferai périr sous le bâton si tu me joues davantage; m'entends-tu?

3.   33

TRIVELIN.

Vous êtes clair.

LÉLIO.

Ne m'irrite point. J'ai dans cette affaire - ci un intérêt de la dernière conséquence : il y va de ma fortune ; tu parleras, ou je te tue.

TRIVELIN.

Vous me tuerez si je ne parle ? Hélas ! monsieur, si les babillards ne mouraient point, je serais éternel, ou personne ne le serait.

LÉLIO.

Parle donc.

TRIVELIN.

Donnez - moi un sujet ; quelque petit qu'il soit, je m'en contente, et j'entre en matière.

LÉLIO, tirant son épée.

Ah ! tu ne veux pas ! Voici qui te rendra plus docile.

TRIVELIN.

Fi donc ! Savez-vous bien que vous me feriez peur, sans votre physionomie d'honnête homme ?

LÉLIO.

Coquin que tu es !

TRIVELIN.

C'est mon habit qui est un coquin ; pour moi, je suis un brave homme ; mais avec cet équipage-là, on a de la probité en pure perte : cela ne fait ni honneur ni profit.

LÉLIO, remettant son épée.

Va, je tâcherai de me passer de l'aveu que je te

demandais; mais je te trouverai, et tu me répondras
de ce qui m'arrivera de fâcheux.

TRIVELIN.

En quelque endroit que nous nous rencontrions,
monsieur, je sais ôter mon chapeau de bonne grâce,
je vous le garantis, et vous serez content de moi.

LÉLIO.

Retire-toi.

TRIVELIN.

Il y a une heure que je vous l'ai proposé. (Il sort.)

SCÈNE III.

LE CHEVALIER, LÉLIO, *rêveur*.

LE CHEVALIER.

Eh bien! mon ami, la comtesse écrit actuellement
des lettres pour Paris; elle descendra bientôt, et veut
se promener avec moi, m'a-t-elle dit. Sur cela, je
viens t'avertir de ne nous pas interrompre quand nous
serons ensemble, et d'aller bouder d'un autre côté,
comme il appartient à un jaloux. Dans cette con-
versation-ci, je vais mettre la dernière main à notre
grand œuvre, et achever de résoudre la comtesse. Mais
je voudrais que toutes tes espérances fussent rem-
plies, et j'ai songé à une chose. Le dédit que tu as
d'elle est-il bon? Il y a des dédits mal conçus et
qui ne servent de rien; en cas qu'il y manquât quelque chose, on pourrait prendre des mesures.

LÉLIO, à part.

Tâchons de le démasquer.

LE CHEVALIER.

Réponds-moi donc; à qui en as-tu?

LÉLIO.

Je n'ai point le dédit sur moi; mais parlons d'autre chose.

LE CHEVALIER.

Qu'y a-t-il de nouveau? Songes-tu encore à me faire épouser quelque autre femme avec la comtesse?

LÉLIO.

Non; je pense à quelque chose de plus sérieux; je veux me couper la gorge.

LE CHEVALIER.

Diantre! quand tu te mêles du sérieux, tu le traites à fond; et que t'a fait ta gorge pour la couper?

LÉLIO.

Point de plaisanterie.

LE CHEVALIER, à part.

Arlequin aurait-il parlé! (Haut.) Si ta résolution tient, tu me feras ton légataire, peut-être?

LÉLIO.

Vous serez de la partie dont je parle.

LE CHEVALIER.

Moi! je n'ai rien à reprocher à ma gorge; et, sans vanité, je suis content d'elle.

LÉLIO.

Et moi, je ne suis point content de vous, et c'est avec vous que je veux me battre.

LE CHEVALIER.

Avec moi ?

LÉLIO.

Avec vous - même.

LE CHEVALIER, riant et le poussant de la main.

Ah! ah! ah! ah! Va te mettre au lit et te faire
saigner ; tu es malade.

LÉLIO.

Suivez - moi.

LE CHEVALIER, lui tâtant le pouls.

Voilà un pouls qui dénote un transport au cerveau ;
il faut que tu aies reçu un coup de soleil.

LÉLIO.

Point tant de raisons ; suivez - moi, vous dis - je.

LE CHEVALIER.

Encore un coup, va te coucher, mon ami.

LÉLIO.

Je vous regarde comme un lâche si vous ne marchez.

LE CHEVALIER, avec pitié.

Pauvre homme ! après ce que tu me dis là, tu es
du moins heureux de n'avoir plus de bon sens.

LÉLIO.

Oui, vous êtes aussi poltron qu'une femme.

LE CHEVALIER, à part.

Tenons ferme. (Haut.) Lélio, je vous crois malade ;
tant pis pour vous si vous ne l'êtes pas.

LÉLIO, avec dédain.

Je vous dis que vous manquez de cœur, et qu'une quenouille siérait mieux à votre côté qu'une épée.

LE CHEVALIER.

Avec une quenouille, mes pareils vous battraient encore.

LÉLIO.

Oui, dans une ruelle.

LE CHEVALIER.

Partout. Mais ma tête s'échauffe; vérifions un peu votre état. Regardez-moi entre deux yeux; je crains encore que ce ne soit un accès de fièvre. Oui, vous avez quelque chose de fou dans le regard, et je n'ai pu m'y tromper. Allons, allons; mais que je sache du moins en vertu de quoi je vais vous rendre sage.

LÉLIO.

Non. Passons dans ce petit bois; je vous le dirai là.

LE CHEVALIER.

Hâtons-nous donc. (A part.) S'il me voit résolu, il sera peut-être poltron.

LÉLIO, se retournant.

Vous me suivez donc?

LE CHEVALIER.

Qu'appelez-vous, je vous suis! qu'est-ce que cette réflexion? Est-ce qu'il vous plairait à présent de prendre le transport au cerveau pour excuse? Oh! il n'est plus temps; raisonnable ou fou, malade ou sain,

marchez ; je veux filer ma quenouille. Je vous arra-
cherais, morbleu, d'entre les mains des médecins,
voyez-vous ! Poursuivons.

LÉLIO, le regardant avec attention.

C'est donc tout de bon ?

LE CHEVALIER.

Ne nous amusons point, vous dis-je ; vous devriez
être expédié.

LÉLIO, revenant.

Doucement, mon ami ; expliquons-nous à présent.

LE CHEVALIER, lui serrant la main.

Je vous regarde comme un lâche si vous hésitez
davantage.

LÉLIO, à part.

Je me suis, ma foi, trompé ; c'est un chevalier, et
des plus résolus.

LE CHEVALIER.

Vous êtes plus poltron qu'une femme.

LÉLIO.

Parbleu ! chevalier, je t'en ai cru une ; voilà la vérité. De quoi t'avises-tu aussi d'avoir un visage à toilette ? Il n'y a point de femme à qui ce visage-là
n'allât comme un charme ; tu es masqué en coquette.

LE CHEVALIER.

Masque vous-même ; vite au bois !

LÉLIO.

Non ; je ne voulais faire qu'une épreuve. Tu as

chargé Trivelin de donner de l'argent à Arlequin, je ne sais pourquoi.

LE CHEVALIER.

Parce qu'étant seul, il m'avait entendu dire quelque chose de notre projet, qu'il pouvait rapporter à la comtesse ; voilà pourquoi, monsieur....

LÉLIO.

Je ne devinais pas. Arlequin m'a tenu aussi des discours qui signifiaient que tu étais fille ; ta beauté me l'a fait d'abord soupçonner ; mais je me rends. Tu es beau, et encore plus brave ; embrassons - nous et reprenons notre intrigue.

LE CHEVALIER.

Quand un homme comme moi est en train, il a de la peine à s'arrêter.

LÉLIO.

Tu as encore cela de commun avec la femme.

LE CHEVALIER.

Quoi qu'il en soit, je ne suis curieux de tuer personne ; je vous passe votre méprise ; mais elle vaut bien une excuse.

LÉLIO.

Je suis ton serviteur, chevalier, et je te prie d'oublier mon incartade.

LE CHEVALIER.

Je l'oublie, et suis ravi que notre réconciliation m'épargne une affaire épineuse, et sans doute un homicide. Notre duel était positif ; et si j'en fais jamais

un, il n'aura jamais rien à démêler avec les ordonnances.

LÉLIO.

Ce ne sera pas avec moi, je t'en assure.

LE CHEVALIER.

Non, je te le promets.

LÉLIO, lui donnant la main.

Touche là ; je t'en garantis autant.

SCÈNE IV.

LE CHEVALIER, LÉLIO, ARLEQUIN.

ARLEQUIN.

Je vous demande pardon si je vous suis importun,
monsieur le chevalier ; mais ce larron de Trivelin ne
veut pas me rendre l'argent que vous lui avez donné
pour moi. J'ai pourtant été bien discret. Vous m'avez
prescrit de ne pas dire que vous étiez fille ; demandez
à monsieur Lélio si je lui en ai dit un mot. Il n'en
sait rien, et je ne lui apprendrai jamais.

LE CHEVALIER.

Peste soit du faquin ! je n'y saurais plus tenir.

ARLEQUIN, tristement.

Comment, faquin ! C'est donc comme cela que vous
m'aimez ? (A Lélio.) Tenez, monsieur, écoutez mes
raisons ; je suis venu tantôt, au moment où Trivelin
lui disait : Que tu es charmante, ma poule ! Baise-moi.
— Non. — Donne-moi donc de l'argent.... Ensuite

il a avancé la main pour prendre cet argent ; mais la
mienne était là, et l'argent est tombé dedans. Quand
le chevalier a vu que j'étais là : Mon fils, m'a-t-il dit,
n'apprends pas au monde que je suis une fillette. —
Non, m'amour ; mais donnez-moi votre cœur. —
Prends, a-t-elle répondu.... Ensuite elle a dit à Trivelin de me donner de l'or. Nous avons été boire ensemble ; le cabaret en est témoin ; je reviens exprès pour
avoir l'or et le cœur ; et voilà qu'on m'appelle un faquin ! (Le chevalier rêve.)

LÉLIO.

Va-t'en, laisse-nous, et ne dis mot à personne.

ARLEQUIN.

Ayez donc soin de mon bien. Eh ! eh ! eh !

SCÈNE V.

LE CHEVALIER, LÉLIO.

LÉLIO.

En bien ! monsieur le duelliste, qui se battra sans
blesser les ordonnances, je vous crois ; qu'avez-vous
à me répondre ?

LE CHEVALIER.

Rien. Il ne ment pas d'un mot.

LÉLIO.

Vous voilà bien déconcertée, m'amie.

LE CHEVALIER.

Moi déconcertée ! pas un petit brin, grâces au ciel ;
je suis femme, et je soutiendrai mon caractère.

LÉLIO.

Ah ! ah ! il s'agit de savoir à qui vous en voulez ici.

LE CHEVALIER.

Avouez que j'ai du guignon. J'avais bien conduit tout cela ; rendez - moi justice ; je vous ai fait peur avec mon minois de coquette ; c'est le plus plaisant.

LÉLIO.

Venons au fait ; j'ai eu l'imprudence de vous ouvrir mon cœur.

LE CHEVALIER.

Qu'importe ? je n'ai rien vu dedans qui me fasse envie.

LÉLIO.

Vous savez mes projets.

LE CHEVALIER.

Qui n'avaient pas besoin d'un confident comme moi ; n'est - il pas vrai ?

LÉLIO.

Je l'avoue.

LE CHEVALIER.

Ils sont pourtant beaux ! J'aime surtout cet ermitage et cette laideur immanquable dont vous gratifierez votre épouse quinze jours après votre mariage ; il n'y a rien de tel.

LÉLIO.

Votre mémoire est fidèle ; mais passons. Qui êtes-vous ?

LE CHEVALIER.

Je suis fille, assez jolie, comme vous voyez, et

dont les agrémens seront de quelque durée, si je trouve un mari qui me sauve le désert et le terme des quinze jours ; voilà ce que je suis, et, par-dessus le marché, presque aussi méchante que vous.

LÉLIO.

Oh ! pour celui-là, je vous le cède.

LE CHEVALIER.

Vous avez tort ; vous méconnaissez vos forces.

LÉLIO.

Qu'êtes-vous venue faire ici ?

LE CHEVALIER.

Tirer votre portrait, afin de le porter à certaine dame qui l'attend pour savoir ce qu'elle fera de l'original.

LÉLIO.

Belle mission !

LE CHEVALIER.

Pas trop laide. Par cette mission-là, c'est une tendre brebis qui échappe au loup, et douze mille livres de rente de sauvées, qui prendront parti ailleurs ; petites bagatelles qui valaient bien la peine d'un déguisement.

LÉLIO.

Qu'est-ce que c'est que tout cela signifie ?

LE CHEVALIER.

Je m'explique : la brebis, c'est ma maîtresse ; les douze mille livres de rente, c'est son bien, qui produit ce calcul si raisonnable de tantôt ; et le loup qui eût dévoré tout cela, c'est vous, monsieur.

LÉLIO.

Ah ! je suis perdu.

LE CHEVALIER.

Non ; vous manquez votre proie, voilà tout ; il est
vrai qu'elle était assez bonne ; mais aussi pourquoi
êtes-vous loup ? Ce n'est pas ma faute. On a su que vous
étiez à Paris *incognito ;* on s'est défié de votre conduite. Là-dessus on vous suit, on sait que vous êtes
au bal ; j'ai de l'esprit et de la malice, on m'y envoie ;
on m'équipe comme vous me voyez, pour me mettre
à portée de vous connaître ; j'arrive, je fais ma charge,
je deviens votre ami, je vous connais, je trouve que
vous ne valez rien ; j'en rendrai compte ; il n'y a pas
un mot à redire.

LÉLIO.

Vous êtes donc la femme de chambre de la demoiselle en question ?

LE CHEVALIER.

Et votre très-humble servante.

LÉLIO.

Il faut avouer que je suis bien malheureux !

LE CHEVALIER.

Et moi bien adroite ! Mais, dites-moi, vous repen-
tez-vous du mal que vous vouliez faire, ou de celui
que vous n'avez pas fait ?

LÉLIO.

Laissons cela. Pourquoi votre malice m'a-t-elle encore ôté le cœur de la comtesse ? Pourquoi consentir

à jouer auprès d'elle le personnage que vous y faites.

LE CHEVALIER.

Pour d'excellentes raisons. Vous cherchiez à gagner dix mille écus avec elle, n'est-ce pas ? Pour cet effet, vous réclamiez mon industrie ; et quand j'aurais conduit l'affaire près de sa fin, avant de terminer je comptais vous rançonner un peu, et avoir ma part au pillage ; ou bien retirer finement le dédit d'entre vos mains, sous prétexte de le voir, pour vous le revendre une centaine de pistoles payées comptant, ou en billets payables au porteur ; sans quoi j'aurais menacé de vous perdre auprès de douze mille livres de rente, et de réduire votre calcul à zéro. Oh ! mon projet était bien entendu. Moi payée, crac, je décampais avec mon gain, et le portrait qui m'aurait encore valu quelque petit revenant-bon auprès de ma maîtresse. Tout cela joint à mes petites économies, tant sur mon voyage que sur mes gages, je devenais, avec mes agrémens, un parti d'assez bonne défaite, sauf le loup. J'ai manqué mon coup, j'en suis bien fâchée ; cependant vous me faites pitié, vous.

LÉLIO.

Ah ! si tu voulais....

LE CHEVALIER.

Vous vient-il quelque idée ? Cherchez.

LÉLIO.

Tu gagnerais encore plus que tu n'espérais.

LE CHEVALIER.

Tenez, je ne fais point l'hypocrite ici ; je ne suis

pas, non plus que vous, à un tour de fourberie près.
Je vous ouvre aussi mon cœur; je ne crains pas de
scandaliser le vôtre, et nous ne nous soucierons pas
de nous estimer; ce n'est pas la peine entre gens de
notre caractère. Pour conclusion, faites ma fortune,
et je dirai que vous êtes un honnête homme. Mais
convenons de prix pour l'honneur que je vous four-
nirai; il vous en faut beaucoup.

LÉLIO.

Eh! demande-moi ce qu'il te plaira, je te l'accorde.

LE CHEVALIER.

Motus au moins! gardez-moi un secret éternel. Je
veux deux mille écus, je n'en rabattrais pas un sou;
moyennant quoi, je vous laisse ma maîtresse, et j'a-
chève avec la comtesse. Si nous nous accommodons,
dès ce soir j'écris une lettre à Paris, que vous dicterez vous-même; vous vous y ferez tout aussi beau
qu'il vous plaira, je vous le permettrai. Quand le
mariage sera fait, devenez ce que vous pourrez; je
serai nantie, et vous aussi; les autres prendront patience.

LÉLIO.

Je te donne les deux mille écus, avec mon amitié.

LE CHEVALIER.

Oh! pour cette nippe-là, je vous la troquerai contre
cinquante pistoles, si vous voulez.

LÉLIO.

Contre cent, ma chère fille.

LE CHEVALIER.

C'est encore mieux ; j'avoue même qu'elle ne les vaut pas.

LÉLIO.

Allons, ce soir nous écrirons.

LE CHEVALIER.

Oui. Mais mon argent, quand me le donnerez-vous ?

LÉLIO, tirant une bague.

Voici une bague pour les cent pistoles du troc, d'abord.

LE CHEVALIER.

Bon ! Venons aux deux mille écus.

LÉLIO.

Je te ferai mon billet tantôt.

LE CHEVALIER.

Oui, tantôt ! Madame la comtesse va venir, et je ne veux point finir avec elle que je n'aie toutes mes sûretés. Mettez-moi le dédit en main ; je vous le rendrai tantôt pour votre billet.

LÉLIO.

Tiens, le voilà.

LE CHEVALIER.

Ne me trahissez jamais.

LÉLIO.

Tu es folle.

LE CHEVALIER.

Voici la comtesse. Quand j'aurai été quelque temps avec elle, revenez en colère la presser de décider hautement entre vous et moi ; et allez-vous-en, de peur qu'elle ne nous voie ensemble.   (Lélio sort.)

SCÈNE VI.

LA COMTESSE, LE CHEVALIER.

LE CHEVALIER.

J'ALLAIS vous trouver, comtesse.

LA COMTESSE.

Vous m'avez inquiétée, chevalier. J'ai vu de loin Lélio vous parler ; c'est un homme emporté ; n'ayez point d'affaire avec lui, je vous prie.

LE CHEVALIER.

Ma foi, c'est un original. Savez-vous qu'il se vante de vous obliger à me donner mon congé ?

LA COMTESSE.

Lui ? S'il se vantait d'avoir le sien, cela serait plus raisonnable.

LE CHEVALIER.

Je lui ai promis qu'il l'aurait, et vous dégagerez ma parole. Il est encore de bonne heure ; il peut gagner Paris, et y arriver au soleil couchant ; expédions-le, ma chère âme.

LA COMTESSE.

Vous n'êtes qu'un étourdi, chevalier ; vous n'avez point de raison.

LE CHEVALIER.

De la raison ! que voulez-vous que j'en fasse avec

3.   34

de l'amour ? Il va trop son train pour elle. Est-ce
qu'il vous en reste encore de la raison, comtesse ? Me
feriez-vous ce chagrin-là ? Vous ne m'aimeriez guère.

LA COMTESSE.

Vous voilà dans vos petites folies ; vous savez qu'elles
sont aimables, et c'est ce qui vous rassure ; il est vrai
que vous m'amusez. Quelle différence de vous à Lélio,
dans le fond !

LE CHEVALIER.

Oh ! vous ne voyez rien. Mais revenons à Lélio ; je
vous disais de le renvoyer aujourd'hui ; l'amour vous
y condamne ; il parle, il faut obéir.

LA COMTESSE.

Eh bien ! je me révolte ; qu'en arrivera-t-il ?

LE CHEVALIER.

Non ; vous n'oseriez.

LA COMTESSE.

Je n'oserais ! Mais voyez avec quelle hardiesse il me
dit cela !

LE CHEVALIER.

Non, vous dis-je, je suis sûr de mon fait ; car vous
m'aimez ; votre cœur est à moi. J'en ferai ce que je
voudrai, comme vous ferez du mien ce qu'il vous
plaira ; c'est la règle, et vous l'observerez ; c'est moi
qui vous le dis.

LA COMTESSE.

Il faut avouer que voilà un fripon bien sûr de ce
qu'il vaut. Je l'aime ! mon cœur est à lui ! Il vous dit

cela avec une aisance admirable ; on ne peut pas être plus persuadé qu'il l'est.

LE CHEVALIER.

Je n'ai pas le moindre petit doute ; c'est une confiance que vous m'avez donnée. J'en use sans façon, comme vous voyez, et je conclus toujours que Lélio partira.

LA COMTESSE.

Eh ! vous n'y songez pas. Dire à un homme qu'il s'en aille !

LE CHEVALIER.

Me refuser son congé, à moi qui le demande, comme s'il ne m'était pas dû !

LA COMTESSE.

Badin !

LE CHEVALIER.

Tiède amante !

LA COMTESSE.

Petit tyran !

LE CHEVALIER.

Cœur révolté, vous rendrez-vous ?

LA COMTESSE.

Je ne saurais, mon cher chevalier ; j'ai quelques raisons pour en agir plus honnêtement avec lui.

LE CHEVALIER.

Des raisons, madame, des raisons ! et qu'est-ce que c'est que cela ?

LA COMTESSE.

Ne vous alarmez point ; c'est que je lui ai prêté de l'argent.

LE CHEVALIER.

Eh bien! vous en aurait-il fait une reconnaissance qu'on n'ose montrer en justice?

LA COMTESSE.

Point du tout; j'en ai son billet.

LE CHEVALIER.

Joignez-y un sergent; vous voilà payée.

LA COMTESSE.

Il est vrai; mais....

LE CHEVALIER.

Hai! hai! voilà un *mais* qui a l'air honteux.

LA COMTESSE.

Que voulez-vous donc que je vous dise? Pour m'assurer cet argent-là, j'ai consenti que nous fissions lui et moi un dédit de la somme.

LE CHEVALIER.

Un dédit, madame! Ah! c'est un vrai transport d'amour que ce dédit-là; c'est une faveur. Il me pénètre, il me trouble; je n'en suis pas le maître.

LA COMTESSE.

Ce misérable dédit! pourquoi faut-il que je l'aie fait? Voilà ce que c'est que ma facilité pour un homme haïssable, que j'ai toujours deviné que je haïrais. J'ai toujours eu certaine antipathie pour lui, et je n'ai jamais eu l'esprit d'y prendre garde.

LE CHEVALIER.

Ah! madame, il s'est bien accommodé de cette

antipathie-là; il en a fait un amour bien tendre! Tenez,
madame, il me semble que je le vois à vos genoux,
que vous l'écoutez avec plaisir, qu'il vous jure de
vous adorer toujours, que vous le payez du même
serment, que sa bouche cherche la vôtre, et que la
vôtre se laisse trouver; car voilà ce qui arrive. Enfin
je vous vois soupirer; je vois vos yeux s'arrêter sur
lui, tantôt vifs, tantôt languissans, toujours pénétrés
d'amour, et d'un amour qui croît toujours. Et moi je
me meurs; ces objets-là me tuent; comment ferai-je
pour les perdre de vue? Cruel dédit! te verrai-je
toujours? Qu'il va me coûter de chagrins! (A part.) Et
qu'il me fait dire de folies!

LA COMTESSE.

Courage, monsieur; rendez-nous tous deux les vic-
times de vos chimères. Que je suis malheureuse d'a-
voir parlé de ce dédit! Pourquoi faut-il que je vous
aie cru raisonnable? Pourquoi vous ai-je vu? Est-ce
que je mérite tout ce que vous me dites? Pouvez-vous
vous plaindre de moi? Ne vous aimé-je pas assez?
Lélio doit-il vous chagriner? L'ai-je aimé autant que
je vous aime? Où est l'homme plus chéri que vous
l'êtes? plus sûr, plus digne de l'être toujours? Et rien
ne vous persuade; et vous vous chagrinez; vous n'entendez rien; vous me désolez. Que voulez-vous que
nous devenions? Comment vivre avec cela, dites-moi
donc?

LE CHEVALIER, à part.

Le succès de mes impertinences me surprend. (Haut.)
C'en est fait, comtesse; votre douleur me rend mon

repos et ma joie. Combien de choses tendres ne venez-vous pas de me dire ! Cela est inconcevable ; je suis charmé. Reprenons notre humeur gaie ; allons, oublions tout ce qui s'est passé.

LA COMTESSE.

Mais comment se fait-il que je vous aime tant ? Qu'avez-vous fait pour cela ?

LE CHEVALIER.

Hélas ! moins que rien ; tout vient de votre bonté.

LA COMTESSE.

C'est que vous êtes plus aimable qu'un autre, apparemment.

LE CHEVALIER.

Pour tout ce qui n'est pas comme vous, je le serais peut-être assez ; mais je ne suis rien pour ce qui vous ressemble. Non, je ne pourrai jamais payer votre amour ; en vérité, je n'en suis pas digne.

LA COMTESSE.

Comment donc faut-il être fait pour le mériter ?

LE CHEVALIER.

Oh ! voilà ce que je ne vous dirai pas.

LA COMTESSE.

Aimez-moi toujours, et je suis contente.

LE CHEVALIER.

Pourrez-vous soutenir un goût si sobre ?

LA COMTESSE.

Ne m'affligez plus ; tout ira bien.

LE CHEVALIER.

Je vous le promets; mais que Lélio s'en aille.

LA COMTESSE.

J'aurais souhaité qu'il prît son parti de lui-même, à cause du dédit; ce serait dix mille écus que je vous sauverais, chevalier; car enfin, c'est votre bien que je ménage.

LE CHEVALIER.

Périssent tous les biens du monde, et qu'il parte; rompez avec lui la première; voilà mon bien.

LA COMTESSE.

Faites-y réflexion.

LE CHEVALIER.

Vous hésitez encore; vous avez peine à me le sacrifier! Est-ce là comme on aime? Oh! qu'il vous manque encore de choses pour ne laisser rien à souhaiter à un homme comme moi!

LA COMTESSE.

Eh bien! il ne me manquera plus rien; consolez-vous.

LE CHEVALIER.

Il vous manquera toujours pour moi.

LA COMTESSE.

Non; je me rends; je renverrai Lélio, et vous dicterez son congé.

LE CHEVALIER.

Lui direz-vous qu'il se retire sans cérémonie?

LA COMTESSE.

Oui.

LE CHEVALIER.

Non, ma chère comtesse, vous ne le renverrez pas. Il me suffit que vous y consentiez ; votre amour est à toute épreuve, et je dispense votre politesse d'aller plus loin ; c'en serait trop ; c'est à moi à avoir soin de vous, quand vous vous oubliez pour moi.

LA COMTESSE.

Je vous aime ; cela veut tout dire.

LE CHEVALIER.

M'aimer, cela n'est pas assez, comtesse ; distinguez-moi un peu de Lélio, à qui vous l'avez dit peut-être aussi.

LA COMTESSE.

Que voulez-vous donc que je vous dise ?

LE CHEVALIER.

Un *je vous adore;* aussi bien il vous échappera demain ; avancez-le moi d'un jour ; contentez ma petite fantaisie, dites.

LA COMTESSE.

Je veux mourir, s'il ne me donne envie de le dire. Vous devriez être honteux d'exiger cela, au moins.

LE CHEVALIER.

Quand vous me l'aurez dit, je vous en demanderai pardon.

LA COMTESSE.

Je crois qu'il me persuadera.

LE CHEVALIER.

Allons, mon cher amour, régalez ma tendresse de
ce petit trait-là ; vous ne risquez rien avec moi ; laissez sortir ce mot-là de votre belle bouche ; voulez-
vous que je lui donne un baiser pour l'encourager ?

LA COMTESSE.

Ah çà ! laissez-moi ; ne serez-vous jamais content ?
Je ne vous plaindrai rien, quand il en sera temps.

LE CHEVALIER.

Vous êtes attendrie, profitez de l'instant ; je ne veux
qu'un mot. Voulez-vous que je vous aide ? dites
comme moi : Chevalier, je vous adore.

LA COMTESSE.

Chevalier, je vous adore. Il me fait faire tout ce
qu'il veut.

LE CHEVALIER, à part.

Mon sexe n'est pas mal faible. (Haut.) Ah ! que j'ai
de plaisir, mon cher amour ! Encore une fois.

LA COMTESSE.

Soit ; mais ne me demandez plus rien après.

LE CHEVALIER.

Eh ! que craignez-vous que je vous demande ?

LA COMTESSE.

Que sais-je, moi ? Vous ne finissez point. Taisez-
vous.

LE CHEVALIER.

J'obéis ; je suis de bonne composition, et j'ai pour
vous un respect que je ne saurais violer.

LA COMTESSE.

Je vous épouse ; en est-ce assez ?

LE CHEVALIER.

Bien plus qu'il me faut, si vous me rendez justice.

LA COMTESSE.

Je suis prête à vous jurer une fidélité éternelle , et je perds les dix mille écus de bon cœur.

LE CHEVALIER.

Non, vous ne les perdrez point, si vous faites ce que je vais vous dire. Lélio viendra certainement vous presser d'opter entre lui et moi ; ne manquez pas de lui dire que vous consentez à l'épouser. Je veux que vous le connaissiez à fond ; laissez-moi vous conduire , et sauvons le dédit ; vous verrez ce que c'est que cet homme-là. Le voici ; je n'ai pas le temps de m'expliquer davantage.

LA COMTESSE.

J'agirai comme vous le souhaitez.

SCÈNE VII.

LÉLIO, LA COMTESSE, LE CHEVALIER.

LÉLIO.

Permettez, madame, que j'interrompe pour un moment votre entretien avec monsieur. Je ne viens point me plaindre, et je n'ai qu'un mot à vous dire. J'aurais cependant un assez beau sujet de parler, et l'indifférence avec laquelle vous vivez avec moi, depuis que monsieur, qui ne me vaut pas....

LE CHEVALIER.

Il a raison.

LÉLIO.

Finissons. Mes reproches sont raisonnables, mais je vous déplais; je me suis promis de me taire, et je me tais, quoi qu'il m'en coûte. Que ne pourrais-je pas vous dire? Pourquoi me trouvez-vous haïssable? Pourquoi me fuyez-vous? Que vous ai-je fait? Je suis au désespoir.

LE CHEVALIER, riant.

Ah! ah! ah! ah! ah!

LÉLIO.

Vous riez, monsieur le chevalier; mais vous prenez mal votre temps, et je prendrai le mien pour vous répondre.

LE CHEVALIER.

Ne te fâche point, Lélio. Tu n'avais qu'un mot à dire, qu'un petit mot; en voilà plus de cent de bon compte, et rien n'avance; cela me réjouit.

LA COMTESSE.

Remettez-vous, Lélio, et dites-moi tranquillement ce que vous voulez.

LÉLIO.

Vous prier de m'apprendre qui de nous deux il vous plaît de conserver, de monsieur ou de moi. Prononcez, madame; mon cœur ne peut plus souffrir d'incertitude.

LA COMTESSE.

Vous êtes vif, Lélio; mais la cause de votre vivacité
est pardonnable, et je vous veux plus de bien que
vous ne pensez. Chevalier, nous avons jusqu'ici plai-
santé ensemble; il est temps que cela finisse. Vous
m'avez parlé de votre amour; je serais fâchée qu'il fût
sérieux; je dois ma main à Lélio, et je suis prête à recevoir la sienne. (A Lélio.) Vous plaindrez-vous encore?

LÉLIO.

Non, madame, vos réflexions sont à mon avantage;
et si j'osais....

LA COMTESSE.

Je vous dispense de me remercier, Lélio; je suis
sûre de la joie que je vous donne. (A part.) Sa contenance est plaisante.

UN VALET.

Voilà une lettre qu'on vient d'apporter de la poste,
madame.

LA COMTESSE.

Donnez. Voulez-vous bien que je me retire un moment pour la lire? C'est de mon frère.

SCÈNE VIII.

LÉLIO, LE CHEVALIER.

LÉLIO.

Que diantre signifie cela? elle me prend au mot;
que dites-vous de ce qui se passe là?

LE CHEVALIER.

Ce que j'en dis? rien; je crois que je rêve, et je
tâche de me réveiller.

LÉLIO.

Me voilà en belle posture, avec sa main qu'elle
m'offre, que je lui demande avec fracas, et dont je ne
me soucie point! Mais ne me trompez-vous point?

LE CHEVALIER.

Ah! que dites-vous là? Je vous sers loyalement,
ou je ne suis pas soubrette. Ce que nous voyons là
peut venir d'une chose. Pendant que nous nous par-
lions, elle me soupçonnait d'avoir quelque inclination à Paris; je me suis contenté de lui répondre ga-
lamment là-dessus. Elle a tout d'un coup pris son
sérieux; vous êtes entré sur-le-champ, et ce qu'elle
en fait n'est sans doute qu'un reste de dépit, qui va
se passer; car elle m'aime.

LÉLIO.

Me voilà fort embarrassé.

LE CHEVALIER.

Si elle continue à vous offrir sa main, tout le remède que j'y trouve, c'est de lui dire que vous l'é-
pouserez, quoique vous ne l'aimiez plus. Tournez-lui
cette impertinence-là d'une manière polie; ajoutez
que, si elle ne le veut pas, le dédit sera son affaire.

LÉLIO.

Il y a bien du bizarre dans ce que tu me proposes là.

LE CHEVALIER.

Du bizarre! Depuis quand êtes-vous si délicat?

Est-ce que vous reculez pour un mauvais procédé de plus qui vous sauve dix mille écus? Je ne vous aime plus, madame; cependant je veux vous épouser. Ne le voulez-vous pas? payez le dédit; donnez-moi votre main ou de l'argent. Voilà tout.

SCÈNE IX.

LÉLIO, LA COMTESSE, LE CHEVALIER, TRIVELIN, ARLEQUIN.

LA COMTESSE.

Lélio, mon frère ne viendra pas si tôt. Ainsi il n'est plus question de l'attendre, et nous finirons quand vous voudrez.

LE CHEVALIER, bas à Lélio.

Courage; encore une impertinence, et puis c'est tout.

LÉLIO.

Ma foi, madame, oserai-je vous parler franche-ment? Je ne trouve plus mon cœur dans sa situation ordinaire.

LA COMTESSE.

Comment donc! expliquez-vous; ne m'aimez-vous plus?

LÉLIO.

Je ne dis pas cela tout-à-fait; mais mes inquiétudes ont un peu rebuté mon cœur.

LA COMTESSE.

Et que signifie donc ce grand étalage de transports que vous venez de me faire? Qu'est devenu votre désespoir ? N'était - ce qu'une passion de théâtre ? Il semblait que vous alliez mourir, si je n'y avais mis ordre. Expliquez-vous, madame ; je n'en puis plus, je souffre....

LÉLIO.

Ma foi, madame, c'est que je croyais que je ne risquerais rien, et que vous me refuseriez.

LA COMTESSE.

Vous êtes un excellent comédien. Et le dédit, qu'en ferons - nous, monsieur ?

LÉLIO.

Nous le tiendrons, madame ; j'aurai l'honneur de vous épouser.

LA COMTESSE.

Quoi donc ! vous m'épouserez, et vous ne m'aimez plus !

LÉLIO.

Cela n'y fait de rien, madame ; cela ne doit pas vous arrêter.

LA COMTESSE.

Allez, je vous méprise, et ne veux point de vous.

LÉLIO.

Et le dédit, madame, vous voulez donc bien l'acquitter ?

LA COMTESSE.

Qu'entends - je, Lélio ? Où est la probité ?

LE CHEVALIER.

Monsieur ne pourra guère vous en dire des nouvelles; je ne crois pas qu'elle soit de sa connaissance. Mais il n'est pas juste qu'un misérable dédit vous brouille ensemble. Tenez, ne vous gênez plus ni l'un ni l'autre; le voilà rompu. (Il le déchire.) Ah! ah! ah!

LÉLIO.

Ah, fourbe!

LE CHEVALIER, riant.

Ah! ah! ah! consolez-vous, Lélio; il vous reste une demoiselle de douze mille livres de rente; ah! ah! On vous a écrit qu'elle était belle; on vous a trompé; car la voilà; mon visage est l'original du sien.

LA COMTESSE.

Ah! juste ciel!

LE CHEVALIER.

Ma métamorphose n'est pas du goût de vos tendres sentimens, ma chère comtesse. Je vous aurais menée assez loin, si j'avais pu vous tenir compagnie. Voilà bien de l'amour de perdu; mais, en revanche, voilà une bonne somme de sauvée. Je vous conterai le joli petit tour qu'on voulait vous jouer.

LA COMTESSE.

Je n'en connais point de plus triste que celui que vous me jouez vous-même.

LE CHEVALIER.

Consolez-vous. Vous perdez d'aimables espérances. Je ne vous les avais données que pour votre bien. Regardez le chagrin qui vous arrive comme une petite punition de votre inconstance; vous avez quitté Lélio moins par raison que par légèreté, et cela mérite un peu de correction. A votre égard, seigneur Lélio, voici votre bague. Vous me l'avez donnée de bon cœur, et j'en dispose en faveur de Trivelin et d'Arlequin. Tenez, mes enfans ; vendez cela, et partagez-en l'argent.

TRIVELIN ET ARLEQUIN.

Grand merci !

TRIVELIN.

Voici les musiciens qui viennent vous donner la fête qu'ils ont promise.

LE CHEVALIER, à Lélio.

Voyez-la, puisque vous êtes ici. Vous partirez après ; ce sera toujours autant de pris.

DIVERTISSEMENT.

CET amour dont nos cœurs se laissent enflammer,
Ce charme si touchant, ce doux plaisir d'aimer,
Est le plus grand des biens que le ciel nous dispense.
    Livrons-nous donc sans résistance
    A l'objet qui vient nous charmer.
Au milieu des transports dont il remplit notre âme,
Jurons-lui mille fois une éternelle flamme.
Mais n'inspire-t-il plus ces aimables transports ?
Trahissons aussitôt nos sermens sans remords.
Ce n'est plus à l'objet qui cesse de nous plaire
Que doivent s'adresser les sermens qu'on a faits ;
    C'est à l'Amour qu'on les vit faire,
C'est lui qu'on a juré de ne quitter jamais.

3.   35

Jurer d'aimer toute sa vie,
N'est pas un rigoureux tourment.
Savez-vous ce qu'il signifie ?
Ce n'est ni Philis, ni Silvie,
Que l'on doit aimer constamment ;
C'est l'objet qui nous fait envie.

Amans, si votre caractère,
Tel qu'il est, se montrait à nous,
Quel parti prendre, et comment faire ?
Le célibat est bien austère ;
Faudrait-il se passer d'époux ?
Mais il nous est trop nécessaire.

Mesdames, vous allez conclure
Que tous les hommes sont maudits ;
Mais doucement et point d'injure ;
Quand nous ferons votre peinture,
Elle est, je vous en avertis,
Cent fois plus drôle, je vous jure.

FIN DU TROISIÈME VOLUME.

TABLE

DES PIÈCES CONTENUES DANS CE VOLUME.

FIN DE LA TABLE DU TROISIÈME VOLUME.